할로우 우
시티
Hollow City

랜섬 릭스 지음 | 이 진 옮김

폴라북스

제 1 장 ... 15

제 2 장 ... 31

제 3 장 ... 59

제 4 장 ... 101

제 5 장 ... 141

제 6 장 ... 189

제 7 장 ... 229

제 8 장 ... 251

제 9 장 ... 293

제10장 ... 329

제11장 ... 359

제12장 ... 403

제13장 ... 449

옮긴이의 말 496

오, 저기! 백발의 노인이 보트를 타고
우리를 향해 다가오며 탄식하네.
"슬프도다, 비천한 영혼들아!"

이제 하늘 볼 생각일랑 하지 말지니,
나는 너희를 강 건너로 데려가려 왔노라.
영원한 어둠, 불과 서리 속으로.

그런데 거기 너, 살아 있는 영혼아,
여기 이들, 죽은 자들에게서 물러서라!
그러나 그는 보았다. 내가 물러서지 않는 것을……

단테의 《신곡》 지옥 편 제3곡 중에서

이상한 등장인물들

제이콥 포트먼
할로우(할로개스트)를 보고
감지할 수 있는 주인공

엠마 블룸
손으로 불을 일으킬 수 있는 소녀.
제이콥의 죽은 할아버지의 전 연인

에이브러햄 포트먼(사망)
제이콥의 할아버지.
할로우에게 살해당함.

브로닌 브런틀리
괴력을 지닌 소녀

이상한 등장인물들

밀라드 널링스
투명인간.
이상한 세계에 정통한 학자

올리브 애브로홀로스 엘레판타
공기보다 가벼운 소녀

호러스 섬너슨
예지력과 예지몽으로 고통받는 소년

에녹 오코너
죽은 생명체에 일시적으로
생명을 불어넣을 수 있는 소년

이상한 등장인물들

휴 앱스턴
자기 배 속에 사는 수많은 벌들을
통솔하고 보호하는 소년

클레어 덴스모어
머리 뒤에 입이 하나 더 달린 소녀.
페러그린의 아이들 중 가장 어림.

피오나 프라우엔펠트
식물을 키우는 재능을 지닌 소녀

알마 르페이 페러그린
변신할 수 있고 시간을 조종할 수 있는
초능력자인 임브린. 케르놈 루프의 원장.
새의 몸에 갇힘.

이상한 등장인물들

에스메랄다 애보셋
임브린. 와이트들에게 관할 루프를
습격당한 뒤 납치됨.

이상하지 않은 등장인물들

프랭클린 포트먼
제이콥의 아버지
조류 애호가이자 작가 지망생.

매리앤 포트먼
제이콥의 어머니.
플로리다에서 두 번째로
큰 약국 체인의 상속녀

리키 피커링
제이콥의 유일한 정상인 친구

골란 박사(사망)
정신과 의사로 위장해 제이콥과
그의 가족을 속인 와이트.
훗날 제이콥에게 살해당함.

랠프 월도 에머슨(사망)
수필가, 강연가, 시인.

Part
I

제 1 장

chapter one

우리는 노를 저어 항구를 벗어났다. 녹슬어 삐거덕거리는 배들을 지나고, 따개비가 다닥다닥 붙은 부두의 잔해 위에 앉아 조용히 쉬고 있는 바닷새 배심원들을 지나고, 눈앞을 스치는 우리 모습이 꿈인지 현실인지 헷갈려 그물을 던지다 말고 얼어붙은 채 우릴 바라보는 어부들을 지났다. 우리는 물에서 솟아난 유령들, 혹은 곧 유령이 될 아이들의 행렬이었다. 작고 허술한 세 척의 조각배에 나누어 탄 열 명의 아이들과 한 마리 새는 힘차게 노를 저어 넓은 바다로 나아가고 있었다. 우리 뒤로 빠르게 멀어지고 있는, 이 근방에서 유일하게 안전했던 우리의 보금자리 섬은 푸르스름한 황금빛 새벽 여명 속에서 험악하면서도 신비롭게 보였다. 우리의 목적지는 마치 잉크 얼룩처럼 먼 수평선 끝의 흐릿한 점으로밖에 보이지 않는 웨일스 본토의 거친 해안이었다.

낡은 등대도 지났다. 멀리서는 무척 평화로워 보였지만, 바로 어젯밤 너무나 끔찍한 일들이 벌어졌던 곳. 코앞에서 폭탄이 터졌고, 하마터면 익사할 뻔했고, 총에 맞아 갈기갈기 찢길 뻔했다. 아직도 믿기지 않는 일이지만 내가 총을 들고 방아쇠를 당겨 사람 하나를 죽였고, 페러그린을 잃어버렸다가 잠수함이 일으킨 소용돌이 파도 속에서 되찾았다. 그러나 돌아온 페러그린은 부상당했고 우리는 그녀를 어떻게 회복시켜야 할지 알지 못했다. 페러그린은 뱃고물에 앉아 자신이 만든 보금자리가 사라져가는 것을 지켜보고 있었다. 우리가 노를 저을수록 더더욱 깊이 생각에 빠져드는 듯했다.

우리는 마침내 방파제를 지나 광활한 바다로 나아갔고, 유리 같았던 해안의 수면은 보트의 측면을 때리는 조그만 파도에 차츰 자리를 내주었다. 머리 위로 비행기가 구름을 가르는 소리가 들렸다. 나는 노 젓는 속도를 늦추고 목을 길게 빼어 하늘을 올려다보며 거기서는 우리의 행렬이 어떻게 보일지 상상해보았다. 내가 선택한 이 세계와 이 세계에서 내가 가진 모든 것들, 눈 하나 꿈쩍 않는 드넓은 바다에서 셋으로 나뉘어 표류하는 우리의 소중하고도 이상한 삶들이 어떻게 보일지.

우리에게 자비를.

우리를 실은 보트는 배를 해안으로 인도하는 착한 물살을 따라 파도를 가르며 천천히 앞으로 나아갔다. 우리는 탈진하지 않도록 번갈아 쉬며 교대로 노를 저었다. 그러나 나는 알 수 없는 힘이 솟아 거의 한 시간이나 쉬지 않고 계속 노를 저었다. 어느덧 나는 노 젓는 박자에 완전히 빠져들었고, 두 팔은 내게 다가오기를 거부하는 무언가를 잡아끌듯 끝없이 허공에 긴 타원을 그렸다. 휴가 내 맞은편에서 노를 저었고 그 뒤에 엠마가 앉아 있었다. 엠마는 챙 모자로 눈을 가린 채 무릎 위에 펼쳐놓은 지도를 들여다보고 있었다. 우리의 위치를 확인하기 위해 가끔 고개를 들고 지평선을 보았는데, 그럴 때면 햇살 속에서 그녀의 얼굴을 보는 것만으로도 어디서 솟는지조차 알 수 없는 힘이 솟아나곤 했다.

영원히 노를 저을 수도 있을 것만 같았다. 그러다가 어느 순간 호러스가 우리가 있는 곳에서 본토까지 거리가 얼마나 되냐고 물었다. 엠마는 얼굴을 찌푸리며 지도와 수평선을 번갈아 바라보고 손가락으로 가늠을 해보더니, 자신 없는 목소리로 "한 7킬로미터?"라고 대답했다. 그러자 우리 보트에 타고 있던 밀라드가 엠마의 귀에 대고 무언가를 속삭였고, 엠마는 얼굴을 찌푸린 다음 지도를 이리저리 살펴보더니 다시 얼굴을 찌푸리고는 "한 8.5킬로미터 정도!"라고 대답했다. 엠마가 그 말을 내뱉는 순간, 나를 포함한 모두가 조금 맥이 빠졌다.

8.5킬로미터. 몇 주 전 탔던 속이 뒤집어지는 케르놈행 연락선이었다면 한 시간이면 족했을 거리였고, 엔진이 달린 보트라면 크기에 상관없이 쉽게 갈 수 있는 거리였다. 체력 관리라곤 전혀 하지 않는 우리 삼촌이 어쩌다 한 번씩 주말 자선 마라톤에서 뛰는 거리보다 1.5킬로미터 짧은 거리, 엄마가 최신식 실내 체육관에서 로잉 머신(노를 젓는 듯한 동작을 하는 운동기구-옮긴이)으로 달릴 수 있다고 뻐기는 거리보다 조금 더 긴 거리였다. 그러나 섬과 본토를 오가는 연락선은 30년 뒤에나 운항될 예정이었고, 로잉 머신은 승객이나 짐

을 신지 않고 달리는 데다 제대로 방향을 잡으려고 계속 항로를 수정할 필요도 없었다. 그보다 더 나쁜 건 우리의 항로가 배를 삼키는 것으로 악명 높은 뱃길이라는 점이었다. 변덕스러운 바다에서 8.5킬로미터라니. 아마도 이 바다 밑바닥은 녹색으로 변해가는 난파선과 선원들의 해골로 가득 차 있을 테고, 심연의 어둠 속 어딘가에 우리의 적들이 도사리고 있을 것이었다.

우리 중 걱정 많은 아이들은 멀지 않은 바다 밑 어딘가에 정박한 독일 잠수함 속에 와이트들이 숨어 있을 거라고 생각했다. 우리가 섬을 탈출했단 걸 알아차렸다면 곧바로 우릴 찾아낼 수 있을 거라고. 한 번의 어설픈 시도로 페러그린을 포기하고 돌아가려 그 먼 길을 오진 않았을 테니까. 저 멀리서 마치 지네처럼 조금씩 움직이는 군함과 머리 위를 선회하는 영국 전투기 때문에 벌건 대낮에는 잠수함이 수면 위로 모습을 드러낼 수 없겠지만, 어둠이 내리면 우린 독 안에 든 쥐 꼴이 되고 말 것이다. 놈들이 쫓아와 페러그린을 데려가고 우릴 익사시키겠지. 그래서 우리는 노를 저었다. 우리의 유일한 희망은 어둠이 내리기 전에 육지에 닿는 것뿐이었다.

우리는 팔이 욱신거리고 어깨가 뻐근해질 때까지 계속 노를 저었다. 아침 바람이 잦아들고, 태양이 마치 돋보기로 모은 것 같은 빛을 쏘아대고, 목에 땀이 흥건하게 고일 때까지. 그리고 어느 순간 나는 깨달았다. 아무도 깨끗한 물을 가져올 생각을 못 했고 1940년대의 자외선 차단제는 그저 그늘에 서 있는 것임을. 우리는 손바닥 불룩한 부분의 살갗이 전부 벗겨져서 더 이상은 단 한 번도 노를 못 젓겠다는 생각이 들 때까지 노를 저었고 그러고도 또 한 번, 그러고도 또 한 번 노를 저었다.

"너 땀을 아주 바가지로 쏟아붓는구나." 엠마가 말했다. "너 녹아 없어지기 전에 내가 교대할게."

엠마의 목소리에 정신이 번쩍 들었다. 나는 고마워하며 고개를 끄덕이고는 노 젓는 자리를 엠마에게 내주었지만, 20분 뒤 다시 노를 잡았다. 내 몸이 쉬고 있을 때 머릿속으로 기어드는 생각들이 싫었다. 아침에 일어나 케르놈의 내 방에서 사라져버린 나를 찾고 있을 아빠. 내 대신 엠마가 써놓은 황당한 편지. 그 편지를 읽은 뒤 엄습했을 두려움. 최근에 목격했던 끔찍한 일들이 섬광처럼 스쳐 지나갔다. 나를 집어삼키려 잡아당기던 괴물. 한때 내 정신과 의사였던 사람의 죽음. 숨을 거두기 직전 내 귀에 대고 힘겹게 속삭이던 얼음관 속의 남자. 그래서 나는 지쳤는데도 계속 노를 저었다. 다시는 등이 곧게 펴지지 않을 것 같았지만 마찰에 손이 다 벗겨지도록 아무 생각도 하지 않으려 애썼고, 나에게 종신형이면서 동시에 구명정이기도 한 무거운 노에만 매달렸다.

좀처럼 지치지 않는 듯이 보이는 브로닌은 보트 하나를 혼자 젓고 있었다. 그 맞은편에 앉은 올리브는 도움이 되지 않았다. 자칫하면 한 줄기 바람에도 연처럼 날아가 버릴 수도 있는 아이라, 공중에 떠오르지 않고는 노를 저을 수가 없어서였다. 그 보트에 실려 무게를 더하고 있는 가방과 상자들을 감안하면 두 명이나 세 명, 혹은 네 명 몫을 하고 있는 브로닌에게 올리브가 격려의 말을 외치고 있었다. 상자와 가방 속에는 옷가지와 식량, 지도, 책이 들어 있었고 그보다 훨씬 덜 실용적인 물건들도 있었다. 이를테면 에녹의 군용 배낭에서 출렁거리는 절인 파충류 심장들, 보트를 타러 나오는 길에 풀밭에서 휴가 발견하고는 한사코 기념품으로 가져가겠다고 우겼던 페러그린의 집에서 떨어진 문손잡이, 불타는 집의 골조 아래서 호러스가 찾아낸 베개 같은 것들이었다. 호러스는 그 베개가 행운의 베개이고 끔찍한 악몽으로부터 그를 지켜줄 거라고 믿었다.

너무도 소중해 노를 저으면서도 품고 있는 물건들도 있었다. 피오나는 벌레가 들어 있는 정원 흙이 담긴 화분을 무릎 사이에 끼고 있었다. 밀라드는 폭격에 부서진 벽돌 가루로 얼굴에 줄을 그었는데, 그만의 애도 의식처럼 보였다. 그들이 지니고 있는 것들이 조금 이상해 보이긴 했지만, 마음 한편으로는 그들이 안쓰러웠다. 그들이 살던 집이 남긴 유일한 흔적들이었다. 집을 잃었다고 해서 그 집을 떠나보내는 방법을 알고 있는 건 아니었다.

겁먹은 노예들처럼 세 시간 가까이 노를 젓고 나니, 우리가 떠나온 거리가 섬을 손바닥만 한 크기로 줄여놓았다. 그 섬은 몇 주 전에 내가 처음 보았던, 절벽 위의 요새처럼 위엄 있는 모습이 아니었다. 너무도 왜소했다. 파도에 휩쓸려갈까봐 두려워하는 돌멩이처럼.

"저기 좀 봐!" 옆 보트에 타고 있던 에녹이 일어서며 소리쳤다. "사라지고 있어!" 안개가 섬을 포위하기 시작했고, 우리는 잠시 노 젓기를 멈추고 섬이 사라지는 것을 지켜보았다.

"우리 섬에 작별 인사해." 엠마가 말하고는 일어서서 커다란 챙 모자를 벗었다. "다신 못 볼지도 모르니까."

"안녕, 섬아!" 휴가 말했다. "넌 좋은 섬이었어!"

호러스가 노를 내려놓고 손을 저었다. "안녕, 우리 집! 그 집에 있던 모든 방들, 정원, 그리고 무엇보다도 내 침대가 그리울 거야."

"잘 있어, 루프!" 올리브가 훌쩍이며 말했다. "그동안 우릴 안전하게 지켜줘서 고마워!"

"좋은 시절이었지. 최고의 시간이었어." 브로닌이 말했다.

나도 조용히 작별을 고했다. 나를 영원히 바꾸어놓은 곳, 할아버지에 관해 그 어떤 무덤보다 많은 추억과 미스터리를 간직하고 있는 섬에게. 할아버지와 섬, 그 둘은 떼려야 뗄 수 없는 관계였지만 이제 모두 사라졌다. 내게 일어난 일들, 지금 내 모습, 그리고 앞으로의 내 모습을 내가 제대로 이해할 날이 과연 올까. 나는 할아버지의 미스터리를 풀기 위해 그 섬에 갔지만 결국은 나의 비밀을 찾았다. 케르놈이 사라지는 걸 지켜보고 있자니, 그 미스터리의 유일한 열쇠가 파도 속으로 가라앉는 걸 지켜보는 기분이었다.

마침내 거대한 안개가 섬을 통째로 집어삼켰고 섬은 완전히 사라져버렸다.

마치 처음부터 없었던 것처럼.

머지않아 안개가 우리를 따라잡았다. 갈수록 앞이 보이지 않았고, 본토는 흐릿해졌고, 태양은 창백한 흰 꽃으로 변해갔고, 우리는 소용돌이치는 파도 속에서 빙글빙글 돌다가 방향감각마저 완전히 잃었다. 마침내 우리는 노를 내려놓고 암울한 침묵 속에서 안개가 걷히기를 기다렸다. 안개가 걷히기 전엔 움직여봐야 부질없는 노릇이었다.

"이런 상황 마음에 안 들어." 브로닌이 말했다. "이 상태로 너무 오래 기다렸다간 밤이 될 거고, 밤이 되면 이 날씨보다 더 나쁜 걸 만나게 될 테니까."

그 순간, 마치 브로닌의 말을 듣고 우리를 꼼짝 못하게 가두기로 작정이라도 했다는 듯 날씨가 **진짜** 험악해졌다. 거센 바람이 불더니 불과 몇 분 만에 주위의 모든 것이 달라졌다. 우리를 둘러싼 바다는 갑자기 하얗게 부서지는 거대한 파도가 되어 보트를 때렸고 안으로 스며들어 우리의 발을 차갑게 적셨다. 그러다가 비가 내리기 시작했고, 빗줄기는 마치 조그만 총탄처럼 우리의 살갗을 세게 때렸다. 우리는 욕조 안의 고무 장난감처럼 이리저리 뒹굴었다.

"파도 방향으로 뱃머리를 돌려!" 브로닌이 노로 물을 가르며 소리쳤다. "파도가 보트 측면을 덮치면 배가 뒤집혀!" 그러나 우리는 이미 물살이 거셀 때는 고사하고 물살이 고요할 때 노를 젓는 것만으로도 지친 상태였고, 몇 명은 너무 겁에 질린 나머지 노를 잡을 엄두조차 내지 못했다. 그래서 목숨을 부지하기 위해 뱃전만 붙들고 있었다.

거대한 물의 벽이 우리 쪽으로 곧장 다가오고 있었다. 우리는 파도를 타 넘었고, 보트가 우리 아래쪽으로 거의 수직에 가깝게 기울었다. 엠마가 나를 붙잡았고 나는 노걸이를 붙잡았다. 내 뒤에서는 휴가 양팔로 의자를 붙잡고 있었다. 우리 보트는 롤러코스터처럼 파도 꼭대기로 올라갔고, 내 심장은 다리로 떨어졌다. 보트가 파도를 넘어서며 아래로 곤두박질치는 순간, 배 안에 있던 모든 물건들이 밖으로 튕겨 나갔다. 엠마의 지도, 휴의 가방, 플로리다에서부터 가져온 내 바퀴 달린 빨간 가방까지. 그 모든 것들이 우리 머리 위로 날아올랐다가 바닷속으로 빠졌다.

그러나 잃어버린 물건들을 걱정할 때가 아니었다. 다른 보트들이 보이지 않았다. 마침내 배가 똑바로 서고 정신을 차리는 순간, 우리는 거센 물살 속에서 눈을 가늘게 뜨고 친구들의 이름을 불렀다. 서로의 대답을 듣기까지 잠시 끔찍한 정적이 흘렀다. 에녹의 보트가 안개 속에서 모습을 드러냈고 다행히 네 명 모두 배에 탄 채 우리에게 손을 흔들었다.

"괜찮아?" 내가 소리쳤다.

"저기!" 그들이 소리쳤다. "저길 봐!"

그들은 내게 손을 흔드는 게 아니라 바다 위의 한 지점을 가리키고 있었다. 약 30미터 정도 떨어진 거리. 뒤집힌 보트의 선체가 보였다.

"브로닌하고 올리브 배야!" 엠마가 말했다.

배는 완전히 거꾸로 뒤집혀 녹슨 바닥을 드러내고 있었다. 두 소녀의 흔적은 어디에도 없었다.

"가까이 가보자!" 휴가 소리쳤고, 우리는 피로를 잊은 채 그들의 이름을 부르며 다시 노를 저었다.

우리는 가방에서 빠져나온 옷가지들이 둥둥 떠다니는 수면을 가르며 노를 저었다. 바다에 떠다니는 드레스는 모두 익사한 소녀들 같았다. 심장이 방망이질을 했고, 온몸이 완전히 젖어 떨고 있었는데도 추위가 거의 느껴지지 않았다. 에녹의 보트가 뒤집힌 보트에 먼저 도착해서 주위를 살폈다.

"도대체 어디 있는 거야?" 호러스가 울먹였다. "혹시 파도에 휩쓸려 떠내려간 거면……."

"배 밑에!" 엠마가 보트를 가리키며 소리쳤다. "배 밑에 갇혔을지도 몰라!"

나는 노 하나를 노잡이에서 꺼내 뒤집힌 배를 두드렸다. "혹시 그 안에 있으면 얼른 나와!" 내가 소리쳤다. "우리가 구해줄게!"

너무도 끔찍한 찰나의 시간 동안 아무 대답이 없었고 그들을 구할 수 있으리라는 희망이 스르르 빠져나갔다. 그러나 바로 그때, 뒤집힌 배 안쪽에서 뭔가를 두드리는 소리가 들렸다. 잠시 후 주먹으로 배를 세게 치는 소리가 들렸고, 나무 파편이 사방으로 튀어 모두 깜짝 놀랐다.

"브로닌이야!" 엠마가 소리쳤다. "아직 살아 있어!"

몇 차례 더 주먹질을 하고 나서 브로닌은 사람 하나가 빠져나올 만한 구멍을 만들었다. 내가 노 하나를 그녀에게 내밀었고, 브로닌이 그 노를 잡았다. 나와 휴, 엠마 셋이 힘껏 노를 잡아당겼고, 브로닌은 서서히 가라앉다가 마침내 파도 속으로 영영 사라져버린 뒤집힌 배 안에서 가까스로 벗어날 수 있었다. 브로닌은 겁에 질려 숨을 헐떡거리면서도 날카롭게 소리를 지르며 올리브를 찾고 있었다. 올리브는 브로닌과 함께 보트 밑에 있지 않았고, 여전히 보이지 않았다.

"올리브! 올리브를 찾아야 해!" 브로닌이 보트에 올라타자마자 말했다. 그녀는 몸을 떨면서 바닷물을 토해내고, 요동치는 보트에서 일어나 폭풍우 속을 가리켰다. "저기!" 브로닌이 소리쳤다. "보여?"

따가운 빗줄기를 손으로 막으며 쳐다보았지만 내 눈엔 파도와 안개 말고는 아무것도 보이지 않았다.

"저기 있어! 밧줄 끝에!" 브로닌이 계속 소리쳤다.

그제야 보였다. 물속에서 허우적거리는 소녀가 아니라, 폭풍우 속에서 바다 위로 솟아오른 탄탄한 밧줄. 수면에서 팽팽하게 당겨진 갈색 밧줄은 안개 속으로 사라졌다. 그 끝에 올리브가 매달려 있는 게 분명했다.

우리는 밧줄이 있는 쪽으로 노를 저었고 브로닌이 줄을 끌어당겼다. 잠시 후 하늘에서 올리브가 모습을 드러냈다. 밧줄 한쪽 끝을 허리에 묶은 채로. 신발이 벗겨져 나가고 보트가 뒤집혔지만 브로닌은 이미 바다 바닥에 던져놓은 닻에 올리브를 밧줄로 묶어두었다. 그렇게 하지 않았더라면 올리브는 지금쯤 구름 속으로 사라졌을 것이다.

올리브가 양팔로 브로닌의 목을 끌어안고 외쳤다. "날 살렸어! 내 목숨을 구했어!"

두 사람이 서로 끌어안는 모습을 보면서 목 밑에서 무언가가 울컥 치밀었다.

"아직 안심하긴 일러." 브로닌이 말했다. "어두워지기 전에 뭍에 도착해야 해. 아니면 우리의 시련은 이제부터 시작이야."

폭풍이 조금 잦아들고 바다의 잔인한 구타도 잦아들었지만, 비록 바람 한 점 없는 고요한 바다에서라고 해도 다시 노를 젓는다는 건 상상조차 할 수 없는 일이었다. 본토까지 아직 반도 못 갔지만 우리는 너무도 지쳐 있었다. 손이 욱신거렸다. 팔은 나무 몸통처럼 무거웠다. 그뿐이 아니었다. 끝없이 사선으로 요동치는 배 때문에 속이 뒤집힐 것만 같았다. 내 주위에 앉은 아이들의 초록색 낯빛으로 보아 나 혼자만의 문제는 아닌 것 같았다.

"우리 좀 쉬자." 엠마가 우리를 격려하려 애쓰며 말했다. "좀 쉬면서 보트 물을 퍼내자. 안개가 걷힐 때까지……."

"이런 안개는 제멋대로야." 에녹이 말했다. "며칠 동안 걷히지 않을 수도 있어. 조금 있으면 어두워질 테고, 그렇게 되면 우리는 아침이 될 때까지 와이트들한테 발각되지 않길 바라면서 손 놓고 기다리는 수밖에 없어. 발각되었다간 꼼짝없이 당하고 말걸."

"더구나 물도 없이." 휴가 말했다.

"먹을 것도 없이." 밀라드가 거들었다.

올리브가 양팔을 위로 쳐들며 말했다. "난 어디 있는지 알아!"

"뭐가?" 엠마가 물었다.

"육지. 아까 밧줄에 매달려 하늘에 올라갔을 때 봤어." 올리브는 안개 위로 올라갔었고 그때 아주 잠깐 동안 본토를 똑똑히 보았다고 했다.

"엄청 도움 된다." 에녹이 투덜거렸다. "네가 거기 매달려 있을 때 우린 제자리를 맴돌고 있었지."

"그럼 날 다시 올려주면 되잖아."

"그래도 되겠어?" 엠마가 물었다. "위험할 텐데. 바람에 휩쓸리거나 밧줄이 끊어지면 어떻게 해?"

올리브의 표정은 비장했다. "올려줘." 그녀가 다시 말했다.

"얘가 이렇게 나오기 시작하면 얘기 끝이야." 엠마가 말했다. "밧줄 가져와, 브로닌."

"넌 내가 아는 애들 중에 가장 용감한 애야." 브로닌이 말하고는 작업을 시작했다. 닻을 물에서 끌어올린 뒤 보트에 올려놓고, 밧줄로 두 척의 보트가 서로 떨어지지 않도록 묶은 다음 그 끝에 올리브를 매달아 하늘로 올려 보냈다.

한동안 모두가 아무 말 없이 하늘로 올라간 밧줄을 바라보면서 신호를 기다렸다.

침묵을 깬 사람은 에녹이었다. "보여?" 조바심을 내며 에녹이 물었다.

"보여!" 올리브의 대답이 들려왔다. 파도 소리 속에서 올리브의 목소리는 작은 비명처럼 들렸다. "곧장 앞으로!"

"좋았어!" 브로닌이 말했다. 우리는 메슥거리는 배를 움켜잡고 바닥에 축 늘어져 있었다. 브로닌은 앞쪽에 있던 보트로 건너가 노를 잡은 다음 보이지 않는 수호천사 올리브의 가냘픈 목소리를 따라 노를 젓기 시작했다.

"왼쪽! 좀 더 왼쪽으로! 아니, 이번엔 너무 갔어!"

그렇게 해서 우리는 천천히 뭍을 향해 나아갔다. 안개는 언제나처럼 뒤쫓아오면서 우릴 붙잡아두려는 듯 유령 손처럼 기다란 잿빛 덩굴을 뻗어왔다.

마치 우릴 놓아주기 싫다는 듯이.

제2장

chapter two

쌍둥이 배의 선체는 바위투성이 얕은 물에서 멈춰 섰다. 태양이 두꺼운 잿빛 구름 뒤에서 흐려지고, 완연한 어둠이 내릴 때까지는 한 시간 정도 남아 있을 무렵 우리는 뭍에 닿았다. 썰물이 남긴 해초가 여기저기 뒤엉켜 있는 거친 모래톱이었지만 내게는 미국 관광지의 샴페인 빛깔 백사장보다 더 아름다웠다. 이 모래톱은 우리가 결국 해냈다는 의미였다. 다른 아이들에게 어떤 의미일지는 감히 상상조차 할 수 없었다. 아이들은 거의 평생 케르놈을 떠나본 적이 없었을 것이다. 아이들은 놀라 두리번거렸고 아직 살아 있다는 사실을 신기해했고, 이제 살아남았으니 뭘 해야 할지 어리둥절해하는 표정이었다.

우리는 고무처럼 흐물흐물한 다리로 비틀거리며 보트에서 내렸다. 피오나는 매끄러운 자갈 한 줌을 손으로 떠서 입안에 넣더니 혀로 맛을 음미했다. 꿈을 꾸고 있는 게 아니란 걸 확인해보려는 듯이.

페러그린의 루프에 처음 들어갔을 때 내가 꼭 그런 기분이었다. 내 평생 그렇게 내 눈을 못 믿어보긴 처음이었다. 브로닌이 신음하며 털썩 주저앉았다. 말로 표현할 수 없을 정도로 지친 표정이었다. 아이들이 브로닌 주위에 빙 둘러서서 고맙다는 인사를 퍼부었지만 왠지 어색했다. 우리가 브로닌에게 진 빚은 너무도 컸고 **고맙다**는 말은 너무 작았다. 브로닌은 우리에게 됐다며 손을 내저었다. 너무 지쳐서 손을 드는 것조차 힘들어 보였다. 그동안 엠마와 남자아이들 몇 명이 구름 위에 떠 있던 올리브를 끌어내렸다.

"얼굴이 새파랗게 질렸네!"안개를 헤치고 나온 올리브를 보며 엠마가 소리쳤다. 엠마는 펄쩍 뛰어올라 올리브를 양팔로 끌어안았다. 올리브는 흠뻑 젖은 채로 몸이 얼어붙어 이를 딱딱 부딪치고 있었다. 올리브에게 덮어줄 담요는커녕 마른 옷가지 하나 없었기 때문에, 올리브의 오한이 잦아들 때까지 엠마가 언제나 따뜻한 자신의 손으로 올리브의 몸을 문질러주었다. 엠마는 피오나와 호러스에게 불을 지필 나뭇가지를 주워오라고 했다. 나뭇가지를 주우러 간 아이들이 돌아오기를 기다리는 동안, 우리는 보트를 둘러싸고 서서 바다에서 잃어버린 물건들을 확인했다. 암울한 결산이었다. 우리가 챙겨온 짐 대부분이 바다 밑에 가라앉았다. 남은 것이라고는 입고 있는 옷과 양철통에 담긴 약간의 식량, 그리고 황당할 만큼 무거워서 오직 브로닌만 들 수 있는 탱크 같은 여행가방 한 개뿐이었다. 쓸 만한 물건이 있는지, 어쩌면 쓸 만한 물건보다 더 절실한 식량이 들어 있는지 보려고 다급하게 가방을 열어보았지만 가방 안에는 《**이상한 아이들의 동화**》라는 제목의 두툼한 책 세 권만 들어 있었다. 그나마 바닷물에 흠뻑 젖었다. 페러그린의 이니셜 ALP가 새겨진 근사한 욕실 매트라고나 할까.

"이렇게 고마울 데가. 욕실 매트를 기억한 사람이 있었네!" 무표정한 얼굴로 에녹이 말했다. "이제 우린 살았구나."

그것 말고는 두 개의 지도를 포함해 모든 걸 잃었다. 해협을 건널 때 방향을 안내해주었던 엠마의 조그만 지도도 없었고, 밀라드가 소중하게 간직했던 가죽 제본의 루프 지도책인 《시간의 지도》도 없었다. 그 사실을 깨닫는 순간 밀라드가 갑자기 흥분한 듯 숨을 헐떡였다. "다섯 부밖에 없는 지도 중 하나였는데!" 그가 애처롭게 말했다. "값을 따질 수 없는 소중한 지도였다고! 더구나 내가 평생에 걸쳐 기록을 하고 주를 달아놓았는데……."

"그래도 《이상한 아이들의 동화》는 아직 남아 있잖아." 곱슬곱슬한 금발에 감긴 해초를 떼어내며 클레어가 말했다. "난 누가 그거 읽어줘야 잘 수 있는데."

"길도 모르는데 동화 따위가 무슨 도움이 된다고?" 밀라드가 말했다.

나는 문득 궁금했다. **어디로 가는 길?** 서둘러 섬을 떠나느라 본토에 가야 한다는 생각만 했지, 일단 본토에 가면 뭘 할지를 미처 생각하지 못했다. 마치 이 여행에서 살아남는 것 자체가 너무나 말도 안 되는 일이라, 살 수 있다고 생각하는 게 거의 우스울 정도로 낙관적인 생각이라, 그런 계획을 세우는 것 자체가 시간낭비였다는 듯이. 나는 종종 그랬듯이 용기를 얻기 위해 엠마를 보았다. 엠마는 어두운 표정으로 해안을 바라보고 있었다. 자갈이 많은 백사장 뒤로 억새풀과 함께 굽이치는 낮은 모래언덕이 이어졌고 그 뒤는 숲이었다. 철벽같은 녹색 장막은 양쪽으로 내 시야가 닿는 곳 끝까지 뻗어 있었다. 엠마는 잃어버린 지도의 어느 항구를 목적지로 삼고 항해를 시작했지만, 폭풍우에 휩쓸린 뒤로는 그저 마른 땅에 닿는 게 우리의 목표가 되어버렸다. 여기가 우리의 목적지에서 얼마나 멀리 벗어난 곳인지 알 길이 없었다. 길도 보이지 않았고, 표지판도, 심지어는 사람 발자국도 보이지 않았다. 오직 야생의 숲뿐이었다.

물론 우리에겐 지도도, 표지판도, 그 어떤 것도 필요치 않았다. 우리에겐 페러그린이 필요했다. 온전한 페러그린, 회복된 페러그린. 어디로 가야 할지 알고 그곳에 안전하게 갈 방법을 알고 있는 페러그린. 날개가 섬뜩한 V자 모양으로 꺾인 채, 날개만큼이나 기가 꺾인 모습으로 바위에 앉아 젖은 털을 말리고 있는 페러그린의 모습을 보는 게 아이들에겐 너무도 괴로운 일일 것이다. 페러그린은 한때 그들이 살던 작은 섬의 여왕이었지만 이젠 말을 할 수도, 시간여행을 할 수도, 심지어 날 수도 없었다. 아이들은 페러그린을 보고 얼굴을 찡그리며 고개를 돌렸다.

페러그린은 두 눈을 잿빛 바다에 고정하고 있었다. 새의 눈빛은 차고 검었고, 표현할 수 없는 슬픔을 머금고 있었다.

그 눈이 말하는 것 같았다. **내가 너희들을 실망시켰구나.**

ᠷ

호러스와 피오나가 바위투성이 모래밭을 가로질러 돌아오고 있었다. 바람이 피오나의 머리카락을 먹구름처럼 부풀려놓았고, 호러스는 모자가 날아가지 않도록 양손으로 모자 옆을 꾹 누르고 있었다. 바다에서 재앙에 가까운 일을 겪고도 끝내 모자를 지켜내긴 했지만, 지금 호러스의 모자는 구부러진 배기관처럼 한 쪽이 움푹 꺼져 있었다. 그런데도 호러스는 여전히 모자를 포기할 생각이 없었다. 진흙투성이 젖은 맞춤 정장에 어울리는 유일한 소품이라면서.

두 사람은 빈손으로 돌아왔다. "아무리 봐도 땔감이 없어!" 호러스가 다가오며 말했다.

"숲에 들어가보긴 했어?" 엠마가 모래언덕 뒤편의 검은 숲을 가리키며 말했다.

"너무 무서워." 호러스가 대답했다. "부엉이 소리가 들리더라고."

"우리가 언제부터 새를 무서워했다고?"

호러스가 어깨를 으쓱하고 모래언덕을 바라보았다. 피오나가 팔꿈치로 그를 툭 하고 치자, 그제야 기억이 나는 듯 말을 이었다. "대신 다른 걸 찾았어."

"집?" 엠마가 물었다.

"길?" 밀라드가 물었다.

"저녁으로 먹을 거위?" 클레어가 물었다.

"아니. 풍선들." 호러스가 대답했다.

당혹스러운 짧은 침묵이 흘렀다.

"풍선들이라니?" 엠마가 물었다.

"사람이 탄 커다란 풍선들."

엠마의 표정이 어두워졌다. "보여줘."

우리는 그들이 왔던 길을 되짚어갔다. 해안을 돌아 조그만 언덕 위로 올라가 그 물체들을 본 순간, 마치 열기구처럼 또렷하게 보이는 그것들을 우리가 어떻게 못 보고 지나칠 수 있었는지 의문이 들었다. '우리의 한계는 하늘!' 같은 표어가 적힌 달력이나 포스터에나 나올 법한 알록달록한 눈물방울 모양의 열기구가 아니었다. 검은색 달걀 모양의 가스주머니 밑에 해골 같은 새장이 있고 그 안에 조종 사가 한 명 있는 비행선이었다. 작은 비행선은 지그재그 모양으로 낮 게 날면서 느리게 움직였다. 파도 소리가 프로펠러의 윙윙거리는 소 음을 삼켰다. 엠마가 키 큰 억새풀 숲으로 우릴 몰았고 덕분에 모두 가 얼른 몸을 숨길 수 있었다.

"잠수함 탐지선이야." 묻기도 전에 에녹이 대답했다. 지도와 책 에 관해서라면 밀라드가 박사였지만 군대에 관해서라면 에녹이 전 문가였다. "잠수함은 하늘에서 감시하는 게 최고지."

"그럼 왜 육지에 근접해서 날아?" 내가 물었다. "먼 바다에 나가 있지 않고?"

"혹시…… 우릴 찾고 있는 건 아닐까?" 호러스가 물었다.

"와이트들일 수도 있단 거야?" 휴가 말했다. "한심한 소리 하지 마. 와이트는 독일 놈들하고 한편이야. 독일 잠수함에 있겠지."

"와이트들은 자기들한테 득이 된다 싶으면 어느 편에라도 붙어." 밀라드가 말했다. "전쟁 중엔 양쪽에 다 붙고도 남을 놈들이야."

나는 하늘에 떠 있는 이상한 물체에서 눈을 뗄 수가 없었다. 마 치 알이 부풀어 오른 기계 곤충 같은 모습이 어딘가 부자연스러웠 다.

"비행 방식이 마음에 안 들어." 날카로운 눈빛으로 에녹이 말했 다. "바다가 아니라 해안선을 훑고 있잖아."

"뭘 찾는 거지?" 브로닌이 물었지만 그 대답이 너무 뻔하고 두 려워서 아무도 입 밖에 내지 못했다.

놈들은 우릴 찾고 있었다.

우리는 수풀 속에서 서로 꼭 붙어 있었고 나는 엠마의 몸이 긴장으로 굳는 것을 느낄 수 있었다. "내가 뛰라고 하면 뛰어." 엠마가 낮게 속삭였다. "일단 보트를 숨기고 그다음엔 우리가 숨는 거야."

우리는 비행선들이 조금 멀어지기를 기다렸다가 수풀 속에서 뛰쳐나왔다. 부디 놈들의 눈에 띄기엔 거리가 멀기를. 달리는 동안 나는 바다에서 우릴 감쌌던 안개가 다시 돌아와 우릴 숨겨주길 바랐다. 그제야 안개가 이미 우릴 한 번 구했다는 생각이 들었다. 안개가 없었다면 우리는 보트에 탄 채 이미 한 시간 전에 발각되었을 것이고, 그랬다면 숨을 곳도 없었을 것이다. 안개는 이상한 아이들에게 섬이 건넨 마지막 선물이었다.

우리는 보트를 끌고 해안을 가로질러 동굴로 향했다. 바위산에 뚫린 검은 구멍이 동굴 입구였다. 브로닌은 이미 힘을 다 써버려서 보트는커녕 제 몸조차 겨우 가누는 상태였기 때문에 나머지 아이들이 끙끙거리며 힘을 끌어모아 자꾸만 젖은 모래밭에 코를 박는 보트와 씨름해야 했다. 해안을 반쯤 가로질렀을 때 페러그린이 경고의 울음소리를 냈고, 모래언덕 위로 두 대의 비행선이 모습을 드러냈다. 우리는 갑자기 바퀴라도 달린 듯 아드레날린을 연료 삼아 전력질주해서 보트들을 동굴 안에 던져놓았다. 페러그린도 부러진 날개를 모래밭에 질질 끌며 우리 곁으로 절뚝거리며 뛰어왔다. "제발, 제발 우릴 못 보았기를!" 엠마가 큰 소리로 기도했다.

"앗, 우리가 남긴 흔적!" 밀라드가 소리쳤고 그는 입고 있던 코트를 벗고 우리가 보트를 끌며 남긴 자국을 지우러 밖으로 나갔다. 하늘에서 보면 우리가 숨은 곳을 알리는 화살표처럼 보일 게 뻔했다. 우리 눈엔 밀라드의 발자국만 보였다. 다른 사람이 나갔더라면 보나마나 발각되었을 것이다.

잠시 후 그가 모래를 뒤집어쓰고 빨간 선으로 상반신 윤곽을 드러낸 채 돌아왔다. "놈들이 가까이 왔어." 그가 숨을 헐떡이며 말했다. "어쨌든 내가 할 수 있는 건 다 했어."

"너 또 피가 나네!" 브로닌이 걱정스러운 목소리로 말했다. 전날 밤 등대에서의 총격전 중에 총탄이 밀라드를 스쳤다. 지금까지 놀라운 회복력을 보이긴 했지만 완전히 회복된 것과는 거리가 멀었다. "붕대는 어디 갔어?"

"내가 풀어버렸어. 얼마나 꼼꼼하게 맸는지 잘 풀리지도 않더라. 투명인간은 언제든 즉시 옷을 벗을 수 있어야 해. 그렇지 못하면 능력이 쓸모없어지니까."

"죽으면 더 쓸모가 없어지거든, 이 고집불통 당나귀야." 엠마가 말했다. "가만히 있어. 그리고 혀 깨물지 않게 조심해. 진짜 아플 테니까." 엠마는 손가락 두 개를 다른 손의 손바닥으로 감싼 뒤 잠시 주의를 집중했다. 손가락을 꺼냈을 때에는 손끝이 빨간 불로 반짝이고 있었다.

밀라드는 기겁을 했다. "저기 말이야, 엠마. 그건 좀 너무……."

엠마가 손가락으로 어깨의 상처 부위를 누르자 밀라드가 숨을 헉하고 들이켰다. 살이 타는 소리와 함께 연기가 피어올랐다. 잠시 후 출혈이 멎었다.

"흉터 남겠다!" 밀라드가 징징거렸다.

"그래? 그걸 누가 보는데?"

밀라드는 부루퉁해서 아무 말도 하지 않았다.

비행선 엔진 소리가 점점 더 커졌다. 동굴 벽이 소리를 증폭시켜 더욱 크게 들렸다. 나는 동굴 위를 맴도는 그들의 모습을 상상해보았다. 우리가 남긴 자국을 바라보며 공격 준비를 하고 있는 그들을. 엠마가 내게 어깨를 기대어왔다. 어린 아이들은 브로닌에게 달려가 무릎에 얼굴을 파묻었고 브로닌이 그들을 안아주었다. 우리가 지닌 이상한 능력에도 불구하고 우리는 완전히 무기력했다. 우리가할 수 있는 일이라고는 어두컴컴한 동굴 속에서 서로를 바라보며 눈을 껌뻑거리고, 감기에 걸려 콧물을 흘리고, 적들이 지나가기를 바라는 것뿐이었다.

마침내 엔진 소리가 잦아들어 다시 우리의 목소리가 들리기 시작하자 클레어가 브로닌의 무릎을 베고 누워 웅얼거렸다. "옛날이야기 해줘. 너무 무섭단 말이야. 이런 상황 싫어. 옛날이야기 하나 들어야겠어."

"맞아. 옛날이야기 하나 해줘, 응?" 올리브가 애원했다. "그 동화책에 있는 얘기. 난 그 얘기들이 제일 재밌더라."

이상한 아이들 중 가장 어른스러운 브로닌은 어린 아이들에게는 어쩌면 페러그린보다 더 엄마 같은 존재였다. 브로닌은 매일 밤아이들을 재우고, 동화책을 읽어주고, 이마에 키스해주었다. 브로닌의 튼튼한 팔은 아이들을 따스하게 품어주기 위해 있는 것 같았고, 넓은 어깨는 아이들을 안아주기 위해 있는 것 같았다. 그러나 지금은 옛날이야기나 하고 있을 때가 아니었고 브로닌도 그렇게 말했다.

"뭐 지금이야말로 옛날이야기를 할 때긴 하지." 에녹이 빈정거리며 말했다. "하지만 일단 동화 따윈 좀 제쳐두고, 페러그린의 아이들이 지도도 먹을 것도 없이 어떻게 하면 할로우들한테 잡아먹히지 않고 살아남을 수 있는지 그 얘길 좀 해봐. 어떻게 끝나는지 진짜 궁금하다."

"페러그린 원장님이 옛날이야기 해주시면 좋겠다." 클레어가 훌쩍였다. 클레어는 브로닌의 무릎에서 벗어나 새에게 다가갔다. 페러그린은 뒤집힌 보트 용골 위에 앉아 있었다. "이제 우리 어떻게 해요?" 클레어가 말했다. "제발 다시 인간으로 돌아와주세요. 다시 깨어나주세요."

페러그린이 울음소리를 내며 클레어의 머리카락을 날개로 쓰다듬었다. 올리브도 눈물로 얼룩진 얼굴로 새에게 다가갔다. "우리에겐 원장님이 필요해요! 우린 길을 잃었고, 위험에 처했고, 갈수록 배도 고파요. 이젠 집도 없고 우리 말곤 친구도 없어요. 우린 원장님이 필요하다고요!"

브로닌이 소녀들 곁에 무릎을 꿇고 앉았다. "원장님은 지금 인간으로 돌아올 수가 없단다, 애들아. 하지만 반드시 돌아오실 거야. 약속할게."

"어떻게?" 올리브가 물었다. 올리브의 질문이 동굴 벽에 부딪쳤고, 메아리가 그 질문을 반복해서 던졌다.

엠마가 일어섰다. "내가 어떻게 할지 말해줄게." 그녀가 말했다. 모두의 시선이 그녀에게 쏠렸다. "일단 걷는 거야." 엠마가 얼마나 자신 있게 말하는지 소름이 돋을 정도였다. "걷고, 걷고, 또 걷는 거야. 마을을 찾을 때까지."

"그랬다가 50킬로미터 반경 내에 마을이 없으면?" 에녹이 물었다.

"51킬로미터를 걸어야지. 하지만 그렇게 멀리까진 걷지 않아도 될 거야."

"그러다가 와이트들이 하늘에서 우릴 발견하면?" 휴가 말했다.

"발견 못 해. 우리가 조심할 테니까."

"시내에서 놈들이 우릴 기다리고 있으면?" 호러스가 말했다.

"평범한 사람인 척하면 돼. 그럼 그냥 지나치겠지."

"난 그런 거 잘 못하는데." 밀라드가 웃으며 말했다.

"넌 아예 안 보이잖아. 넌 우리 정찰병이야. 필요한 물건을 조달하는 비밀요원이고."

"도둑질이라면 내가 좀 소질이 있지." 으쓱해하며 밀라드가 말했다. "다섯 손가락을 이용한 쓱싹 예술의 대가라고나 할까."

"그다음엔 어쩔 건데?" 에녹이 부루퉁한 얼굴로 웅얼거렸다. "배를 채우고 따뜻하게 잠잘 곳을 찾는다고 해도 우린 여전히 루프 밖에서 완전히 위험에 노출된 상태고, 페러그린 원장님도……."

"우린 루프를 찾을 거야." 엠마가 말했다. "루프를 찾는 사람들을 위한 표지나 안내판 같은 게 있겠지. 그런 게 없으면 가장 가까운 루프가 어딘지 알려줄 우리 동지들을 찾으면 돼. 루프 안엔 임브린이 있을 거고, 임브린이 원장님을 치료할 수 있을 거야."

엠마처럼 자신감 넘치는 사람을 나는 본 적이 없었다. 그녀는 온 몸으로 자신감을 발산하고 있었다. 무언가를 결정해야 할 때면 어깨를 뒤로 젖히고 이를 꼭 다무는 모습도 그랬고, 내뱉는 말 한 마디 한 마디를 물음표가 아닌 마침표로 끝내는 것도 그랬다. 나는 엠마의 그런 면을 사랑했고, 아이들 앞에서 엠마에게 키스하고 싶은 충동을 간신히 억눌렀다.

휴가 기침을 했고 그의 입에서 나온 벌들이 공중에 물음표를 만들었다. "어떻게 그렇게 확신해?"

"그냥 확신이 들어. 그뿐이야." 엠마는 양손을 문질렀다. 마치 그게 확신이라는 듯이.

"진짜 감동적인 연설이다." 밀라드가 말했다. "분위기 망치긴 싫은데, 내가 알기론 페러그린 원장님이 아직 잡히지 않은 유일한 임브린이야. 애보셋(됫부리장다리물떼새-옮긴이) 원장이 한 말을 생각해봐. 와이트들이 루프를 공격하고 있고 벌써 몇 주 전에 임브린들도 납치했다고 했잖아. 설령 우리가 루프를 찾는다고 해도 거기가 임브린이 있는 곳인지, 아니면 와이트들이 점령한 곳인지 알 수 없단 얘기지. 그저 막연히 와이트들이 없겠거니 하고 루프 문을 두드리면서 돌아다닐 순 없어."

"아니면 굶주린 할로우들이 우글거릴 수도 있지." 에녹이 말했다.

"막연히 **바랄** 필요는 없어." 엠마가 말하고는 내 쪽을 바라보며 미소를 지었다. "제이콥이 미리 알려줄 테니까."

내 온몸이 차갑게 식었다. "**내가?**"

"넌 멀리서도 할로우를 감지하는 능력이 있잖아. 안 그래?" 엠마가 말했다. "보는 건 물론이고."

"놈들이 가까이 있으면 토할 것 같은 기분이 들긴 해." 내가 말했다.

"얼마나 가까이 다가왔을 때 그래?" 밀라드가 물었다. "겨우 몇 미터 거리에서 느낌이 오는 거라면 언제든 개들이 우릴 잡아먹을 수 있는 거잖아. 그보다는 훨씬 더 멀리서 감지할 수 있어야지."

"나도 그건 아직 제대로 확인 못 했어." 내가 말했다. "이 모든 게 나한텐 너무도 낯선 일이라."

나는 골란 박사의 할로우 맬서스와 이제 겨우 한 번 접촉했을 뿐이었다. 우리 할아버지를 죽인 괴물, 그리고 나를 케르놈 늪지에 익사시킬 뻔했던 괴물. 잉글우드의 우리 집 앞에 도사리고 있던 놈을 처음 느꼈을 때 놈은 얼마나 멀리 있었을까. 알 길이 없었다.

"어쨌든, 네 재능은 개발될 거야." 밀라드가 말했다. "이상한 아이들의 재능은 근육과 같아서 연습할수록 점점 더 좋아지거든."

"이건 미친 짓이야!" 에녹이 말했다. "너희들 정말 **쟤**한테 모든 걸 걸 만큼 절박하냐? 쟨 그냥 평범한 애야. 우리 세계에 대해 쥐뿔도 아는 게 없는 나약하기 짝이 없는 평범한 애라고!"

"앤 평범하지 않아." 마치 엄청난 모욕을 당했다는 듯 얼굴을 찌푸리며 엠마가 말했다. "앤 우리하고 똑같은 애야!"

"헛소리하고 있네!" 에녹이 소리쳤다. "이상한 피가 약간 흐른다고 해서 우리 형제가 될 수 있는 건 아냐. 내 보호자가 될 수 없는 건 물론이고! 우린 쟤가 어떤 능력을 갖고 있는지 몰라. 아마 50미터 전방에 할로우가 있는 건지 방귀가 나오려고 배가 아픈 건지조차 분간 못할걸!"

"어쨌든 쟤가 한 놈을 죽였잖아. 안 그래?" 브로닌이 말했다. "양털 깎는 가위로 눈을 찔러서! 우리가 그런 행동을 한 이상한 아이 얘기를 마지막으로 들어본 게 언제였지?"

"에이브 이후론 없었지." 휴가 말했다. 할아버지의 이름을 언급한 순간 아이들 사이에 무거운 침묵이 흘렀다.

"에이브는 맨손으로 괴물을 잡았다고 했어." 브로닌이 말했다.

"뜨개바늘이랑 뜨개실로 죽였단 얘기도 들었는데." 호러스가 말했다. "사실 그건 내가 꿈에서 본 거야. 그러니까 분명히 그랬을 거야."

"그런 얘기들 반은 다 뻥이야. 시간이 흐를수록 점점 더 황당해지는 얘기라고." 에녹이 말했다. "내가 알기로 에이브러햄 포트먼은 단 한 번도 우릴 구한 적이 없어."

"에이브는 위대한 이상한 아이였어!" 브로닌이 말했다. "우릴 위해 할로우 수십 마리를 죽였어."

"하지만 결국 우릴 포로처럼 그 집에 숨어 살게 만들고 자기는 미국으로 달아나서 여기저기 돌아다니며 영웅 행세를 했지."

"너 지금 그걸 말이라고 하는 거야?" 엠마가 분노로 벌겋게 달아오른 얼굴로 말했다. "그렇게 단순하게 말할 문제가 아니잖아."

에녹이 어깨를 으쓱했다. "어쨌든 이런 건 다 부질없는 얘기야." 그가 말했다. "에이브가 어떤 아이였건 얜 에이브가 아니야."

에녹이 미웠지만 날 믿지 못하는 에녹을 비난할 수는 없었다. 자신의 능력에 대해 확신이 있고 오랫동안 그 능력을 갈고닦아온 아이들이 나를 어떻게 믿을 수 있을까. 나는 이제 겨우 내 능력을 이해하기 시작했고 내가 능력을 사용하기 시작한 건 불과 며칠 전이었다. 내가 누구 손자이건, 그런 것 따위 중요하지 않았다. 도대체 내가 뭘 하고 있는 건지 나도 잘 모르겠다.

"맞아. 난 할아버지가 아니야." 내가 말했다. "난 단지 플로리다에서 온 남자애일 뿐이고 어쩌다 운이 좋아서 할로우를 죽인 걸 수도 있어."

"절대 그렇지 않아." 엠마가 말했다. "언젠간 너도 에이브처럼 멋진 할로우 사냥꾼이 될 거야."

"부디 그 날이 너무 멀지 않길 바라." 휴가 말했다.

"그게 네 운명이야." 호러스가 말했다. 마치 내가 모르는 무언가를 알고 있는 듯한 말투로.

"설령 그게 운명이 아니라고 해도," 휴가 말했다. 그는 내 등을 두드리면서 말을 이었다. "이제 우리한텐 너밖에 없어."

현기증이 났다. 그들이 내게 거는 기대의 무게가 금방이라도 나를 짜부라뜨릴 듯 부담스럽게 느껴졌다. 나는 비틀거리며 일어서서 동굴 입구 쪽으로 걸었다.

"나 바람 좀 쐬고 올게." 내가 에녹을 밀어내며 말했다.

"제이콥, 기다려!" 엠마가 소리쳤다. "비행선들은 어쩌고!"

하지만 비행선들은 이미 사라졌다.

"내버려둬." 에녹이 투덜거렸다. "운이 좋으면 미국까지 헤엄쳐서 돌아가겠지."

바닷가로 걸어 나가면서 나의 새로운 친구들이 보는 내 모습, 혹은 그들이 보고 싶어 하는 내 모습을 그려보려 애썼다. 그들이 원하는 제이콥은 아이스크림 트럭을 쫓아 뛰어가다 다리가 부러진 제이콥도, 아빠의 권유로 마지못해 학교 육상부에 들어가려다 세 번이나 떨어진 제이콥도 아니었다. 괴물 탐지기 제이콥. 배 속에서 꿈틀거리는 직감을 해석할 수 있는 놀라운 소년. 괴물의 움직임을 예측

하고 처단하는 자. 그 모든 것은 우리 이상한 아이들 패거리의 삶과 죽음을 가르는 중대한 문제였다.

할아버지의 전설적인 삶을 내가 감히 흉내나 낼 수 있을까.

나는 바닷가 바위 꼭대기로 올라가 젖은 옷을 바람에 말리며 서 있었다. 저물어 가는 햇살 속에서 출렁이는 잿빛 캔버스를, 서로 섞이며 어두워지는 바다를 바라보았다. 이따금 멀리서 불빛이 반짝였다. 잘 있냐고, 잘 가라고 반짝이는 케르놈의 등대였다.

내 마음은 표류하기 시작했다. 나는 눈을 뜬 채 꿈속으로 빠져들었다.

중년의 남자가 보인다. 그는 진흙투성이가 되어 칼끝처럼 날카로운 벼랑을 헤집고 다니고 있다. 빗질도 하지 않은 푸석푸석한 머리카락이 젖은 얼굴 위로 흘러내린다. 바람이 그의 얇은 재킷을 마치 돛처럼 세차게 펄럭인다. 그는 멈춰 서더니 몇 주 전 짝짓기하는 갈매기와 슴새의 둥지를 관찰하기 위해 파놓은 구멍에 팔꿈치를 고정하고 엎드린다. 그는 망원경을 들지만 새 둥지 쪽이 아니라 아래쪽, 밀물 때의 파도가 부딪혀 이런저런 물건을 날라다놓는 좁다란 해안 낭떠러지 방향을 바라본다. 나뭇조각, 해초, 보트의 잔해가 모이는 곳. 동네 사람들 말로는 시체들이 떠내려온다는 곳.

남자는 우리 아빠다. 그는 결코 찾고 싶지 않은 무언가를 찾고 있다.

아빠는 아들의 시체를 찾고 있다.

뭔가가 내 신발을 건드리는 듯한 느낌에 깜짝 놀라 꿈에서 깨어 눈을 떴다. 어느덧 어둠이 내렸고, 나는 무릎을 세우고 바위에 앉아 있었다. 눈을 떠 보니 엠마가 있었다. 바위 아래쪽 모래밭에서 머리카락을 바람에 흩날리면서.

"괜찮아?" 그녀가 물었다.

대학 수학 수준의 학력과 한 시간 가량의 토론으로나 대답할 수 있는 질문이었다. 수백 가지의 대답이 충돌했고, 그중 상당수는 춥고 피로한 데다 얘기하고 싶은 기분이 아니라 지워져버렸다. 그래서 나는 대답했다. "괜찮아. 옷을 좀 말리는 중이었어." 내 말을 증명해 보이려는 듯 축축한 셔츠 앞섶을 흔들어 보이면서.

"그거라면 내가 도울 수 있어." 엠마가 바위 몇 개를 기어올라 내 곁에 앉았다. "한쪽 팔 줘봐."

내가 한 팔을 내밀자 엠마가 내 팔을 자기 무릎 위에 올려놓았다. 그러곤 양손을 입에 모으고 머리를 숙인 다음 길게 숨을 들이켰다가 손가락 사이로 천천히 입김을 불어서, 믿을 수 없을 만큼 따스한 온기로 내 팔을 데워주었다. 뜨거워서 데기 직전의 온기였다.

"너무 뜨겁니?" 엠마가 물었다.

그 순간 몸을 관통하는 전율에 긴장한 나는 고개를 저었다.

"다행이다." 그녀가 이번에는 팔 윗부분에 대고 다시 입김을 불었다. 또 한 차례 달콤한 온기가 번졌다. 입김을 부는 사이사이, 엠마가 말했다. "에녹이 한 말은 너무 신경 쓰지 마. 다른 애들은 다 널 믿거든. 에녹은 가끔 속 좁은 노인네처럼 굴어. 질투가 날 땐 유난히 더 그래."

"에녹 말이 맞아." 내가 말했다.

"설마 정말 그렇게 생각하는 건 아니지?"

그 순간 갑자기 폭포처럼 말이 쏟아져 나왔다. "내가 도대체 뭘 하고 있는 건지 나도 모르겠거든." 내가 말했다. "너희들은 어떻게 날 믿을 수가 있어? 설령 나한테 좀 이상한 면이 있다고 해도 아주 조금 이상한 것뿐일 거야. 너희들처럼 완전체가 아니라 반편이 이상한 아이."

"그런 법은 없어." 엠마가 웃으며 말했다.

"하지만 우리 할아버지가 나보다 훨씬 더 이상했어. 분명히 그 랬을 거야. 할아버진 엄청나게 강한 분이고……."

"아니야, 제이콥." 엠마가 눈을 가늘게 뜨고 날 바라보며 말했다. "정말 신기하다. 넌 여러모로 네 할아버지를 닮았어. 물론 좀 다른 점도 있긴 해. 네가 훨씬 더 자상하고 사랑스럽고…… 하지만 말하 는 건 꼭 에이브 같아. 에이브가 처음 우리한테 왔을 때."

"그래?"

"응. 에이브도 무척 혼란스러워했거든. 다른 이상한 아이를 한 번도 만난 적이 없었으니까. 자기 능력이 뭔지, 그 능력을 어떻게 발 휘해야 하는지, 정확히 뭘 할 수 있는지 몰랐어. 사실 우리 모두 마 찬가지였어. 네가 할 수 있는 일은 아주 희귀한 일이야. 하지만 네 할 아버지는 그걸 터득했어."

"어떻게?" 내가 물었다. "어디서?"

"전쟁 때. 에이브는 이상한 아이들만으로 구성된 영국군 부대 소속이었어. 할로우와 싸우면서 동시에 독일군과도 싸웠지. 무공훈 장을 받진 못했지만 그들이야말로 우리의 영웅이야. 물론 너희 할아 버지도 그렇고. 그 사람들이 소위 '부패한 자'들을 수십 년 동안 막 아주었고 이상한 아이들의 생명을 셀 수 없이 구했어."

하지만 정작 자기 부모는 못 구했잖아. 그거야말로 이상한 비극 아니 야? 나는 속으로 생각했다.

"이것만은 분명히 말할 수 있어." 엠마가 말을 이었다. "넌 할아 버지하고 똑같이 이상하고…… 똑같이 용감해."

"지금 나 기분 좋으라고 하는 말이잖아."

"아니." 그녀가 내 눈을 바라보며 말했다. "그렇지 않아. 언젠간 알게 될 거야, 제이콥. 언젠가 넌 네 할아버지보다 훨씬 더 위대한 할 로우 사냥꾼이 될 거야."

"다들 그렇게 말하더라. 넌 어떻게 그렇게 확신해?"

"마음 깊은 곳에서 느낄 수 있어." 그녀가 말했다. "넌 그렇게 될 수밖에 없어. 케르놈에 오기로 이미 예정되어 있었던 것처럼."

"난 그런 거 안 믿어. 숙명이니 별자리니, 운명이니 그런 거."

"운명이란 말은 안 했어."

"그렇게 될 수밖에 없다며. 그게 그 말이지." 내가 말했다. "운명은 마법의 칼을 지닌 사람들이 등장하는 소설에나 나오는 얘기야. 순 헛소리지. 내가 이 섬에 온 건 할아버지가 돌아가시기 전에 10초 정 도 이 섬에 관한 얘기를 중얼거리셨기 때문이야. 그게 다라고. 이건 다 우연일 뿐이야. 그런 얘기를 해주신 건 감사하지만 그때 할아버 진 제정신이 아니었어. 사야 할 물건들 목록을 중얼거릴 수도 있었다 고."

"하지만 그러지 **않았잖아.**" 엠마가 말했다.

나는 한숨을 쉬었다. 부아가 치밀었다. "내가 괴물로부터 너희 를 지켜줄 거라 믿고 나와 함께 루프를 찾아 나섰다가 너희가 전부 다 죽어도, 그것도 운명이야?"

엠마가 내 팔을 내 무릎 위에 되돌려놓고 말했다. "**운명**이라곤 말하지 않았어." 그녀가 다시 한 번 말했다. "난 믿어. 인생에서 일어 나는 커다란 사건들은 결코 우연이 아니란 걸. 무슨 일이든 이유가 있어서 일어나는 거야. 지금 네가 여기 있는 것도 그럴 만한 이유가 있어서야. 실패하고 죽기 위해서가 아니라고."

내게는 더 이상 논쟁을 계속할 마음이 없었다. "좋아." 내가 말했다. "네 말이 옳다고 생각하진 않지만, 제발 네 말이 **옳았으면 좋겠다**." 엠마에게 쏘아붙인 게 마음에 걸렸지만 나는 추웠고, 두려웠고, 방어적이 되었다. 좋은 순간과 나쁜 순간, 끔찍한 생각들과 자신감이 번갈아 고개를 들었지만 현재 두려움 대 자신감의 비율은 다소 암울했다. 약 3대 1정도. 최악의 순간에는 내가 원하지도 않은 역할을 강제로 떠맡은 것 같은 기분, 전쟁 중에 최전방에 나서겠다고 자청했는데 그 전쟁이 어떤 규모의 전쟁인지도 모르고 있는 것 같은 기분이 들었다. '운명'이란 말은 하나의 의무처럼 들렸다. 만약 내가 악몽에나 나올 법한 괴물들과의 전투에 투입되어야 한다면, 그건 나 자신의 선택이어야 했다.

그러나 어떻게 보면 나는 이미 선택을 했다. 이 이상한 아이들과 미지의 세계로 여행을 떠나기로 결심한 그 순간에. 마음속 아주 깊은 곳을 들여다보면, 내가 원한 건 이런 게 아니었다는 말도 사실이 아니었다. 아주 어렸을 때부터 나는 이런 모험을 꿈꿨다. 그때만 해도 나는 운명을 믿었다. 그것도 절대적으로. 어린 내 마음의 세포 하나하나까지 운명을 믿었다. 할아버지의 신기한 이야기를 들을 때면 속이 근질거리는 듯한 기분이 들었다. **언젠간 나도 저런 모험의 주인공이 되고 말 거야.** 지금은 의무처럼 느껴지는 일들이 바로 그 시절의 내 희망이었다. 그때 난 생각했다. 언젠간 나도 할아버지처럼 이 조그만 도시를 떠나 특별한 삶을 살겠다고. 언젠가는 포트먼 할아버지처럼 위대한 일을 하겠다고. 할아버지도 내게 그렇게 말씀하셨다. "넌 아주 위대한 사람이 될 거야, 제이콥. 아주 위대한 사람."

"할아버지처럼요?" 나는 묻곤 했다.

"나보다 더." 할아버지가 대답하곤 했다.

그때 나는 할아버지 말을 믿었다. 지금도 믿고 싶다. 그러나 할아버지에 대해 알아갈수록, 할아버지의 그림자가 길어질수록, 할아버지처럼 된다는 건 점점 더 불가능한 일처럼 느껴졌다. 그렇게 되어 보려고 시도하는 것 자체가 자살 행위 같았다. 그리고 마음을 다잡으려 할 때마다 아빠 생각이 스멀스멀 고개를 들었다. 이제 곧 완전한 절망에 빠질 불쌍한 아빠. 아빠를 머릿속에서 밀어내려 할 때마다, 소위 위대한 사람이 어떻게 사랑하는 가족들에게 그렇게 잔인할 수 있는지 의문이 들었다.

나는 몸을 떨었다. "너 춥구나." 엠마가 말했다. "하던 거 마저 할게." 그녀가 내 다른 팔을 잡고 팔의 처음부터 끝까지 키스했다. 그 키스는 내가 감당할 수 있는 수준을 넘어선 것이었다. 입술이 어깨에 이르자 엠마는 내 팔을 자기 무릎에 놓는 대신 자신의 어깨에 둘렀다. 나는 다른 팔도 엠마의 어깨에 둘렀고, 엠마도 양팔로 나를 안았다. 우리의 이마가 서로 맞닿았다.

아주 작은 소리로 엠마가 말했다. "네가 한 선택을 후회하지 말았으면 좋겠어. 나는 네가 우리 곁에 있어서 정말 기뻐. 네가 떠나면 난 어떻게 해야 할지 모르겠어. 너 없이 견딜 수 없을까봐 두려워."

나는 잠시나마 심각하게 돌아가는 상상을 해봤다. 어떻게든 배를 찾아서, 노를 저어 섬으로 귀환해 다시 집으로 돌아가는 상상.

그러나 그럴 수가 없었다. 상상할 수가 없었다.

내가 속삭였다. "내가 어떻게 돌아가겠어?"

"페러그린 원장님이 회복되시면 널 돌려보낼 수 있을 거야. 네가 원한다면."

내 질문은 방법론이 아니라 단지 **널 두고 내가 어떻게 떠나겠니**라는 뜻이었다. 그러나 그 말은 내 입술 밖으로 나오는 길을 찾지 못했다. 나는 말을 안에 가두고 대신 엠마에게 키스했다.

이번엔 엠마가 숨이 가빴다. 엠마는 양손을 들어 내 뺨을 감싸려다 닿기 직전 멈췄다. 엠마의 손에서 열기가 배어났다.

"만져도 돼." 내가 말했다.

"화상 입히고 싶지 않아." 그녀가 말했지만, 가슴 속에서 갑자기 번쩍 하고 섬광이 일어나 **"상관없어."**라고 말해버렸다. 나는 엠마의 손가락으로 내 뺨을 쓸었고 우리 두 사람 다 숨이 가빴다. 뜨거웠지만 피하지 않았다. 감히 그럴 수가 없었다. 그랬다간 엠마가 더 이상 나를 어루만져주지 않을 것 같았다. 우리의 입술이 다시 만났고, 우리는 다시 키스했다. 그녀의 특별한 온기가 내 몸 안에 번졌다.

우리는 눈을 감았다. 온 세상이 아득히 멀어져갔다.

내 몸이 밤안개 속에서 차갑게 식어갔지만 나는 느끼지 못했다. 바다의 파도가 귓가에서 요란했지만 듣지 못했다. 앉아 있던 바위가 날카롭고 뾰족했어도 나는 알아차리지 못했을 것이다. 우리 두 사람 말고는 모든 게 다 훼방꾼일 뿐이었다.

그 순간 어둠 속에서 엄청난 굉음이 들렸지만 나는 개의치 않았다. 엠마에게서 떨어질 수가 없었다. 그러나 그 소리가 두 배로 커지면서 끔찍한 금속성 소음까지 가세하고 불빛이 우리 주위를 훑어 내리기 시작하자 더 이상은 외면할 수가 없었다.

등대, 나는 생각했다. **등대가 무너지고 있어.**

그러나 등대는 멀리 보이는 하나의 점일 뿐이었다. 태양처럼 환한 불빛일 수가 없었다. 불빛은 우리 방향으로 계속 다가오고 있었다. 등대처럼 앞뒤로 움직이는 게 아니라.

등대가 아니었다. 수색등이었다. 해안의 수면에서 새어 나오는 불빛.
잠수함의 수색등이었다.

공포에 휩싸였던 그 짧은 순간 뇌와 다리가 연결이 되지 않았다. 내 눈과 귀는 멀지 않은 곳에 잠수함이 있다는 사실을 감지했다. 철로 만든 괴물이 양쪽으로 물을 뿜어내며 바다에서 떠올랐고, 문이 열리면서 갑판으로 올라온 남자들이 고함을 지르며 우리에게 빛의 대포를 쏘아대고 있었다. 그제야 그 자극이 나의 다리로 전달되었고, 우리는 미끄러지고 넘어지면서 바위산에서 내려와 미친 듯이 달리기 시작했다.

수색등이 해안에 피스톤 운동을 하는 3미터 길이의 섬뜩한 그림자를 드리웠다. 총탄이 모래에 박히고 머리 위로 날아갔다.

확성기 소리가 들려왔다. "꼼짝 마! 거기 서!"

우리는 동굴로 들어갔다. **놈들이 오고 있어. 놈들이 왔어. 일어나. 어서.** 아이들은 이미 소리를 듣고 일어나 있었다. 브로닌만 빼고. 브로닌은 바다에서 너무도 탈진한 나머지 동굴에 기대 잠들어 있었고 도무지 정신을 차리지 못했다. 브로닌의 몸을 흔들며 얼굴에 대고 소리를 질렀지만 그녀는 신음하며 우리를 팔로 밀어냈다. 결국 우리는 브로닌의 허리를 잡고 일으켜 세웠다. 벽돌 기둥을 드는 것 같은 기분이었다. 마침내 두 발이 땅에 닿는 순간 브로닌은 충혈된 눈을 뜨고 제 힘으로 섰다. 우리는 주섬주섬 물건들을 챙겼다. 우리의 소지품이 너무도 보잘것없어서 얼마나 다행인지. 엠마가 페러그린을 양팔로 안았다. 우리는 밖으로 뛰어나갔다. 우리가 모래언덕을 향해 달릴 때 군인들이 첨벙거리며 뭍에 내려서고 있었다. 총을 든 손을 머리 위로 높이 쳐들고서.

우리는 야생의 나무들이 있는 곳, 길도 없는 밀림을 향해 달렸다. 어둠이 우리를 집어삼켰다. 구름에 가려지지 않은 달은 나무가 가렸고 나뭇가지가 가냘픈 달빛을 흡수해버렸다. 눈이 어둠에 적응할 겨를도 없었고, 앞을 더듬어가며 조심스럽게 걸을 수도 없었다. 숨을 헐떡이며 뛰는 것 말고는, 두 팔을 앞으로 뻗고 불과 몇 센티미터 앞 공중에서 느닷없이 솟아오르는 것 같은 나무들을 피해가며 달리는 수밖엔 없었다.

그로부터 몇 분 뒤 우리는 멈춰 섰다. 가슴을 들썩이며 귀를 기울였다. 목소리들이 여전히 우리를 쫓고 있었다. 이번에는 다른 소리도 들렸다. 개 짖는 소리였다.

우리는 다시 달렸다.

제 3 장

chapter three

검은 숲을 아마도 몇 시간은 헤매고 다닌 것 같았다. 시간을 가늠하게 해줄 달도 없었고, 별의 움직임도 없었다. 달리는 동안 남자들의 고함 소리와 개 짖는 소리가 사방에서 우릴 위협했다. 개가 냄새를 추적하지 못하도록 얼음장 같은 냇물에 뛰어들어 발가락에 감각이 없어질 때까지 걸었고, 마침내 물 밖으로 나왔을 때는 마치 발이 잘린 채 걷는 듯한 기분이었다.

시간이 흐를수록 우리는 지쳐가기 시작했다. 누군가 어둠 속에서 신음했다. 올리브와 클레어는 뒤처지기 시작했고 브로닌은 양팔에 두 아이를 안았지만 그런 상태로는 달릴 수가 없었다. 호러스가 나무뿌리에 걸려 넘어지자 다른 아이들도 제발 쉬자고 애원했고 우리는 모두 멈췄다. "일어나, 이 굼벵아!" 에녹이 그에게 핀잔을 주었지만 그런 그마저도 가쁜 숨을 몰아쉬고 있었다. 에녹은 나무에 기대서서 호흡을 가다듬었고 그의 기력도 급격히 빠져나갔다.

우리의 인내심은 한계에 달했다. 멈춰야 했다.

"이런 식으로 어두운 숲 속을 헤매봐야 아무 소용없어." 엠마가 말했다. "이러다가 결국 우리가 출발한 지점으로 돌아갈지도 몰라."

"해가 뜨면 숲 속 지리를 좀 더 쉽게 파악할 수 있을 텐데." 밀라드가 말했다.

"그때까지 살아 있을 때 얘기지." 에녹이 말했다.

가랑비가 추적추적 내리기 시작했다. 피오나가 나무 몇 그루의 낮은 가지들을 구부려 피신처를 만들었다. 그녀는 나무 몸통을 어루만지며 속삭여서 우리가 들어앉기 딱 좋은 높이에 촘촘한 나뭇잎으로 방수 지붕을 만들었다. 우리는 그 밑에 모여 앉아 빗소리와 개 짖는 소리를 들었다. 이 숲 어딘가에서 총을 든 군인들이 여전히 우릴 쫓고 있었다. 모두가 저마다의 생각에 빠져 있었지만, 동시에 똑같은 생각을 하고 있음을 나는 알고 있었다. 잡히면 우린 어떻게 될까.

클레어가 울기 시작했다. 처음엔 나지막이 훌쩍이다가 점점 더 큰 소리로 울었다. 두 개의 입을 있는 대로 벌리고 울었고, 흐느낌 사이에 숨도 제대로 쉬지 못했다.

"그만 좀 해!" 에녹이 말했다. "놈들이 듣는다고! 그랬다간 다 같이 울어야 할걸!"

"우릴 잡아서 개 먹이로 줄 거야!" 클레어가 말했다. "우릴 쏘아 죽이고 원장님을 데려갈 거야." 브로닌이 다가가 어린 소녀를 곰처럼 품어주었다. "클레어, 그런 생각하지 말고 다른 생각을 해보자."

"나도 노력하고 있다고!" 그녀가 울부짖었다.

"그럼 **조금 더** 노력해보자."

클레어는 눈을 꼭 감고 깊은 숨을 내쉬었다. 그 모습이 금방이라도 터질 듯한 풍선 같았다. 그러고 나서 지금까지보다 훨씬 더 격한 기침과 헐떡이는 울음 발작이 시작되었다.

에녹이 양손으로 그녀의 입을 막았다. "쉿!"

"미, 미안……." 그녀가 흐느끼며 말했다. "얘, 얘기를 들으면……우, 우리 동화를 읽으면 조, 좀 나아질 거 같아."

"또 그 소리." 밀라드가 말했다. "차라리 그 망할 놈의 동화책을 다른 짐들하고 같이 바다에 빠뜨릴 걸 그랬어."

페러그린이 현재 상태로는 불가능해 보이는 날렵한 동작으로 브로닌의 여행가방 위에 가뿐하게 뛰어올라 부리로 여행가방을 쪼았다. 가방 안에는 보잘것없는 소지품들과 함께 《이상한 아이들의 동화》가 들어 있었다.

"나도 원장님하고 같은 생각이야." 에녹이 말했다. "쟤 우는 것만 멈출 수 있다면."

"좋아, 얘들아." 브로닌이 말했다. "꼭 하나만 읽어줄 거야. 그럼 울음 그쳐야 돼."

"야, 약속할게." 클레어가 훌쩍이며 대답했다.

브로닌이 가방을 열고 물에 젖은 《이상한 아이들의 동화》를 꺼냈다. 엠마가 가까이 다가가 손가락 끝에 아주 작은 불을 만들었다. 빨리 클레어를 진정시키고 싶어 안달이 났는지 페러그린이 부리로 책의 한 페이지를 펼쳤다. 브로닌은 작은 목소리로 책을 읽기 시작했다.

"옛날 옛적 이상한 시절, 아주 깊고 오래된 숲 속에 온갖 짐승들이 우글거렸습니다. 여느 숲들과 마찬가지로 토끼들과 사슴들, 여우들이 살았지요. 그런데 그보다 좀 더 희귀한 동물들도 있었습니다. 이를테면 죽마 다리 곰이라든가, 머리가 둘인 스라소니라든가, 말하는 에뮤래프라든가. 이상한 동물들은 사냥꾼들이 가장 좋아하는 사냥감이었습니다. 사람들은 이상한 동물들을 쏘아 죽여서 벽에 매달아놓고 친구들에게 자랑하기도 했지만, 그보다는 동물원에 파는 것을 더 좋아했습니다. 동물원에서는 그들을 우리에 가두고, 사람들에게 돈을 받고 구경을 시켜주었습니다. 아마 여러분들은 총에 맞아 벽에 매달리는 것보단 우리에 갇히는 편이 훨씬 낫겠다고 생각하시겠지요? 그러나 이상한 동물들은 자유롭게 돌아다녀야 행복한 짐승들이기 때문에, 우리에 갇힌 동물들은 시름시름 앓다가 결국엔 죽어서 벽에 걸린 친구들을 부러워하기 시작했어요."

"이거 슬픈 얘기잖아." 클레어가 투덜거렸다. "다른 얘기 해줘."

"난 맘에 드는데?" 에녹이 말했다. "총 쏴서 벽에 매다는 대목 좀 더 자세하게 들려줘."

브로닌은 둘 다 무시했다. "그때만 해도 **앨딘** 시대처럼 아직 거인이 지구에 살기는 했지만, 숫자가 많지도 않았을뿐더러 그나마 점점 줄어들고 있었습니다. 우연히도 거인들 중 하나가 그 숲 근처에 살고 있었는데, 아주 착하고 말씨도 상냥한 식물만 먹는 거인으로 이름은 커스버트였어요. 어느 날 커스버트가 숲으로 들어와 딸기를 따 먹고 있었는데 사냥꾼 하나가 에뮤래프를 쫓고 있었어요. 착한 거인은 가만히 보고만 있을 수가 없었지요. 그래서 에뮤래프의 긴 목을 잡은 다음 까치발을 해서 높은 산꼭대기 안전한 곳에 올려주었어요. 노쇠한 관절이 욱신거려서 평상시엔 자주 하지 않는 일이었습니다. 거인은 그러고도 모자라 발가락으로 사냥꾼을 짓뭉개 곤죽을 만들어버렸습니다. 커스버트가 베푼 친절이 숲에 소문이 나자 매일 이상한 동물들이 찾아와 산꼭대기에 자기를 올려달라고 부탁했어요. 그럴 때마다 커스버트는 이렇게 말했어요. '꼬마들아, 내가 너희들을 보호해줄게. 대신 한 가지만 부탁하자. 내 말동무가 되어주고 내 친구가 되어줘. 거인들이 별로 남아 있질 않아서 좀 외롭거든.' 그러자 동물들이 대답했습니다. '물론이지.'

그래서 커스버트는 수많은 이상한 동물들을 사냥꾼에게서 구해 산꼭대기에 올려주었습니다. 그렇게 해서 어느덧 산꼭대기에는 이상한 동물농장이 만들어졌어요. 이상한 동물들은 그곳에서 행복했습니다. 마침내 평화롭게 살 수 있었으니까요. 거인도 행복했습니다. 발꿈치를 들고 산꼭대기에 턱을 괴고서 그가 좋아하는 새 친구들을 바라보며 이야기를 나눌 수 있었지요. 그러던 어느 날 커스버트에게 마녀가 찾아왔습니다. 산 아래 조그만 호수에서 목욕을 하고 있던 거인에게 마녀가 이렇게 말했어요. '정말 미안하지만, 널 돌로 만들어야겠다!' '도대체 왜? 난 아주 친절한데. 난 도움이 되는 거인이야.' 그랬더니 마녀가 말했습니다. '네가 밟아서 짓뭉개버린 사냥꾼의 가족이 날 고용했거든.' '아, 그 친구. 그 친구는 신경 쓰지 마.' 거인이 대답했습니다. '정말 미안하게 됐어.' 마녀가 말하고는 자작나무 지팡이를 휘둘렀고 불쌍한 커스버트는 그렇게 해서 돌이 되고 말았습니다.

커스버트는 갑자기 아주 무거워졌습니다. 너무 무거워서 호수에 가라앉기 시작했고, 점점 더 깊이 가라앉았습니다. 호수 물에 목이 잠길 때까지. 동물 친구들이 달려와 거인을 지켜보았습니다. 모두들 너무나 가슴이 아팠지만 그들이 할 수 있는 일은 아무것도 없었습니다.

'날 구할 수 없다는 거 알아!' 커스버트가 친구들에게 소리쳤습니다. '그래도 날 찾아와서 말동무가 되어줘! 나 혼자 여기 갇혀 있으면 너무 외로울 거야!'

'하지만 우리가 오면 사냥꾼들이 우릴 쏠 텐데!' 동물들이 소리쳤습니다. 커스버트는 그들의 말이 옳다는 것을 알고 있었지만 그래도 애원했습니다. '여기 와서 말동무가 되어줘! 제발 부탁이야!'

동물들은 산꼭대기에서 노래를 부르고 큰 소리로 커스버트에게 이야기를 들려주려 했지만, 너무 먼 데다 목소리도 너무 작아서 커스버트의 거대한 귀로 들어도 바람에 속삭이는 나뭇잎 소리보다 작은 속삭임으로밖엔 들리지 않았습니다. '말동무가 되어줘!' 거인은 애원했습니다. '날 찾아와서 얘기해줘!' 하지만 아무도 그렇게 하지 않았습니다. 그래서 거인은 목 위로도 돌로 변할 때까지 계속 울었습니다. 끝!"

브로닌이 책을 덮었다.

클레어는 놀란 표정을 지었다. "그게 끝이야?"

에녹은 깔깔거리며 웃기 시작했다.

"너무 **끔찍한** 얘기잖아." 클레어가 말했다. "다른 거 읽어줘!"

"동화는 어디까지나 동화일 뿐이야." 엠마가 말했다. "그리고 이젠 잘 시간이야."

클레어는 입을 비죽거렸지만, 어느새 울음을 그쳤고 어쨌든 동화의 목적은 달성된 셈이었다.

"내일도 만만치 않을 거야." 밀라드가 말했다. "쉴 수 있을 때 쉬자."

우리는 폭신한 이끼를 모아 엠마 손의 불로 말려서 베개로 썼다. 담요가 없어서 서로의 체온에 의지하며 몸을 웅크렸다. 브로닌은 어린 아이들을 끌어안았고 피오나는 휴를 끌어안았다. 휴가 코를 골 때마다 그의 입에서 벌들이 들락날락하면서 잠든 주인을 지켰다. 호러스와 에녹은 서로 끌어안기에는 너무 자존심이 강해서 등을 마주 대고 누웠고 엠마와 나도 서로를 안았다. 나는 등을 대고 똑바로 눕고, 엠마는 내 품으로 들어와 머리를 내 가슴에 대었다. 엠마의 이마가 내 얼굴과 너무 가까이 있어서 원하면 언제든 그녀의 이마에 키스할 수 있었다. 죽을 만큼 피로하지 않았다면 아마 못 참았을 것이다. 엠마는 마치 전기담요처럼 따뜻하고 예뻤고 머지않아 나는 모든 시름을 잊고 유쾌한 잠 속으로 빠져들 수 있었다.

나는 좋은 꿈은 기억하지 못한다. 나쁜 꿈만 기억에 남는다.

이런 상황에서 잠을 잘 수 있다는 것 자체가 기적이었다. 목숨을 부지하기 위해 도망치는 중이고, 맨땅에서 잠을 자고, 언제 죽을지 모르는 상황인데도, 나는 엠마를 품에 안고 잠시나마 마음의 평화를 찾았다.

우릴 지켜보는 페러그린의 검은 눈동자가 어둠 속에서 반짝였다. 다치고 힘을 잃었지만 그녀는 여전히 우리의 보호자였다.

밤이 깊어지자 클레어가 몸을 떨며 기침을 하기 시작했다. 브로닌이 엠마를 깨우며 말했다. "엠마, 우리 꼬마 아가씨한테 네 도움이 필요해. 감기가 드는 것 같아." 엠마는 내게 미안하다고 속삭이고 클레어 곁으로 갔다. 나는 잠깐 클레어를 질투했지만 이내 아픈 아이를 질투한 것에 죄책감이 들었다. 나는 왠지 버림받은 기분이 들어 밤하늘을 바라보았다. 그 어느 때보다 피로했지만 이제는 잠도 달아

났다. 아침에 눈을 뜨면 맞닥뜨릴 현실과는 비교조차 할 수 없을 악
몽을 꾸며 아이들이 뒤척이는 소리가 들렸다. 마침내 어둠이 한 꺼
풀씩 벗겨지기 시작했다. 알아차리기 힘들 정도로 조금씩 엷어진 하
늘은 어느새 여린 파란색이 되어가고 있었다.

⟡

동이 트자 우리는 은신처에서 기어 나왔다. 나는 머리카락에
붙은 이끼를 떼어내고 바지에 붙은 진흙을 털어내려 했으나 소용없
었다. 오히려 더 뭉개질 뿐이었다. 내 몰골은 마치 지구가 토해놓은
늪 생명체 같았다. 지금껏 한 번도 경험해보지 못한 허기가 느껴졌
다. 조금씩 안에서부터 위가 갉아 먹히는 것 같은 기분이 들었고, 노
를 젓고, 달리고, 맨땅에서 잤기 때문에 아플 수 있는 곳은 전부 다
아팠다. 그래도 몇 가지 다행스러운 일은 있었다. 밤사이 비가 멎고
기온도 조금 올랐고, 와이트들과 와이트가 부리는 사냥개들의 추적
을 일단은 피한 것 같았다. 개들은 짖기를 멈췄거나, 아니면 너무 멀
리 있어서 소리가 들리지 않는 것이거나 둘 중 하나였다.
그러나 우리는 그 과정에서 완전히 길을 잃었다. 숲은 낮이라고
해서 밤보다 돌아다니기 쉬운 게 아니었다. 푸른 전나무 가지가 끝
도 없이 촘촘히 이어져 있어서 모든 방향이 다른 방향의 복사판이
었다. 낙엽 카펫은 우리가 전날 밤 달려왔던 길을 완전히 덮어버렸
다. 우리는 지도도, 나침반도 없이 녹색 미로의 한복판에서 눈을 떴
다. 페러그린의 부러진 날개는 더 이상 나무 위로 날아올라 우릴 안
내할 수 없음을 뜻했다. 에녹은 지난번에 안개 속에서 그랬던 것처

럼 올리브를 나무 위로 띄워 방향을 알아보자고 했지만, 올리브를 묶을 줄도 없었고 만약 줄을 놓쳐 올리브가 하늘로 날아가버리면 영원히 찾을 수가 없었다.

브로닌의 무릎 위에 몸을 웅크리고 있는 클레어는 아팠고 상태가 악화되고 있었다. 선선한 아침 바람이 부는데도 클레어의 이마에는 땀방울이 맺혔다. 몸이 얼마나 앙상한지 드레스 속으로 갈비뼈를 셀 수도 있을 것 같았다.

"괜찮을까?" 내가 물었다.

"열이 있어." 브로닌이 한 손을 올리브의 뺨에 얹으며 말했다. "약이 필요해."

"우선 이 저주받은 숲에서 나가는 게 우선이야." 밀라드가 말했다.

"그보단 먹는 게 우선이지." 에녹이 말했다. "일단 먹고 나서 어떻게 할지 의논해보자."

"뭘 의논해?" 엠마가 말했다. "아무 길이나 골라서 죽 따라가는 수밖에 없어. 어느 길이든 다 마찬가지잖아."

암울한 침묵 속에서 우리는 조용히 먹었다. 개 사료를 먹어본 적은 없지만 아마 이것보다 나을 것이다. 우리는 녹슨 깡통에서 기름이 엉겨 붙은 네모난 갈색 고기를 포크도 없이 손으로 파먹었다.

"소금에 절인 암탉 다섯 마리하고 오이절임을 곁들인 푸아그라도 세 통이나 챙겼건만." 호러스가 씁쓸하게 말했다. "풍랑을 견디고 살아남은 게 겨우 **요거**네." 그가 코를 쥐고 젤리 같은 고깃덩어리를 씹지도 않고 넘기며 말했다. "지금 우리 벌 받는 거야."

"우리가 뭘 잘못했다고?" 엠마가 물었다. "우린 완전 천사들이었어. 적어도 대다수는."

"전생에서 죄를 지었을지 누가 알아."

"이상한 아이들한텐 전생이 없어." 밀라드가 말했다. "우린 한 번에 다 살아."

우리는 서둘러 식사를 마치고 빈 깡통을 파묻은 뒤 떠날 채비를 했다. 막 떠나려는데 덤불숲에서 휴가 모습을 드러냈다. 벌들이 그의 머리 위에서 구름 떼처럼 날아다니고 있었다. 그는 흥분해서 숨이 턱까지 차 있었다.

"어디 갔었어?" 에녹이 물었다.

"네가 상관할 바가 아닌 사적인 볼일이 좀 있어서." 휴가 말했다. "그런데 내가 엄청난 발견을……."

"누가 네 마음대로 돌아다니라고 했어?" 에녹이 말했다. "하마터면 너 없이 출발할 뻔했잖아."

"내가 왜 허락을 받아야 하는데? 어쨌든 내가 정말 대단한 걸……."

"그렇게 네 멋대로 돌아다니면 안 돼! 그러다가 길을 잃으면 어쩌려고?"

"우린 **이미** 길을 잃었어!"

"이런 무식한 놈 같으니라고! 혼자 나갔다가 돌아오는 길을 못 찾으면 어떻게 하냐고!"

"벌 흔적을 남겨놓았거든. 난 늘 그렇게 해."

"제발 휴 얘기 좀 들어보자." 엠마가 소리쳤다.

"고마워." 휴가 말하고는 자기가 온 길을 가리켰다. "물을 봤어. 엄청나게 많아. 저 숲 뒤쪽에."

엠마의 얼굴이 어두워졌다. "우리는 바다에서 멀리 가야 해. 바다로 돌아가면 안 돼. 아무래도 아마 간밤에 갔던 길을 되돌아왔나 보다."

우리는 휴를 따라가보았다. 브로닌이 페러그린을 어깨에 얹고 가엾은 클레어를 두 팔로 안았다. 약 백 미터쯤 걷고 나니 나무 사이로 반짝이는 물이 모습을 드러냈다. 면적이 꽤 넓었다.

"완전 끔찍하다." 호러스가 말했다. "이제 우린 독 안에 든 쥐 꼴이야."

"군인들 소린 안 들리는데?" 엠마가 말했다. "아무 소리도 안 들려. 바다 소리도."

"바다가 아니니까 바다 소리가 안 들리지, 멍청아." 에녹이 말했다. 그가 벌떡 일어나 물가로 달려갔다. 그를 따라가보니 에녹이 젖은 모래밭에 서서 우리를 바라보며 **그것 봐. 내 말이 맞지?**라고 말하는 듯 미소를 지었다. 그의 말이 맞았다. 바다가 아니었다. 안개가 자욱한 호수는 넓었고, 주위에 전나무가 빙 둘러서 있었고, 수면은 석판처럼 고요했다. 그러나 처음에는 그 호수의 가장 큰 특징이 눈에 들어오지 않았다. 클레어가 호숫가에서 그리 멀지 않은 지점에 자리 잡고 있는 커다란 바윗덩어리를 가리키기 전에는. 나는 무심히 바위를 보다가 다시 제대로 보았다. 으스스한 느낌을 주는 바위였고 왠지 친근하게 느껴졌다.

"동화에 나오는 그 거인이다!" 브로닌의 품에서 클레어가 바위를 가리키며 말했다. "커스버트!"

브로닌이 그녀의 머리를 쓰다듬었다. "가만히 있어, 아가. 너 지금 열 있어."

"말도 안 돼." 에녹이 말했다. "저건 그냥 바위야."

그러나 그냥 바위가 아니었다. 비바람에 깎이긴 했어도 분명히 동화에서 목까지 잠겼다는 그 거인이었다. 머리와 목, 코, 심지어는 울대뼈까지 보였다. 머리 위에선 흐트러진 머리카락처럼 작은 나무들이 자랐다. 그러나 정말 이상한 건 머리의 형상이었다. 어젯밤 읽었던 동화 속 거인처럼 입을 벌리고 머리를 뒤로 젖힌 모습이었다. 산꼭대기에 있는 친구들에게 소리를 지르다 돌로 변해버린 거인.

　　"저기 좀 봐!" 멀리 솟아 있는 바위산을 가리키며 올리브가 말했다. "저게 바로 커스버트의 산인 게 분명해!"

　　"거인 얘긴 진짜였어." 클레어가 웅얼거렸다. 가냘픈 목소리였지만 경이로움으로 가득 차 있었다. "그 동화들도!"

　　"섣불리 황당한 결론을 내리지 말자고." 에녹이 말했다. "둘 중 뭐가 더 말이 되겠어? 어젯밤에 우리가 읽은 그 동화를 쓴 사람이 거인의 머리처럼 생긴 바위를 보고 동화를 썼을까, 아니면 이 머리 모양의 바위가 진짜 거인일까?"

　　"에녹은 항상 저런 식이야." 올리브가 말했다. "에녹은 거인을 안 믿을지 몰라도 난 거인을 믿어."

　　"동화는 동화일 뿐이야. 그 이상 아무 의미도 없어." 에녹이 웅얼거렸다.

　　"진짜 웃긴다." 내가 말했다. "내가 너희들을 만나기 전에 나도 꼭 그렇게 생각했거든."

　　올리브가 웃었다. "제이콥 진짜 바보 같다. 그럼 우리가 가짜라고 생각했던 거야?"

　　"그렇다니까. 너희들을 직접 만나고 나서도 한동안은 그랬어. 내가 미쳐가는 거라고 생각했거든."

"진짜건 아니건 놀라운 우연이다." 밀라드가 말했다. "어젯밤 그 동화를 읽었는데, 그 동화의 소재가 된 장소에 오게 되다니. 이게 도대체 있을 법한 얘기야?"

"난 우연이라고 생각하지 않아." 엠마가 말했다. "원장님이 책을 펼치셨잖아. 기억 나? 아마 일부러 그 페이지를 펼치셨을 거야."

브로닌이 어깨에 앉은 새를 돌아보고 물었다. "정말 그래요, 원장님? 왜 그러셨어요?"

"뭔가 의미가 있을 거야." 엠마가 말했다.

"의미가 있고말고." 에녹이 말했다. "그건 바로 우리가 저 산 꼭대기로 올라가야 한단 뜻이야. 거기선 이 숲에서 나가는 길이 보일지도 몰라."

"내 말은 그 동화에 어떤 의미가 있을 거란 얘기야." 엠마가 말했다. "동화 속에서 거인이 바랐던 게 뭐였지? 되풀이해서 했던 말이 뭐였지?"

"말동무가 되어달라고." 의욕적인 학생처럼 올리브가 대답했다.

"맞아." 엠마가 말했다. "거인이 얘기를 하고 싶어 한다면 무슨 얘기를 할지 들어봐야지." 그 말과 함께 엠마가 호수로 들어갔다.

우리는 조금 당황한 채 엠마를 지켜보았다.

"쟤 어디 가냐?" 밀라드가 물었다. 내게 묻는 것 같았다. 나는 고개를 저었다.

"지금 우린 와이트들한테 쫓기는 판국이야!" 에녹이 엠마에게 소리쳤다. "길도 잃었어! 그런데 넌 지금 도대체 뭘 하려는 거야!"

"이상한 아이답게 생각하는 거야!" 엠마가 소리쳤다. 엠마는 첨벙거리며 물속으로 들어가 바위 밑으로 다가가서 거인의 턱 위로 올라가 입안을 들여다보았다.

"뭐가 보여?" 내가 물었다.

"모르겠어!" 엠마가 대답했다. "물속 깊이 길이 나 있는 거 같아. 제대로 살펴봐야겠어!"

엠마는 거인의 입 위에서 중심을 잡았다.

"다치기 전에 돌아오는 게 좋을걸!" 호러스가 소리쳤다. "다들 불안해하잖아!"

"이 세상의 모든 게 널 불안하게 하지." 휴가 말했다.

엠마는 조그만 돌멩이를 거인의 입 안에 던져 넣고 소리를 들어보았다. "어쩌면 이게 바로……." 그 순간 엠마의 발이 미끄러졌고, 떨어지기 직전 가까스로 벽을 잡느라 엠마의 마지막 말은 그대로 삼켜져버렸다.

"조심해!" 내가 소리쳤다. 가슴이 두근거렸다. "나도 갈게!"

내가 호수로 들어가며 말했다.

"이게 바로 뭔데!" 에녹이 소리쳤다.

"확인할 방법은 한 가지뿐이야." 엠마가 들뜬 목소리로 말한 뒤 거인의 입속으로 더 깊이 들어갔다.

"맙소사. 기어이 들어가네." 호러스가 말했다.

"잠깐만!" 내가 소리쳤지만 엠마는 이미 거인의 입속으로 사라진 뒤였다.

ʃ

가까이 다가가서 보니 거인은 호숫가에서 보았던 것보다 훨씬 더 커 보였고 어두운 목 안을 들여다보고 있자니 늙은 커스버트의 숨소리가 들리는 것만 같았다. 나는 두 손을 입에 모으고 엠마의 이름을 불렀다. 내 목소리가 메아리로 돌아왔다. 다른 아이들도 물에 들어오고 있었지만 그들을 기다릴 수가 없었다. 혹시 엠마가 위험에 처한 건 아닐까. 나는 이를 악물고 두 다리를 어둠 속으로 들여놓은 다음 양손을 놓았다.

나는 아주 오랫동안 추락했다. 한 1초쯤. 그러다가 풍덩! 하고 물에 빠졌고, 물이 너무 차가워 숨을 헉 들이켰으며, 온몸의 근육이 순간적으로 경직되었다. 이제 선 채로 헤엄을 치든지 가라앉든지 해야만 했다. 나는 물이 찬 어둡고 좁다란 공간에 갇혀 있었고, 거인의 길고 매끄러운 목으로 돌아갈 방법은 없었다. 밧줄도, 계단도, 발 디딜 곳도 없었다. 엠마를 불러보았지만 엠마는 보이지 않았다.

맙소사! 익사한 건가! 나는 생각했다.

그때 팔이 간지러웠다. 내 주위에서 거품이 보글거렸고, 잠시 후 숨을 헐떡이며 엠마가 수면 위로 떠올랐다.

안은 어두침침했지만 엠마는 괜찮아 보였다. "뭘 기다려?" 그녀가 손바닥으로 물을 쳤다. 같이 들어가자는 듯이. "어서!"

"너 미쳤어?" 내가 말했다. "우린 여기 갇혔어."

"갇히지 않았어!" 엠마가 말했다.

브로닌의 목소리가 들려왔다. "얘들아! 너희들 목소리 들려! 거기 뭐가 있어?"

"루프의 입구를 찾은 거 같아!" 엠마가 소리쳤다. "다들 겁내지 말고 뛰어들라고 해. 제이콥하고 난 루프 안에서 기다릴게!"

엠마가 내 손을 잡았고 나는 미처 상황을 파악할 겨를도 없이 숨을 들이키고는 엠마를 따라 물속으로 들어갔다. 우리는 몸을 흔들고 가위차기를 하며 물속으로 들어가 한 줄기 햇살이 스며드는, 사람 하나 들어갈 크기의 구멍 쪽으로 다가갔다. 엠마가 나를 먼저 안으로 밀었고 자기도 뒤따라 들어왔다. 통로를 따라 3미터 정도 헤엄쳐 올라가보니 호수가 나왔다. 머리 위로 물결치는 호수의 수면이 보였고 그 위로 푸른 하늘이 펼쳐져 있었다. 수면 위로 떠오르는 동안 물은 서서히 따듯해졌다. 마침내 수면 위로 나와 숨을 내쉬는 순간 날씨가 바뀌었음을 알 수 있었다. 후텁지근한 황금빛 오후의 햇살이었다. 호수의 깊이도 바뀌었다. 수면이 거인의 턱까지 차 있었다.

"봤지?" 엠마가 미소를 지으며 물었다. "다른 시간으로 들어왔어!"

어떻게 된 영문인지는 몰라도, 우리는 1940년대 어느 온화한 아침에 정지된 루프를 떠나 얼마나 더 오래전인지 알 수 없는 이 루프로 들어왔다. 시간을 가늠할 수 없는, 문명에서 멀리 떨어진 이 숲 속으로.

아이들이 한 명씩 차례로 떠올라 모든 게 달라졌음을 깨닫고 어리둥절해하고 있었다.

"이게 **무슨 뜻**인지 알아?" 밀라드가 소리쳤다. 밀라드는 흥분해서 숨을 헐떡이면서도 물장구를 치며 빙글빙글 돌았다. "동화 속에 비밀이 숨겨져 있단 뜻이야."

"쓸데없는 얘기가 아니었어. 안 그래?" 올리브가 말했다.

"빨리 분석해서 주를 달고 싶어 좀이 쑤시네." 밀라드가 양손을 비비며 말했다.

"내 책에 낙서하지 마, 밀라드 널링스!" 브로닌이 말했다.

"근데 이 루프는 도대체 뭐야? 여긴 누가 살까?" 휴가 물었다.

"그야 물론 커스버트의 동물 친구들이 살겠지!" 올리브가 말했다.

에녹이 눈을 부라리며 무슨 말인가 하려다가 멈칫했다. **그건 그냥 동화일 뿐이야!**라고 말하고 싶었을 것이다. 그러나 그의 생각도 조금씩 바뀌어가는 것 같았다.

"모든 루프에는 임브린이 있어." 엠마가 말했다. "동화책에 나오는 미스터리의 루프라고 해도 분명히 있을 거야. 어서 임브린을 찾으러 가자."

"좋아." 밀라드가 말했다. "근데 어디로?"

"동화 속에서 호수 말고 유일하게 언급된 곳은 산이야." 엠마가 숲 뒤로 보이는 바위산을 가리키며 말했다. "너희들 등산할 준비 됐어?"

지치고 굶주렸지만 새 루프를 찾았다는 사실만으로도 힘이 솟았다. 우리는 돌이 된 거인을 뒤로 하고 숲으로 들어가 바위산으로 향했다. 날씨가 더워 젖은 옷이 금방 말랐다. 바위산이 가까워질수록 오르막길이 이어지다가 사람들이 많이 다닌 것 같은 길이 나왔다. 우리는 그 길을 따라 무성한 벚나무 숲을 지나고 꼬불꼬불한 자갈길을 걸었다. 길이 너무 가팔라서 경사진 땅에서 앞으로 나아가기 위해 네 발로 기다시피 해야 할 때도 있었다.

"이 험난한 여정 끝에 뭔가 멋진 일이 기다리고 있어야 할 텐데. 자고로 신사는 땀을 흘려선 안 되는 법이거든." 이마의 땀을 닦아내며 호러스가 말했다.

길이 리본처럼 가늘어졌고, 오른쪽으로 뻗은 가파른 오르막길은 순식간에 왼쪽으로 틀어진 가파른 내리막길이 되었다. 그 길 양쪽은 나무들이 만드는 초록빛 카펫이었다. "벽을 붙잡고 가!" 엠마가 경고했다. "아직 한참 더 올라가야 해."

흘긋 내려다보기만 해도 현기증이 났다. 그 순간 배를 쥐어짜는 듯한 고소공포증이 시작되었다. 한 발 한 발 앞으로 내딛는 것만으로도 엄청난 집중력이 필요했다.

엠마가 내 팔을 잡았다. "괜찮아? 너 너무 창백하다." 그녀가 속삭였다.

나는 괜찮다고 거짓말을 하고 그런 가파른 꼬부랑길을 세 번 더 지났다. 그 무렵 나의 심장은 미친 듯이 질주하고 있었고, 다리가 너무 후들거려서 주저앉아야만 했다. 길 한복판에서 뒤따라오던 아이들을 가로막은 채.

"이런." 휴가 중얼거렸다. "제이콥이 맛이 갔네."

"왜 이러는지 모르겠네." 내가 웅얼거렸다. 전엔 한 번도 고소공포증을 느껴본 적이 없었는데 지금은 저 밑을 흘긋 내려다보는 것만으로도 속이 뒤집힐 것만 같았다.

문득 끔찍한 생각이 들었다. 만약 이게 고소공포증이 아니라면? 할로우가 가까이 온 거라면?

하지만 그럴 리가 없었다. 우리는 루프 안에 있었고 할로우는 루프 안에 들어올 수 없었다. 그러나 나의 울렁거림을 관찰할수록, 날 괴롭히는 게 높이가 아니라 그 이상의 무엇이라는 생각이 들었다.

직접 확인해봐야 했다.

모두가 내 귀에 대고 괜찮으냐고 속삭이며 걱정해주었다. 나는 아이들의 걱정을 한 귀로 흘리고 기어서 길 가장자리로 갔다. 가장

자리로 갈수록 배 속의 통증은 더 심해졌다. 괴물의 발톱에 배 속이 갈기갈기 찢기는 것 같았다. 나는 손으로 땅을 움켜잡고 힘겹게 몸을 앞으로 끌어 길 아래쪽을 내려다보았다.

할로우를 확인하기까지 잠시 시간이 필요했다. 처음엔 그저 바위로 뒤덮인 산 위에 아지랑이가 핀 것 같았다. 달구어진 차에서 피어오르는 연기처럼 흐물거리는 것이 있었다. 무심히 넘길 만한 현상이었다.

평범한 사람들이라면 아마 그랬을 것이다. 다른 이상한 아이들도 마찬가지였다. 나를 제외한 모든 사람들에게는 그렇게 보일 것이다.

그 순간 나의 이상한 능력이 살아나는 것을 느낄 수 있었다. 순식간에 배 속의 울렁거림이 하나의 통증으로 뭉쳐졌다. 그리고 내가 설명할 수 없는 방식으로, 그 통증에 하나의 방향이 생겨나 어느 순간 1차원에서 2차원으로 변해 하나의 선을 이루었다. 그 선은 마치 나침반의 바늘처럼 대각선으로 산기슭 왼쪽 100미터쯤 아래를 향하고 있었고, 파장과 어슴푸레한 빛은 마침내 바위에 들러붙어 있는 단단하고 시커먼 덩어리, 촉수와 그림자로 이루어진 사람 형상의 물체로 구체화되었다.

그 순간 그 물체가 자기를 보고 있는 나를 보았고, 흉물스러운 몸뚱이가 뻣뻣하게 경직되었다. 놈이 바위에 붙은 상태로 톱니 같은 이빨을 드러내고 섬뜩한 괴성을 질렀다.

친구들에게 내가 본 것을 설명할 필요는 없었다. 소리만으로도 충분했다.

"할로우다!"

누군가가 소리쳤다.

"뛰어!" 또 다른 누군가가 하나마나한 소리를 했다.

나는 길 끝 벼랑에서 물러나 힘겹게 두 발로 일어섰고 어느덧 우리는 다 함께 달리고 있었다. 산 아래쪽이 아니라 산꼭대기로, 평지가 아닌 미지의 땅으로, 루프의 문을 뒤로 한 채. 돌아가기엔 이미 늦었다. 나는 할로우가 바위에서 펄쩍 뛰어 절벽 길로 올라서는 것을 감지할 수 있었다. 놈은 멀찌감치 떨어져서 우리의 퇴로를 차단하고 있었다. 우리가 산 아래쪽으로 달아날 경우를 대비해 우릴 가두려 하는 것이었다.

새로운 현상이 나타났다. 지금까지는 눈으로만 할로우를 감지할 수 있었지만 이젠 내 몸속의 조그만 나침반 바늘이 우리 뒤쪽을 가리키고 있었고, 평지 쪽으로 기어 내려가는 할로우의 모습이 머릿속에서 그려졌다. 마치 놈의 움직임을 눈으로 보는 것 같았다. 내 눈에 위치 추적 장치가 장착된 것 같았다.

우리는 산길 모퉁이를 돌았다. 잠깐이나마 느꼈던 고소공포증은 사라진 게 분명했다. 매끄러운 절벽이 우리 앞을 가로막고 있었다. 거의 15미터에 달하는 높이였다. 이제 길은 끝났다. 우리 앞에 놓인 것은 미친 각도의 절벽뿐이었다. 절벽에는 사다리도 잡을 곳도 없었다. 우리는 정신없이 다른 길을 찾아보았다. 비밀 통로나 문, 굴 같은 게 있는지도. 그러나 아무것도 없었다. 앞으로 나아가는 길은 없고 위로 올라가는 길밖에 없는데, 올라갈 방법도 없었다. 열기구를 타거나 동화 속 거인이 도움의 손길을 내밀지 않는 한.

두려움이 엄습해왔다. 페러그린이 날카롭게 울고 클레어가 훌쩍이기 시작하자 호러스가 일어나 울부짖었다. "이젠 끝이야! 우린

다 죽었어!" 나머지 아이들은 그 와중에도 살아남을 궁리를 했다. 피오나는 손으로 절벽을 문지르면서 잡고 기어오를 덩굴이라도 키워보려 애썼다. 휴는 길 끝으로 가서 아래쪽을 내려다보았다. "낙하산이 있으면 뛰어내릴 수 있을 텐데."

"내가 낙하산이 될 수 있어!" 올리브가 말했다. "내 다리를 잡으면 되잖아!"

하지만 산 밑까지는 먼 거리였고 숲은 어둡고 위험했다. 브로닌은 올리브를 산 아래쪽이 아니라 산 위쪽으로 보내는 편이 낫다는 결론을 내렸다. 가냘프고 열이 나는 클레어를 한 팔에 안고, 브로닌이 올리브의 손을 잡아 절벽 쪽으로 이끌었다. "신발 벗어봐." 브로닌이 올리브에게 말했다. "클레어하고 원장님을 데리고 최대한 빨리 산 위로 올라가!"

올리브는 겁에 질린 표정이었다. "나한테 그럴 힘이 있을지 모르겠어." 올리브가 울먹였다.

"한번 해보는 거야, 꼬마야. 이제 우릴 구할 사람은 너밖에 없어." 브로닌이 클레어를 땅에 내려놓았다. 아픈 클레어는 비틀거리며 올리브의 품속으로 들어갔다. 올리브가 클레어를 꼭 끌어안고 납으로 만든 묵직한 신발을 벗어놓고 막 떠오르려는 찰나, 브로닌이 자신의 어깨에 앉아 있던 페러그린을 올리브의 머리에 얹었다. 무게 때문에 올리브는 천천히 떠올랐다. 페러그린이 성한 날개를 퍼덕이며 올리브의 머리카락을 잡아당기자 올리브가 비명을 지르며 발을 굴렀고, 그렇게 셋은 서서히 하늘로 날아올랐다.

할로우는 거의 산 바로 밑까지 와 있었다. 두 눈으로 보는 것만큼이나 똑똑히 느낄 수 있었다. 그 사이 우리는 주위를 두리번거리며 무기로 쓸 만한 게 있는지 살펴보았다. 눈에 띄는 거라곤 돌멩이들뿐이었다. "나도 무기가 될게." 엠마가 말했다. 그녀는 양손을 붙였다 떼면서 커다란 불덩이를 만들었다.

"내 벌들도 잊지 마!" 휴가 입을 벌려 벌들을 쏟아내며 말했다. "자극을 받으면 아주 사나워지거든."

어떤 상황에서든 비웃을 방법을 찾고야 마는 에녹이 깔깔거리며 웃었다. "그걸로 뭘 할 건데? 죽을 때까지 가루받이라도 하려고?"

휴는 그의 말을 무시하고 내게로 돌아섰다. "제이콥, 네가 우리눈이 되어줘야 해. 놈이 어디 있는지만 말해줘. 놈의 머리통을 뭉개버리고 말겠어."

내 몸속의 나침반 바늘은 놈이 숲길을 따라 올라오고 있음을 알렸다. 몸에 독기가 차오르는 것으로 보아 빠른 속도로 다가오고 있었다. "가까이 왔어." 내가 우리가 왔던 길을 가리키며 말했다. "준비해." 뿜어져 나오는 아드레날린이 아니었다면 내 몸은 통증으로 완전히 마비되었을 것이다.

우리는 언제든 도망칠 수 있는 전투태세를 갖췄다. 권투선수처럼 주먹을 쳐든 아이들도 있었고 출발 신호를 기다리는 달리기 선수처럼 서 있는 아이들도 있었지만 정작 어디로 달아나야 할지는 아무도 알지 못했다.

"우리 모험이 이렇게 처참하고 불행하게 끝나다니……." 호러스가 말했다. "웨일스 어느 촌구석에서 할로우한테 잡아먹히다니!"

"놈들은 루프 안에 못 들어온다고 생각했는데. 도대체 어떻게 따라 들어온 거지?" 에녹이 말했다.

"놈들이 진화한 거 같아." 밀라드가 말했다.

"어떻게 된 건지 알 게 뭐야!" 엠마가 쏘아붙였다. "어쨌든 놈은 여기 들어왔고 굶주려 있어."

그때 절벽 위에서 작은 목소리가 들려왔다. "내려보낼 테니까 조심해!" 목을 길게 빼고 올려다보는 순간 올리브의 얼굴이 절벽 위로 사라졌다. 잠시 후 긴 밧줄 하나가 내려왔다. 줄이 풀리면서 팽팽하게 당겨졌고 그 끝에 달린 그물이 땅에 닿았다. "서둘러!" 다시 올리브의 목소리가 들렸다. "여기 지렛대가 있어! 빨리 그물에 타! 내가 끌어당길게!"

우리는 서둘러 그물로 뛰어갔지만, 그물은 너무 작아서 두 명이 겨우 들어갈 크기였다. 밧줄에는 우리 눈높이 정도에 사진 한 장이 핀으로 꽂혀 있었다. 바로 이 그물 속에 다리를 웅크린 채 바위 앞에 매달려 있는 남자의 사진이었다. 사진 뒤에는 이런 경고문이 적혀 있었다.

이 그물이 동물농장으로 들어가는 유일한 길입니다. 어서 타세요!
무게 제한 : 한 명. 엄격히 준수할 것.

아마 원시적인 형태의 엘리베이터인 것 같았다. 다만 한 번에 여덟 명이 아닌 한 명만 탈 수 있었다. 그러나 지시를 따를 경황이 없었다. 우리는 팔다리를 그물 틈으로 내놓고 한꺼번에 그물 안에 몸을 구겨 넣은 다음 줄을 붙잡았다.

"끌어올려!" 내가 소리쳤다. 할로우가 가까이 다가왔다. 배 속의 통증이 극에 달했다.

영원처럼 긴 몇 초 동안, 아무 일도 일어나지 않았다. 그 사이

할로우는 모퉁이를 돌아 모습을 드러내고는 근육 같은 혀로 다리처럼 땅을 짚어가며 다가오고 있었다. 오그라든 팔다리는 별다른 쓸모 없이 축 늘어져 있었다. 도르래의 금속성 굉음이 울려 퍼졌고, 밧줄이 팽팽하게 당겨지기 시작하면서 우리를 태운 그물이 공중으로 떠올랐다.

할로우는 마치 고래가 플랑크톤을 삼키듯 우리를 집어삼키려 있는 대로 아가리를 벌리고 거리를 좁혀왔다. 우리는 아직 절벽의 반 정도밖에 올라가지 못했고, 할로우는 고개를 쳐들고 펄쩍 뛰어오르려는 듯 몸을 웅크렸다.

"놈이 뛰어오르려고 해!" 내가 소리쳤다. "다들 다리를 안으로 집어넣어!"

할로우는 혀로 땅을 짚고 펄쩍 뛰어올랐다. 그물이 빠르게 올라가고 있어서 놈이 우릴 놓칠 거라 생각했지만, 뛰어오른 순간 놈의 혀 하나가 엠마의 발목을 감았다.

엠마는 비명을 지르며 다른 발로 놈의 혀를 걷어찼고 그 순간 그물이 멈췄다. 우리를 끌어올리는 도르래는 우리 모두와 할로우까지 끌어올리기엔 역부족이었다.

"이거 놔!" 엠마가 소리쳤다. "놓으란 말이야!"

나도 같이 발길질을 했지만 할로우의 혀는 쇠처럼 단단한 데다 표면에 꿈틀거리는 수백 개의 빨판이 있어서, 혀를 떼려고 갖다 대는 손마다 달라붙어 버렸다. 할로우는 몸을 휘감으며 위로 올라오기 시작했고, 우리가 놈의 역겨운 입김 냄새를 맡을 수 있을 만큼 가까이 다가왔다.

엠마가 자길 붙잡으라고 소리쳤고 나는 한 손으로 엠마의 드레스 등판을 잡았다. 브로닌은 그물에서 완전히 손을 떼고 발로만 매달린 채 양팔로 엠마의 허리를 감았다. 엠마도 손을 놓았다. 오직 브로닌과 나만 엠마를 잡고 있었다. 두 손이 자유로워진 엠마는 양손으로 할로우의 혀를 붙잡았다.

할로우가 괴성을 질렀다. 혀에 달린 빨판들이 쉬익! 하는 소리와 함께 검은 연기를 피우며 타들어갔다. 엠마는 손에 힘을 더 주면서 눈을 감고 소리를 질렀다. 비명이라기보다는 일종의 함성이었고, 결국 할로우는 엠마의 발목을 감았던 혀를 풀었다. 아주 짧은 순간, 할로우가 엠마를 잡고 있는 게 아니라 엠마가 할로우를 잡고 있었다. 괴물은 우리 발밑에서 몸부림치며 괴성을 질렀고, 살 타는 냄새와 연기에 코가 매워서 우리가 엠마에게 이제 그만 놓으라고 소리를 질렀다. 엠마는 그제야 눈을 번쩍 뜨고 자신이 어디 있는지 깨달은 듯 손을 놓았다.

할로우가 추락했다. 허공을 움켜잡으려 발버둥을 치면서. 우리는 다시 그물 안으로 들어갔다. 우리를 짓누르던 긴장이 갑자기 사라지고 그물이 절벽을 넘어서는 순간, 우리는 일제히 바닥에 뻗었다. 올리브, 클레어, 페러그린이 우리를 기다리고 있었다. 그물에서 빠져나와 비틀거리며 절벽 가장자리에서 물러서는 우릴 보고 올리브가 환호했고, 페러그린은 성한 날개를 퍼덕였으며, 바닥에 누워 있던 클레어는 고개를 들고 옅은 미소를 지었다.

우리는 어지러웠고 며칠 만에 또 한 번 우리가 살아 있다는 사실에 놀랐다. "네가 우리 목숨을 또다시 구했어, 꼬마 아가씨." 브로닌이 올리브에게 말했다. "그리고 엠마, 네가 용감한 아이인 줄은 알고 있었지만 이번엔 진짜 대단하더라!"

엠마가 어깨를 으쓱했다. "죽기 아니면 살기였지."

"놈을 손으로 만지다니 믿을 수가 없다." 호러스가 말했다.

엠마는 손을 옷에 쓱 문지르고는 코에 대고 냄새를 맡아보더니 얼굴을 찌푸렸다. "이 냄새 좀 빨리 없어졌으면 좋겠다. 썩은 쓰레기 냄새야." 엠마가 말했다.

"발목은 어때?" 내가 물었다. "아프지 않아?"

엠마가 무릎을 세우고 양말을 내리자 빨갛고 퉁퉁 부어오른 발목이 드러났다. "생각보다 괜찮네." 엠마가 조심조심 상처를 만지며 말했다. 그러나 일어서서 그 발에 체중을 싣는 순간 움찔하는 것을 나는 놓치지 않았다.

"너도 엄청 도움이 됐어." 에녹이 날 보고 으르렁거렸다. "뛰라고? 할로우 사냥꾼의 손자란 녀석이 고작 한단 소리가 그거냐?"

"만약 할아버지가 할로우를 보고 도망쳤다면 아직 살아계셨을 걸." 내가 말했다. "그러니까 그건 아주 훌륭한 충고야."

우리가 타고 올라온 절벽 쪽에서 다시 쿵 하는 소리가 들렸고 배 속의 그 느낌이 되살아났다. 나는 절벽 끝으로 가서 밑을 내려다보았다. 괴물이 산 밑에 아직 살아 있었고, 혀로 바위에 구멍을 내고 있었다.

"나쁜 소식이야." 내가 말했다. "놈이 아직 살아 있어."

엠마가 내 곁으로 바짝 다가왔다. "지금 뭐하고 있어?"

나는 놈이 혀로 파놓은 구멍으로 들어가 그 위에 구멍을 또 하나 파는 것을 지켜보았다. 놈은 발 디딤판, 아니 혀 디딤판을 만들고 있었다.

"절벽을 기어오르려 하고 있어." 내가 말했다. "젠장, 터미네이터가 따로 없군."

"뭐?" 엠마가 물었다.

나는 설명하려다가 그만두고 고개를 저었다. 비교하는 것 자체가 한심했다. 할로우는 영화 속 그 어떤 괴물보다 무섭고 치명적이었다.

"막아야 해." 올리브가 말했다.

"그보다 더 좋은 건 튀는 거야."

호러스가 말했다.

"도망치는 건 그만하자." 에녹이 말했다. "저 거지 같은 놈을 아예 죽여버리면 안 될까?"

"안 될 건 없지." 엠마가 말했다. "하지만 어떻게?"

"펄펄 끓는 물 없나?" 에녹이 말했다.

"끓는 물 대신 이건 어때?" 브로닌이 말했다. 돌아보니 머리 위에 거대한 바위를 들고 있었다.

"될지도 몰라." 내가 말했다. "내가 말하는 지점에 떨어뜨릴 수 있겠어?"

"해볼게."

우리는 절벽을 내려다보며 서 있었다. "좀 더 이쪽으로." 내가 말하며 그녀를 왼쪽으로 조금 당겼다. 그러나 내가 브로닌에게 던지라고 말하려는 순간, 할로우가 다음 구멍으로 움직여서 위치가 바뀌었다.

할로우가 구멍을 만드는 속도는 점점 더 빨라졌고, 할로우는 이제 움직이는 표적이 되었다. 설상가상으로 브로닌이 들고 있는 바위는 주위에서 눈에 띄는 유일한 바위였다. 만약 못 맞춘다면 두 번째 기회는 없을 것이다.

나는 고개를 돌리고 싶은 욕구를 가까스로 억누르며 할로우를 뚫어져라 쳐다보았다. 머릿속이 아득해지는 이상한 몇 초 동안 친구들의 목소리가 서서히 잦아들면서 내 피가 뿜어져 나오는 소리와 가슴 속에서 심장이 박동하는 소리만 들렸고, 어느덧 나의 상념은 할아버지를 죽인 괴물에게로 흘렀다. 비겁하게 숲으로 달아나기 전, 온 몸이 찢긴 채 죽어가는 할아버지를 지켜봤을 괴물.

시야가 흐려지고 손이 떨렸다. 나는 진정하려 애썼다.

넌 이 일을 하려고 태어난 놈이야, 내가 중얼거렸다. **넌 이런 괴물을 죽이려고 이 세상에 온 거야.**

그 순간 할로우는 정지한 상태로 절벽에 달라붙어 있었지만, 내 배 속 나침반 바늘은 오른쪽으로 살짝 움직였다.

그것이 신호였다.

브로닌이 바위의 무게에 몸을 떨기 시작했다. "이렇게 오래 들고 있긴 힘들단 말이야!" 그녀가 말했다.

나는 내 직감을 믿기로 했다. 나침반이 가리키는 지점에는 아무것도 없었지만, 나는 브로닌에게 바위를 그쪽으로 던지라고 했다. 그녀는 그 지점을 조준한 뒤 끙 하는 신음소리와 함께 바위를 던졌다. 브로닌이 바위를 던지자마자 할로우가 오른쪽으로 펄쩍 뛰었다. 내 나침반이 가리켰던 바로 그 지점으로. 할로우는 자신의 방향으로 날아오는 바위를 보고 피하려 했지만 이미 늦었다. 바위가 할로우의 머리를 정면으로 맞추며 절벽에서 놈을 떨어뜨렸다. 요란한 쿵소리와 함께 할로우와 바위가 동시에 땅에 떨어졌다. 바위 밑에 깔린 괴물의 혀들이 부르르 떨다가 축 늘어졌다. 검은 피가 쏟아져 나와 바위 주위로 끈적이는 넓은 웅덩이를 이루었다.

"명중!" 내가 소리쳤다.

아이들이 깡충깡충 뛰며 환호했다. "죽었다! 죽었어!" 올리브가 소리쳤다. "징그러운 할로우가 죽었어!"

브로닌이 양팔을 벌리고 나를 끌어안았다. 엠마가 내 이마에 키스했다. 호러스는 악수를 청했고 휴는 내 등을 툭 쳤다. 에녹까지도 축하해주었다. "좋았어." 그가 마지못해 말했다. "그렇다고 너무 잘난 척하진 말고."

기뻐해야 옳겠지만 나는 거의 아무것도 느낄 수가 없었다. 극심한 고통이 잦아들면서 온 몸이 무감각해졌다. 내가 지친 상태라는 걸 엠마는 아는 것 같았다. 엠마는 아무도 알아차리지 못하도록 다정하게 나를 뒤쪽으로 이끌었다. "그건 우연이 아니었어." 그녀가 내 귀에 속삭였다. "역시 내 생각이 옳았어, 제이콥 포트먼!"

절벽 아래서 끝났던 길은 꼭대기에서 고개와 언덕 너머로 계속 이어졌다.

"밧줄에 **동물농장으로 들어가는 가는 길**이라고 적혀 있었어. 그럼 여기 동물농장이 있다는 건가?" 호러스가 말했다.

"미래를 보는 건 네 능력이잖아. 네가 말해줘야지." 에녹이 말했다.

"동물농장이 뭐야?" 올리브가 물었다.

"동물들이 모여 있는 곳. 동물원처럼." 엠마가 설명했다.

올리브가 기쁨의 비명을 지르며 박수를 쳤다. "커스버트의 친구들이야! 동화에 나오는! 빨리 만나보고 싶다. 임브린도 있을까?"

"지금 상황에서는 아무것도 기대하지 않는 게 상책이야." 밀라드가 말했다.

우리는 걷기 시작했다. 할로우의 충격이 채 가시지 않아 어지러웠다. 밀라드가 말한 것처럼 내 능력은 마치 근육처럼 사용할수록 진화하는 것 같았다. 할로우의 출현을 감지하는 순간, 집중만 하면 놈의 다음 동작을 거의 본능적으로 예측할 수 있었다. 나의 이상한 능력에 대해 새로운 점을 발견했다는 게 왠지 뿌듯했다. 그 무엇도 아닌 나 자신의 경험으로 터득한 것이었다. 그러나 내가 알아가는 이 세계는 결코 안전하지 않았고, 통제된 상황도 아니었다. 내가 굴린 공이 홈에 빠지지 않도록 지켜주는 안전장치가 없었다. 내가 어떤 실수를 하건, 나와 친구들에게는 즉각적이고 치명적인 결과로 이어질 수 있었다. 아이들이 이제 나에 관한 과장 광고를 믿을 것 같아 슬슬 걱정이 되었다. 더 나쁜 건 이제 나 자신도 그걸 믿기 시작했다는 사실이었다. 내가 자만에 빠져 할로우를 두려워하지 않게 되는 순간, 끔찍한 일이 일어날 수도 있었다.

어쩌면 나의 두려움과 자신감의 비율이 변함없이 저조한 게 다행이란 생각이 들었다. 10대 1. 간단했다. 나는 다른 아이들이 볼까봐 부들부들 떨리는 손을 주머니에 찔러 넣고 걸었다.

"저기 좀 봐!" 브로닌이 멈춰 서서 소리쳤다. "구름 속에 집이 있어!"

우리는 언덕길을 반쯤 올라온 상태였다. 저만치 앞에 구름 위에 떠 있는 듯한 집이 있었다. 조금 더 걸어서 언덕 꼭대기에 올라서서 보니 구름이 걷히고 집 전체가 시야에 들어왔다. 아주 조그만 집이었고, 구름 위에 떠 있는 게 아니라 철도 침목으로 초원에 차곡차곡 쌓은 탑 위에 있었다. 인간이 지은 가장 이상한 건축물이었다. 절벽 위 고원에는 오두막이 몇 채 있었고, 멀리 자그마한 숲도 보였지만 다른 것들은 우리의 시선을 끌지 못했다. 우리의 눈은 탑에 고정되었다.

"저게 뭐지?" 내가 속삭였다.

"전망대인가?" 엠마가 넘겨짚었다.

"아니면 비행기 이착륙장?" 휴가 말했다.

그러나 비행기는 어디에도 보이지 않았고 활주로도 없었다.

"어쩌면 비행선을 띄우는 곳인지도 몰라." 밀라드가 말했다.

언젠가 라디오 송전탑처럼 생긴, 저 탑과 별로 다르지 않은 탑에서 비극적인 운명을 맞이했던 힌덴부르크호(나치 독일이 만든 역사상 가장 큰 비행선. 1937년 화재로 폭발해 소실됨-옮긴이) 사진을 본 적이 있었다. 그 기억을 떠올리는 순간 서늘한 두려움이 내 몸을 관통했다. 혹시 저 탑이 우릴 쫓던 비행선의 기지가 아닐까. 우리가 바보처럼 와이트들의 본거지로 들어온 건 아닐까.

"어쩌면 임브린의 집일지도 모르잖아." 올리브가 말했다. "왜 다들 최악의 경우만 생각하는 거야?"

"올리브 말이 맞아." 휴가 말했다. "여기 두려워할 건 아무것도 없어."

그 말이 끝나기가 무섭게 사람의 것이 아닌 거대한 울음소리가 탑 아래 그늘에서 새어 나왔다.

"저건 뭐지? 또 할로우야?" 엠마가 말했다.

"아닌 거 같은데." 내가 말했다. 배 속의 느낌은 서서히 잦아들고 있었다.

"모르겠는걸. 알고 싶지도 않고." 뒷걸음치며 호러스가 말했다.

그러나 우리에겐 선택의 여지가 없었다. 무엇인지 몰라도 그것은 우릴 만나고 싶어 했다. 으르렁거리는 소리가 다시 들려왔고 우리는 머리카락이 쭈뼛 섰다. 잠시 후 탑 아래쪽 침목들 사이에서 털이 복슬복슬한 얼굴이 나왔다. 그것은 마치 광견병 걸린 개처럼 송곳니를 드러내고 침을 줄줄 흘리면서 우릴 보고 으르렁거렸다.

"저건 도대체 뭐래?" 엠마가 중얼거렸다.

"이 루프로 들어오길 정말 잘했군. 일이 이렇게 술술 풀리니 말이야." 에녹이 말했다.

정체가 뭔진 몰라도 그 짐승이 탑에서 햇살 속으로 걸어 나와 웅크리고 앉더니 희한한 미소를 지으며 우리를 쳐다보았다. 마치 우리 뇌가 어떤 맛일지 상상해보는 듯이. 사람인지 짐승인지 분간이 가지 않았다. 넝마를 걸친 몸뚱이는 인간의 형상이었지만 움직임은 원숭이를 닮았고, 구부정한 모습은 수백만 년 전 진화를 멈춘 인류의 조상 같았다. 눈과 이는 엷은 노란빛이었고, 피부는 창백했으며, 여기저기 검은 반점이 나 있었고, 긴 머리카락은 새 둥지처럼 부스스했다.

"누가 저것 좀 죽여봐." 호러스가 말했다. "아니면 날 그만 쳐다보게 하던가."

브로닌이 클레어를 내려놓고 싸울 태세를 취했고, 엠마는 불길을 만들려고 양손을 맞잡았지만 너무 놀라서인지 연기만 났다. 그러자 그 사람인지 짐승인지가 긴장한 듯 으르렁거리더니 올림픽 달

리기 선수처럼 뛰기 시작했다. 우리 쪽으로 뛰었다기보다는 우리 **주위**를 뛰며 맴돌았다. 돌무더기 뒤로 뛰어들어 숨었다가 송곳니를 드러내고 웃으며 도로 나왔다. 우리와 놀고 싶어 하는 것 같았다. 마치 고양이가 죽이기 전에 먹이를 가지고 놀듯이.

그것이 또 한 차례, 이번엔 우리 쪽으로 달려들려는 순간 뒤쪽 어딘가에서 소리가 들려왔다. "그만하고 앉아!" 그것이 명령대로 바닥에 주저앉았다. 한쪽으로 혀를 길게 빼고 바보처럼 웃으면서.

돌아보니 개 한 마리가 우리 쪽으로 침착하게 걸어오고 있었다. 말을 한 사람이 누군지 그 뒤를 보았지만 아무도 없었다. 그때 개가 입을 열고 말을 하기 시작했다. "그런트는 좀 이해해주라. 워낙 예의라곤 없는 친구거든. 제 딴엔 고맙다는 표현이야. 할로우들 때문에 **진짜** 골치 아팠거든."

내게 말을 하는 것 같았지만 너무 놀란 나머지 대답을 할 수가 없었다. 개는 사람의 목소리와 거의 똑같은 목소리로 아주 세련된 영국 영어를 구사하는 것도 모자라, 입에 파이프까지 물고 있었고 초록색 테를 두른 동그란 안경도 쓰고 있었다. "이런, 얘들아. 너무 기분 상해하지들 말라니까." 나의 침묵을 잘못 이해한 개가 말을 이었다. "그런트가 나쁜 뜻이 있어서 그런 건 절대 아니야. 너희들이 이해해야 돼. 그런트는 헛간에서 자랐거든. 반면 난, 걸출한 사냥개 가문의 일곱 번째 강아지로 태어나 넓은 영지에서 교육을 받으며 자란 몸이야." 개가 할 수 있는 한 최대로, 코가 땅에 닿을 정도로 인사하며 말했다. "애디슨 맥켄리! 여러분께 인사드립니다!"

"개 이름치곤 근사하네." 말하는 동물을 만난 게 하나도 신기하지 않다는 듯 에녹이 말했다.

애디슨이 안경 너머로 에녹을 바라보았다. "실례지만 이름을 물어봐도 될까?"

"에녹 오코너야." 에녹이 가슴을 앞으로 조금 내밀며 자랑스럽게 말했다.

"지저분하고 통통한 얼굴의 소년 이름치곤 근사하네." 애디슨이 말하고는 뒷다리로 섰다. 키가 거의 에녹과 비슷했다. "물론 나는 개야. 하지만 이상한 개지. 그런데 왜 평범한 이름을 가져야 해? 예전 주인은 날 박시라고 불렀는데, 난 그 이름을 경멸했어. 내 품위에 대한 모욕이니까. 그래서 주인 얼굴을 물어버리고 그 이름을 빼앗았어. 애디슨. 나의 탁월한 지성을 감안할 때 훨씬 더 어울리는 이름이지. 렌 원장님이 날 발견하고 이곳으로 데려오기 전 일이야."

임브린의 이름을 언급하는 순간 아이들의 얼굴이 환해졌다. 한 가닥 희망이 솟았다.

"렌 원장님이 널 여기로 데려왔다고? 그럼 거인 커스버트는?" 올리브가 물었다.

"누구?" 애디슨이 되묻더니 이내 고개를 저었다. "아, 그 동화! 그건 그냥 동화일 뿐이야. 아주 오래전에 저 아래 이상하게 생긴 바위와 렌 원장의 이상한 동물농장에서 영감을 얻은 동화."

"그것 봐." 에녹이 웅얼거렸다.

"렌 원장님은 어디 계셔? 우린 원장님을 만나야 해!" 엠마가 말했다.

애디슨이 탑 꼭대기에 있는 집을 바라보며 말했다. "저기가 원장님 집인데, 지금은 안 계셔. 며칠 전 런던에 있는 임브린 자매들을 도우러 가셨어. 거긴 지금 전쟁이 한창이라던데…… 너희들도 다 알고 있지? 그래서 지금 피난민 같은 몰골로 여행하는 거지?"

"우리 루프가 공격을 당했어." 엠마가 말했다. "갖고 나온 물건들은 바다에 전부 다 빠트렸고."

"하마터면 우리도 빠질 뻔했지." 밀라드가 덧붙였다.

밀라드의 목소리를 듣고 개가 깜짝 놀랐다. "투명인간! 이거 정말 놀라운 일이군! 더구나 미국인까지!" 그가 내 쪽을 턱으로 가리키며 말했다. "너희들은 정말 이상한 애들 중에서도 이상한 애들이구나." 그는 다시 네 다리로 서서 탑으로 향했다. "가자. 다른 친구들한테 소개해줄게. 너희들을 만나면 정말 반가워할 거야. 여행하느라고 보나마나 굶주렸겠지. 불쌍한 것들! 내가 영양보충 좀 시켜줄게."

"약도 필요해." 클레어를 안으려 무릎을 꿇으며 브로닌이 말했다. "우리 꼬마가 아주 많이 아파."

"우리가 할 수 있는 일을 찾아볼게. 할로우 문제를 해결해주었으니 그 정도 빚은 진 셈이야. 가장 골치 아픈 문제였거든."

"뭘로 영양보충을 해준다는 거야?" 올리브가 물었다.

"맛 좋고 영양 많은 음식들. 왕실처럼 먹게 해주지." 개가 대답했다.

"개 사료는 싫은데." 올리브가 말했다.

애디슨이 큰 소리로 웃었다. 음색이 놀라울 정도로 인간을 닮았다. "나도 마찬가지야."

제4장
chapter four

애디슨은 코를 높이 쳐들고 네 다리로 걸었고 그런트라고 불리는 인간을 닮은 짐승은 정신병 걸린 강아지처럼 우리 주위를 뛰어다녔다. 수풀 뒤, 혹은 드문드문 보이는 오두막에서 고개를 내미는 얼굴들이 있었다. 대부분 털 난 짐승들이었고 외모도 덩치도 제각기 달랐다. 고원 한복판에 이르자 애디슨이 다시 뒷다리로 서서 소리쳤다. "겁낼 것 없어, 친구들! 다들 나와서 우리의 불청객을 처치해 준 아이들한테 인사해!"

이상한 동물들이 한 마리씩 모습을 드러냈고 애디슨이 차례로 그들을 소개했다. 미니어처 기린의 상반신과 당나귀의 하반신을 봉합한 것 같은 첫 번째 동물이 앞으로 나왔다. 두 개의 뒷다리로 어정쩡하게 걷고 있었고 다리는 그 둘이 전부였다. "이쪽은 디어드리." 애디슨이 말했다. "에뮤래프라고, 당나귀와 기린을 합쳐놓은 짐승인데 다리가 두 개뿐이고 성격이 까다롭다는 것만 달라. 카드 게임에서 지면 여간 심통을 부리는 게 아니야." 애디슨이 귓속말로 덧붙였다. "얘하곤 절대 카드 게임하지 마! 디어드리, 어서 인사해!"

"잘 가!" 디어드리는 말처럼 생긴 커다란 입술을 뒤집고 뻐드렁니를 드러낸 채 미소를 지으며 말했다. "아주 형편없는 날이네. 이렇게 만나서 진짜 안 반가워!"

그러고 나서 그녀가 웃었다. 껄끄럽고 높은 말 울음소리였다. 그리고는 덧붙였다. "농담이야!"

"디어드리는 자기가 웃기다고 생각해." 애디슨이 설명했다.

"당나귀donkey 반, 기린giraffe 반이라면 왜 동키래프donkeyraffe라고 하지 않아?" 올리브가 물었다.

디어드리가 얼굴을 찌푸리며 대답했다. "듣기 거슬리니까. 에뮤래프는 혀에서 부드럽게 굴러가잖아. 안 그래?"

디어드리가 거의 1미터 가까이 되는 통통한 분홍빛 혀를 내밀더니 올리브의 왕관을 뒤로 밀었다. 올리브는 소리를 지르고는 브로닌의 뒤에 숨어 키득거렸다.

"여기 있는 동물들이 다 말을 할 줄 알아?" 내가 물었다.

"디어드리하고 나만." 애디슨이 말했다. "천만다행이지. 닭들은 하루 종일 조잘대거든. 정작 말은 한마디도 못하면서." 마치 기다렸다는 듯이 시커멓게 탄 닭장 안의 닭들이 몰려 나왔다. "오! 마침 우리 아가씨들이 나오시네!" 애디슨이 말했다.

"수리해놓으면 얼마 못 가서 또 태워버려. 귀찮아 죽겠어." 애디슨이 말하고는 고갯짓을 한 뒤 말을 이었다. "너희들 뒤로 좀 물러서는 게 좋겠다. 쟤들 흥분하면……."

펑! 소형 다이너마이트 폭발음 같은 소리에 모두가 놀라 펄쩍

뛰었고 그나마 남아 있던 닭장의 널판이 산산이 부서져 날아갔다.

"달걀이 폭발하거든." 애디슨이 말을 끝냈다.

폭발의 연기가 걷히고 여전히 우리 쪽으로 몰려오는 닭들의 모습이 보였다. 닭들은 멀쩡해 보였고, 폭발에 전혀 동요하지 않은 것 같았다. 닭털이 눈송이처럼 흩날렸다.

에녹이 입을 쩍 벌렸다. "그러니까 저 닭들이 **폭발하는** 달걀을 낳는다는 거야?" 그가 물었다.

"흥분할 때만." 애디슨이 말했다. "대부분의 알은 안전하고 맛있어. 하지만 가끔 폭발성 달걀이 나와. 덕분에 불명예스러운 이름을 얻게 됐지. 아마겟돈 닭."

"가까이 오지 마!" 닭들이 다가오자 엠마가 소리를 질렀다. "우릴 다 날려버리려고?"

애디슨이 웃었다. "해치지 않는 착한 애들이니까 걱정 마. 그리고 알은 닭장 안에만 낳아." 닭들이 신이 난 듯 우리 발치에 모여들었다. "봤지? 널 좋아해." 개가 말했다.

"여기 완전 개판이군." 호러스가 말했다.

디어드리가 웃었다. "아니. 여긴 동물농장일 뿐이야."

애디슨이 특별히 이상한 점이라고는 눈에 띄지 않는 동물들을 소개해주었다. 나뭇가지에 앉아 조용하고도 강렬한 눈빛으로 우릴 관찰하고 있던 부엉이도 한 마리 있었고, 마치 시간의 반을 다른 세계에서 보내는 듯 우리 시야에 소리 없이 들어왔다가 사라지곤 하는 생쥐 떼도 있었다. 염소도 한 마리 있었다. 기다란 뿔에 깊고 검은 눈동자를 가진 외톨이 염소는 한때 절벽 아래 초원을 누비고 다녔다는 이상한 염소들 무리에서 빠져나왔다고 했다.

동물들이 모두 모이자 애디슨이 외쳤다. "할로우를 물리친 친구들을 위해 세 번 건배!" 디어드리가 히잉! 하고 울었고, 염소가 발을 굴렀고, 부엉이가 콧소리를 냈고, 닭들이 꼬꼬댁 울었고, 그런트 *grunt*는 고맙다고 웅얼*grunt*거렸다. 그동안 브로닌과 엠마는 눈짓을 주고받았다. 브로닌은 페러그린을 숨기고 있는 자기 코트 속을 흘금거리고 눈썹을 치켜 올리며 **지금?**이냐고 물었고 엠마는 고개를 젓는 것으로 **아직은 안 돼**라는 대답을 대신했다.

브로닌이 나무 그늘에 클레어를 눕혔다. 클레어는 의식이 오락가락했고 땀을 흘리며 몸을 떨었다.

"렌 원장님이 열이 날 때 쓰시는 특별한 약이 있어." 애디슨이 말했다. "맛은 고약하지만 효과는 있더라."

"우리 엄만 이럴 때 닭고기 수프 끓여주셨는데." 내가 말했다.

그 말에 닭들이 놀라 꼬꼬댁거렸고 애디슨이 나를 쏘아보았다. "농담한 거야!" 그가 말했다. "농담이라니까! 그것도 아주 한심한 농담! 닭고기 수프 따윈 이 세상에 없어!"

애디슨과 에뮤래프는 그런트와 그의 마주보는 엄지손가락(영장류의 특징인 다른 손가락들과 마주보는 짧고 튼튼한 첫째 손가락을 의미하는 말로, 연장을 쥐거나 사용하는 데 쓰임-옮긴이)의 도움을 받아 약을 만들러 갔다. 잠시 후 그들은 더러운 설거지물 같은 물을 한 그릇 들고 왔다. 클레어가 그 물을 마지막 한 방울까지 다 마시고 잠이 들자 동물들이 우리를 위해 훌륭한 만찬을 베풀어주었다. 신선한 빵, 사과스튜, 폭발하지 않는 삶은 달걀이 우리 손에 바로 건네졌다. 접시도, 식기도 없었기 때문이다. 달걀 세 개를 욱여넣고 빵 한 조각을 5분 만에 해치우고 나서야 내가 얼마나 배가 고팠는지 깨달았다.

식사를 마치고 트림을 하고 나서 입을 닦은 뒤 나는 우리를 골똘히 쳐다보고 있는 동물들을 둘러보았다. 총기가 반짝이는 그들의 표정에 오히려 내가 멍해져서 꿈을 꾸는 것 같은 기분을 떨쳐내려 애썼다.

밀라드는 내 옆에 서서 먹고 있었다. 내가 그에게 돌아서며 물었다. "혹시 전에 이상한 동물들 얘기 들은 적 있어?"

"동화에서만." 빵을 입 한가득 씹으며 밀라드가 말했다. "그럼 진짜 이상하네. 그런 동화를 읽고 곧바로 그런 동물들을 만나게 되다니."

올리브는 전혀 이상하게 생각하는 것 같지 않았다. 아직 어려서 그런가. 적어도 올리브에게는 아직 어린아이다운 면이 남아 있었다. 그녀에겐 동화와 현실의 격차가 그다지 큰 것 같지 않았다. "다른 동물들은 어디 있어?" 그녀가 애디슨에게 물었다. "커스버트 동화엔 나무다리 곰하고 머리가 두 개 달린 스라소니 얘기도 있었는데."

올리브의 질문에 활기 넘치던 분위기가 갑자기 가라앉았다. 그런트는 커다란 손 뒤로 얼굴을 감췄고 디어드리는 신음소리를 냈다. "제발 그런 건 묻지 말아줘." 긴 목을 늘어뜨리며 그녀가 말했다. 그러나 이미 너무 늦었다.

"얘들이 우릴 도와줬잖아." 애디슨이 말했다. "얘들은 우리의 서글픈 역사를 들을 자격이 있어."

"너희들만 괜찮다면." 엠마가 말했다.

"난 슬픈 얘기 좋아." 에녹이 말했다. "특히 공주가 용한테 잡아먹히고 결국 다 죽는 그런 얘기."

애디슨이 헛기침을 했다. "공주한테 용이 잡아먹힌 얘기하고 거의 비슷해." 그가 말했다. "우리 같은 동물들에게 지난 몇 년간은 정말 힘든 시간이었어. 그 이전 몇 세기도 힘들었지만." 개가 앞뒤로 서성거리며 말했다. 그의 목소리에서 웅장한 연설의 분위기가 배어났다. "옛날 옛적에, 세상은 온통 이상한 동물들로 가득했어. **앨딘** 시대에는 이상한 사람들보다 이상한 동물들의 숫자가 더 많았지. 상상할 수 있는 모든 모양과 크기의 동물이 있었으니까. 새처럼 날 수 있는 고래, 말만 한 벌레, 나보다 두 배는 더 똑똑한 개도 있었어. 너희들이 믿을지 모르겠지만. 그중 어떤 동물들은 지도자를 두고 자기들만의 왕국을 세웠어." 개의 눈에 아주 흐릿한 섬광이 스쳤다. 그런 시대를 기억할 만큼 나이가 많다는 듯이. 개가 깊은 한숨을 내쉬자 섬광이 잦아들었고 이야기는 다시 계속되었다. "지금 우리 숫자는 예전에 비하면 새 발의 피야. 우린 거의 멸종 직전이거든. 한때 세상을 주름잡았던 동물들에 대해 너희들 아는 게 있어?"

아무것도 아는 게 없다는 사실이 부끄러워 우리는 잠자코 있었다.

"좋아." 그가 말했다. "그럼 나하고 같이 가자. 보여줄 게 있어."

그가 햇살 속으로 걸어 나가며 우리가 따라오기를 기다렸다.

"애디슨!" 에뮤래프가 말했다. "나중에 가. 지금 손님들 식사 중이잖아!"

"재들이 먼저 물었고 난 대답해주는 것뿐이야." 애디슨이 말했다. "잠시 자릴 비운다고 음식이 어디 가는 건 아니잖아!"

내키진 않았지만 우린 음식을 내려놓고 개를 따라갔다. 피오나는 여전히 잠들어 있는 클레어를 지키려 남았고 그런트와 에뮤래프는 우리 뒤에서 천천히 따라왔다. 우리는 고원을 가로질러 가장자리의 작은 숲으로 들어갔다. 숲 사이로 난 꼬불꼬불한 자갈길을 달그락거리며 걷다보니 숲 속에 공터가 나왔다. 공터로 들어서기 직전 애디슨이 말했다. "자, 지금부터 지상 최고의 이상한 동물들을 소개할게." 그리고 숲이 갈라지면서 하얀 비석이 줄지어 서 있는 조그만 묘지가 모습을 드러냈다.

"이런······." 브로닌이 중얼거렸다.

"유럽 전역에 걸쳐 살고 있는 이상한 동물들보다 여기 묻힌 동물들이 훨씬 더 많을걸." 애디슨이 특별히 찾고 있는 묘비가 있는 듯 어디론가 향하더니 앞발을 어느 비석에 올려놓았다. "이 친구 이름은 폼페이였어. 멋진 개였지. 혀로 핥기만 하면 무슨 상처든 다 낫게 할 수 있었거든. 정말 놀라운 능력이었어. 그런데도 결국 **이 꼴**이 됐어." 애디슨은 혀로 소리를 냈고, 그런트가 내 앞을 가로막더니 들고 있던 조그만 책을 내 앞에 내밀었다. 사진 앨범이었고, 펼쳐진 페이지에는 노새나 말처럼 마구가 채워진 개가 *끄는* 마차 사진이 있었다. "식인종의 노예로 부려졌어." 애디슨이 설명했다. "수레를 *끄는* 가축처럼 망나니 같은 뚱보들을 끌고 다녀야 했지. 채찍까지 맞아가면서!" 그의 눈동자가 분노로 이글거렸다. "렌 원장님이 구출했을 당시, 폼페이는 너무 우울한 상태여서 죽기 일보 직전이었어. 몇 주를 시름시름 앓다가 결국 여기 묻히고 말았지."

나는 책장을 넘겼다. 아이들은 사진을 넘길 때마다 한숨을 쉬거나 고개를 젓거나 안타까운 말들을 중얼거렸다.

애디슨이 다른 무덤으로 향했다. "그보다 더 대단한 건 캡 매그다야." 그가 말했다. "외몽고를 주름잡았던, 엄니를 열여덟 개나 가진 영양이지. 진짜 대단했어! 캡 매그다가 달릴 때면 땅이 흔들릴 정도

였으니까. 기원전 218년에는 한니발의 군대와 함께 알프스까지 등반했다지 아마. 그러다가 몇 년 전 사냥꾼의 총에 맞았어."

그런트가 아프리카 여행에서 막 돌아온 듯이 보이는 한 여자의 사진을 펼쳐 보여주었다. 그녀는 양의 뿔로 장식한 이상한 의자에 앉아 있었다.

"이게 뭐야?" 엠마가 사진을 들여다보며 말했다. "캡 매그다는 어디 있어?"

"거기 깔려 있잖아." 애디슨이 말했다. "사냥꾼이 캡 매그다의 뿔로 의자를 장식했어."

엠마는 하마터면 앨범을 떨어뜨릴 뻔했다. "구역질 난다!"

"사진에 있는 게 캡 매그다라면," 에녹이 사진을 두드리며 말했다. "이 무덤엔 뭘 묻었다는 거야?"

"그 의자." 애디슨이 말했다. "이상한 생명이 허망하게 낭비된 경우지."

"이 묘지는 온통 매그다와 같은 사연들로 가득 차 있어." 애디슨이 말했다. "렌 원장님은 이 동물농장이 노아의 방주가 되길 바라셨지만 결국은 무덤이 되고 말았지."

"다른 모든 루프들처럼." 에녹이 말했다. "그리고 이상한 아이들의 세계처럼. 이건 실패한 실험이었어."

"원장님은 자주 이렇게 말씀하셨지. '이제 이곳은 죽어가고 있어. 난 긴 장례식을 지켜봐야 하는 감독관일 뿐!'" 렌의 목소리를 흉내 내며 애디슨이 말했다.

렌을 떠올리면서 애디슨의 눈이 반짝였지만 이내 다시 냉정을 찾았다. "말투가 굉장히 연극적인 분이셨거든."

"제발 임브린들을 과거형으로 말하지 마." 디어드리가 말했다.

"말투가 연극적인 분이시라고." 애디슨이 말을 고쳤다. "미안."

"사람들이 사냥을 했구나." 엠마가 말했다. 목소리가 격해졌다. "박제를 하고 동물원에 가뒀어."

"커스버트 이야기에 나오는 사냥꾼들처럼!" 올리브가 말했다.

"맞아." 애디슨이 말했다. "어떤 진실은 신화의 형태로 가장 잘 표출되지."

"하지만 커스버트는 없었구나." 그제야 이해가 되는 듯 올리브가 말했다. "거인은 없어. 새 한 마리만 있는 거야."

"하지만 아주 특별한 새지." 디어드리가 말했다.

"너희들 걱정하고 있구나." 내가 말했다.

"당연히 걱정되지." 애디슨이 말했다. "내가 알기로 렌 원장님은 납치되지 않은 유일한 임브린이야. 납치된 동생 임브린이 영국으로 끌려갔다는 소식을 듣자마자 한순간도 지체하지 않고, 자기 안전 따위 안중에도 없이 도우러 날아갔어."

"우리의 안전도 안중에 없었지." 디어드리가 중얼거렸다.

"런던?" 엠마가 물었다. "납치된 임브린들이 전부 다 거기 있는 게 확실해?"

"확실하고말고." 개가 대답했다. "렌 원장님 스파이가 런던에 있었거든. 이상한 비둘기들이 상황을 주시하다가 원장님한테 전부 다 보고했어. 최근에 몇 마리가 몹시 상심해서 돌아왔고. 비둘기 소식통에 의하면 임브린들은 처벌의 루프에 갇혀 있었대. 아니, 지금도 갇혀 있대."

아이들 몇 명이 숨을 헉 들이켰다. 그러나 개가 하는 말을 나는 통 알아들을 수가 없었다. "처벌의 루프가 뭔데?" 내가 물었다.

"원래는 생포한 와이트들, 극악무도한 범죄자들, 위험할 정도로 미쳐버린 와이트들을 가두기 위해 만들어진 곳이야." 밀라드가 설명했다. "우리가 알고 있는 루프들하곤 전혀 달라. 무지하게, 어마어마하게 끔찍한 곳이야."

"그런데 지금은, 와이트들하고 할로우들이 임브린을 거기 가두고 지키고 있단 거지." 애디슨이 말했다.

"세상에!" 호러스가 소리쳤다. "이건 우리가 두려워했던 것보다 훨씬 더 끔찍한 상황이잖아."

"지금 농담하냐?" 에녹이 말했다. "난 **정확히** 이런 상황을 두려워했어."

"놈들이 얼마나 엄청난 음모를 꾸미고 있는 건진 몰라도 임브린들을 전부 다 한곳에 모으려는 게 분명해. 그런데 이제 렌 원장님만 남았으니…… 용감하고 무모한 우리 렌 원장님, 얼마나 오래 버티실지……." 애디슨은 마치 천둥이 칠 때 개들이 깽깽거리듯 귀를 뒤로 늘어뜨리고 고개를 떨어뜨린 채 훌쩍이기 시작했다.

❦

우리는 다시 나무 그늘로 돌아와 식사를 마쳤다. 배가 가득 차서 더 이상 한 입도 먹을 수 없는 지경이 되자 브로닌이 애디슨에게 말했다. "있잖아, 개 친구야. 모든 게 네가 말한 것처럼 암울하진 않아." 브로닌은 엠마를 쳐다보고 한쪽 눈썹을 치켜 올렸고 이번에는 엠마도 고개를 끄덕였다.

"그래?"

애디슨이 물었다.

"응. 사실 내가 여기 숨기고 있는 걸 보면 기분이 아주 좋아질 걸."

"글쎄. 믿어도 될까." 개가 웅얼거리면서도 고개를 들어 브로닌의 품속을 흘금거렸다.

브로닌이 코트 자락을 열고 말했다. "인사해. 또 한 명의 살아남은 임브린, 알마 페러그린 원장님이셔." 새가 햇살 속으로 고개를 내밀고 눈을 깜빡였다.

이번에는 동물들이 놀랄 차례였다. 디어드리는 숨을 헉 들이켰고, 그런트는 외마디 비명을 지르며 손뼉을 쳤고, 닭들은 쓸모없는 날개로 홰를 쳤다.

"너희 루프도 당했다고 들었는데!" 애디슨이 말했다. "임브린이 납치됐다면서!"

"납치됐었지." 엠마가 자랑스럽게 말했다. "하지만 우리가 다시 구출했어."

"그게 사실이라면," 애디슨이 말하며 페러그린에게 고개를 숙였다. "그야말로 가장 기쁜 소식이군요, 원장님. 전 원장님의 하인입니다. 자리를 좀 옮기셔야 되겠습니다. 렌 원장님의 숙소로 안내해드리죠."

"근데 사람으로 **변할 수가** 없으셔." 브로닌이 말했다.

"왜? 낯을 가리시나?" 애디슨이 물었다.

"아니. 갇혀버렸어." 브로닌이 말했다.

애디슨의 입에서 파이프가 떨어졌다. "이런 젠장! 확실해?" 그가 나지막이 물었다.

"지금 이틀째 이 상태야." 엠마가 말했다. "만약 본래 모습으로 돌아올 수 있었다면 벌써 돌아오셨겠지."

애디슨은 안경을 벗고 새를 살펴보았다. 그의 눈이 근심으로 커다래졌다. "내가 좀 살펴봐도 될까?" 그가 물었다.

"애디슨이 우리 주치의거든." 에뮤래프가 말했다. "우리가 아프면 항상 애디슨이 돌봐줘."

브로닌이 코트 속에서 페러그린을 들어 바닥에 내려놓았다. "다친 날개 조심해." 브로닌이 말했다.

"물론이지." 애디슨이 말하고는 원을 그리며 새 주위를 천천히 돌았다. 그러고는 머리와 날개에 커다랗고 축축한 코를 대고 킁킁거렸다. "무슨 일이 일어났는지 말해봐. 언제, 어떻게 된 건지 전부 다." 마침내 그가 말했다.

엠마가 그간의 일을 모두 털어놓았다. 페러그린이 골란에게 납치되고, 새장에 갇힌 채 바다에서 거의 익사할 뻔했다가, 와이트들이 점령한 잠수함에서 구출된 이야기를. 모두가 홀린 듯 이야기를 들었다. 엠마가 이야기를 마치자 개는 생각을 정리하려는 듯 말이 없다가 진단을 내렸다. "독을 주입한 게 확실해. 인간으로 변하지 못하게 하는 약물에 중독된 거야."

"정말?" 엠마가 물었다. "그걸 어떻게 알아?"

"임브린이 사람의 모습일 때는 시간을 정지시키는 능력이 있기 때문에 납치해서 호송하기가 위험해. 하지만 새로 변해 있으면 그 능력이 제한되거든. 일단 체구도 작아지고, 어디다 숨기기도 쉽고, 별로 위협이 되지도 않으니까."

개가 페러그린을 바라보았다. "너흴 잡았던 와이트가 뭘 뿌리거나 하진 않았어? 액체나 가스 같은 거?" 그가 엠마에게 물었다.

페러그린이 머리를 흔들었다. 고개를 끄덕이는 것처럼 보였다.

브로닌이 숨을 헉 들이켰다. "원장님! 딱하기도 하지! 저흰 몰랐어요!"

나는 죄책감이 들었다. 내가 와이트들을 섬으로 끌어들였다. 페러그린이 당한 일도, 이상한 아이들이 집을 잃고 떠나야 했던 것도 모두 내가 자초한 거였다. 바윗덩어리 같은 수치심이 목 밑에서 치밀어 올라왔다.

"그래도 좋아지겠지? 그치? 다시 돌아오시겠지?"

"날개는 나을 수 있겠지. 하지만 도움을 받지 않으면 다시 사람이 될 순 없을 거야." 애디슨이 대답했다.

"어떤 도움이 필요한데? 네가 도와줄 수 없어?" 엠마가 물었다.

"다른 임브린만 도울 수 있어. 더구나 지금 페러그린 원장님에겐 시간이 많지 않아."

나는 긴장했다. 새로운 소식이었다.

"그게 무슨 뜻이야?" 엠마가 말했다.

"나쁜 소식을 전하게 돼서 미안하지만," 애디슨이 말했다. "이런 상태로 이틀을 보냈다는 건 임브린한텐 아주 치명적이야. 새의 상태로 보내는 시간이 길어질수록 인간의 시간은 줄어들거든. 인간의 기억, 인간의 말…… 페러그린 원장의 모든 것이. 그렇게 되면 결국 임브린일 수가 없는 거지. 그저 한 마리 새일 뿐인 거야. 영원히."

문득 의사들에게 둘러싸여 응급실 침대에 축 늘어져 숨을 거둔 페러그린의 모습이 떠올랐다. 흘러가는 시간이 페러그린의 뇌에 치명적인 손상을 입히는 셈이었다.

"얼마나 남았어? 얼마나 더 사실 수 있어?" 밀라드가 물었다.

애디슨은 눈을 가늘게 뜨고 고개를 저었다. "이틀. 그것도 넉넉잡아 이틀."

속삭임과 놀란 숨소리가 들렸다. 우리는 일제히 하얗게 질렸다.

"정말? 너 장담할 수 있어?" 엠마가 물었다.

"전에도 이런 경우를 본 적이 있거든." 애디슨이 가까운 나뭇가지 위에 앉아 있는 부엉이에게 다가갔다. "여기 앉아 있는 올리비아도 훈련 도중에 사고를 당한 임브린이야. 사고 닷새 만에 우리한테 왔어. 렌 원장님이 올리비아를 회복시키려고 별짓을 다 했는데, 소용이 없었어. 그게 벌써 10년 전 일이야. 그날 이후론 죽 이 상태였어."

부엉이는 말없이 그들을 바라볼 뿐이었다. 한 마리 새의 눈빛 이상의 총기는 느껴지지 않았다. 그저 아둔한 부엉이의 눈빛이었다.

엠마가 일어섰다. 나는 엠마가 우리 기운을 북돋우고 행동을 취할 수 있도록 열정적인 연설을 해주길 바랐다. 그러나 엠마는 차마 말을 잇지 못했다. 그녀는 울음을 삼키며 어디론가 비틀거리며 달려갔다.

내가 불렀지만 멈추지 않았다. 다른 아이들은 그저 뛰어가는 엠마를 바라만 보고 있었다. 아이들은 끔찍한 소식에 놀랐고, 결단을 내리지 못하는 나약한 엠마의 모습에 놀랐다. 그동안 엠마는 어떤 상황에서도 용기를 잃지 않았고 우리는 그것을 당연하게 받아들였다. 그러나 엠마도 철의 여인은 아니었다. 비록 이상한 아이이긴 해도 엠마도 인간이었다.

"얼른 따라가보는 게 좋겠다, 제이콥." 브로닌이 말했다. "우린 여기 오래 머물 수 없어."

　　　　　　　　　　　ෆ

　엠마를 쫓아가보니 그녀는 고원 가장자리에 서서 멀리 평지까지 굽이치는 초록빛 언덕들의 풍경을 바라보고 있었다. 내 기척을 느꼈을 텐데도 돌아보지 않았다.

　나는 엠마의 곁으로 다가가 위로의 말을 찾으려 애썼다. "네가 지금 두려워한다는 거 알아. 사흘은 결코 긴 시간이 아니지. 하지만……"

　"이틀." 엠마가 말했다. "넉넉잡아 이틀이라고 했어." 엠마의 입술이 떨리고 있었다. "그런데 그게 지금 상황에서 가장 끔찍한 일도 아니야."

　나는 깜짝 놀랐다. "그것보다 더 나쁜 일도 있어?"

　눈물을 참으려 애썼지만 엠마는 결국 무너져버렸다. 그녀는 바닥에 주저앉아 흐느껴 울었다. 마치 폭풍이 덮친 것 같았다. 나는 무릎을 꿇고 엠마를 꼭 끌어안았다. "미안해." 엠마가 세 번이나 같은 말을 중얼거렸다. 엠마의 목소리는 닳아 해진 밧줄처럼 거칠었다. "넌 여기 머물지 말았어야 했어. 널 그냥 보내줘야 했어. 내가 너무 이기적이었어…… 너무나 이기적이었어……"

　"그런 말 하지 마. 내가 있어야 할 곳은 여기고 난 아무 데도 가지 않아." 내가 말했다.

　내 말에 엠마는 더 서럽게 울었다. 나는 엠마의 이마에 내 입술을 대고 폭풍이 지나갈 때까지 그 상태로 있었다. 마침내 격한 울음이 흐느낌으로 잦아들었다. "제발 얘기 좀 해봐." 내가 말했다. "도대체 무슨 소린지."

잠시 후 그녀가 똑바로 앉아 눈물을 닦고 마음을 가라앉히려 애썼다. "이런 얘기를 할 일이 없길 바랐어. 이런 게 문제가 되지 않기를. 네가 우리 곁에 머물기로 결정했을 때, 내가 했던 말 생각나? 어쩌면 네가 영원히 집으로 돌아갈 수 없을지도 모른다고 한 거?"

"기억해."

"그 말이 엄연한 사실이란 걸 조금 전에야 알았어. 제이콥, 사랑하는 나의 친구, 내가 널 영원히 이곳에 가둔 것 같아. 죽어가는 세계의 짧은 인생에." 엠마가 떨리는 숨을 몰아쉬며 말을 이었다. "넌 페러그린 원장의 루프로 들어왔고 그래서 페러그린 원장의 루프로만 나갈 수 있어. 하지만 이제 그 루프는 사라졌어. 아직 사라지지 않았더라도 곧 사라질 거야. 페러그린 원장이 네가 집으로 돌아갈 유일한 길인데, 만약 페러그린 원장이 사람으로 돌아갈 수 없다면······."

나는 목이 메었고 그래서 침을 꿀꺽 삼켰다. "그럼 난 과거에 갇히게 되는 셈이네."

"맞아. 이제 네가 온 시간으로 돌아가는 길은 그 시간이 되기를 기다리는 것뿐이야. 하루하루, 그리고 한 해 또 한 해."

70년. 내가 떠나온 시대에서 그만큼의 시간이 흐른다면 부모님과 내가 아는 모든 사람, 내게 소중한 사람들은 이미 죽었을 테고, 그들에게 나는 죽은 지 오래된 존재일 것이다. 물론 지금까지 우리가 헤쳐왔던 모든 시련을 생각하면, 몇십 년 뒤 부모님이 태어났을 때 내가 찾아가서 그들을 만날 수도 있을 것이다. 그러나 그게 무슨 의미가 있을까. 두 분이 아직 어린아이고 내게 낯선 사람이라면.

현재에 살고 있는 나의 부모님은 언제쯤 날 살아서 만나겠다는 꿈을 접을까. 나의 실종을 납득하기 위해 어떤 이야기를 지어냈을까. 내가 도망쳤다고? 미쳤다고? 절벽에서 떨어졌다고?

내 장례식을 치를까? 관을 짤까? 비석에 이름을 새길까?

부모님에게 나는 영원히 풀지 못한 미스터리로 남을 것이다. 영원히 아물지 않는 상처로 남을 것이다.

"정말 미안해." 엠마가 다시 한 번 말했다. "원장님의 상태가 이렇게 끔찍하단 걸 알았다면 절대 널 붙잡지 않았을 거야. 절대로. 현재는 우리에겐 아무 의미가 없어. 현재에 너무 오래 머물렀다간 죽을 테니까. 하지만 넌…… 너한텐 가족이 있고 삶이 있는데……."

"아냐!" 내가 손으로 바닥을 치며 말했다. 밀려들기 시작하는 자기 연민을 떨쳐내기 위해서. "이제 그런 건 다 사라졌어. 난 **이 세계**를 선택했어."

엠마는 한 손을 내 손 위에 올려놓으며 다정하게 말했다. "만약 여기 있는 동물들 말이 사실이라면, 우리의 모든 임브린들이 납치된 게 사실이라면, 이 세계도 곧 사라질 거야." 그녀는 흙을 한 줌 쥐어 바람에 흩뿌렸다. "루프를 지켜주는 임브린이 없으면 루프도 무너질 거라고. 와이트들이 임브린을 이용해서 저주받을 실험을 다시 재개할 거고, 그러면 다시 1908년이 되겠지. 그들이 실험에 실패해서 세상을 온통 연기 나는 분화구로 바꿔놓건, 아니면 성공해서 불멸의 존재가 되건 우린 그 괴물들의 지배를 받게 돼. 어느 쪽이건, 우리는 이상한 짐승들보다 더 빨리 멸종될 거야. 그런데 내가 **널** 이 암울한 혼란의 소용돌이 속으로 끌어들였어. 도대체 어쩌자고 그랬을까."

"세상에서 일어나는 모든 일엔 다 이유가 있어." 내가 말했다.

내 입에서 그런 말이 나왔다는 게 믿기지 않았지만, 일단 내뱉고 나니 종소리처럼 커다란 진실의 울림이 느껴졌다.

내가 이곳에 있어야 하는 이유가 있을 것이다. 나는 여기 **있기 위해서** 있는 게 아니라 무언가를 **하기 위해서** 있는 것이다. 그리고 내가 해야 할 일은 두렵고 막막한 상황에서 달아나고, 숨고, 포기하는 것이 아니었다.

"네가 운명을 믿는 줄은 몰랐네." 엠마가 못 미더운 표정으로 나를 바라보며 말했다.

사실 나는 운명을 믿지 않았다. 그러나 내가 믿고 있는 것을 어떻게 설명해야 할지. 나는 할아버지가 들려주곤 했던 이야기들을 생각했다. 할아버지의 이야기들은 모험과 신비로 가득 차 있었지만, 그보다 깊은 무언가가 담겨 있었다. 바로 변치 않는 감사의 마음이었다. 어린 아이였던 나는 포트먼 할아버지가 들려준 신비로운 섬과 놀라운 능력을 지닌 이상한 아이들 이야기에만 관심이 있었다. 그러나 그 이야기의 중심에는 언제나 페러그린이 있었다. 곤경에 처했던 할아버지를 구해준 페러그린. 웨일스에 처음 도착했을 때 할아버지는 영어도 제대로 못하는 겁에 질린 어린 소년이었고 두 종류의 괴물에 쫓기고 있었다. 괴물 하나는 그의 가족을 결국 전부 다 죽였고, 또 하나는 만화에나 나올 법한 그의 악몽을 그대로 재현해놓은 오직 그에게만 보이는 괴물이었다. 그 모든 역경 속에서 페러그린은 할아버지를 숨겨주었고 머물 곳을 만들어주었으며 그가 어떤 사람인지 알려주었다. 페러그린이 할아버지의 목숨을 구했고, 그 덕분에 우리 아버지의 삶이 있었으며, 또한 나의 삶도 있었다. 내 부모님이 나를 낳고 기르고 사랑했고 그들에게 빚을 진 것은 사실이지만, 페러그린이 할아버지에게 베푼 친절이 아니었더라면 나는 애당초 태어나지도 않았을 것이다. 나는 문득 내가 그 빚을 갚기 위해 여기까지 왔다는 생각이 들었다. 나와 나의 아빠, 할아버지가 진 빚을 갚기 위해.

나는 최대한 내 마음을 설명해보려 애썼다. "이건 운명 문제가 아니야." 내가 말했다. "하지만 난 이 세상에 어떤 균형을 잡는 힘이 존재한다고 생각해. 때론 우리가 이해하지 못하는 어떤 힘이 저울의 눈금을 움직이는 거야. 페러그린 원장님이 우리 할아버지를 구해주셨어. 그래서 지금 내가 원장님을 구하러 여기 와 있는 거야."

엠마가 눈을 가늘게 뜨고 천천히 고개를 끄덕였다. 내 생각에 동의한다는 건지, 아니면 내가 미쳤다는 말을 공손하게 표현하는 건지 알 수 없었다.

그리고 엠마가 나를 끌어안았다.

더 이상의 말은 필요치 않았다. 엠마는 내 말을 이해했다.

엠마도 페러그린 덕분에 목숨을 구했다.

"우리에겐 사흘이란 시간이 있어." 내가 말했다. "런던으로 가자. 임브린 한 명을 구출해서 페러그린 원장님을 회복시키는 거야. 그렇게 절망적이진 않아. 우린 원장님을 살려낼 거야, 엠마. 그러다 죽는 한이 있어도." 내가 한 말이지만 너무도 용감하고 비장해서 이게 정말 내가 한 말인지 의문이 들 정도였다.

엠마가 내 말이 우스워 죽겠다는 듯이 깔깔거리고 웃어서 깜짝 놀랐다. 그러고 나서 그녀는 내게서 고개를 돌렸다. 다시 나를 돌아봤을 때, 엠마의 입은 단호했고 눈빛은 반짝였다. 그녀의 자신감이 되살아나고 있었다. "가끔 네가 완전히 미쳤는지, 아니면 나에게 찾아온 기적인지 판단이 잘 안 서. 그런데 이제 슬슬 후자가 맞다는 생각이 들기 시작했어." 엠마가 말했다.

그녀가 다시 나를 끌어안았고 우리는 한참을 그렇게 있었다. 엠마가 내 어깨에 머리를 기댔고, 내 목에 닿는 그녀의 숨결은 따스했다. 나는 엠마와 나 사이의 모든 틈을 없애버리고 하나가 되기만을 원했다. 그러나 그 순간 엠마가 내게서 떨어지며 이마에 키스하고는 아이들이 있는 곳으로 향했다. 나는 너무 멍한 상태라 곧바로 엠마를 따라갈 수가 없었다. 내게 새로운 일이 일어나고 있었다. 지금껏 한 번도 느껴본 적 없는 내 심장 안의 바퀴가 너무 정신없이 굴러서 어지러울 지경이었다. 엠마가 멀어질수록 그 바퀴는 더 빨리 굴렀다. 마치 우리 둘을 연결하는 보이지 않는 줄이 풀려나가는 것처럼. 그녀가 더 멀어지면 줄이 끊어져서 내가 죽을 것처럼.

이 이상하고 달콤한 고통이, 혹시 사랑일까.

다른 아이들은 나무 그늘 밑에 모여 있었다. 이상한 아이들과 동물들 할 것 없이 전부 다. 엠마와 내가 그들에게 다가갔다. 엠마와 팔짱을 끼고 싶은 충동을 느꼈고, 하마터면 그럴 뻔했지만 바로 생각을 고쳤다. 에녹이 의혹의 시선을 보내고 있었다. 처음부터 나를 향했던, 이제는 우리 둘을 향하고 있는 점점 더 커지는 의혹이었다. 엠마와 내가 다른 아이들과는 별개로 둘만의 비밀과 약속들을 가진 사적인 관계일지도 모른다는 의혹.

우리가 다가가자 브로넌이 일어섰다. "엠마, 괜찮아?"

"그럼. 괜찮고말고." 엠마가 얼른 대답했다. "아깐 눈에 뭐가 들어가서 그랬어. 자, 다들 짐 챙겨. 일단 런던으로 가서 원장님을 살려야지."

"듣던 중 반가운 소리다." 에녹이 눈을 부라리며 말했다. "방금 우리도 같은 결론에 도달했거든. 너희 둘이 속닥거리는 동안."

엠마가 얼굴을 붉혔지만 에녹이 던진 미끼는 물지 않기로 했다. 사소한 감정 따위에 얽매일 때가 아니었다. 그보다 중요한 일들이 있었다. 앞으로 우리의 여행길에 어떤 위험이 도사리고 있을지 알 수 없었다. "너희들도 다 알겠지만," 엠마가 말했다. "이번 여행은 성공 확률이 희박한 아주 허술한 작전이야." 엠마는 몇 가지 이유를 댔다. 일단 런던은 멀었다. 현 시대에서는 GPS를 이용해서 가장 가까운 역으로 가 고속열차를 타고 몇 시간이면 도착할 수 있는 거리지만, 전쟁으로 뒤집힌 1940년의 영국이라면 런던은 여기서 지구 반대편이나 마찬가지였다. 도로와 철로는 피난민들로 북적이거나 폭탄으로 파괴되었거나 아니면 군 수송차량에 점령되어 있을 것이고, 페러그린에게 얼마 남지 않은 시간을 길에서 허비하게 될 수도 있었다. 더 끔찍한 건 우리가 쫓기는 신세라는 사실이었다. 임브린들이 전부 체포되었기 때문에 지금까지보다 훨씬 더 강도 높은 추적을 당할 것이다.

"여행은 무슨!" 애디슨이 말했다. "그건 너희가 걱정할 문제가 아니야. 아무래도 내가 아까 상황을 제대로 설명 못 했나보다. 임브린의 감금 상태에 대해 너희들이 제대로 이해를 못하고 있는 것 같은데." 마치 청각장애인을 상대하듯 애디슨이 또박또박 말했다. "이상한 세계에 관한 역사책에서 처벌의 루프에 대해 읽어본 적 없어?"

"물론 읽어봤지." 엠마가 말했다.

"그럼 알겠네. 거기 들어가는 건 자살 행위나 마찬가지야. 처벌의 루프는 죽음의 덫이라고. 전부 다. 런던 역사상 가장 끔찍한 사건들이 다 거기서 일어났어. 1666년 대형 화재, 842년의 극악무도한 바이킹 납치사건, 악명 높은 페스트의 만연 등등. 처벌의 루프 위치에 대한 《시간의 지도》가 제작되지 않은 건 다 이유가 있는 거야. 그러니까 이상한 세계에서 가장 비밀스러운 곳들에 대해 제대로 알지도 못하면서 그렇게 무작정……."

"난 알려지지 않은 불쾌한 루프에 대해 독학했어." 밀라드가 나서며 말했다. "취미 삼아 몇 년 동안."

"대단한데!" 애디슨이 말했다. "그러면 루프 입구를 지키는 할로우들을 따돌리는 방법도 알겠네!"

문득 모두의 시선이 내게로 쏠렸다. 나는 침을 꿀꺽 삼키고 턱을 쳐든 다음 대답했다. "사실, 방법을 알긴 하지."

"알면 다행이고." 에녹이 투덜거렸다.

그때 브로닌이 말했다. "난 널 믿어, 제이콥. 널 오래 알지는 못했지만, 네가 어떤 심장을 가졌는지 알 것 같아. 강하고 진실하고, 그리고 이상한 심장이지. 그래서 난 널 믿어." 브로닌이 내게 기대며 한 팔로 어깨를 감싸 안았고 그 순간 목 밑에서 뭔가가 울컥 치밀어 올랐다.

"고마워." 그녀의 엄청난 믿음에 갑자기 작고 초라해진 것 같은 기분을 느끼며 내가 대답했다.

개가 혀를 끌끌 찼다. "너희들 완전히 미쳤구나. 종족보존 본능

따윈 전혀 없는 것 같아. 너희들이 아직 살아서 숨을 쉬고 있다는 것 자체가 기적이다."

엠마가 그의 말을 자르며 앞으로 나섰다.

"맞아. 기적이야. 무지한 우리에게 깨달음을 줘서 고마워. 재앙의 예언은 그 정도면 됐고, 이제 너희들한테 물을게. 지금 우리 계획에 반대하는 사람 있어? 억지로 따라나설 필요는 없어."

천천히, 그리고 소심하게, 호러스가 손을 들었다. "만약 런던이 와이트들의 집결 장소라면 우린 제 발로 놈들의 소굴에 걸어 들어가는 셈이 되는 거 아냐? 그게 과연 좋은 생각일까?"

"**기가 막힌** 생각이지." 에녹이 짜증스럽게 말했다. "와이트들은 우리 이상한 아이들이 나약한 겁쟁이들이라 생각할 테니까. 우리가 놈들을 쫓아가리라곤 전혀 예상 못 할 거야."

"만약 실패하면? 우리가 놈들 발밑에 페러그린 원장님을 바치는 꼴이 되잖아!" 호러스가 말했다.

"그야 아직 모르는 거지. 런던이 정말 놈들 발밑인지는." 휴가 말했다.

에녹이 코웃음을 쳤다. "상황을 좋게만 포장하지 마. 만약 놈들이 처벌의 루프를 뚫고 들어가서 그곳을 임브린들을 가두는 곳으로 쓰고 있다면 이미 도시 전체를 장악했다는 쪽에 내 목숨을 걸어도 좋아. 내가 분명히 말하는데, 런던은 이미 할로우들로 우글거릴걸. 만약 그렇지 않다면 놈들이 케르놈까지 우릴 잡으러 왔을 리가 없어. 이건 아주 기본적인 군사작전이라고. 어떤 전투건, 적의 새끼발가락을 겨누는 법은 없어. 심장을 겨누지."

"제발!" 호러스가 신음소리를 냈다. "루프를 공격하고 심장을 찌르는 얘기 좀 그만하자. 어린애들 겁먹겠다."

"난 겁먹지 않아!" 올리브가 말했다.

그 말에 호러스가 주눅이 들었다. 누군가가 **겁쟁이**라고 웅얼거렸다.

"그만해!" 엠마가 날카롭게 쏘아붙였다. "두려워하는 건 잘못이 아니야. 그건 우리가 하려는 심각한 일을 아주 진지하게 받아들이고 있다는 뜻이야. 왜냐하면 지금 우리가 하려는 일은 **정말** 위험한 일이고, 성공 가능성도 거의 없으니까. 어떻게든 런던에 도착한다고 해도 임브린을 구해내기는커녕 **찾을** 확률조차 희박해. 와이트들의 감방에서 남은 생을 보내게 될 수도 있고, 할로우한테 잡아먹힐 수도 있어. 다들 알고 있지?"

모두가 어두운 표정으로 고개를 끄덕였다.

"에녹, 지금 내가 좋게만 포장하고 있는 것 같아?"

에녹이 고개를 저었다.

"이 일을 감행하게 되면," 엠마가 말을 이었다. "페러그린 원장님을 잃을 가능성도 있어. 지금으로선 아무것도 장담할 수 없어. 하지만 우리가 **가만히** 있으면 원장님을 잃는 건 불 보듯 훤해. 와이트들은 어떻게든 결국 우릴 잡고 말 거야. 그러니까 내키지 않는 사람은 여기 남아도 좋아." 호러스를 염두에 두고 하는 말이란 것을 모두가 알고 있었다. 호러스는 땅바닥의 한 지점을 뚫어져라 쳐다보고 있다. "여기가 안전하다고 생각되면 남아도 좋아. 일이 다 끝나면 널 찾으러 올게. 부끄러워할 필요는 없어."

"내 심장을 걸고 맹세하건대," 호러스가 말했다. "이번 여행에서 빠지면 평생 후회할 것 같아."

클레어조차 남지 않겠다고 했다. "평화롭고 따분한 날들이라면 지난 80년으로 충분했어." 그늘진 곳에서 자고 있던 클레어가 팔꿈치로 몸을 일으키며 말했다. "모두가 모험을 떠나는데, 나 혼자 여기 남아 있으라고? 그렇겐 못해!" 그러나 몸을 일으키려는 순간 자기가 일어나는 게 무리라는 사실을 깨닫고, 기침을 하고 현기증을 느끼며 도로 누워버렸다. 설거지물 같은 액체가 열을 내려주긴 했지만 런던까지 여행을 가기엔 무리였다. 적어도 페러그린을 살릴 수 있는 시한인 오늘, 혹은 내일까지는 갈 수 없었다. 클레어가 회복될 때까지 누군가 곁에 있어줘야 했다.

엠마가 자원자가 있는지 물었다. 올리브가 손을 들었지만 브로닌이 안 된다고 했다. 올리브는 너무 어렸다. 브로닌이 손을 들려다가 생각을 고쳤다. 클레어를 보호해주고 싶은 마음과 페러그린 원장님을 살려야만 한다는 의무감 사이에서 갈등하고 있었다.

에녹이 팔꿈치로 호러스를 툭 쳤다. "왜 잠자코 있냐? 여기 남을 절호의 기회인데?" 에녹이 쏘아붙였다.

"나도 모험을 떠나고 싶어. 진심으로." 호러스가 말했다. "하지만 가능하다면 105번째 생일을 맞이하고 싶어. 그러니까 세상을 구하러 가는 건 아니라고 약속해줘."

"우린 페러그린 원장님을 구하고 싶은 것뿐이야. 하지만 누구의 생일도 장담할 순 없어."

호러스는 그 말에 만족하는 것 같았고 여전히 두 손을 내린 채로 있었다.

"누구 없어?" 엠마가 주위를 둘러보며 물었다.

"괜찮아. 나 혼자 있을게." 클레어가 말했다.

"그건 안 돼." 엠마가 말했다. "우리 이상한 아이들은 항상 뭉쳐 다녀야 해."

피오나가 손을 들었다. 피오나는 그동안 거의 말을 하지 않았기 때문에 하마터면 우리 곁에 그녀가 있다는 사실을 잊을 뻔했다.

"피오나! 그건 안 돼!" 휴가 말했다. 그는 상처받은 표정이었다. 마치 남아 있겠다는 말이 그를 배신하겠다는 말이라는 듯이. 피오나가 크고 슬픈 눈으로 그를 바라보았지만 들었던 손을 내리진 않았다.

"고마워, 피오나." 엠마가 말했다. "운이 따라준다면 며칠 내로 다시 만날 수 있을 거야."

"그게 새의 뜻이라면." 브로닌이 말했다.

"그게 새의 뜻이라면." 다른 아이들이 그 말을 따라했다.

오후가 저녁으로 저물어가고 있었다. 동물들의 루프는 한 시간 내로 어두워질 테고, 그렇게 되면 산 밑으로 내려가는 건 더 위험해질 것이다. 떠날 채비를 하는 동안 이상한 동물들이 친절하게도 신선한 음식과 이상한 양의 털로 만든 스웨터를 챙겨주었다. 디어드리는 그 스웨터에 특별한 기능이 있지만 정확히 어떤 건지는 기억이 나지 않는다고 했다. "불에 타지 않는다고 했던가, 아니면 방수가 된다고 했던가. 아, 맞다. 이거 물에 가라앉지 않아. 구명조끼처럼. 아닌가? 어쩌면…… 에이, 잘 모르겠다. 어쨌든 무지하게 따뜻해."

우리는 고맙다고 인사한 뒤 스웨터를 접어 브로닌의 가방에 넣었다. 그런트도 종이와 노끈으로 포장한 보따리를 내밀었다. "닭들이 주는 선물이야. 절대 떨어뜨리지 마." 그런트가 보따리를 내 손에 쥐어줄 때 디어드리가 윙크하며 말했다.

똑똑한 사람이라면 여행길에 폭발물을 들고 가는 걸 다시 한 번 생각했겠지만 우리는 너무나 무방비 상태였고, 개와 에뮤래프가 조심하기만 하면 폭발하지 않을 거라고 안심시켜서 브로닌의 가방 안 스웨터 속에 폭탄 달걀들을 조심스럽게 넣었다. 이제 무기 하나 없이 무장한 군인들을 상대하지 않아도 되었다.

막 떠나려는 순간 한 가지가 빠졌다는 생각이 들었다. 루프 밖으로 나가면 들어올 때처럼 길을 잃을 것이다. 우리에겐 길잡이가 필요했다.

"숲에서 나가는 길을 알려줄게. 렌 원장님의 탑 꼭대기에서." 애디슨이 말했다.

탑 꼭대기 공간은 너무 좁아서 한 번에 두 사람만 겨우 들어갈 수 있었다. 엠마와 내가 올라가기로 했다. 우리는 거대한 사다리를 오르듯 탑을 쌓은 침목들을 밟고 올라갔다. 그런트가 원숭이처럼 잽싸게 올라가더니 애디슨을 한 팔로 잡아 끌어올렸다.

탑 꼭대기에서 보이는 풍경은 장관이었다. 동쪽으로 가파른 숲이 이어지다가 널찍한 황무지가 펼쳐졌다. 서쪽으로는 바다로 가는 길이 보였고, 바다 위에는 거대하고 복잡한 돛이 달린 낡은 배 한 척이 떠 있었다. 문득 동물들에게 지금이 몇 년도인지 묻지 않았다는 생각이 들었다. 1492년? 1750년? 그러나 몇 년도이건 무슨 상관이 있을까. 이곳은 인간들의 세계에서 멀리 떨어진 안전한 곳이고, 지금이 몇 년도인지는 인간들의 세계에서만 중요했다.

"북쪽으로 가." 애디슨이 파이프 끝으로 북쪽을 가리키며 말했다. 흐린 연필 선처럼 숲 사이로 난 길이 가까스로 보였다. "저 길을 따라가면 마을이 나와. 너희들의 시간에 그 마을로 가면 기차역이 하나 있어. 너희 루프의 시간이 몇 년도였다고 했지? 1940년?"

"맞아." 엠마가 대답했다.

그들이 하는 얘기를 어렴풋이나마 이해했지만 나는 늘 주저 없이 멍청한 질문을 던지는 편이었다. "그냥 이 시간에서 바로 움직이면 안 돼? 지금이 몇 년도이건, 이 세계에서 가면 안 돼?"

"그렇게 되면 방법이 말과 마차뿐인데 그럼 며칠이 걸릴 거야. 내 경험에 의하면 그건 보통 복잡한 문제가 아니야. 너희들 시간이 얼마 없잖아." 그가 돌아서서는 탑 꼭대기의 조그만 오두막 문을 코끝으로 가리켰다. "너희들한테 보여줄 게 한 가지 더 있어."

우리는 그를 따라 안으로 들어갔다. 오두막 안은 허름하고 아담했다. 페러그린의 웅장한 집과는 거리가 멀었다. 안에 있는 가구라고는 조그만 침대 하나, 옷장 하나, 그리고 뚜껑 달린 책상 하나가 전부였다. 망원경이 창밖을 향하도록 삼각대에 고정되어 있었다. 이곳이 렌의 전망대였고 여기서 동향을 살피고 비둘기들이 들고나는 것을 관리했다.

애디슨이 책상 쪽으로 갔다. "혹시 길을 찾기 힘들 경우를 대비해서, 서랍 속에 있는 지도를 가져가." 그가 말했다.

엠마는 책상 서랍을 열고 지도를 찾았다. 노랗게 빛이 바랜 두루마리 지도였다. 그 밑에 구겨진 사진이 한 장 있었다. 금속 장식이 달린 검은 숄을 두르고 희끗희끗한 머리를 틀어 올린 여인의 사진이었다. 그녀 곁에 닭이 한 마리 있었다. 언뜻 보기에는 잘못 찍은 사진 같았다. 여자가 눈을 감고 다른 곳을 볼 때 잘못 찍힌 사진. 그러면서도 한편으로는 제대로 찍힌 사진 같았다. 그녀의 머리와 옷이 검은색과 흰색이 섞인 닭의 깃털 색과 기가 막히게 어울렸고, 서로 반대 방향을 보고 있는데도 여인과 닭은 묘하게 연결된 것 같은 느낌이 들었다. 말없이 대화하듯이. 서로를 꿈꾸듯이.

사진 속의 여인은 렌이 분명했다.

사진을 보는 애디슨의 얼굴이 일그러지는 것 같았다. 렌을 걱정하는 게 분명했다. 겉으로 표현하는 것보다 훨씬 더. "지금부터 내가 하는 말을 너희들의 자살 여행을 지지한다는 의미로 받아들이진 마. 하지만 혹시라도 이 무모한 여행에서 렌 원장님을 만나게 되면…… 정말 그렇게 되면 말이야…… 만약에라도……."

"우리가 모셔올게." 엠마가 말한 뒤 애디슨의 머리를 긁어주었다. 평범한 개에게는 지극히 당연한 일이었지만 말하는 개에게는 어쩐지 이상하다는 생각이 들었다.

"개의 축복이 있기를." 애디슨이 대답했다.

나도 개를 쓰다듬어주려 했지만 그가 뒷다리로 일어서며 말했다. "이거 왜 이러셔! 그 손 치우지 못해?"

"미안." 내가 웅얼거렸다. 그리고 그 뒤로 어색한 침묵이 흐르자 우리가 떠날 시간이 되었다는 게 더욱 분명해졌다.

우리는 탑에서 내려와 기다리던 아이들 곁으로 돌아갔다. 커다란 나무 그늘 아래서 클레어, 피오나와 눈물의 작별 인사를 나누었다. 클레어는 이미 푹신한 쿠션을 베고 담요를 덮고 누워, 마치 공주처럼 그녀 앞에 무릎을 꿇고 앉는 우리에게 한 명씩 약속을 받아냈다.

"꼭 돌아온다고 약속해." 내 차례가 되자 그녀가 내게 말했다. "페러그린 원장님을 구하겠다고."

"최선을 다할게." 내가 대답했다.

"그걸로는 충분치 않아!" 클레어가 고집을 부렸다.

"돌아올게. 약속해." 내가 말했다.

"페러그린 원장님을 구해줘!"

"원장님을 구할게." 내가 되풀이했지만 공허하게 들렸다. 자신 있게 말하려 하면 할수록 자신감은 오히려 줄어들었다.

"좋아." 그녀가 고개를 끄덕이며 말했다. "제이콥을 알게 돼서 정말 기뻤어. 우리 곁에 머물러줘서 고마워."

"나도." 내가 말하고는 얼른 일어났다. 클레어의 환한 얼굴이 너무나 순수해서 가슴이 아팠다. 그녀는 우리가 한 말을 한 치의 의심도 없이 전부 다 믿고 있었다. 자신과 피오나가 이 이상한 동물들이 사는, 임브린 없는 루프에서 반드시 회복될 거라고. 우리가 다시 돌아올 거라고. 나는 간절히 바랐다. 이 모든 것이, 단지 우리가 하려는 일이 가능한 일처럼 보이게 만들려고 준비한 연극이 아니기를.

휴와 피오나는 한옆으로 물러나 양손을 맞잡고 이마를 맞대며 그들만의 방식으로 조용한 작별 의식을 가졌다. 모두가 클레어와 작별 인사를 마치고 떠날 준비가 되었지만, 누구도 두 사람을 방해하지 않았다. 우리는 가만히 서서 그들을 지켜보았다. 피오나가 휴에게서 떨어져 거친 머리카락을 흔들어 꽃씨 몇 개를 떨어뜨린 다음 무성한 장미 덤불을 만들었다. 휴의 벌들이 수분을 하려고 꽃으로 몰려들었다. 모두가 덤불에 정신이 팔려 있을 때, 마치 둘만의 시간을 가지려고 일부러 덤불을 만들었다는 듯이 피오나가 휴를 끌어안고 귓속말을 했고, 휴도 고개를 끄덕이며 그녀에게 귓속말을 했다. 마침내 두 사람이 우리를 돌아보았다. 모두가 그들을 지켜보고 있었다는 사실을 깨달은 순간 피오나는 얼굴을 붉혔고, 휴는 주머니에 양손을 꽂은 채 우리에게 다가왔다. 벌들이 그를 뒤쫓아왔다. "그만 가자. 쇼는 끝났어."

황혼이 질 무렵 우리는 산 밑으로 내려갈 채비를 했다. 동물들은 가파른 절벽까지 우리를 따라왔다.

"우리랑 같이 가지 않을래?" 올리브가 물었다.

에뮤래프가 코웃음을 쳤다. "아마 나가서 5분도 못 버틸걸? 너희는 평범한 척 속일 수나 있지, 난 아마 나가자마자 곧바로……." 그녀가 앞발 없는 몸뚱이를 뒤틀며 말을 이었다. "총을 맞고 박제되어 벽에 걸릴걸."

개가 엠마에게 다가와 말했다. "너한테 마지막으로 부탁 하나 해도 될까."

"친절하게 대해줘서 고마웠어. 뭐든 말해."

"내 파이프에 불 좀 붙여줄래? 여긴 성냥이 없어서. 몇 년 동안 제대로 피워보질 못했거든."

엠마는 손끝으로 그의 파이프에 불을 붙여주었다. 개가 길고 만족스러운 한 모금을 빨았다. "행운을 빈다, 이상한 아이들아."

제 5 장
chapter five

도르래가 삐걱대고 밧줄이 흔들렸지만, 우리는 원숭이 떼처럼 그물에 매달려 절벽에 이리저리 부딪혀가며 산을 내려왔다. 한데 뒤엉킨 채 땅으로 내려와 꼭 바보 삼총사처럼 서로에게서 몸을 빼냈다. 드디어 해방이라고 몇 번이나 속으로 생각했지만, 일어서려는 순간 마치 만화의 한 장면처럼 앞으로 푹 고꾸라졌다. 죽은 할로우가 바로 코앞에 있었다. 문어 다리 같은 촉수들이 바위 밑에 깔린 채. 보기 민망할 지경이었다. 그렇게 무시무시한 괴물이 우리 같은 애들한테 당하다니. 그러나 또다시 대면할 기회가 주어진다면, 그때도 운이 따라주진 않을 것이다.

우리는 역겨운 냄새를 풍기는 할로우의 시체 주위를 발끝으로 빙 돌았다. 그러고는 험한 산길과 폭발 위험이 있는 브로닌의 가방이 허락하는 범위 내에서 최대한 빨리 산을 내려갔다. 평지에 도착하자마자 질척이는 이끼가 덮인 숲길로 온 길을 되짚어갔다. 막 해가

지고 숨어 있던 박쥐들이 울어대기 시작할 무렵에야 호수를 발견했다. 얕은 물을 첨벙거리며 건너서 돌 거인에게 다가갈 무렵, 마치 밤의 세상을 경고하듯 박쥐가 머리 위를 맴돌며 울었다. 우리는 거인의 입으로 기어 올라가 어두운 목으로 들어갔다가, 다시 헤엄쳐서 1940년의 훨씬 차가운 물과 훨씬 더 환한 햇살 속으로 기어 나왔다.

아이들이 내 주위로 떠올랐고, 모두가 갑작스러운 시간의 변화로 인한 압력에 비명을 지르며 귀를 잡았다.

"비행기 이륙할 때하고 느낌이 똑같네." 압력을 낮추려 입을 벌리며 내가 말했다.

"난 비행기 한 번도 못 타봤는데." 호러스가 모자챙에서 물을 털어내며 말했다.

"아니면 자동차 창문을 내리고 고속도로를 달리는 느낌." 내가 말했다.

"고속도로가 뭐야?" 올리브가 물었다.

"관두자."

"쉿! 들어봐!" 엠마가 말했다.

멀리서 개 짖는 소리가 들렸다. 멀리서 들리는 것 같았지만 깊은 숲 속에서 나는 소리에는 묘한 울림이 있어서 우리가 느끼는 거리감은 착각일 수도 있었다. "빨리 움직여야 해. 내가 됐다고 할 때까지 아무도 찍 소리도 내선 안 돼. 원장님도 마찬가지예요!" 엠마가 말했다.

"가장 먼저 접근해오는 개한테 달걀 폭탄을 던질 거야. 이상한 아이들을 쫓아왔다간 어떤 꼴이 되는지 본때를 보여줘야지." 휴가 말했다.

"꿈도 꾸지 마. 자칫하면 다른 달걀도 한꺼번에 다 터져!" 브로닌이 말했다.

우리는 호수 밖으로 나와 렌의 구겨진 지도를 든 밀라드를 앞세워 다시 숲으로 들어갔다. 한 시간 정도 지났을 때 우리는 애디슨이 탑 꼭대기에서 알려준 오솔길에 이르렀다. 오래된 마차 바퀴 자국이 난 길이었고, 밀라드는 지도를 이리저리 돌려가면서 깨알 같은 글씨를 읽느라 얼굴을 찌푸렸다. 나도 지도를 찾아봐야겠다는 생각에 무심코 주머니에 손을 넣어 휴대전화를 꺼냈다. 그러나 검은 유리 직사각형에는 불이 들어오지 않았다. 휴대전화는 당연히 꺼져 있었다. 젖었고, 배터리도 다 닳았고, 가장 가까운 수신탑에서 50년 거리에 있었다. 휴대전화는 내가 바다에서 만난 재앙에서 유일하게 건진 물건이었지만 여기선 쓸모없는 외계의 물건이었다. 나는 휴대전화를 수풀 속에 휙 던져버렸지만, 30초도 안 되어 후회하며 도로 주웠다. 이유는 알 수 없었지만 아직은 휴대전화를 버릴 수가 없었다.

밀라드가 지도를 접으면서 마을은 왼편에 있고 걸어서 대여섯 시간 거리라고 말했다. "어두워지기 전에 도착하려면 빨리 움직이는 게 좋겠다."

그다지 멀리 가지 못했을 때, 브로닌이 우리가 걸어온 길 뒤쪽 저만치에서 뿌옇게 일어나는 먼지를 가리켰다. "이쪽으로 오고 있어. 어쩌지?" 브로닌이 말했다.

밀라드가 커다란 외투를 벗어 모습을 감췄다. "너희는 일단 숨어. 최대한 몸을 숨겨봐."

우리는 길에서 벗어나 덤불 뒤에 웅크리고 앉았다. 먼지구름이 점점 더 커졌고, 그 뒤로 마차 바퀴 소리와 말굽 소리가 들려왔다.

마차 행렬이었다. 먼지 속에서 덜컹거리는 소리가 가까워지다가 마차가 우리를 지나치려는 순간, 호러스가 헉하고 숨을 들이켰고 올리브는 미소를 지었다. 케르놈에서 보았던 평범한 회색 마차들이 아니었다. 서커스 마차처럼 알록달록한 무지개 빛깔에 지붕과 문을 섬세하게 세공한 마차를 말들이 끌고 있었다. 구슬 목걸이와 화사한 스카프를 두른 남자와 여자들이 말을 몰았다. 페러그린이 이상한 아이들과 함께 유랑극단에서 공연했다는 이야기를 떠올리면서 내가 엠마에게 물었다. "이상한 아이들이야?"

"집시들이야." 엠마가 대답했다.

"좋은 소식이야, 나쁜 소식이야?"

엠마가 눈을 가늘게 떴다. "그걸 잘 모르겠어."

엠마는 잠시 결단을 내리지 못하고 고민하는 모습을 보였고, 나는 엠마가 무슨 생각을 하는지 알 것 같았다. 마을까지는 먼 길이었고 마차를 얻어 타면 걸어가는 것보다 훨씬 더 빠를 것이다. 와이트들과 개들에게 쫓기는 판국에 우리의 속도는 잡히느냐 피하느냐를 가를 수도 있는 문제였다. 그러나 우리는 이 집시들이 어떤 사람인지, 믿을 수 있는 사람들인지 알 수 없었다.

엠마가 나를 쳐다보았다. "어떻게 할까? 얻어 타고 갈까?"

나는 마차를 보고 엠마를 보았다. 그리고 젖은 신발을 신은 채 여섯 시간을 걸으면 내 발이 어떤 느낌일지 생각해보았다. "당연하지." 내가 대답했다.

엠마는 아이들에게 손짓을 해 마지막 마차를 가리키고 달리는 시늉을 했다. 맨 끝 마차에는 양쪽으로 창문이 나 있었고 베란다처럼 앞으로 돌출된 발판도 있었다. 우리가 꼭 끼어 타면 전부 다 들어갈 수도 있을 것 같았다. 마차는 빨리 달렸지만 뛰어서 올라탈 수 없을 정도는 아니었다. 우리는 마차가 우리 앞을 지나치고 마부석에서 우리가 보이지 않을 때 덤불에서 튀어나와 마차를 쫓아 달리기 시작했다. 엠마가 가장 먼저 올라타 다음 사람을 향해 손을 내밀었다. 우리는 마부에게 들키지 않도록 소리를 내지 않으려 조심하면서 아이들을 한 명씩 마차로 끌어올렸다.

그렇게 마차를 타고 한참을 달렸다. 마차 바퀴 소리에 귀가 먹먹해지고 옷이 온통 흙먼지투성이가 될 때까지. 오후의 태양이 하늘을 가로지르고, 거대한 녹색 벽처럼 양쪽으로 길게 늘어선 나무들 뒤로 저물어갈 때까지. 와이트와 개가 언제 수풀에서 튀어나와 우릴 공격할지 몰라 계속 숲을 주시했다. 그러나 몇 시간이 지나도록 아무 낌새도 없었다. 와이트는커녕 다른 행인도 없었다. 마치 버려진 땅에 온 것 같았다.

이따금 마차 행렬이 멈춰 설 때면 혹시라도 발각될까 두려워 숨을 죽이면서 언제든 달아나거나 싸울 태세를 갖췄다. 우리는 밀라드를 시켜 집시들의 동향을 파악하게 했고 밀라드는 살금살금 걸어가 다리를 긁거나 말굽을 가는 집시들을 훔쳐보고 왔다. 마차는 곧 다시 출발했다. 어느 순간 나는 발각되면 어쩌나 하는 걱정을 접었다. 집시들은 여행에 지친 착한 사람들 같았다. 평범한 아이들 행세를 하면서 동정에 호소해볼 수도 있을 것 같았다. **집도 없이 떠도는 아이들이랍니다. 빵 한 쪽만 나누어주실 수 없을까요?** 운이 따라준다면 저녁을 얻어먹을 수도 있을 것이고, 기차역까지 마차를 얻어 탈 수도 있겠지.

머지않아 나의 짐작이 시험대에 올랐다. 마차들이 갑자기 길에서 벗어나더니 조그만 공터에 멈췄다. 흙먼지가 채 가라앉기도 전에 거구의 남자가 마차 뒤쪽으로 다가왔다. 그는 납작한 모자를 썼고 코 밑에 애벌레 같은 수염을 길렀으며, 험상궂은 표정이 양쪽 입꼬리를 끌어내렸다.

브로닌이 페러그린을 외투 안에 숨겼고 엠마는 가엾은 고아 같은 표정을 지으려 애쓰며 마차에서 뛰어내렸다. "멋대로 마차에 타서 죄송해요! 저희 집은 폭탄을 맞았고 부모님은 돌아가셨고 저희는 길을 잃었고……."

"입 닥쳐!" 남자가 소리쳤다. "당장 내려! 전부 다!" 요구가 아니라 명령이었다. 그가 손에 쥐고 있는 화려하면서도 날카로워 보이는 칼이 그 점을 더욱 분명히 했다.

우리는 어쩔 줄 몰라 서로를 쳐다보았다. 그와 싸우고 달아나야 하나. 그랬다간 우리 비밀이 드러날 텐데. 아니면 평범한 아이들인 척하면서 그가 어떻게 나오는지 지켜봐야 하나. 그때 수십 명의 집시들이 마차에서 내려 우리를 빙 둘러섰다. 손에 칼을 든 사람이 여럿이었다. 이제 선택의 폭은 급격하게 줄어들었다.

남자들이 웅얼거렸다. 눈빛이 날카로웠고, 흙먼지를 막기 위해 짙은 색의 두툼한 털옷을 걸치고 있었다. 여자들은 밝고 하늘거리는 드레스를 입고 있었고, 스카프로 긴 머리를 뒤로 넘겼다. 아이들이 그들 뒤 혹은 사이에 서 있었다. 막상 그들과 마주서고 보니 내가 집시들에 대해 거의 아는 게 없다는 생각이 들었다. 우릴 죽일 생각인가? 아니면 워낙에 이렇게 퉁명스러운 사람들인가?

실마리를 찾으려 엠마를 돌아보았다. 엠마는 양손을 가슴에 대고 있었다. 불을 일으킬 때처럼 앞으로 내밀고 있지 않았다. 나는 결론을 내렸다. 엠마가 그들과 싸울 생각이 없다면 나 역시 싸울 생각이 없다고.

나는 남자의 명령대로 마차에서 내려 머리 위로 손을 들었다. 호러스와 휴도 똑같이 했고 다른 아이들도 따라했다. 밀라드만 보이지 않았다. 아마도 근처에 숨어 상황을 주시하고 있을 것이다.

집시들의 우두머리로 보이는 모자 쓴 남자가 우리에게 질문을 퍼붓기 시작했다. "너희들 도대체 뭐하는 애들이냐? 어디서 왔지? 어른들은 어디 있고?"

"저희는 서쪽에서 왔어요." 엠마가 침착하게 말했다. "해안가에 있는 섬이죠. 말씀드렸다시피 저희는 고아예요. 폭격에 집이 불타는 바람에 어쩔 수 없이 떠나야 했어요. 여기까지 배를 타고 노를 저어서 왔는데 하마터면 익사할 뻔했어요." 엠마는 눈물을 짜내려 애쓰는 것 같았다. "저흰 가진 게 아무것도 없어요." 엠마가 훌쩍이며 말을 이었다. "먹을 것도 없이 길을 잃고 숲 속을 헤맸어요. 입고 있는 것 말고는 옷가지도 없어요. 마차가 지나가는 걸 보았는데 너무 무서워서 선뜻 나설 수가 없었어요. 그래서 마을까지만 마차를 얻어 타고 가려고……."

남자가 엠마를 찬찬히 뜯어보았고 그의 주름은 더 깊어졌다. "집이 폭격을 당했는데 왜 섬을 떠났지? 그리고 왜 해안을 따라가지 않고 숲으로 들어갔어?"

에녹이 나섰다. "선택의 여지가 없었거든요. 쫓기고 있었어요."

엠마가 그를 날카롭게 쏘아보았다. **내가 알아서 할 테니 가만히 좀 있어.**

"쫓기다니 누구한테?" 남자가 물었다.

"나쁜 사람들요." 엠마가 말했다.

"총 든 사람들." 호러스가 나섰다. "군인처럼 위장하고 있지만 사실 군인이 아니에요."

밝은 노란색 스카프를 두른 여자가 앞으로 나섰다. "군인들이 쫓고 있는 아이들이라면 보나마나 골칫거리에요. 그냥 보내버려요, 베히르."

"아니면 나무에 묶어놓고 가던지." 팔다리가 긴 남자가 말했다.

"안 돼요! 우린 늦기 전에 런던에 가야 한다고요!" 올리브가 소리쳤다.

남자가 한쪽 눈썹을 치켜 올렸다. "늦기 전에?" 우리는 동정은커녕 호기심만 유발하고 있었다. "일단 너희들의 정체가 뭔지, 포상금이 얼만지 알아봐야겠다."

౭

기다란 칼을 든 남자 열 명이 지붕에 커다란 쇠창살 우리가 있는 마차를 끌고 왔다. 멀리서 보아도 짐승을 가두는 우리인 게 분명했다. 가로가 6미터, 세로가 3미터 정도의 공간이 굵은 쇠창살로 둘러져 있었다.

"우릴 저기 가두려고요?" 올리브가 말했다.

"너흴 어떻게 할지 결정이 날 때까지." 남자가 말했다.

"안 돼요! 우린 런던에 가야 한다고요! 그것도 아주 빨리!" 올리브가 소리쳤다.

"왜?"

"아픈 애가 있거든요." 엠마가 휴에게 의미심장한 눈빛을 보내며 말했다. "얘가 많이 아파서 의사를 찾아야 해요!"

"의사를 찾으러 런던까지 갈 필요는 없어." 집시 남자 한 명이 말했다. "제비아가 의사야. 안 그래, 제비아?"

까칠까칠한 반점이 뺨을 뒤덮고 있는 남자가 앞으로 나섰다. "누가 아픈데?"

"휴는 **특별한** 의사가 필요해요. 아주 희귀한 병을 앓고 있거든요. 기침이 어찌나 심한지……."

휴는 목이 아프다는 듯 손을 목에 대고 기침을 했고 그때 벌 한 마리가 입에서 나왔다. 집시들 몇 명이 숨을 헉 들이켰다. 어린 여자아이 하나는 엠마의 치맛자락 뒤에 숨었다.

"속임수야!" 의사라는 남자가 말했다.

"더 이상 볼 것도 없다. 당장 감옥으로 들어가! 너희들 전부 다!" 우두머리 남자가 말했다.

그들은 쇠창살 감옥으로 올라가는 계단 쪽으로 우리를 밀었다. 우리는 계단 밑에 모여 섰다. 누구도 선뜻 먼저 올라가지 않았다.

"저 사람들이 시키는 대로 할 수는 없어!" 휴가 속삭였다.

"뭘 기다려? 다 태워버려!" 에녹이 엠마에게 말했다.

엠마는 고개를 저으며 속삭였다. "숫자가 너무 많아." 엠마가 앞장서서 계단을 올라갔다. 쇠창살로 만들어진 천장은 낮았고 바닥에는 냄새가 지독한 건초가 두껍게 깔려 있었다. 모두 안으로 들어가자 우두머리가 문을 쾅 닫고 자물쇠를 채운 다음 열쇠를 주머니에 넣었다. "절대로 애들 근처에 가선 안 돼! 마녀들인지도 몰라! 어쩌면 그보다 더 나쁜 건지도!" 그가 가까이 있는 사람들 중 누구라도 들을 수 있도록 크게 소리쳤다.

"맞아! 우린 마녀들이다!" 에녹이 창살 밖으로 소리쳤다. "당장 풀어주지 않으면 네 아이들을 멧돼지로 만들어버리겠어!"

남자가 계단을 내려가며 웃었다. 그동안 다른 집시들은 마차에서 멀찌감치 떨어진 곳에 천막을 치고 불을 지피기 시작했다. 우리는 무력감과 좌절감을 느끼며 건초 위에 주저앉았다.

"조심해. 사방이 가축들 똥 천지야." 호러스가 경고했다.

"무슨 상관이야? 네 옷이 더러워지건 말건 누가 신경 쓰는데?" 엠마가 말했다.

"내가." 호러스가 대답했다.

엠마가 양손으로 얼굴을 가렸다. 나는 엠마 곁에 앉아 뭔가 힘이 될 만한 말을 생각해보았지만 생각이 나지 않았다.

브로닌이 코트를 젖히고 페러그린에게 맑은 공기를 쐬어주었고, 에녹이 페러그린의 곁에 앉아 소리를 들으려는 듯 고개를 비스듬히 하고 귀를 대어보았다. "들려?" 에녹이 물었다.

"뭐가?" 브로닌이 되물었다.

"페러그린 원장님의 생명이 빠져나가고 있어, 엠마! 기회가 왔을 때 집시들의 얼굴을 지져버렸어야지!"

"사람들이 우릴 빙 둘러싸고 있었어. 큰 싸움이 벌어졌으면 우리 중 몇 명이 다쳤을지도 몰라. 어쩌면 죽었을 수도 있어. 그런 위험을 감수할 순 없었어."

"그래서 대신 원장님의 목숨을 위태롭게 한 거야?" 에녹이 말했다.

"에녹, 엠마한테 그러지 마. 모두를 대신해서 결단을 내린다는 게 쉬운 일은 아니잖아. 결정을 해야 할 때마다 투표를 할 수도 없고." 브로닌이 말했다.

"그럼 나한테 결정권을 주지 그래?" 에녹이 대답했다.

휴가 코웃음을 쳤다. "그랬다면 우린 벌써 다 죽었지."

"얘들아, 지금 그게 중요한 게 아니잖아. 빨리 여기서 빠져나가서 마을로 가야 해. 그래도 마차를 탄 덕분에 예정보다 훨씬 빨리 왔으니까 엎질러지지도 않은 물을 놓고 울 필요 없어. 여기서 나갈 방법을 생각해보자." 내가 말했다.

우리는 머리를 쥐어짰고, 여러 가지 의견들이 나왔지만 실천에 옮길 만한 건 없었다.

"엠마가 이 바닥을 태우면 어떨까? 나무로 만들어졌잖아." 브로닌이 제안했다.

엠마가 건초를 걷어내고 바닥을 두드려보았다. "너무 두꺼워." 비참한 목소리로 엠마가 말했다.

"브로닌, 네가 이 쇠창살을 힘으로 벌려보면 안 될까?" 내가 물었다.

"어쩌면. 그런데 집시들이 너무 가까이 있어. 우릴 보는 순간 칼을 빼들고 달려올걸."

"부수고 달아나는 건 안 돼. 살며시 빠져나가야 해." 엠마가 말했다.

그 순간 쇠창살 밖에서 목소리가 들려왔다. "너희들, 나 잊었냐?"

"밀라드!" 올리브가 흥분해서 하마터면 신발 위로 떠오를 뻔했다. "어디 있었어?"

"동향을 좀 살피면서 잠잠해지길 기다렸지."

"네가 열쇠를 훔쳐오면 안 될까? 아까 그 우두머리 남자가 주머니에 열쇠 넣는 거 봤어." 잠긴 철창의 문을 흔들며 엠마가 말했다.

"살금살금 다가가서 쓱싹하는 게 바로 내 전공이잖아." 밀라드가 우리를 안심시킨 뒤 곧바로 스르르 사라졌다.

❧

그렇게 몇 분이 흘렀다. 어느덧 30분. 1시간. 머리 위를 맴도는 성난 벌들과 함께 휴가 우리 안을 서성거렸다. "도대체 왜 이렇게 오래 걸려?" 그가 투덜거렸다.

"조금만 더 기다려보다가 그래도 안 오면 달걀 던질 거야." 에녹이 말했다.

"그랬다간 다 죽어. 우린 지금 철창 안에 갇힌 신세야. 저 사람들, 우리 정체가 밝혀지면 아마 산 채로 우리 껍질을 벗길걸."

그래서 우리는 앉아서 기다리며 집시들을 관찰했고 집시들도 우리를 관찰했다. 1분이 지날 때마다 페러그린의 관에 못이 하나씩 박히는 것 같았다. 나는 계속 페러그린을 바라보았다. 그렇게 바라보고 있으면 페러그린의 변화를 알아차릴 수 있다는 듯이. 새의 몸속에 남아 있는 인간의 불씨가 꺼져가는 것을 볼 수 있다는 듯이. 그러나 페러그린은 그 모습 그대로였다. 브로닌 옆에서 조그만 가슴을 가냘프게 들썩이며 잠든 모습이 오히려 더 평화로워 보였다. 페러그린은 우리가 처한 곤경을, 그리고 그녀의 머리 위에서 시작된 카운트다운을 전혀 의식하지 못하는 것 같았다. 이런 상황에서 잠들 수 있다는 것 자체가 페러그린의 변화를 암시하는 것일 수도 있었다. 예전의 페러그린이라면 지금 제정신이 아닐 텐데.

그 순간 내 생각이 부모님에게로 흘렀다. 경계의 고삐가 늦춰질 때마다 항상 그렇듯이. 마지막으로 보았을 때 두 분의 얼굴을 떠올려보려 애썼다. 자잘한 조각들이 머릿속에서 하나로 합쳐졌다. 섬에서 며칠을 보낸 뒤 자라난 아빠의 짧은 턱수염. 아빠가 따분한 이야기를 너무 오래 한다 싶을 때마다 결혼반지를 만지작거리던 엄마. 영원히 끝나지 않는 조류 탐사를 위해 수평선을 더듬던 아빠의 눈빛.

이제 두 분은 나를 찾고 있었다.

저녁이 되자 모닥불 주위가 시끌벅적해지기 시작했다. 집시들은 웃고 떠들었고, 아이들이 낡은 피리와 바이올린을 들고 연주를 시작하자 사람들이 음악에 맞춰 춤을 추었다. 음악이 멈춘 틈을 타 악단의 한 소년이 몰래 병 하나를 들고 우리에게 다가왔다. "아픈 애한테 줘." 뒤를 살피며 그가 말했다.

"누구?" 내가 묻자 소년이 고갯짓으로 때마침 바닥에 축 늘어져 기침을 하고 있던 휴를 가리켰다.

소년이 철창 사이로 병을 넣어주었다. 마개를 따고 냄새를 맡아보는 순간 나는 하마터면 기절할 뻔했다. 테레빈유와 퇴비를 섞어놓은 것 같은 냄새였다. "이게 뭔데?" 내가 물었다.

"이거 먹으면 나아. 내가 아는 건 그것뿐이야." 그가 다시 뒤를 흘금거렸다. "자. 내가 너희들한테 도움을 주었으니까, 이제 너희들 나한테 빚진 거야. 그러니까 말해봐. 도대체 너희들 무슨 죄를 지었냐? 도둑이야?" 그가 목소리를 낮추고 다시 물었다. "아니면 사람이라도 죽인 거야?"

"얘 지금 뭐라는 거냐?" 브로닌이 말했다.

우린 사람 죽인 적 없어라고 말하려는 순간, 바위산으로 추락하던 골란의 몸뚱이가 눈앞을 스쳐서 잠자코 있었다.

내 대신 엠마가 나섰다. "우린 아무도 안 죽였어."

"어쨌든 **무슨 짓이든** 했겠지. 그렇지 않고서야 왜 현상금이 걸렸겠어?" 소년이 말했다.

"현상금이 걸렸다고?" 에녹이 말했다.

"금액이 엄청나던데."

"누가 걸었는데?"

소년이 어깨를 으쓱했다.

"그래서 우릴 넘길 거래?" 올리브가 물었다.

소년이 입술을 일그러뜨렸다. "넘길지 안 넘길지는 모르겠어. 어른들이 지금 의논하는 중이야. 하지만 현상금이 걸린 아이들을 어떻게 믿겠어? 돈도 돈이지만 너희들이 묻는 말에 제대로 대답을 안 해서 다들 불쾌해했어."

"우리가 살던 곳에선 도움을 청하는 사람한테는 이것저것 안 물어보는데." 엠마가 오만하게 말했다.

"철창에 가두지도 않아!" 올리브가 말했다.

바로 그때, 캠프 한복판에서 엄청난 폭발음이 들렸다. 집시 소년은 중심을 잃고 계단에서 잔디밭으로 굴러떨어졌고, 모닥불 위로 냄비와 프라이팬들이 날아갈 때 몸을 움츠렸다. 불가에 서 있던 여자는 옷에 불이 붙어서 악을 쓰며 미친 듯이 날뛰었다. 곁에 있던 사람이 말이 먹을 물을 담았던 양동이를 들어 물을 쏟아붓지 않았다면 그대로 바다까지 내달렸을 것이다.

잠시 후 투명인간이 계단을 올라오는 소리가 들렸다. "이상한 닭들이 낳은 달걀로 오믈렛을 만들었다간 바로 저 꼴이 되는 거야!" 밀라드가 숨이 차 웃으며 말했다.

"네가 한 짓이야?" 호러스가 말했다.

"주머니를 슬쩍하기엔 분위기가 너무 차분하더라고. 그래서 우리 달걀을 저 사람들 달걀 틈에 슬쩍 끼워 넣었지. 짜잔!" 밀라드가 공중에 열쇠 하나를 꺼내 보였다. "저녁식사가 폭발하면 자기 주머니에 들어가는 손을 알아차리지 못할 확률이 높아지니까."

"너무 오래 걸렸어. 어서 우릴 꺼내줘." 에녹이 말했다.

그러나 밀라드가 열쇠를 자물쇠에 꽂기도 전에, 굴러떨어졌던 집시 소년이 일어나 소리를 지르기 시작했다. "여기요! 쟤들이 달아나려고 해요!"

소년은 우리의 대화를 전부 다 듣고 있었다. 그러나 달걀 폭발로 인한 혼란 속에서 소년의 목소리에 귀를 기울이는 사람은 아무도 없었다.

밀라드가 자물쇠에 열쇠를 넣고 돌렸다. 그러나 문이 열리지 않았다. "이런 젠장! 이 열쇠가 아닌가?"

"악!" 소년이 밀라드의 목소리가 나는 곳을 가리키며 말했다. **"유령이다!"**

"누가 쟤 입 좀 막아줄래?" 에녹이 말했다.

브로닌이 쇠창살 틈으로 손을 뻗어 소년의 팔을 잡아 철창 가까이로 번쩍 들어 올렸다.

"사람 살려! 얘들이 날 죽이려고……." 소년이 소리를 질렀다.

브로닌이 입을 틀어막았지만 이미 너무 늦었다. "갤비!" 여자의 목소리였다. "그 아일 놔줘! 이 짐승 같은 놈들아!"

그러자 갑자기, 정말 그럴 생각이 없었는데, 어느 순간 우리는 인질을 잡고 있었다. 집시 남자들이 가냘픈 불빛 속에서 번득이는 칼을 들고 우리에게 몰려왔다.

"지금 뭐하는 거야? 저 사람들한테 살해당하기 전에 얼른 애를 놔줘!" 밀라드가 소리쳤다.

"아니. 그러지 마." 엠마가 말한 뒤 사람들에게 소리쳤다. "우릴 풀어줘! 아니면 앤 죽어!"

집시들이 우리를 둘러싸고 으름장을 놓았다. "그 아이 털끝 하나라도 건드렸다간 내가 맨손으로 너희를 한 명씩 죽여주마!" 우두머리가 소리쳤다.

"물러서!" 엠마가 말했다. "우릴 풀어주면 아무도 다치지 않아."

남자들 중 한 명이 우리 쪽으로 다가오자 엠마는 본능적으로 양손 사이에 불을 일으켰다. 사람들이 놀라 숨을 헉 들이켰고 달려오던 남자는 그 자리에 멈췄다.

"잘했군. 이제 우릴 마녀로 몰아서 교수형에 처하겠네." 에녹이 빈정거렸다.

"허튼짓했다간 불에 타죽을 줄 알아!" 양손을 벌려 불덩이를 더 크게 만들며 엠마가 소리쳤다. "얘들아, 우리가 어떤 애들인지 한번 보여주자!"

쇼를 시작할 시간이었다. 브로닌이 첫 타자로 나섰다. 브로닌은 한 팔로 집시 소년을 더 높이 쳐들고 다른 한 손으로는 머리 위의 철창을 구부리기 시작했다. 휴는 창살 틈으로 얼굴을 내밀고 입을 벌려 벌들을 일렬로 쏟아냈고, 소년에게 들킨 순간부터 저만치 물러나 있던 밀라드가 집시들 뒤쪽으로 가서 소리를 질렀다. "쟤들이 전부라고 생각했다간 큰코다치지! 나도 있거든!" 밀라드가 공중에 달걀을 던졌다. 달걀은 그들의 머리 위로 곡선을 그리며 날아, 근처 공터에서 커다란 폭발음과 함께 터졌다. 나무 꼭대기까지 흙이 튀었다.

연기가 걷히고 잠시나마 누구도 움직이지 않고 말을 하지도 않는 정적의 시간이 흘렀다. 처음에 나는 우리의 공연에 집시들이 넋이 나간 거라고 생각했다. 그러나 귓가의 울림이 잦아드는 순간, 그들이 어떤 소리에 귀를 기울이고 있다는 것을 깨달았다. 나도 귀를 기울였다.

어두워지기 시작한 길 저편에서 엔진 소리가 들려왔고 나무들 사이로 한 쌍의 헤드라이트 불빛이 보였다. 집시들, 이상한 아이들 할 것 없이 모두 지프의 불빛이 우리가 있는 쪽으로 난 샛길을 지나쳤다가, 다시 속도를 늦췄다가, 그 길을 되돌아오는 것을 지켜보았다. 캔버스 지붕이 달린 지프 한 대가 우리 쪽으로 덜컹거리며 다가오고 있었다. 그 안에서 고함을 지르는 성난 목소리와 너무 짖어서 쉬어버렸지만 우리 냄새를 발견하고 짖어대기를 멈추지 못하는 사냥개 소리가 들렸다.

우릴 쫓고 있던 와이트들이었다. 우리는 철창 안에 갇혀 달아날 수도 없는 신세였다.

엠마가 손의 불을 껐고 브로닌이 소년을 놓아주었다. 소년이 비틀거리며 달아났다. 집시들은 마차들로, 숲으로 숨었다. 잠시 동안 우리는 버려진 듯했다. 아니, 잊힌 듯했다.

우두머리가 우리 쪽으로 다가왔다.

"풀어주세요!" 엠마가 애원했다.

그러나 그 애원은 외면당했다. "건초 밑에 숨어 있어. 찍소리도 내지 말고!" 남자가 말했다. "마술도 부려선 안 돼. 저 사람들한테 끌려가고 싶지 않으면."

더 이상 아무것도 물을 수 없었다. 캄캄해지기 직전 우리가 마지막으로 본 것은 우리 쪽으로 달려오는 집시 남자 두 명이었다. 그들이 철창 위에 방수포를 덮었다.

그 뒤로는 암흑이었다.

🜄

밖에서 무겁고 요란한 군홧발 소리가 들렸다. 와이트들은 마치 자신들이 밟고 있는 땅을 응징하는 것 같았다. 우리는 남자가 시킨 대로 냄새가 고약한 건초 밑에 몸을 숨겼다.

멀지 않은 곳에서 와이트 한 명이 집시 우두머리와 얘기하는 소리가 들렸다. "오늘 아침 아이들이 길가에서 목격됐소." 와이트가 말했다. 또박또박 끊는 말투에 억양은 모호했다. 영국식도 아니었고 독일식도 아니었다. "생포할 경우 포상금이 걸려 있는 아이들이오."

"그런 애들은 종일 본 적이 없는데요." 우두머리가 말했다.

"순진한 얼굴에 속지 마시오. 그 아이들은 반역자들이니까. 독일군을 위해 스파이 짓을 했소. 그런 아이들을 숨겨주었다간……."

"우린 아무것도 숨기고 있지 않습니다. 직접 확인해보시든지." 집시 우두머리 남자가 통명스럽게 말했다.

"안 그래도 그럴 생각이오. 만약 아이들이 발각되면, 당신 혀를 잘라 내 개에게 먹이겠소."

와이트가 그의 곁을 지나쳤다.

"숨소리도 내지 마." 집시 우두머리가 입을 다문 채 우리에게 속삭였고, 그의 발소리도 바로 멀어졌다.

그들을 해칠 수도 있는 와이트들 앞에서 집시 우두머리가 왜 우릴 위해 거짓말을 하는지 알 수 없었다. 자존심 때문일까. 아니면 권위에 대한 뿌리 깊은 불신 때문일까. 그게 아니라면…… 나는 움찔했다. 혹시 우릴 죽이는 쾌감을 직접 느끼고 싶어서일까.

우리 주위로 흩어져 집시들의 캠프를 수색하는 와이트들의 소리가 들렸다. 물건을 걷어차고 마차의 천막을 걷어 젖히고 사람들을 밀치는 소리가 들렸다. 아이 하나가 비명을 질렀고, 와이트가 화를 냈고 나무가 픽! 하고 살을 때리는 소리와 함께 아이가 잠잠해졌다. 비록 조금 전까지만 해도 우리를 갈기갈기 찢어놓고 싶어 했던 사람들이지만 가만히 누워 집시들이 당하는 소리를 듣고 있자니 괴로웠다.

휴가 건초 속에서 몸을 일으켜 브로닌의 가방 쪽으로 살금살금 다가가고 있었다. 잠금장치를 풀고 가방을 열려는 순간 브로닌이 그를 막았다. "지금 뭐하는 거야!" 브로닌이 입 모양으로 물었다.

"놈들이 우릴 찾기 전에 우리가 놈들을 쳐야지!"

엠마가 건초에서 팔꿈치로 몸을 일으켜 그들 쪽으로 다가갔고, 나도 얘기를 들으려 그들 쪽으로 굴러갔다.

"바보 같은 짓 하지 마. 지금 달걀을 던졌다간 총으로 우릴 뭉개버릴걸."

"그래서? 놈들이 우릴 찾을 때까지 가만히 누워 있자고?"

우리는 가방 주위로 모여 소곤거렸다.

"놈들이 문을 열 때까지 기다리자." 에녹이 말했다. "문을 여는 순간 내가 달걀 하나를 뒤쪽 창살 틈으로 던질게. 와이트들이 정신없는 틈을 타서 브로닌이 가장 먼저 우리 쪽으로 달려온 놈의 두개골을 박살내면, 그동안 우리가 빠져나가는 거야. 그러고 나서 가장자리로 흩어진 다음, 한복판에 있는 모닥불을 향해 달걀들을 던지는 거야. 그러면 30미터 반경 내에 있는 사람들은 전부 다 추억이 되겠지."

"그 작전이 성공하면 내가 성을 간다." 휴가 말했다.

"애들도 있잖아!" 브로닌이 말했다.

에녹이 눈을 부라렸다. "물론 그런 자질구레한 피해 따위를 걱정하면서 숲으로 달아나서 와이트랑 개들하고 일대일로 쫓기는 신세가 될 수도 있겠지. 런던에 갈 생각이라면, 그리고 오늘 밤을 넘길 생각이라면, 그 방법은 절대 추천하고 싶지 않다."

휴가 가방 손잡이를 잡고 있는 브로닌의 손을 두드렸다. "열어줘. 달걀을 나누어줘."

브로닌이 망설였다. "안 돼. 아무 잘못도 없는 아이들을 죽일 순 없어."

"하지만 선택의 여지가 없잖아!" 휴가 속삭였다.

"선택의 여지는 항상 있어." 브로닌이 말했다.

그때 개 한 마리가 철창 밑으로 다가오는 소리가 들렸고, 우리는 입을 다물었다. 잠시 후 방수포 밖으로 손전등의 불빛이 느껴졌다. "방수포 걷어!" 누군가 소리쳤다. 아마도 개를 잡고 있는 사람인 것 같았다.

개가 짖었고 코를 방수포에 대고 킁킁거렸다. "여기! 뭔가 있다!" 개 줄을 잡고 있는 사람이 소리쳤다.

우리는 일제히 브로닌을 바라보았다. "제발!" 휴가 말했다. "우리 자신을 방어할 수는 있어야지."

"이게 유일한 방법이야." 에녹이 말했다.

브로닌은 한숨을 쉬며 가방 손잡이에서 손을 떼었다. 휴는 고맙다는 듯 고개를 끄덕인 뒤 가방을 열었다. 우리는 제각기 손을 뻗어 스웨터 틈에서 달걀을 하나씩 꺼냈다. 브로닌을 제외한 모두가. 우리는 달걀을 하나씩 들고 철창의 문을 바라보면서 피치 못할 상황에 대비했다.

더 많은 군홧발 소리가 들렸다. 나는 앞으로 닥칠 일에 마음을 다잡았다. **일단 튀어. 뒤돌아보지 말고. 그다음엔 달걀을 던져.**

그러나 무고한 사람들이 죽을 것이다. 내가 과연 할 수 있을까? 내 생명을 구하자고 그런 짓을 할 수 있을까? 만약 달걀을 풀밭에 던지고 숲으로 도망간다면?

누군가 방수포 가장자리를 잡고 끌어당기기 시작했다. 방수포가 벗겨지기 시작했다.

우리의 모습이 드러나기 직전, 벗겨지던 방수포가 멈췄다.

"뭐야?" 개를 잡고 있던 남자가 물었다.

"내가 당신들이라면 거기서 멀찌감치 떨어져 있을걸." 또 다른 목소리, 집시 우두머리의 목소리였다.

머리 위로 반쯤 드러난 하늘이 보였다. 참나무 가지 사이로 별들이 반짝였다.

"그래서? 이유가 뭐지?" 와이트가 물었다.

"우리 늙은 괴수가 며칠을 굶었거든." 집시가 말했다. "인육은 별로 좋아하지 않지만 이렇게 굶주렸을 땐 가리지 않아."

그 순간 숨이 멎을 정도로 섬뜩한 소리가 울려 퍼졌다. 거대한 흑곰의 포효였다. 불가능한 일이었지만 그 소리는 철창 안에서 나는 것 같았다. 개를 잡고 있던 남자가 놀라 비명을 지르며 낑낑거리는 개를 끌고 계단을 내려갔다.

곰 한 마리가 어쩌다가 철창 안으로 들어왔는지 이해가 가지 않았지만, 어쨌든 놈에게서 멀리 떨어져야겠다는 생각이 들어서 창살에 등을 바짝 붙였다. 내 옆에선 올리브가 울지 않으려고 조그만 주먹으로 입을 틀어막고 있었다.

밖에서는 다른 군인들이 개를 잡고 있는 남자를 비웃었다. "멍청한 집시들 같으니라고!" 그가 당황해서 말했다. "이런 짐승을 데리고 다니는 족속들은 너희 집시들밖에 없어!"

나는 마침내 용기를 내어 뒤를 돌아보았다. 우리 안에 곰은 없었다. 그렇다면 그 섬뜩한 포효는 어디에서 나온 것일까.

군인들은 계속 캠프를 수색했지만 이제 우리는 건드리지 않았다. 잠시 후 그들이 다시 지프로 돌아가서 시동을 걸었고, 마침내 그들은 사라졌다.

방수포가 벗겨졌다. 집시들이 우리 주위로 몰려들었다. 나는 떨리는 손에 달걀을 쥐고 던져야 할지 말아야 할지 망설이고 있었다.

우두머리가 앞으로 나섰다. "괜찮니? 겁을 주었다면 미안하다." 그가 말했다.

"아직 숨은 붙어 있어요." 엠마가 경계하는 표정으로 주위를 살피며 말했다. "그런데 곰은 어디 있어요?"

"너희들만 신기한 재주를 갖고 있는 게 아니야." 가장자리에 서 있던 소년이 말하고는 곰처럼 포효하는 소리를 냈다가 고양이처럼 가르랑거리는 소리를 냈다. 머리만 조금 움직였을 뿐인데 사방에서 그런 소리가 들려오는 것 같았다. 충격에서 헤어나자마자 우리는 다 함께 박수를 쳤다.

"이 사람들 이상한 사람들이 아니라면서." 내가 엠마에게 속삭였다.

"저런 건 누구나 할 수 있는 속임수야." 엠마가 말했다.

"그러고 보니 내가 제대로 소개를 못 했구나. 미안하다." 집시 우두머리가 말했다. "내 이름은 베히르 베흐마나토프야. 알고 보니 너희들 아주 귀한 손님이었더구나." 그가 고개 숙여 인사했다. "**신드리개스티**라고 왜 진작 말하지 않았니?"

우리는 깜짝 놀라 그를 쳐다보았다. 그는 페러그린이 가르쳐준 이상한 아이들을 뜻하는 고대 언어를 알고 있었다.

"저희들을 아세요?" 브로닌이 물었다.

"그 말을 어디서 들으셨어요?" 엠마가 말했다.

베히르가 미소를 지었다. "우리의 호의를 받아준다면 모든 걸 설명해주마. 약속할게." 그러고 나서 그는 다시 고개 숙여 인사한 뒤 다가와 자물쇠를 풀었다.

우리는 섬세하게 손으로 짠 카펫에 앉았고, 너울거리는 쌍둥이 모닥불 가에서 스튜를 먹으며 집시들과 이야기를 나누었다. 그들에게 받은 스푼을 떨어뜨리는 바람에 나는 나무 그릇을 입에 대고 후

루룩거리며 스튜를 들이마셨다. 걸쭉하고 맛있는 스튜가 턱으로 줄줄 흐르는 동안은 테이블 매너 따위 내게 먼 나라 얘기였다. 베히르는 우리 주위를 돌아다니며 일일이 먹을 것과 마실 것이 충분한지 확인하면서, 더러운 건초로 뒤덮여 우리 옷이 더러워진 것에 대해 거듭 사과했다. 우리의 이상한 능력을 구경하고 난 뒤 그의 태도는 완전히 달라졌다. 불과 몇 분 사이에 우리는 죄수 신세를 졸업하고 귀빈이 되었다.

"푸대접해서 미안하다." 그가 두 개의 모닥불 사이에 앉으며 말했다. "내가 보호하는 사람들의 안전을 지키기 위해서 항상 신중해야 하거든. 요즘엔 수상한 사람들이 하도 많이 돌아다녀서 말이야. 겉보기하고 다른 사람들이지. 너희들이 **신드리개스티**라고 말만 했어도……."

"절대로, 누구한테도 말하지 말라고 배웠거든요." 엠마가 말했다.

"절대로." 올리브가 덧붙였다.

"누가 가르쳤는지 몰라도 아주 잘 가르쳤구나." 베히르가 말했다.

"우릴 어떻게 아세요? 옛날 말을 쓰시네요." 엠마가 물었다.

"몇 단어만 아는 거야." 베히르가 말하고는 불꽃을 바라보았다. 꼬챙이에 꽂힌 고깃덩어리가 불 위에서 익어가고 있었다. "너희들과 우린 오래전부터 서로를 깊이 이해해왔어. 우린 별로 다르지 않단다. 따돌림당하고, 떠돌아다니고, 세상의 변방에 기생하는 영혼들이지." 그가 꼬챙이에서 고기 한 점을 뜯어내 생각에 잠긴 듯한 표정으로 씹었다. "너희와 우린 일종의 동맹관계야. 오랜 세월 동안 우리 집시들은 이상한 아이들을 받아주고 심지어는 키워주기까지 했거든."

"정말 감사해요. 이렇게 환대해주시는 것도요. 그런데 이런 말씀을 드리면 무례해 보이겠지만, 저희는 더 이상 지체할 수가 없어요. 빨리 런던에 가야 하거든요. 꼭 타야 할 기차가 있어요." 엠마가 말했다.

"아픈 친구 때문이니?" 베히르가 물었다. 그가 한쪽 눈썹을 치켜 올렸다. 휴는 이미 오래전에 연기 따위는 집어치우고 정신없이 스튜를 먹고 있었다. 벌들도 그의 머리 위를 신나서 맴돌았다.

"비슷해요." 엠마가 대답했다.

베히르는 우리가 뭔가 숨기고 있단 걸 알아차렸지만 친절하게도 더 이상 비밀을 캐지 않았다. "오늘 밤엔 기차가 없어. 동이 트면 너희를 기차역에 데려다주마. 첫 기차를 탈 수 있도록. 그래도 괜찮겠지?"

"괜찮을 거 같아요." 엠마가 걱정스러운 표정으로 이맛살을 찌푸리며 말했다. 걷는 대신 탈것을 구해 시간을 절약한 건 사실이지만 그래도 페러그린은 여전히 하루를 잃은 셈이었다. 이제 길어야 이틀이 남았다. 그러나 그것은 다가올 미래의 일이었고, 일단 지금은 배가 부르고 등이 따듯했고 위험에 처해 있지 않았다. 잠시나마 이 순간을 즐기지 않을 수 없었다.

우리는 집시들과 친구가 되었다. 그들 모두 앞서 있었던 불미스러운 일은 잊고 싶어 했다. 브로닌은 인질로 잡았던 소년에게 사과하려 했지만 소년이 별일 아니라며 됐다고 했다. 집시들은 끝도 없이 음식을 내와서 우리 그릇을 채우고 또 채워주었다. 이젠 됐다고 했는데도 넘치도록 채웠다. 페러그린이 브로닌의 코트 밖으로 튀어

나와 배가 고프다는 것을 알리려는 듯 울어대자 집시들이 날고기를 던져주었고, 새가 펄쩍 뛰어올라 고기를 낚아챌 때마다 환호성을 질렀다. "배고프신가 봐!" 올리브가 돼지 발목살을 발톱으로 갈기갈기 찢는 페러그린을 보고 손뼉을 쳤다.

"이 사람들한테 폭탄 안 던지길 잘했지?" 브로닌이 에녹에게 속삭였다.

"뭐 그렇게 봐야겠네." 그가 대답했다.

집시 밴드가 새로운 곡을 연주하기 시작했다. 우리는 먹고 춤췄다. 나는 엠마에게 모닥불 주위를 한 바퀴 돌자고 했다. 사람들 앞에서 춤추는 것을 부끄러워하는 나였지만 이번만큼은 용기를 내었다. 음악에 맞춰 우리 발이 날아다녔고, 우리 두 손은 깍지를 끼었다. 짧고 빛나는 순간 속에 우리는 함께 빠져들었다. 나는 우리가 얼마나 큰 위험에 처해 있는지를 잊었다. 바로 오늘 하마터면 와이트들한테 잡힐 뻔했고, 할로우한테 먹힐 뻔했고, 살이 발린 우리 뼈가 산기슭에 흩뿌려질 뻔했다는 것도 잊을 수 있었다. 집시들이 너무도 고마웠고, 지극히 단순하고 동물적인 내 뇌의 한 부분이 따뜻한 음식과 노래와 내가 좋아하는 누군가의 미소만으로도 잠시나마 모든 걸 잊기에 충분하다고 말하고 있었다. 음악이 끝나자 우리는 다시 자리에 앉았다. 노래가 소강 상태가 되자 분위기가 바뀌었다. 엠마가 베히르를 바라보며 물었다. "한 가지 여쭤봐도 될까요?"

"물론." 그가 말했다.

"왜 목숨을 걸고 우릴 지켜주셨어요?"

그가 손을 내저었다. "너희라도 그렇게 했을걸."

"글쎄요. 그럴 수 있었을지 잘 모르겠어요. 이유를 알고 싶어요.

우리가 이상한 아이들이라서인가요?"

"응." 그가 짧게 대답했다. 짧은 시간이 흘렀다. 그는 고개를 돌려 공터 가장자리에 둘러선 나무들을 보았다. 모닥불 불빛이 비친 나무 몸통과 그 뒤로 이어진 어둠을. 마침내 그가 입을 열었다. "내 아들 만나볼래?"

"좋아요." 엠마가 말했다.

엠마가 일어서자 나와 아이들 몇몇이 함께 일어섰다.

베히르가 한 손을 들었다. "녀석이 워낙 수줍음을 타서 말이야. 너하고," 그가 엠마를 가리키며 말했다. "너," 그가 나를 가리켰다. "그리고 소리는 들리지만 눈에는 안 보이는 친구만 가자."

"놀랍네요. 눈에 띄지 않으려 노력했는데." 밀라드가 말했다.

에녹이 자리에 앉았다. "왜 난 항상 왕따 당하는 기분이지? 나한테 무슨 냄새라도 나나?"

너울거리는 옷을 입은 집시 여자 하나가 불가로 다가왔다. "그동안 내가 너희 손금 봐줄게." 그녀가 말했다. 그녀가 호러스를 돌아보며 말했다. "언젠가 킬리만자로를 등반할 수도 있고," 이번에는 브로닌을 바라보았다. "돈 많고 잘생긴 남자와 결혼할 수도 있어."

브로닌이 코웃음을 치며 말했다. "그게 제 가장 큰 꿈이긴 해요."

"미래를 점치는 건 **제** 전공이거든요. 제가 한 수 가르쳐드리죠." 호러스가 말했다.

엠마, 밀라드, 나는 자리에서 일어나 베히르를 따라 캠프를 가로질렀다. 우리는 허름한 마차로 향했고 그가 마차 앞에 놓인 짧은 사다리를 올라가 문을 두드렸다.

"라디?" 그가 다정하게 불렀다. "잠깐 나와보렴. 널 만나보고 싶어 하는 분들이 있단다."

문이 조금 열리더니 집시 여자가 고개를 내밀었다. "무서운가봐. 의자에서 일어나려 하질 않네." 그녀는 우리를 찬찬히 살펴보더니 문을 조금 더 열고 우리에게 들어오라고 손짓했다. 좁은 창문 아래 침대 하나가 놓여 있었고 식탁 하나와 의자, 지붕의 굴뚝으로 연결된 조그만 스토브가 하나 있었다. 길에서 몇 주, 혹은 몇 달 동안 생활하는 데에 필요한 모든 것이 갖춰져 있었다.

방안에 있는 유일한 의자에 소년이 앉아 있었다. 손에는 트럼펫을 들고 있었다. 소년이 집시 아이들의 밴드에서 연주하는 것을 본 기억이 났다. 소년은 베히르의 아들인 것 같았고 여자는 베히르의 아내인 것 같았다.

"신발 좀 벗어보렴, 라디." 여자가 말했다.

아이는 바닥에 시선을 고정하고 있었다. "꼭 그래야 해요?" 그가 물었다.

"그래." 베히르가 말했다.

소년이 장화를 한 짝씩 벗었다. 눈앞에 펼쳐진 광경을 나는 선뜻 이해할 수 없었다. 장화 안에는 아무것도 없었다. 발이 없는 것 같았다. 그런데 신발을 벗을 때 힘을 주는 것으로 보아 다리에 무언가가 달려 있는 건 확실했다. 베히르가 일어서보라고 하자 소년이 마지못해 의자에서 일어섰다. 소년은 마치 공중에 떠다니는 것 같았다. 그의 바지 밑단이 바닥에서 몇 센티미터 떨어진 곳에 있었다.

"몇 달 전부터 조금씩 사라지기 시작했어요." 여자가 설명했다. "처음엔 발가락, 그 다음엔 발꿈치, 그리고 나중엔 양쪽 발이 다 없

어졌어요. 약이란 약은 안 먹여본 게 없는데 하나도 효과가 없네요."

소년에겐 발이 있었다. 보이지 않는 발.

"어떻게 해야 할지 모르겠다." 베히르가 말했다. "너희들 중에 혹시 이 병을 고칠 수 있는 치료사가 있지 않을까 해서……".

"저런 증상엔 약이 없어요." 밀라드가 말했다. 그의 목소리를 듣는 순간 소년이 고개를 번쩍 들었다. "우린 닮았어요. 이 아이하고 저. 저도 어렸을 때 그랬거든요. 태어날 때부터 투명인간은 아니었어요. 조금씩 조금씩 안 보이게 됐죠."

"지금 누가 말하는 거예요?" 소년이 물었다.

밀라드가 침대 가장자리에 있던 스카프를 머리에 쓰고 코와 이마, 입 모양을 드러냈다. "나 여기 있어." 그가 말하며 소년에게 다가갔다. "두려워하지 마."

소년이 손을 뻗어서 밀라드의 뺨과 이마, 그리고 내가 생각조차해본 적 없는 색깔과 스타일을 지니고 있을 그의 머리카락을 만져보았다. 소년은 머리카락을 조심스럽게 당겨보기까지 했다. 진짜 머리카락인지 확인해보려는 듯이.

"**진짜** 있네!" 소년이 말했다. 소년의 눈이 놀라움으로 반짝였다. "진짜 있어!"

"너도 나처럼 될 거야. 나머지도 다 투명해지면 말이야. 두고 보면 알겠지만 하나도 아프진 않아." 밀라드가 말했다.

소년이 웃었다. 그리고 그 순간 소년의 엄마는 무릎이 후들거려 베히르를 붙잡으며 중심을 잡았다. "신의 축복이 있기를!" 금방이라도 눈물을 쏟을 것 같은 표정으로 그녀가 말했다. "신의 축복이 있기를!"

밀라드는 사라진 라디의 발 앞에 앉았다. "두려워할 것 없어. 적응하고 나면 오히려 장점이 더 많다는 걸 알게 될 거야……."

밀라드는 투명인간의 장점들을 열거하기 시작했고 베히르는 문쪽으로 가서 엠마와 나에게 고개를 끄덕였다. "둘이 있게 해주자. 할 얘기가 많을 거야." 그가 말했다.

우리는 밀라드를 소년과 소년의 엄마 곁에 남겨두었다. 모닥불로 돌아와 보니 이상한 아이들과 집시들 거의 전부가 호러스의 주위에 모여 있었다. 호러스는 놀란 표정의 점쟁이를 앞에 두고 나무 밑동 위에 올라서서 한 손을 머리 위에 얹고 눈을 감고 있었다. 점쟁이에게 그의 눈에 보이는 꿈을 설명하는 중인 것 같았다. "……그리고 당신의 손자의 손자는 지구와 달 사이를 오가는 우주선의 비행사가 될 거예요. 달 위에 아주 작은 집을 짓는데, 융자금을 갚지 못해서 하숙을 치게 되고, 하숙을 든 사람 중에 그와 사랑에 빠질 아름다운 여자가 있어요. 두 사람은 달에서 사랑을 나누게 되는데, 달에서의 사랑은 중력 때문에 지구의 사랑과는 아주 다르고……."

우리는 관중들 가장자리에 서서 호러스를 지켜보았다. "쟤 저거 제대로 하고 있는 거야?" 내가 엠마에게 물었다.

"어쩌면." 엠마가 대답했다. "아니면 그냥 장난치는 걸 수도 있고."

우리 미래는 왜 못 보는 거야?

엠마가 어깨를 으쓱했다. "호러스의 능력은 정말 짜증날 정도로 쓸모가 없어. 모르는 사람들한테는 평생을 줄줄 읊어줄 수 있는데, 우리에게 닥친 문제에 관해서는 거의 아무것도 못해. 자기한테 소중한 사람일수록 더 안 보인대. 감정이 시야를 흐리기 때문이라나."

"그건 우리들 모두가 그렇지 않아?" 우리 뒤쪽에서 들려오는 목소리에 돌아보니 에녹이 서 있었다. "그 얘기가 나와서 말인데, 엠마. 너 이 미국 친구의 관심을 너무 분산시키지 말았으면 좋겠다. 젊은 아가씨의 혀가 귀를 간질일 때 할로우를 감지하긴 쉽지 않을 테니까."

"너 정말 구역질 난다." 엠마가 말했다.

"그 느낌은 내가 외면하고 싶어도 외면할 수가 없어." 그렇게 말하면서도 속으로 나는 에녹이 시기하는 그 역겨운 느낌을 차라리 외면할 수 있으면 좋겠다고 생각했다.

"어디 비밀 회동 얘기 좀 해보시지." 에녹이 말했다. "정말 우리가 들어본 적도 없는 케케묵은 옛 정 때문에 이 사람들이 우릴 보호해준 거야?"

"집시 우두머리 부부의 아이가 이상한 아이야. 우리가 그 아일 도와주길 바랐어." 엠마가 말했다.

"정신 나갔군." 에녹이 말했다. "꼬마 하나 때문에 군인들한테 전부 다 산 채로 껍질이 벗겨질 뻔했단 거야? 안 그래도 감정 때문에 판단이 흐려지는 얘기를 하고 있었는데 말이야. 난 집시들이 우리 능력을 이용해서 노예로 부리거나 경매에 팔 거라고 생각했어. 하지만 난 늘 사람을 과대평가하는 편이지."

"갖고 놀 죽은 동물이나 찾아보지 그래?"

"난 인간 본성의 99퍼센트를 영원히 이해 못 할 것 같아." 에녹이 말하고는 고개를 저으며 돌아섰다.

"난 가끔 쟤가 사람이 아니라 기계 같아. 겉만 사람이고 속은 기계." 엠마가 말했다.

나는 웃으면서도 한편으로는 에녹의 말이 옳은 건 아닌지 생각해보았다. 베히르가 자기 아들을 위해 위험을 무릅쓴 게 미친 짓일까? 만약 베히르가 미쳤다면, 나도 미친 게 틀림없었다. 단 한 여자를 위해 나는 얼마나 많은 것을 포기했던가. 내 호기심, 할아버지, 페러그린에게 진 빚에도 불구하고 사실 내가 여기 있는 이유는 딱한 가지였다. 엠마를 처음 만난 그 순간부터 나는 엠마가 사는 세상에 살고 싶었다. 그렇다고 해서 내가 미친놈인가? 아니면 내가 너무쉽게 마음을 준 건가?

나는 생각했다. **나도 몸속에 기계를 좀 넣어야 할지도 몰라.** 만약 내가 보다 강한 심장을 가졌다면 지금 난 뭘 하고 있을까?

대답은 간단했다. 집에 있을 것이고, 약을 너무 많이 먹어서 바보가 됐을 것이다. 슬픔을 잊으려 비디오게임에 빠져 지낼 것이다. 스마트 에이드에서 교대근무를 했을 것이다. 후회 속에서 하루하루를 보내며 안에서부터 죽어가고 있을 것이다.

이 겁쟁이. 이 나약하고 한심한 어린애. 단 한 번의 기회를 네가 걷어찬 거야.

그러나 나는 그렇게 하지 않았다. 엠마 곁에 머물기 위해서 나는 모든 위험을 감수했고, 지금도 매일 감수하고 있었다. 그리고 그 과정에서 예전에는 상상조차 할 수 없었던 세계에 나 자신을 밀어넣었다. 내가 알았던 그 누구보다 진정으로 살아 있는 사람들이 있는 세계에서 내가 꿈조차 꾸지 못했던 일들을 해냈고, 견뎌낼 수 없을 거라 생각했던 일들을 견뎌냈다. 그 모든 것이 내가 어느 이상한 소녀에게 느낀 특별한 감정 때문이었다.

우리가 처한 모든 고통과 위험, 그리고 내가 발견한 그 순간부터 이 이상하고도 새로운 세상이 무너져 내리고 있다는 사실에도 불구하고 내가 이곳에 있다는 게 진심으로 기뻤다. 비록 힘겨운 상황에 처하긴 했어도 이 이상한 삶이야말로 내가 항상 원해왔던 삶이었다. 꿈이면서 동시에 악몽이기도 한 삶을 살 수 있다는 게 그저 신기할 따름이었다.

"왜? 왜 그렇게 빤히 쳐다봐?" 엠마가 물었다.

"고맙다고 말하고 싶어서." 내가 말했다.

엠마는 코를 찌푸리고 눈을 가늘게 떴다. 마치 내가 아주 재미있는 말을 했다는 듯이. "뭐가?" 엠마가 물었다.

"내가 갖고 있는 줄도 몰랐던 힘을 주었잖아. 네 덕분에 난 더 나은 사람이 됐어."

엠마가 얼굴을 붉혔다. "무슨 말을 해야 할지 모르겠다."

엠마. 총명한 소녀. 나는 너의 불이 필요해. 네 마음속의 불.

"아무 말도 안 해도 돼." 내가 말했다. 그리고 그 순간 불현듯 엠마에게 키스하고 싶다는 생각이 들었다. 그래서 그렇게 했다.

우리는 쓰러질 듯 피곤했지만 집시들은 한껏 들떠 있었고 파티를 계속하기로 작정한 것 같았다. 뜨겁고 달콤한, 카페인이 들어간 음료를 몇 잔 마시고 노래를 좀 더 부르고 난 뒤 집시들은 우리의 마음을 완전히 빼앗아버렸다. 그들은 타고난 이야기꾼이었고, 멋진 가수들이었고, 선천적으로 매력적인 사람들이었다. 또한 우리를 헤어졌다 만난 사촌처럼 친근하게 대해주었고, 밤의 반을 이야기 나누며 보냈다. 곰 소리를 냈던 아이가 복화술로 공연을 했는데, 얼마나 잘 하는지 인형들이 금방 살아날 것만 같았다. 복화술 소년은 엠마를 좋아했고 미소를 지으면서 상투적인 수법으로 엠마에게 접근했지만, 엠마는 알아차리지 못한 척하면서 내 손을 잡는 것으로 선을 그었다.

나중에 집시들은 우리에게 1차 세계대전 당시 영국군에게 말을 전부 몰수당하는 바람에 한동안 마차를 끌 말이 없었다는 이야기를 들려주었다. 그때 집시들은 바로 이 숲 속에 발이 묶였는데, 그러던 어느 날 긴 뿔이 달린 염소 떼가 그들의 캠프로 들어왔다고 한다. 야생인 것 같았지만 순해서 그들이 주는 음식도 받아먹었단다. 그러다가 집시 중 한 명이 염소 뿔에 마차를 묶자는 제안을 했고, 염소들은 알고 보니 말만큼이나 튼튼했다. 그래서 집시들은 마침내 이곳을 벗어날 수 있었고, 전쟁이 끝날 때까지 이상한 염소들이 마차를 끌었기 때문에 한때 염소 사람들로 알려졌다고 한다.

그들은 염소가 끄는 마차를 탄 베히르의 삼촌 사진을 그 증거로 보여주었다. 그 이상한 염소들이 애디슨이 말한 잃어버린 염소 떼라는 것은 말할 필요조차 없었다. 전쟁이 끝나고 군인들이 집시들에게 말을 되돌려줘서 더 이상 염소가 필요하지 않게 되자 염소들은 다시 숲으로 사라졌다.

마침내 모닥불의 불꽃이 잦아들자 집시들이 우리에게 침낭을 나눠주고 외국어로 자장가를 불러주었다. 나는 어린아이처럼 기분이 좋아졌다. 복화술사가 엠마에게 밤 인사를 하러 왔지만 엠마가 그를 쫓아 보냈다. 그러나 그는 카드를 한 장 남겨놓았다. 카드 뒷면에 카디프의 주소가 적혀 있었는데, 집시들은 몇 달에 한 번씩 그곳

에 들러 우편물을 확인한다고 했다.

카드 앞면에는 인형들과 함께 있는 복화술사의 사진이 있었고, 그 밑에 그가 엠마에게 남긴 짧은 글이 있었다. 엠마는 그 글을 내게 보여주면서 키득거렸지만 나는 기분이 나빴다. 나처럼 엠마를 좋아한다는 사실만으로도 그는 유죄였다.

나는 숲 가장자리에 침낭을 깔고 엠마와 나란히 몸을 웅크리고 누웠다. 막 잠이 들려는 찰나 풀밭을 달려오는 발소리가 들렸다. 눈을 뜨고 둘러보았지만 아무도 없었다. 집시 소년과 이야기를 나누고 돌아온 밀라드였다.

"우리랑 같이 가고 싶대." 밀라드가 말했다.

"누가?" 엠마가 졸린 목소리로 웅얼거렸다. "어디를?"

"그 아이. 우리하고 같이 가겠대."

"그래서 뭐라고 했어?"

"좋은 생각이 아니라고. 하지만 딱 잘라 거절하진 못했어."

"더 이상 사람을 끌어들일 순 없어. 그 아이가 끼면 시간이 더 지체될 거야."

"나도 알아." 밀라드가 말했다. "하지만 몸이 굉장히 빠른 속도로 사라지고 있어서 겁에 질려 있어. 머지않아 완전히 사라질 거야. 어느 날 무리에서 뒤처졌는데 사람들이 알아차리지 못해서 늑대와 거미가 우글거리는 숲에 혼자 남게 될까봐 무섭대."

엠마가 신음소리를 내고는 몸을 일으켜 밀라드와 마주앉았다. 밀라드는 우리가 결정을 내려주기 전엔 돌아가지 않을 기세였다. "무척 실망하겠지만 그건 불가능한 일이야. 미안해, 밀라드."

"알았어. 가서 그렇게 전할게." 밀라드가 낙심한 목소리로 말했

To Emma,
Yours for a smile
G. M. S. etc.

다.

밀라드가 다시 사라졌다.

엠마는 한숨을 쉬고는 한동안 불안한 듯 몸을 뒤척였다.

"옳은 일을 한 거야." 내가 속삭였다. "다들 너한테 의지하고 있어서 네가 힘들겠다."

엠마는 아무 말도 하지 않았지만 대신 내 가슴 속으로 파고들었다. 우리는 천천히 잠으로 빠져들었다. 바람에 흔들리는 나뭇가지의 속삭임과 말들의 숨소리가 우리를 포근하게 재워주었다.

전날 밤과 똑같이 끔찍한, 얕은 잠과 악몽의 하룻밤이었다. 무서운 개들에게 쫓기는 꿈을 꾸었다. 아침이 되자 나는 완전히 녹초가 되었다. 팔이 나무토막처럼 무거웠고 머리는 솜뭉치 같았다. 차라리 밤을 새웠다고 해도 이보단 나을 것 같았다.

베히르가 새벽에 우릴 깨웠다. "일어들 나거라! **신드리개스티!**" 벽돌처럼 딱딱한 빵을 던지며 그가 소리쳤다. "잘 시간은 죽은 뒤에도 얼마든지 있단다!"

에녹이 빵으로 바위를 내리치자 빵이 나뭇조각처럼 부러졌다. "이런 빵만 먹다간 진짜 죽을 것 같은데요."

베히르가 웃으며 에녹의 머리카락을 헝클어뜨렸다. "이런, 오늘 아침엔 이상한 아이들의 기개가 다 어디 간 거냐?"

"빨래통에요." 침낭에 머리를 파묻으며 에녹이 말했다.

베히르가 시내로 가는 마차를 타기까지 10분을 주겠다고 했다.

그는 약속을 지키겠다면서 새벽 첫 기차가 출발하기 전에 우릴 역으로 데려다주겠다고 했다. 나는 일어나서 물 양동이 쪽으로 걸어가 얼굴을 닦은 다음 손으로 이를 닦았다. 칫솔이 얼마나 아쉽던지. 민트 향 나는 치실과 바다 향이 나는 땀 냄새 방지 스틱이 얼마나 그립던지, 스마트 에이드에 갈 수만 있다면 무슨 짓이든 할 수 있을 것 같았다. 새 속옷 한 벌만 얻을 수 있다면 내 영혼이라도 팔 수 있을 것 같았다.

손가락으로 머리에 붙은 지푸라기를 털어내고 먹기 힘든 빵 한 조각을 씹는 동안 집시들과 그 아이들이 측은한 얼굴로 우릴 쳐다보았다. 전날 밤의 파티가 우리의 마지막 축제였고 이제 우리가 교수대로 끌려가는 상황이란 걸 그들도 아는 것 같았다. 나는 그들의 기분을 북돋워주려 애썼다. "괜찮아." 금방이라도 눈물을 쏟을 것 같은 갈색 머리카락의 꼬마에게 말했다. "별 일 없을 거야."

마치 유령이 말을 한다는 듯, 소년이 눈을 크게 뜨고 못 미더운 눈빛으로 나를 쳐다보았다.

여덟 명의 집시가 여덟 마리의 말을 타고 나타났고, 우리는 한 명씩 말에 올라탔다. 말은 마차보다 훨씬 더 빨리 우리를 역으로 데려다줄 것이다. 그러나 나는 말을 타는 게 무서웠다.

한 번도 말을 타본 적이 없었다. 미국 부잣집 애들 중에 말을 못 타본 애는 아마 나밖에 없을 것이다. 말이 아름답고 기품 있는 동물이니, 최고의 동물이니 하는 말에 동의하지 않는 건 아니었다. 단지 내 생각엔 어떤 동물이건 사람이 올라타서 자기를 모는 걸 좋아하진 않을 것 같았다. 더구나 말은 무척 컸고 근육도 울룩불룩했으며 이도 같았다. 게다가 내가 무서워하는 것을 알고 있다는 듯이,

내 머리를 걷어찰 기회를 노리는 것 같은 표정으로 날 쳐다보았다. 안전벨트가 없는 건 말할 것도 없었다. 안전벨트는커녕 그 어떤 안전 장치도 없었다. 말은 자동차만큼이나 빨리 달릴 수 있었지만 요동이 훨씬 더 심했다. 그 모든 조건들 때문에 말을 타는 것이 썩 구미가 당기지 않았다.

물론 그런 말을 입 밖에 내진 않았다. 그저 입을 꾹 다물고 턱을 꼿꼿이 들고, 말에서 떨어져 죽는 것보다 좀 더 재미있는 방식으로 죽을 수 있게 오래 살길 바랄 뿐이었다.

이랴!하는 호령이 떨어지는 순간부터 우리는 전속력으로 질주했다. 그 순간 나는 체면이고 뭐고 다 포기하고 안장에 앉아 고삐를 잡은 집시를 뒤에서 끌어안았다. 너무 급하게 출발하느라 우리를 배웅하려 나와 있는 집시들에게 손을 흔들 틈도 없었다. 차라리 잘된 일이었다. 어쨌든 작별 인사는 내가 자신 있는 종목은 아닌 데다, 최근 나의 삶은 작별의 연속인 것처럼 느껴졌기 때문이었다. 안녕, 안녕, 안녕.

우리는 달렸다. 말의 몸통을 조이느라 허벅다리가 얼얼했다. 베히르가 앞장서서 달렸고 이상한 소년도 그와 함께 타고 있었다. 소년은 양팔을 옆으로 내리고 당당하면서도 두려움 없는 자세로 말을 타고 있었다. 어젯밤과는 사뭇 대조적인 모습이었다. 소년은 그가 있어야 할 곳, 집시들 틈에 있었다. 그에겐 우리가 필요치 않았다. 이들이 그의 가족이었다.

마침내 말이 느린 걸음으로 걷기 시작했고, 나는 용기를 내어 기수의 재킷에 파묻었던 얼굴을 들고 변해가는 풍경을 바라보았다. 숲이 어느덧 들판으로 바뀌어 있었다. 우리는 골짜기로 내려가는 중이었고, 골짜기 한복판에 마을이 있었다. 우리가 있는 곳에서 마을은 우거진 녹음 속의 우표 한 장 크기였다. 북쪽에서 마을 방향으로 이어진 길고 폭신폭신한 흰색 말줄임표가 보였다. 기차의 증기였다.

마을로 들어가기 직전 베히르가 말들을 세웠다. "우린 더 이상 갈 수가 없단다. 마을 사람들이 우릴 별로 좋아하지 않거든. 우리 때문에 괜히 달갑지 않은 시선을 끌어선 안 돼."

이렇게 친절한 사람들을 싫어하다니 납득이 가지 않았다. 그러나 생각해보면 그와 비슷한 이유로 이상한 아이들도 세상에서 배척당했다. 그것이 서글픈 세상의 모습이었다.

아이들과 나는 말에서 내렸다. 나는 후들거리는 다리가 보이지 않도록 아이들 뒤쪽으로 섰다. 우리가 막 돌아서려는 순간, 베히르의 아들이 아빠의 말에서 뛰어내리며 소리쳤다. "잠깐만! 나도 데려가!"

"얘기 안 했어?" 엠마가 밀라드에게 말했다.

"했어." 밀라드가 말했다.

소년이 안장에서 배낭을 내려 어깨에 둘러멨다. 그는 우리와 함께 떠날 준비가 되어 있었다. "나 음식 만들 줄 알아. 장작도 팰 줄 알고, 말을 탈 수도 있고, 매듭은 종류별로 다 맬 줄 알아."

"누가 재 훈장이라도 좀 줘라." 에녹이 말했다.

"미안하지만 그렇겐 안 될 것 같아." 엠마가 그에게 다정하게 말했다.

"하지만 난 너희들하고 똑같아. 그리고 점점 더 그렇게 되고 있다고!" 소년이 바지 단추를 풀었다. "어떻게 됐는지 한번 봐!"

누가 말릴 틈도 없이 그가 바지를 발목까지 내렸다. 여자아이들이 기겁을 하며 고개를 돌렸다. "바지 입어! 이 변태 자식!" 휴가 소리쳤다.

그러나 아무것도 없었다. 허리 밑으로는. 묘한 호기심이 발동해서 나는 아직 남아 있는 상반신의 아랫부분을 보았다. 내장의 움직임까지 선명하게 보였다.

"어젯밤 이후 얼마나 많이 사라졌는지 봐. 머지않아 완전히 안 보이게 될 거야!"라디가 겁에 질린 목소리로 말했다.

잠시 남자들이 기겁을 하며 웅성거렸다. 말들조차 불안한 듯 몸뚱이 반이 날아간 것 같은 소년에게서 눈을 돌렸다.

"이런 젠장! 반만 남았잖아." 에녹이 말했다.

"가엾어라. 우리가 데려가면 안 될까?" 브로닌이 말했다.

"우린 원하면 누구나 들어올 수 있는 유랑극단이 아니야. 우리에겐 임브린을 구해야 하는 위험한 임무가 있어. 아무 생각 없는 이상한 애를 거둘 처지가 아니야." 에녹이 말했다.

소년의 눈이 커다래지면서 눈물이 차올랐고, 배낭이 어깨에서 툭 떨어졌다.

엠마가 에녹을 한옆으로 끌었다. "말이 너무 심했잖아. 어서 미안하다고 사과해." 엠마가 말했다.

"사과 못 해. 지금 우리의 얼마 남지 않은 소중한 시간을 낭비하고 있잖아."

"이 사람들은 생명의 은인이야!"

"이 사람들이 우릴 철창에 가두지 않았다면 우리 목숨을 구할 **필요조차** 없었겠지."

엠마는 에녹을 포기하고 소년에게로 돌아섰다. "만약 다른 상황이었다면 우린 널 환영했을 거야. 하지만 지금은 우리 세계 전체와 삶의 방식이 영원히 파멸할 위기에 처해 있어. 시기가 좋지 않아."

"이건 너무 불공평하잖아." 소년의 얼굴이 일그러졌다. "왜 몇 년 전부터 사라지지 않은 거야? 왜 하필 지금 사라지는 거지?"

"이상한 아이들의 능력은 언제 나타날지 몰라." 밀라드가 말했다. "어떤 애들은 아기 때 나타나고, 어떤 사람들은 꽤 나이가 들어서야 나타나. 아흔두 살에 생각만으로 물건들을 공중에 띄울 수 있다는 걸 알게 된 사람도 있어."

"나는 태어날 때부터 공기보다 가벼웠는데." 올리브가 자랑스럽게 말했다. "엄마한테서 나오자마자 병원 천장으로 붕 날아올랐대. 탯줄 덕분에 창문 밖으로 날아가 구름 속으로 사라지지 않을 수 있었지. 의사가 너무 놀라서 기절했대."

"넌 **지금도** 놀라워, 우리 귀염둥이." 브로닌이 말하며 올리브의 어깨를 다독였다.

코트와 신발 덕분에 모습을 볼 수 있었던 밀라드가 소년에게 다가갔다. "네 아빠는 어떻게 생각하시니?"

"물론 우리야 얘를 보내고 싶지 않지." 베히르가 말했다. "하지만 볼 수 없다면 이 아이를 어떻게 잘 돌볼 수 있겠니? 얘가 떠나고 싶어 하고 어쩌면…… 자기하고 비슷한 아이들하고 어울리는 게 나을 것 같기도 해."

"이 아이를 사랑하세요?" 밑도 끝도 없이 밀라드가 물었다. "이 아이도 당신을 사랑하나요?"

베히르의 이마에 주름이 팼다. 그 역시 보통 남자라 그런 질문을 받는 것이 불편해 보였다. 그러나 그는 조금 우물쭈물하다가 대답했다. "물론이지. 내 아들인데."

"그럼 아저씨가 얘하고 같은 종족인 거예요. 이 아인 아저씨 곁에 있어야 해요. 우리가 아니고." 밀라드가 말했다.

베히르는 아랫사람들 앞에서 감정을 드러내는 게 내키지 않는 것 같았지만, 밀라드의 말에 눈가가 반짝였고 턱이 굳었다. 그는 고개를 끄덕이고 아들을 바라보며 말했다. "가자. 어서 배낭 들어라. 네 엄마가 차 준비해놓고 기다리고 있을 거야."

"알았어요, 아빠." 한편으론 실망하고 한편으론 안도하는 표정으로 소년이 말했다.

"괜찮을 거야. 아니, 괜찮은 것 이상일 거야." 밀라드가 말했다. "일이 다 끝나면 널 찾으러 올게. 우리 같은 사람들은 많아. 언젠가 나하고 같이 그런 사람들을 찾아보자."

"약속해?" 희망이 깃든 눈빛으로 소년이 물었다.

"약속해." 밀라드가 말했다.

그 말을 듣고 소년은 아버지의 말에 올라탔고, 우리는 돌아서서 마을로 들어가는 문으로 향했다.

제 6 장

chapter six

마을 이름은 **콜**Coal이었다. 콜타운도 아니고 콜빌도 아니고 그냥 콜. 사방이 석탄이었다. 집집마다 문 옆에 시커먼 석탄이 쌓여 있었고, 굴뚝에서는 기름진 연기가 솟아올랐으며, 일하러 나가는 남자들의 작업복은 숯검정으로 지저분했다. 우리는 서로 꼭 붙어 기차역으로 향했다.

"빨리 움직여. 얘기하지 말고. 땅만 보고 걸어." 엠마가 말했다.

평범한 사람들의 불필요한 시선을 피하기 위해 만든 규칙이었다. 불필요한 시선은 대화로, 대화는 질문으로 이어졌고, 평범한 어른들이 던지는 질문에 또 다른 질문을 유발하지 않는 대답을 하기란 결코 쉬운 일이 아니라는 것을 이상한 아이들은 아주 잘 알고 있었다. 물론 전쟁 중에 흙바닥에 뒹군 것 같은 옷차림의 아이들이 보호자 없이 마을을 지나간다면, 더구나 커다랗고 부리가 날카로운 맹금류 한 마리가 일행 중 한 여자애의 어깨 위에 앉아 있다면 당연히 질문을 유발할 것이다. 그러나 마을 사람들은 우리에게 관심이 거의 없었다. 그들은 빨랫줄 뒤나 꼬불꼬불한 길가 식당 문 앞에 마치 시든 꽃처럼 축 늘어져서 나타나곤 했고, 우리를 쳐다보았다가 이내 시선을 돌렸다. 그들에겐 다른 걱정이 있었다.

기차역은 너무 작아서 과연 이런 곳에 기차가 정차할 수 있을지도 의문이었다. 그나마 지붕이 있는 곳은 뻥 뚫린 승강장 한복판에 자리 잡은 조그만 오두막처럼 생긴 간이매표소뿐이었다. 오두막 안 의자에 한 남자가 앉은 채로 잠들어 있었다. 유리병처럼 알이 두꺼운 안경이 그의 코끝에 걸쳐져 있었다.

엠마가 유리창을 두드려 그를 깨웠다. "런던행 여덟 장이요! 오늘 오후에 도착해야 해요!" 그녀가 말했다.

매표소 직원이 안경 너머로 우리를 바라보더니, 안경을 벗어 깨끗이 닦아 다시 쓰고는 자기가 보고 있는 광경이 진짜인지 확인해보았다. 물론 우리 모습은 충격적이었을 것이다. 옷은 진흙투성이에 머리는 떡이 져서 이상한 각도로 삐죽댔다. 아마 고약한 냄새도 풍겼을 것이다.

"미안하지만 표가 다 팔렸어." 그가 말했다.

우리는 주위를 둘러보았다. 벤치에 앉아 졸고 있는 몇 명을 제외하면 기차역은 텅 비어 있었다.

"말도 안 돼!" 엠마가 소리쳤다. "당장 표를 주지 않으면 아동 차별로 열차 당국에 고소하겠어요!"

나라면 그를 좀 더 부드럽게 다루었겠지만, 엠마는 보잘것없는 매표소 직원이 거들먹거리는 꼴은 도저히 못 봐주었다.

"그런 기관이 있어야 말이지." 점원이 경멸스럽다는 듯 코를 찡

굿하며 말했다. "설령 그런 게 있다고 해도 **너희 같은** 애들한텐 해당이 안 될걸. 알다시피 지금은 전쟁 중이고, 이 나라는 이런 시골 마을에서 벌어지는 어린애나 동물들 문제보다 더 중요한 일들이 많단 말씀이야." 그는 페러그린을 사납게 쏘아보았다. "어린애와 동물은 안 돼!"

기차가 역으로 들어와 끼익 소리와 함께 멈췄다. 승무원이 창 밖으로 고개를 내밀고 소리쳤다. "여덟 시 반 런던행 열차입니다! 타세요!" 벤치에서 자고 있던 사람들이 부스럭거리며 일어나 승강장을 가로질렀다.

회색 양복을 입은 남자가 우리를 밀어내고 매표소 창구로 다가섰다. 그가 돈을 내고 기차표를 받아 서둘러 기차에 올랐다.

"표가 다 팔렸다면서요! 어떻게 **이럴 수가** 있어요?" 엠마가 창문을 두드리며 소리쳤다.

"저 신사분은 일등석을 샀거든. 이제 그만 꺼져주실까, 이 꼬마 거지들아? 소매치기를 하려면 딴 데 가서 알아봐."

호러스가 앞으로 나섰다. "거지들이 이런 돈을 갖고 다니겠어요?" 그는 안주머니에 손을 넣어 묵직한 돈다발을 꺼내 창구로 내밀었다. "일등석만 파신다면 우리도 일등석 살게요."

직원이 돈을 보고 깜짝 놀라 자세를 고쳐 앉았다. 우리도 모두 놀랐다. 호러스는 저 돈이 어디서 난 걸까. 점원이 돈을 세어보고 말했다. "이 돈이면 일등석 열차 한 칸을 통째로 살 수도 있겠구나!"

"그럼 한 칸을 다 주세요. 그러면 소매치기도 못할 테니까."

점원이 얼굴을 붉히며 웅얼거렸다. "그, 그래. 미안하구나. 내가 아까 했던 말은 농담이니 마음에 담아두지 말고……."

"기차 타야 하니까 어서 표나 주세요."

"주고말고."

그가 일등석 차표 한 묶음을 우리 앞에 내놓았다. "즐거운 여행 되거라!" 그가 말했다. "내가 너희들한테 그런 말 했다고 아무한테도 말하지 마. 그리고 말이다. 내가 너희들이라면 저 새는 안 보이게 하겠다. 승무원이 좋아하지 않을 거야. 일등칸이건 어디건."

차표를 받아들고 매표소에서 돌아서는 호러스의 앞가슴은 공작새처럼 불룩했다.

"도대체 그 많은 돈이 어디서 난 거야?" 엠마가 물었다.

"집에 불이 나기 전에 원장님 서랍장에서 꺼냈어. 코트 안쪽에 일부러 주머니를 달았지. 돈을 안전하게 보관하려고."

"호러스 너 완전 천재다!" 브로닌이 말했다.

"천재라면 우리 전 재산을 그렇게 다 써버렸겠어? 우리한테 과연 일등칸이 통째로 다 필요했을까?" 에녹이 말했다.

"아니. 하지만 매표소 점원 한 방 먹일 때 정말 짜릿하지 않았어?" 호러스가 말했다.

"짜릿하긴 했지." 에녹이 답했다.

"다른 사람을 조종하고 보잘것없게 만드는 게 바로 돈의 위력이지." 호러스는 장난스레 덧붙였다.

"그 말에는 완전히 동의할 수 없어." 엠마가 말했다.

"농담이야. 옷을 살 수 있다는 게 바로 돈의 위력이지."

기차에 올라타려는 순간 승무원이 우리를 가로막았다. "표를 보여다오." 그가 말했다. 그는 호러스가 내미는 열차표 한 뭉치 쪽으로 손을 뻗다가 브로닌이 코트 속에 무언가를 숨기는 것을 보았다. "코트 속에 뭘 숨겼지?" 그가 의심스러운 눈초리로 브로닌을 훑어보며 말했다.

"숨기다니, 뭘요?" 꿈틀거리는 불룩한 코트를 한 손으로 붙잡고 애써 태연한 척하며 브로닌이 물었다.

"네 코트 속에 뭘 숨겼냐고. 날 속일 생각일랑은 마라."

"이건……." 브로닌은 얼른 적절한 대답을 생각하려 했지만 실패했다. "새예요."

엠마가 고개를 떨어뜨렸고 에녹은 한 손으로 눈을 가리며 신음 소리를 냈다.

"애완동물은 안 돼!" 승무원이 소리쳤다.

"아저씨가 잘 모르셔서 그래요. 제가 어렸을 때부터 늘 데리고 있던 새라고요. 우린 이 기차를 꼭 타야 해요. 열차표를 사느라 돈도 많이 썼단 말이에요!"

"규칙은 규칙이야." 승무원이 말했다. 그의 인내심이 한계에 달하고 있었다. "나한테 장난칠 생각 마라."

엠마가 고개를 들었다. 얼굴이 환해졌다. "장난감!" 엠마가 말했다.

"뭐?"

"이거 진짜 새 아니에요! 규칙을 어길 생각은 꿈에도 안 했어요. 이건 우리가 가장 좋아하는 장난감이에요. 그걸 기필코 빼앗을 생각이신가요?" 애처롭게 두 손을 맞잡고 엠마가 그에게 애원했다. "어린애들이 가장 좋아하는 장난감을 빼앗진 않으실 거죠?"

승무원이 브로닌의 표정을 살폈다. "장난감 갖고 놀기엔 나이가 좀 많아 보이는데?"

엠마가 몸을 숙이고 그에게 속삭였다. "약간 모자란 애거든요.

보시다시피……."

브로닌이 얼굴을 찌푸렸지만 맞장구를 치는 것 말고는 도리가 없었다. 승무원이 브로닌에게 다가갔다. "어디, 네 장난감 한 번 보자."

진실의 순간이었다. 브로닌이 코트를 젖히고 천천히 페러그린을 꺼내는 동안 모두가 숨을 죽였다. 새를 본 아주 짧은 순간, 나는 새가 죽었다고 생각했다. 페러그린은 몸을 완전히 굳히고 눈을 감은 뒤, 두 다리를 뻣뻣하게 펴고 있었다. 그 순간 나는 페러그린도 이 연기에 동참하고 있음을 깨달았다.

"보셨죠? 진짜 새가 아니라고요. 박제된 새예요." 브로닌이 말했다.

"아까 움직이는 거 분명히 보았는데!" 승무원이 말했다.

"아, 그거요. 그건…… 태엽 장치예요. 잘 보세요." 브로닌이 말했다.

브로닌은 무릎을 꿇고 앉아 페러그린을 바닥에 내려놓고 날개 속에 있는 태엽을 감는 척했다. 잠시 후 페러그린이 눈을 번쩍 뜨더니 머리를 까딱거리면서 스프링 장치가 달린 장난감처럼 다리를 움직이며 이리저리 돌아다녔다. 그러다가 갑자기 멈추고는 마치 나무토막처럼 앞으로 고꾸라졌다. 오스카 연기대상감이었다.

승무원은 거의 넘어왔지만 아직도 완전히 믿지는 못하는 표정이었다. "글쎄다. 만약 장난감이라면 장난감 상자에 집어넣는 게 어떨까?" 브로닌이 바닥에 내려놓은 여행가방을 가리키며 그가 말했다.

브로닌은 망설였다. "그건 좀……."

"좋아요. 그렇게 할게요." 엠마가 말하며 가방 손잡이를 젖혔다.

"얼른 여기 집어넣어."

"가방 안에선 숨을 못 쉬잖아!" 브로닌이 엠마에게 속삭였다.

"구멍을 뚫으면 되지!" 엠마도 속삭였다.

브로닌은 페러그린을 안아 들고 조심스럽게 가방 안에 놓았다. "정말 죄송해요." 엠마가 속삭인 뒤 가방을 닫았다.

마침내 승무원이 우리 표를 받았다. "일등칸!" 그가 놀라며 소리쳤다. "저 끝 쪽이야. 서두르는 게 좋을 거다." 그가 승강장 끝을 가리키며 말했다.

"이제야 알려주네!" 엠마가 말했고 우리는 태연하게 승강장을 가로질렀다.

쉭 하는 증기 소리, 금속성의 굉음과 함께 기차가 움직이기 시작했다. 처음엔 1센티미터씩 움직였지만 바퀴가 한 번 돌 때마다 가속이 붙었다.

우리는 일등칸에 탔다. 브로닌이 열려 있는 문으로 가장 먼저 올라탔다. 그녀가 통로에 가방을 내려놓고 손을 내밀어 올리브가 타는 것을 도와주었다.

그때 우리 뒤에서 목소리가 들렸다. "거기 서! 당장 기차에서 내려!"

승무원의 목소리가 아니었다. 더 낮고 더 권위적인 목소리였다.

"맹세하는데, **한 명만 더** 우리가 기차 타는 걸 막았다가는……."

그 순간 총성이 울려 퍼졌고, 그 충격으로 발가락이 오그라들었다. 나는 기차에서 다시 승강장으로 내렸다.

"거기 서라고 했다!" 또다시 목소리가 들려왔고, 돌아보니 제복을 입은 군인이 승강장에서 사격 자세로 무릎을 굽히고 권총으로 우릴 겨누고 있었다. 그는 두어 차례 더 고함을 지르고는 총을 두 발 더 쏘았다. 자기가 하는 말에 힘을 싣기 위해서. "당장 기차에서 내려서 무릎 꿇어!" 그가 일어나 우리 쪽으로 다가왔다.

이대로 튈까도 생각해봤지만 군인의 눈을 흘긋 본 순간 툭 불 거진 눈동자 없는 허연 눈이 그래선 안 된다고 말하고 있었다. 그는 와이트였고 두 번 생각하지 않고 우리에게 총을 쏠 수 있었다. 그런 구실을 주지 않는 편이 나았다.

브로닌과 올리브도 같은 생각을 했는지 기차에서 내려 우리 곁에 무릎을 꿇고 앉았다.

성공할 수도 있었는데. 거의 성공했는데.

기차는 우리 없이 떠났다. 페러그린을 구할 수 있는 유일한 희 망이 멀어지고 있었다.

더구나 페러그린을 태운 채로! 그 사실을 깨닫는 순간 나는 소스 라치게 놀랐다. 브로닌은 여행가방을 기차에 두고 내렸다. 나는 반사 적으로 일어나 기차를 따라가려 했지만 그 순간 내 코앞에 총구가 겨누어졌고, 몸의 모든 근육에서 힘이 빠져나갔다.

"한. 발자국도. 떼지. 마." 군인이 말했다.

나는 도로 바닥에 털썩 주저앉았다.

우리는 무릎을 꿇고 손을 들었다. 심장이 방망이질을 했다. 군 인이 긴장한 상태로 우리 주위를 한 바퀴 돌았다. 손가락을 방아쇠 위에 올려놓고 우리에게 권총을 겨누고서. 골란 박사 이후 와이트를 이렇게 가까이서 보긴 처음이었다. 그는 영국 육군의 표준 군복인 카키색 셔츠를 울 바지에 넣고 검은 군화에 헬멧을 쓰고 있었다. 그러나 옷차림이 어딘가 어설펐다. 바지는 돌아갔고 헬멧은 너무 뒤로 갔다. 마치 익숙하지 않은 옷을 입은 것처럼. 그 역시 긴장한 기색으로 고개를 이리저리 돌리며 우리를 찬찬히 살펴보았다. 비록 무기 하나 없는 어린애들이지만 지난 사흘 동안 우리는 와이트 한 명과 할로우 둘을 처치했다. 그는 우리를 두려워했고, 다른 무엇보다도 바로 그것 때문에 나는 그가 두려웠다. 그의 두려움 때문에 그의 행동을 예측할 수가 없었다.

그는 벨트에 달린 무전기의 수화기를 끌어당겨 상황을 보고했다. 한 차례 잡음이 들리더니 잠시 후 응답이 들려왔다. 전부 다 암호화되어 있어서 한 마디도 알아들을 수 없었다.

그가 일어나라고 명령했고 우리는 일어났다.

"어디로 가는 거예요?" 올리브가 소심하게 물었다.

"산책. 아주 기분 좋은 산책." 그가 말했다. 모음을 묵살하고 딱딱하게 발음하는 것으로 보아 다른 곳 출신인데 영국 억양을 흉내 내는 것 같았고 연기가 썩 훌륭하진 않았다. 와이트는 변장의 대가들이었지만, 우리 앞에 서 있는 와이트는 그 방면에 뛰어난 학생은 아닌 것 같았다.

"절대 무리에서 이탈해선 안 돼." 그가 우리를 한 명씩 차례로 바라보며 말했다. "달아나서도 안 되고. 총알이 정확히 열다섯 개 있으니까 너희들 머리에 구멍을 두 개씩 박아 넣을 수 있어. 네 재킷이 안 보일 거라 생각하지 마, 투명인간. 달아났다간 끝까지 쫓아가서 네 보이지 않는 손가락을 잘라 기념품으로 간직할 테니까."

"알겠어요." 밀라드가 대답했다.

"말 하지 마! 입 다물고 **걸어!**" 군인이 소리쳤다.

우리는 매표소를 지났다. 점원은 보이지 않았다. 우리는 승강장을 지나 기차역을 나와 거리로 나섰다. 조금 전만 해도 마을을 가로지르는 우리에게 눈길조차 주지 않던 사람들이 총부리 앞에 일렬로 죽 늘어서서 지나가는 우리를 마치 부엉이처럼 일제히 고개를 돌리며 쳐다보았다. 군인은 우리에게 바짝 붙어 걸으라 했고, 조금이라도 뒤처지는 아이가 있으면 소리를 질러댔다. 나는 줄 맨 끝, 그의 바로 앞에서 걸었고 걷는 동안 그가 허리에 찬 탄띠가 달그락거리는 소리가 들렸다. 우리는 왔던 길을 되돌아 마을을 빠져나갔다.

나는 수십 가지 탈출 계획을 꾸며봤다. 일단 흩어져볼까. 아니, 그랬다간 몇 명이 총을 맞겠지. 한 명이 길에서 기절한 척하면 뒤쪽에 있던 사람이 넘어지는 척하고, 그 혼란을 틈타서…… 아니, 그런 속임수에 넘어가기에 와이트는 너무 훈련이 잘 되어 있었다. 더구나 총을 빼앗으려면 그에게 아주 가까이 다가가야 할 것이다.

나. 내가 가장 가까웠다. 내가 걷는 속도를 조금 늦추고 그가 가까이 오기를 기다렸다가 그를 들이받으면……. 하지만 상대가 누군가. 나는 액션 히어로가 아니었고, 숨을 쉴 수조차 없을 정도로 겁이 났다. 놈은 10미터 정도 떨어져 있었고 그의 총이 내 등을 겨누고 있었다. 내가 돌아서는 순간 그는 총을 쏠 것이고, 나는 길바닥에서 피 흘리며 죽어갈 것이다. 그렇게 끝난다면 영웅이 되는 것과는 거리가 멀다. 오히려 한심한 죽음이었다.

뒤쪽에서 지프 한 대가 가까이 다가오더니 속도를 늦추면서 우리 옆으로 붙었다. 지프 안에는 군인 두 명이 더 있었고, 반사경 선글라스를 쓰고 있었는데도 선글라스 뒤에 뭐가 있는지는 불 보듯 훤했다. 조수석에 앉아 있던 와이트가 우리를 생포한 와이트에게 고개를 끄덕이며 인사했다. **잘 했어.** 그리고 우리를 빤히 쳐다보았다. 그 순간부터 그는 우리에게서 단 한 번도 눈을 떼지 않았고 권총에서 손을 떼지도 않았다.

이제 우리에겐 호위군이 생겼다. 한 명의 총 든 와이트는 어느 덧 세 명의 총 든 와이트로 늘어났고, 탈출 계획은 물거품이 되었다.

우리는 걷고 또 걸었다. 싸구려 잔디 깎는 기계처럼 우리 옆에서 털털거리는 지프의 엔진 소리와 우리 신발이 자갈길에 닿는 소리만이 조용한 시골길에 울려 퍼졌다. 어느덧 마을은 사라지고 가로수가 들어선 길 양쪽으로 농장이 나타났다. 들판은 엷은 황갈색으로 텅 비어 있었다. 군인들은 서로에게 한 마디도 건네지 않았다. 머리에서 뇌를 파내고 고철을 집어넣었는지 마치 로봇 같았다. 와이트들은 똑똑하다고 알고 있었지만, 이놈들은 어딘가 아둔해 보였다. 그 순간 귀에 윙 하는 소리가 들려서 고개를 들어보니 벌 한 마리가 머리 위를 맴돌다 날아갔다.

휴 녀석은 또 무슨 꿍꿍이지? 휴가 우리를 전부 총 맞아 죽게 만들 궁리를 하고 있는 건 아닌지 걱정이 되었지만 그의 모습은 보이지 않았다.

나는 얼른 머릿수를 세어보았다. **하나, 둘, 셋, 넷, 다섯, 여섯.** 내 앞으로 엠마, 에녹, 호러스, 올리브, 밀라드, 그리고 브로닌이 있었다.

휴는 어디 갔지?

나는 펄쩍 뛰어오를 뻔했다. 휴는 없었다! 우리와 함께 끌려오지 않았다는 뜻이었다. 그는 아직 자유였다! 아마도 기차역에서 벌어진 혼란을 틈타 기차와 승강장 사이로 빠져나갔거나, 군인이 알아차리기 전에 기차에 올라탄 것 같았다. 우릴 뒤쫓아왔을까. 군인이 알아차리지 못하게 뒤를 돌아볼 수 있었으면 좋겠는데.

휴가 우리 곁에 없기를 바랐다. 그렇다면 페러그린과 함께 있을 수도 있을 테니까. 휴가 기차에 남지 않았다면 페러그린을 어떻게 되찾지? 페러그린이 가방에 갇힌 상태로 질식하면 어쩌지? 1940년대에는 의심스러운 여행가방을 어떻게들 처리하는지…….

얼굴이 후끈 달아올랐고 목이 조여왔다. 생각하기조차 끔찍한 가능성들이 너무 많았고, 수많은 섬뜩한 시나리오들이 머릿속에서 내 관심을 끌어보려 다투고 있었다.

"줄 똑바로 서!" 뒤에 서 있던 군인이 소리쳤다. 알고 보니 나한테 소리를 지르는 것이었다. 너무 흥분한 나머지 나도 모르게 무리에서 이탈해 있었다. 나는 얼른 엠마 뒤의 내 자리로 돌아갔고, 엠마는 어깨 너머로 **제발 저 사람 화나게 하지 마!**라고 말하는 듯한 표정으로 날 쳐다보았다. 정신 바짝 차려야지.

우리는 삼엄한 경계 속에서 걸었다. 우리들 사이에 마치 전류처럼 긴장이 감돌았다. 주먹을 쥐었다 폈다 하는 엠마에게서도, 고개를 저으며 혼잣말을 하는 에녹에게서도, 불규칙한 걸음으로 걷는 올리브에게서도. 우리 중 한 명이 절박한 심정에 허튼짓해서 총알이 날아오는 건 시간문제인 것 같았다.

브로닌이 헉하고 숨을 들이키는 소리가 들려서 고개를 들어보니 상상조차 하지 못했던 끔찍한 시나리오가 눈앞에 펼쳐져 있었다. 저만치 앞에 거대한 물체가 뒹굴고 있었다. 하나는 길 한복판에, 두 개는 얕은 도랑 건너 들판에. 처음엔 커다란 흙무덤이라고 생각했다.

그러나 가까이 다가가보니, 도저히 잘못 볼 수 없는 광경이었다. 그것은 죽어서 길가에 널브러진 말 세 마리였다.

올리브가 비명을 질렀다. 브로닌이 본능적으로 올리브를 진정시켰다. "보지 마, 꼬마야!" 총 든 군인이 하늘에 대고 총을 쏘았고, 우리는 땅에 납작 엎드리면서 머리를 손으로 감쌌다.

"한 번만 더 소리 질렀다간 구덩이 속에 말들하고 같이 드러눕게 될 줄 알아!" 그가 소리쳤다.

우리는 다시 일어섰다. 엠마가 나를 돌아보면서 입 모양으로 **집시들**이라고 말하며 가장 가까이에 있는 말 쪽으로 고갯짓을 했다. 나는 말 뒷다리의 하얀 점을 알아보았다. 불과 한 시간 전 내가 올라타려 애썼던 바로 그 말이었다.

토할 것 같았다.

내 머릿속에서 사건의 전말이 한 편의 영화처럼 되살아났다. 와이트들 짓이었다. 전날 밤 우리를 습격했던 바로 그놈들. 우리를 마을 입구에서 내려주고 나서 집시들은 와이트들을 만났다. 접전이 있었을 테고, 추격전도 있었을 것이다. 와이트들은 집시들이 타고 있는 상태에서 말을 쐈겠지.

와이트들이 사람을 죽인다는 건 알고 있었다. 그들이 이상한 아이들을 죽였다고 애보셋 원장이 말한 적이 있었다. 그러나 이런 식으로 동물을 쏘아 죽이는 건 왠지 더 잔인하다는 생각이 들었다. 불과 한 시간 전만 해도 이 말들은 내가 보았던 동물 중 가장 생명력이 넘쳤다. 총기로 반짝이는 눈, 근육으로 출렁이는 몸, 몸에서 뿜어져 나오는 열기. 그런데 몇 개의 쇳조각이 몸에 박히는 바람에 차가운 고깃덩어리로 변해버렸다. 그 오만하고 힘센 짐승이 총에 맞아

마치 쓰레기처럼 길가에 널브러져 있었다.

나는 두려움에 몸을 떨었고 분노에 휩싸였다. 그리고 미안했다. 말들의 고마움을 미처 깨닫지 못했다. 나는 얼마나 한심하고 감사할 줄 모르는 인간인지.

정신 차려! 정신 차리라고.

나는 혼자 중얼거렸다.

베히르와 그 일행은 지금 어디 있을까. 그의 아들은 어디 있을까. 내가 아는 것이라고는 와이트들이 결국 우리를 쏘아 죽일 거란 사실뿐이었다. 그 점만큼은 분명히 말할 수 있었다. 군복을 입은 이 악당들은 짐승이나 다름없었다. 그들이 통제하는 할로우보다 더 괴물 같은 놈들이었다. 와이트는 사고할 수 있는 이성이 있는데도 세상을 파괴하는 데 그 이성을 사용하고 있었다. 살아 있는 것을 죽은 것으로 만드는 일에. 도대체 뭘 위해서일까. 그들 자신이 조금 더 살기 위해서였다. 그들을 둘러싼 세상, 그리고 그 세상에 살고 있는 그들이 조금도 배려하지 않는 생명체들에 대한 지배력을 조금이라도 더 강화하기 위해서였다.

너무도 아까운 생명들이었다.

이제 놈들은 우리의 생명마저 앗아가려 하고 있었다. 놈들은 우리를 살육의 들판으로 데려가 심문하고 쏘아 죽일 것이다. 만약 휴가 우리를 쫓아올 정도로 멍청하다면, 우리를 따라온 한 마리 벌이 그가 가까이 있다는 뜻이라면, 휴도 쏘아 죽일 것이다.

신이여 우릴 도우소서.

죽은 말들을 한참 지나쳤을 때 군인들이 대로에서 갈라지는 좁은 농장 길로 방향을 꺾으라고 명령했다. 한 사람이 겨우 걸을 수 있는 폭이었기 때문에 지프를 몰고 오던 군인들도 차에서 내려 걸어야 했다. 한 명은 선두에, 또 한 명은 뒤쪽에 섰다. 양쪽으로 야생 들판이 펼쳐져 있었다. 꽃씨가 흩날렸고 늦여름의 풀벌레 소리가 윙윙거렸다.

죽음을 맞이하기에 아름다운 장소였다.

잠시 후 들판 가장자리에 초가지붕을 얹은 오두막이 보였다. **저기서 끝낼 모양이네. 저기서 죽이려나봐.**

가까이 다가가자 문이 열렸고, 오두막에서 군인 하나가 나왔다. 그는 우리와 함께 온 군인들과는 옷차림이 달랐다. 헬멧 대신 사관이 쓰는 검은 모자를 쓰고 있었고, 소총 대신 회전 연발 권총을 차고 있었다.

지휘관이었다.

우리가 다가가는 동안 그는 길목에 서서 발뒤꿈치로 흙을 파헤치며 하얀 미소를 지었다. "드디어 만났군!" 그가 소리쳤다. "너희들이 우리 진을 좀 **빼놓긴** 했지만 언젠간 잡힐 거라 생각했지. 결국 시간문제였어." 그는 통통하고 소년 같은 얼굴에 거의 흰색에 가까운 밝은 금발이었고, 묘한 활기로 가득 차 있었다. 마치 카페인을 지나치게 섭취한 컵스카우트 대장처럼. 그러나 그를 보면서 내 머릿속에 떠오른 단어들은 이런 것들뿐이었다. 짐승. 괴물. 살인자.

"어서들 들어와라." 오두막 문을 열며 지휘관이 말했다.

군인들이 우리를 밀었고 나는 지휘관을 지나치면서 셔츠에 새겨진 이름을 보았다. **화이트.**

이름이 화이트라니. 웃기려고 그랬나? 그의 모든 것이 진실과는 거리가 멀었다.

우리는 안으로 밀려 들어갔고 누군가 한쪽 구석으로 모이라고 소리쳤다. 오두막 안에는 가구가 하나도 없었고 대신 사람들이 있었다. 베히르와 그가 거느리는 집시들이 벽에 등을 대고 바닥에 앉아 있었다. 학대를 당한 것이 틀림없었다. 그들은 멍들고 피를 흘리며 지친 듯 축 늘어져 있었다. 베히르의 아들을 포함해 몇 명이 보이지 않았다. 보초를 서는 둘을 포함해서 지휘관 화이트와 우리를 끌고 온 군인들까지 와이트는 모두 여섯이었다.

베히르가 나와 눈을 맞추며 어두운 표정으로 고개를 숙였다. 뺨이 멍들어 있었다. **미안하다.** 그가 입 모양으로 내게 말했다.

우리가 눈짓을 주고받는 것을 보고 지휘관이 베히르에게 다가왔다. "아하! 아는 애들인가?"

"아니." 베히르가 고개를 떨어뜨리며 대답했다.

"아니라고?" 화이트는 놀란 표정을 지었다. "하지만 방금 이 아이한테 사과하지 않았나? 아는 애들이 아니라면 모르는 사람한테 사과하는 습관이라도 있는 건가?"

"이 애들은 당신이 찾는 애들이 아니야." 베히르가 말했다.

"내가 보기엔 맞는 것 같은데. 애들이 우리가 찾고 있던 바로 그 아이들이야. 그리고 아이들은 어젯밤 너희 캠프에서 묵었어."

"말하지 않았나. 본 적 없는 애들이라고."

마치 학생을 못마땅해하는 선생님처럼 화이트가 혀를 끌끌 찼

다. "이보게, 짐시. 네 말이 거짓말이라는 게 발각되면 내가 어떻게 하겠다고 약속했는지 기억하나?" 그가 벨트에서 칼을 꺼내 베히르의 뺨에 대었다. "거짓말하는 혀를 잘라 우리 개 먹이로 주겠다고 했지. 난 항상 약속을 지켜."

베히르는 조금도 움츠러들지 않았고 화이트의 텅 빈 시선을 피하지 않았다. 고통스러운 몇 초가 흘렀다. 나의 시선은 칼에 고정되었다. 마침내 화이트가 미소와 함께 침묵을 깨뜨리며 허리를 폈다. "하지만," 그가 발랄한 목소리로 말했다. "중요한 일을 먼저 처리해야지." 그가 우리를 끌고 온 군인들에게로 돌아섰다. "새는 누가 데리고 있지?"

군인들이 서로를 쳐다보았다. 그리고 차례로 고개를 저었다.

"보이지 않았습니다." 우리에게 총을 겨누었던 군인이 말했다.

화이트의 미소가 얼어붙었다. 그는 베히르 옆에 무릎을 꿇었다. "아이들이 새를 데리고 있었다면서." 그가 물었다.

베히르는 어깨를 으쓱했다. "새들은 날개 달린 짐승이야. 가고 싶은 덴 어디든 날아가겠지."

화이트가 베히르의 허벅다리를 찔렀다. 아무 감정 없이. 순식간에 칼날이 그의 살 속에 들어갔다 나왔다. 베히르는 피 흐르는 다리를 감싸 쥐고 놀라움과 고통에 비명을 지르며 옆으로 쓰러졌다.

호러스가 정신을 잃고 바닥으로 쓰러졌고, 올리브는 기겁을 하며 눈을 가렸다.

"두 번째 거짓말이야." 화이트가 손수건으로 칼날을 닦으며 말했다.

우리 모두 이를 악물고 잠자코 있었지만, 엠마는 등 뒤에서 손을 데우며 복수할 궁리를 하고 있었다.

화이트는 피 묻은 손수건을 바닥에 휙 던지고는 칼을 칼집에 넣고 우리와 마주섰다. 그는 눈을 크게 뜨고 일자 눈썹을 대문자 M 모양으로 만들어서 거의 미소에 가까운, 그러나 미소라고는 말할 수 없는 표정을 지었다. "새는 어디 있지?" 그가 침착하게 물었다. 친절한 척할수록 더 무서웠다.

"달아났어요." 엠마가 쓸쓸하게 말했다. "저 사람이 말한 대로."

엠마가 입을 다물어 주었으면. 그가 엠마를 집어내 고문할까봐 두려웠다.

화이트가 엠마에게 다가가서 물었다. "날개를 다쳤잖아. 어제 너희들하고 같이 있었고. 여기서 멀리 갔을 리가 없어." 그가 헛기침을 했다. "다시 한 번 묻겠다."

"죽었어요." 내가 나섰다. "우리가 강에 던졌어요."

엠마보다 내가 더 큰 골칫거리가 된다면 엠마가 한 말 따윈 잊어버릴 것이다.

화이트가 한숨을 쉬었다. 그의 오른손이 권총집의 총을 쓸어내리다가, 칼 손잡이에서 머뭇거리다가, 벨트 금속 버클에서 멈췄다. 그가 목소리를 낮췄다. 마치 그가 하는 말이 나에게만 하는 말이라는 듯이.

"뭐가 문제인지 알 것 같다. 나한테 솔직히 말해봐야 소용없을 거라고 생각하는 거지. 무슨 말을 하건 결국엔 죽게 될 거라고 생각하는 거야. 그게 아니란 걸 알려주마. 하지만 그전에 한 가지만은 솔직하게 말하마. 우리가 너흴 쫓게 만들지 말았어야 했어. 그게 실수였다. 그랬다면 일이 훨씬 더 쉬웠을 텐데 말이야. 보다시피 우린 모두 화가 나 있어. 너희들이 우리 시간을 너무 많이 낭비했거든."

그가 군인들을 향해 손가락을 튕겼다. "여기 이 친구들로 말하자면, 언제라도 기꺼이 너희를 해칠 수 있는 놈들이야. 반면 나는, 상황을 너희 관점에서 생각해볼 능력이 있어. 물론 우리가 좀 무서워 보이긴 하겠지. 이해한다. 잠수함 갑판에서 이루어졌던 우리의 첫 만남은 아쉽게도 그다지 신사적이진 못했으니까. 임브린들이 수 세대에 걸쳐 우리에 관한 잘못된 정보로 너희를 세뇌시켜 놓았으니 너희가 달아나는 건 당연해. 이 모든 걸 감안해서, 내가 너희에게 아주 합리적인 제안을 하마. 새가 있는 곳을 알려다오. 그러면 너희를 해치지 않고 멋진 곳으로 보내주마. 그곳에서 너희는 아주 편안하게 살 수 있을 거야. 잘 먹고, 각자의 침대에서 자고…… 오랜 세월 동안 숨어 지냈던 그 루프보다 덜 답답한 곳이지."

화이트가 자기 부하들을 보며 웃었다. "믿을 수 있나? 얘들이 지난 70년 동안 조그만 섬에서 매일 같은 날을 반복해서 살았다는 걸? 포로수용소보다 더 끔찍한 곳이 있다면 바로 그 섬일 거야. 우리한테 협조했다면 한결 편했을 텐데 말이야." 그가 어깨를 으쓱한 뒤 다시 우리를 바라보았다. "그놈의 자존심! 썩어빠진 자존심을 못 버려서 그 고생을 한 거지. 생각해보면, 그 긴 세월 동안 얼마든지 우리하고 함께 일할 수 있었을 텐데."

"함께 일한다고?" 엠마가 말했다. "당신들이 우릴 사냥했잖아! 우릴 죽이려고 괴물을 보냈잖아!"

젠장, 제발 가만히 좀 있어.

화이트는 어린 강아지처럼 슬픈 표정을 지어보였다. "괴물?" 그가 말했다. "그렇게 말하니 섭섭하군. 그 괴물은 바로 나였거든. 나와 내 부하들이 진화하기 이전. 하지만 네 말을 감정적으로 받아들이진 않겠다. 하여간 어느 종족이나 사춘기는 아주 골치 아프다니까." 그가 갑자기 손뼉을 쳐서 날카로운 소리를 냈고 나는 놀라서 펄쩍 뛸 뻔했다. "자, 그럼 다시 사업 얘기로 돌아가서."

그가 차가운 눈길로, 가장 나약한 아이를 찾으려는 듯 우리를 훑어보았다. 우리 중 누가 가장 먼저 무너질까. 페러그린 원장에 관한 진실을 말할 사람이 누굴까.

화이트의 시선은 호러스에게 멈췄다. 호러스는 정신을 차리긴 했지만 여전히 바닥에 웅크린 채 떨고 있었다. 화이트가 호러스 쪽으로 단호하게 한 발자국 다가섰다. 그의 군홧발 소리에 호러스가 움찔했다.

"일어나렴, 꼬마야."

호러스는 움직이지 않았다.

"얘 좀 일으켜봐."

군인 하나가 호러스의 팔을 잡고 거칠게 일으켜 세웠다. 호러스는 바닥에 시선을 고정한 채 화이트 앞에 섰다.

"이름이 뭐지?"

"호, 호, 호러스."

"좋아 호, 호, 호러스. 넌 좀 상식이 있는 아이처럼 보이는구나. 너에게 선택권을 주겠다."

호러스가 아주 조금 고개를 들었다. "선택……?"

화이트가 주머니에서 칼을 꺼내 집시들을 가리켰다. "이 사람들 중에 누구를 가장 먼저 죽일지 말해. 아니면 임브린이 어디 있는지를 말하던가. 그러면 아무도 안 죽어도 돼."

호러스는 눈을 지그시 감았다. 이곳이 아닌 다른 곳에 있고 싶다는 듯이.

"아니면," 화이트가 말했다. "저들 중 한 사람이 아니라 너희들 중 한 사람을 선택해도 되고. 그게 더 나을까?"

"아뇨."

"그럼 어서 말해!" 화이트가 소리쳤다. 입술을 안으로 말고 번쩍이는 이를 드러내면서.

"**신드리개스티!** 아무것도 말하지 마!" 베히르가 소리쳤다. 그러자 군인 중 한 명이 그의 배를 걷어찼고, 베히르는 신음하며 바닥에 쓰러졌다.

화이트가 손을 뻗어 호러스의 턱을 잡고 그의 섬뜩한 텅 빈 눈을 바라보게 했다. "말할 거지? 어서 말해. 그러면 해치지 않을 테니."

"알았어요." 호러스는 여전히 눈을 감고 있었다. 여전히 다른 곳에 있고 싶다는 듯, 그러나 여전히 이곳에 남아 있는 채로.

"알았다니, 뭘?"

호러스가 떨리는 숨을 내쉬었다. "말할게요."

"말하지 마!" 엠마가 소리쳤다.

맙소사. 나는 생각했다. 호러스가 원장님을 저버리는구나. 호러스는 너무 나약해. 동물농장에 두고 왔어야 했는데.

"쉿!" 화이트가 그의 귓가에 속삭였다. "쟤들 말은 듣지 마라. 어서 말해. 새가 어디 있는지."

"서랍에 있어요." 호러스가 말했다.

화이트의 일자 눈썹이 서로 맞붙었다. "서랍? 어떤 서랍?"

"늘 새가 들어가 있던 그 서랍." 호러스가 말했다.

그가 호러스의 턱을 잡고 흔들며 소리쳤다. **"그러니까 그게 어떤 서랍이냐고!"**

호러스가 뭔가 말하려 입을 벌렸다가 이내 입을 다물었다. 그리고 침을 꿀꺽 삼켰다. 호러스의 등이 뻣뻣하게 굳었다. 마침내 눈을 떴을 때 그는 화이트를 똑바로 쳐다보고 "네 엄마의 양말 서랍."이라고 말한 뒤 화이트의 얼굴에 침을 뱉었다.

화이트는 칼자루로 호러스의 얼굴을 갈겼다. 올리브가 비명을 질렀고 호러스는 바닥으로 감자 포대처럼 쓰러졌다. 우리는 호러스가 느낄 고통에 움찔했다. 호러스의 주머니에서 잔돈과 기차표가 쏟아졌다.

"이게 뭐지?" 화이트가 몸을 숙이며 그것들을 바라보았다.

"놈들이 기차를 타려는 걸 잡았습니다." 우릴 잡은 군인이 말했다.

"그걸 왜 **이제야** 말해!"

군인이 얼버무렸다. "그게……."

"됐어! 어서 가서 열차를 세워!" 화이트가 말했다.

화이트가 열차표를 바라보고 자기 시계를 바라보았다. "여덟 시 반 런던행이라면…… 포스마독에서 한참 쉴 거야. 빨리 움직이면, 거기 정차했을 때 잡을 수 있겠지. 기차를 이 잡듯이 뒤져. 일등칸부터."

군인이 그에게 경례한 뒤 밖으로 달려 나갔다.

화이트가 나머지 군인들에게로 돌아섰다. "나머지 애들 수색해. 어디, 기차에 흥미로운 물건이 있는지 보자고. 저항하거든 쏴버려."

군인 둘이 우리에게 소총을 겨누었고 또 한 명이 아이들을 차례로 돌며 주머니를 뒤지고 몸수색을 했다. 대부분은 과자 부스러기와 보풀 말고는 나오는 게 없었지만, 브로닌에게서 상아로 만든 빗이 나왔다. "제발! 그거 우리 엄마가 주신 거예요!" 그녀가 빌었지만 군인이 그녀를 비웃었다. "엄마가 빗질하는 법은 가르쳐줬나봐. 이 여자 같지도 않은 계집애가!"

에녹에게서 벌레가 잔뜩 들어 있는 흙주머니를 발견한 군인이 그것을 열어 냄새를 맡아보고는 구역질을 하며 떨어뜨렸다. 내 주머니에서는 휴대전화가 나왔다. 쨍그랑 하고 바닥에 떨어지는 휴대전화를 보고 엠마가 이상한 표정으로 날 쳐다보았다. 왜 아직도 그걸 갖고 있는지 궁금하다는 듯이. 호러스는 죽은 듯 쓰러져 있었다. 기절했던가 아니면 기절한 척 연기를 하고 있던가 둘 중 하나였다. 다음은 엠마 차례였지만 그녀는 이를 용납하지 않았다. 군인이 다가오자 엠마가 소리를 질렀다. "내 몸에 손대기만 해! 다 태워버릴 테니까!"

"화끈한 아가씨, 제발 좀 참으시지!" 그가 말한 뒤 웃음을 터뜨렸다. "미안. 도저히 한마디 하지 않을 수가 없어서."

"농담 아니야." 엠마가 두 손을 앞으로 내밀었다. 두 손은 벌겋게 달아올라 있었고 1미터 떨어진 곳에서도 그 열기가 느껴졌다.

그는 엠마의 손이 닿지 않는 곳으로 펄쩍 뛰어 물러났다. "뜨거운 손에 걸맞게 성격 한 번 화끈하군!" 그가 말했다. "난 그런 여자가 좋더라. 하지만 네가 클라크와 나를 태워버리는 순간 너의 뇌가 벽에 튀기게 될 거야."

그가 말하며 가리킨 군인이 엠마의 머리에 총을 겨누었다. 엠마는 눈을 꼭 감았고 그녀의 가슴이 크게 들썩였다. 엠마는 두 손을 내리고 등 뒤에 깍지를 끼었다. 그녀는 분노로 전율하고 있었다.

나 역시 마찬가지였다.

"조심해." 군인이 그녀에게 경고했다. "갑자기 움직이지 마."

그는 음흉한 미소를 지으며 엠마의 다리를 유난히 천천히 더듬었다. 드레스 밑으로 파고드는 그의 손가락을 바라보면서 나는 주먹을 꽉 움켜쥐었다. 내 평생 이렇게 무력감을 느껴보긴 처음이었다. 철창을 두른 우리에 갇혔을 때도 이렇게 무력하진 않았다.

"아무것도 없어! 걔 건드리지 마!"

내 말은 무시당했다.

"마음에 드는데요." 수색하던 군인이 화이트에게 말했다. "얘는 당분간 데리고 있는 게 좋겠습니다. 그러니까 우리…… 연구를 위해서."

화이트가 인상을 찌푸렸다. "역겨운 놈 같으니라고. 하지만 자네 말이 옳아. 쓸 만한 아가씨야. 네 얘기는 익히 들어서 알고 있지." 그가 엠마에게 말했다. "너 같은 능력을 가질 수만 있다면 무슨 짓이든 했을 텐데. 네 손을 병에 담아 보관할 수만 있다면……."

화이트가 기분 나쁘게 웃으며 군인에게 돌아섰다. "어서 끝내! 이러다 날 새겠어!" 그가 소리쳤다.

"알겠습니다!" 군인이 대답하고는 일어서면서 엠마의 상반신으로 손을 움직였다.

그 다음에 일어난 일은 마치 슬로모션 동작 같았다. 군인이 엠마 쪽으로 몸을 숙이며 키스를 하려 했고, 엠마의 등 뒤에서 가장자리에 불꽃이 일어난 손이 보였다. 이제 어떤 일이 벌어질지 나는 알고 있었다. 그의 입술이 엠마에게 닿는 순간 엠마는 두 손으로 군인의 얼굴을 녹여버릴 것이다. 그러다가 총을 맞는 한이 있어도. 엠마는 폭발 직전이었다.

　나 역시 마찬가지였다. 우리는 싸울 준비가 되어 있었다. 이것이 우리의 최후라고 나는 확신했다. 그러나 이것이 마지막이어야 한다면 우리의 방식으로 맞이할 것이다. 여기서 죽어야 한다면 와이트 몇 명을 데리고 갈 것이다.

　군인이 엠마의 허리를 손으로 감았다. 또 다른 소총의 총구가 엠마의 이마를 파고들었다. 엠마는 어디 한번 쏴보라고 권총을 밀어붙이는 것 같았다. 등 뒤에서 엠마가 손을 벌렸고 허옇고 뜨거운 불길이 그녀의 양쪽 손가락을 따라 일어났다.

지금이야.

　탕! 날카로운 총성이 울려 퍼졌다.

　나는 그 자리에 얼어붙은 채 정신이 아득해졌다.

　다시 눈을 떠보니 엠마는 여전히 그 자리에 서 있었다. 머리도 온전했다. 엠마의 머리를 겨누었던 총은 바닥을 향하고 있었고, 그녀에게 키스하려 하던 남자는 물러서서 창문 쪽을 보고 있었다.

　총성은 밖에서 들렸다.

　아드레날린 과다분비로 온몸의 신경이 무뎌졌다.

　"뭐야!" 화이트가 창문 쪽으로 달려가며 말했다.

　그의 어깨 너머로 나도 유리창 밖을 보았다. 기차를 수색하기 위해 나갔던 병사가 허리까지 오는 잡초 밭에 서 있었다. 그는 우리 쪽으로 등을 돌리고 들판에 총을 겨누고 서 있었다.

　화이트가 창문 철창의 고리를 잡고 밀어 열었다. "도대체 어디다 대고 총을 쏜 거야!" 그가 소리쳤다. "왜 아직 거기 있어!"

그는 움직이지도, 말을 하지도 않았다. 풀벌레 소리가 들판에 요란하게 울려 퍼졌고, 한동안 그 소리 외엔 아무 소리도 들리지 않았다.

"브라운 일병!" 화이트가 소리쳤다.

그가 천천히 우리 쪽으로 돌아섰다. 발걸음이 어딘가 불안정했다. 그의 손에서 총이 스르르 미끄러져 키 큰 풀밭으로 떨어졌다. 그는 어설프게 몇 걸음 앞으로 다가왔다.

화이트가 권총집에서 총을 꺼내 창밖의 브라운을 겨누었다. "말을 해! 이 망할 놈!"

브라운이 입을 벌리고 말을 하려 했지만 그의 목소리 대신 들판을 가득 메운 풀벌레의 섬뜩한 소음만 울려 퍼졌다.

벌 떼 소리였다. 수백 마리, 수천 마리의 벌이 그를 둘러싸고 있었다. 그제야 벌들이 보였다. 브라운의 벌린 입술 사이로 벌이 몇 마리 나왔다. 그의 능력을 벗어난 어떤 힘이 그를 점령한 것 같았다. 어깨는 뒤로 젖혀졌고, 가슴은 앞으로 내밀었고, 입은 점점 더 크게 벌어졌으며, 그의 벌어진 입에서 마치 고체처럼 촘촘한 벌의 물결이 흘러나왔다. 길고 두꺼운 벌의 물결이 그의 목구멍에서 끝도 없이 흘러나왔다.

화이트는 겁에 질리고 당황한 표정으로 창문에서 물러섰다.

벌들의 구름 속에서 브라운이 쓰러졌다. 그가 쓰러지자 또 한 명이 모습을 드러냈다.

한 소년이 있었다.

휴.

그는 창문을 바라보며 의기양양한 모습으로 서 있었다. 벌들이 그의 주위에서 커다란 원을 그리며 날았다. 들판이 온통 벌 천지였다. 꿀벌과 말벌, 내가 이름도 모르는 온갖 종류의 벌들이 그의 명령을 기다리며 포진하고 있었다.

화이트가 총을 쏘았다. 그는 장전되어 있던 총알을 전부 다 소진했다.

휴가 풀숲으로 사라졌다. 그가 쓰러진 건지 총알을 피한 건지는 알 길이 없었다. 세 명의 다른 병사들이 창가로 달려갔고 브로닌이 소리를 질렀다. "쏘지 마!" 그들은 들판에 대고 귀가 멍멍해지도록 총을 쏘았다.

그런데 어느 순간 정신을 차려보니 오두막 안에 벌이 있었다. 열 마리 남짓한 성난 벌들이 군인들에게 달려들었다.

"창문 닫아!" 화이트가 소리를 지르며 손으로 공중을 휘저었다.

군인 하나가 창문을 닫았다. 그들 모두 안으로 들어오는 벌 떼와 싸우기 시작했다. 그들이 경황이 없는 동안 밖에서는 점점 더 많은 벌들이 오두막 안으로 몰려들었다. 거대한 검은 담요가 유리창 맞은편에서 출렁였다. 화이트와 그의 부하들이 안에 있는 벌을 모두 죽였지만, 밖에 있는 벌들은 햇빛을 거의 완전히 차단했다.

군인들은 오두막 한복판에서 서로에게 등을 기대고 마치 고슴도치 가시처럼 총을 뻗쳐 들고 있었다. 안은 어둡고 후텁지근했고, 수백만 마리에 달하는 미친 벌 떼의 낯선 윙윙거림이 마치 악몽처럼 방안에 울려 퍼졌다.

"우릴 내버려두라고 해!" 화이트가 소리를 질렀다. 갈라지고 절박한 목소리였다.

휴 말고 누가 그런 명령을 할 수 있을까. 만약 휴가 살아 있다면 할 수 있을 텐데.

"내가 제안을 하나 하지." 베히르가 창틀을 짚고 몸을 일으키며 말했다. 비틀거리는 그의 모습이 어두운 창문에 그림자로 비췄다. "당장 총을 내려놓지 않으면 이 창문을 열겠다."

화이트가 돌아서서 그를 바라보았다. "아무리 집시라도 그렇게 멍청한 짓은 못해."

"우릴 너무 과대평가하는군." 베히르가 말하며 창문 손잡이를 잡았다.

군인들이 총을 들었다.

"쏴봐!" 베히르가 말했다. "어서!"

"쏘지 마! 그럼 창문이 깨져!" 화이트가 소리쳤다. "어서 놈을 잡아!"

군인 둘이 총을 버리고 베히르에게 달려들었지만 베히르는 이미 주먹으로 유리창을 깬 뒤였다.

유리가 산산조각나면서 벌 떼가 밀려 들어왔다. 그 뒤로는 아수라장이었다. 비명을 질렀고, 총성이 울려 퍼졌고, 사람들은 서로 밀쳐댔다. 윙윙거리는 소음 때문에 거의 아무 소리도 들을 수 없었다. 소음은 나의 귀는 물론이고 온 몸의 모든 구멍을 메우는 것 같았다.

사람들이 밖으로 나가려고 서로의 몸을 타고 올랐다. 내 오른편에서 브로닌이 올리브를 바닥으로 민 다음 자기 몸을 그 위에 덮었다. 엠마가 고함을 질렀다. "엎드려!" 우리는 피부와 머리카락을 뒤덮는 벌 떼를 피하려 몸을 숙였다. 그리고 죽기만을 기다렸다. 벌들이 내 몸을 손톱만큼도 남기지 않고 완전히 뒤덮은 다음 침을 쏘아 내 신경계를 완전히 마비시키기를 기다렸다.

그때 누군가가 문을 발로 걷어찼다. 햇빛이 쏟아져 들어왔다. 열 개 남짓한 군화가 마룻바닥을 우당탕 가로지르는 소리가 들렸다.

나는 잠자코 있었다. 그러다가 천천히 머리를 감쌌던 손을 거두었다.

벌들은 사라지고 없었다. 군인들도.

밖에서 공포의 비명이 들려왔다. 나는 깜짝 놀라 깨진 창문 쪽으로 달려갔다. 집시들과 아이들이 창가에 모여 밖을 내다보고 있었다.

처음엔 군인들의 모습이 보이지 않았다. 그저 지상에서 1.5미터 높이의, 아주 촘촘해서 거의 불투명한 거대한 벌의 소용돌이 외에는 아무 것도 보이지 않았다. 그 속에서 비명이 새어 나왔다.

그러다가 한 명씩, 한 명씩, 비명을 멈췄다. 비명이 잦아들자 벌의 구름은 엷게 흩어졌고 화이트와 그 부하들의 시체가 모습을 드러냈다. 그들은 죽었거나 거의 죽은 상태로 풀밭에 쓰러져 있었다.

20초쯤 뒤, 그들을 죽인 살인범들은 사라졌다. 벌 떼의 섬뜩한 소음도 잦아들었다. 그 뒤로 묘한 전원의 정적이 감돌았다. 마치 오늘이 평범한 어느 여름날이라는 듯. 아무 일도 일어나지 않았다는 듯.

엠마가 손으로 꼽아가며 군인들을 세어보았다. "여섯. 전부 다 죽었네. 이젠 끝났어." 엠마가 말했다.

고맙기도 하고 믿을 수 없기도 해서 두 팔로 그녀를 끌어안았다.

"다친 사람 있어?" 다급하게 주위를 둘러보며 브로닌이 물었다. 막바지에 벌어진 일들 때문에 오두막 안은 그야말로 아수라장이었다. 셀 수 없는 벌 떼의 공격. 어둠 속의 총격. 우리는 혹시 구멍이 났는지 몸을 살펴보았다. 호러스는 멍한 표정이었지만 의식은 있었다. 관자놀이에서 피가 흘렀다. 베히르는 칼에 찔린 상처가 깊었지만 시간이 지나면 나을 것이다. 그 나머지는 모두 몹시 떨고 있긴 했지만 다치진 않았다. 그리고 마치 기적처럼 우리 중 단 한 명도 벌에 쏘이지 않았다.

"창문을 열 때 벌이 우릴 공격하지 않으리란 걸 어떻게 아셨어요?" 내가 베히르에게 물었다.

"몰랐어. 너희들 친구 능력이 대단하더구나!"

친구.

엠마가 갑자기 우리에게서 떨어지며 소리쳤다. "세상에! 휴!"

혼란 속에서 우리는 그를 잊고 있었다. 휴는 아마 지금쯤 풀숲에서 피를 흘리며 죽어가고 있을 것이다. 그러나 우리가 밖으로 뛰쳐나가려는 순간, 오두막 입구에 그가 나타났다. 몰골이 말이 아니었지만 미소를 짓고 있었다.

"휴!" 올리브가 달려가며 소리쳤다. "살아 있었네!"

"그럼! 너희들도 다 무사하지?" 그가 기뻐하며 말했다.

"네 덕분에 무사하지! 우리 휴 만세!" 브로닌이 말했다.

"네가 우릴 살렸어!" 호러스가 소리쳤다.

"야생 꽃밭보다 날 더 막강하게 만드는 곳은 없으니까." 우리의 관심을 즐기며 휴가 말했다.

"그동안 너 이상하다고 놀린 거 미안해. 이제 보니 쓸모가 있네." 에녹이 말했다.

"더구나 휴가 나타난 타이밍이 진짜 절묘했어. 몇 초만 늦게 왔어도……."

휴는 기차역에서 열차와 승강장 사이로 빠져나가서 붙잡히지 않을 수 있었다고 설명했다. 내가 짐작한 대로였다. 휴는 자기 벌 중한 마리를 우리에게 따라붙게 했고, 덕분에 자기는 멀찌감치 거리를 두고 따라올 수 있었다고 했다. "적절한 시기를 잡는 게 관건이었어." 그가 자랑스럽게 말했다. 마치 자기가 우리를 구하기로 작정한 순간부터 승리는 보장되어 있었다는 듯이.

"만약 벌들이 우글거리는 들판을 지나치지 않았다면 어쩔 셈이었는데?"

휴가 주머니에서 무언가를 꺼내 들어 보였다. 이상한 닭들이 낳은 달걀이었다. "차선책!" 그가 말했다.

베히르가 휴에게 다가와 악수를 했다. "우리에겐 네가 생명의 은인이구나."

"아저씨의 이상한 아들은요?" 밀라드가 베히르에게 물었다.

"우리 일행 두 명과 함께 탈출했어. 천만다행이지. 오늘 좋은 말을 세 마리 잃었지만 사람은 다치지 않았구나." 베히르가 휴에게 고개를 숙였고 나는 잠시 그가 휴의 손을 잡고 키스하려 한다고 생각했다. "은혜를 갚게 해다오."

"그러실 필요 없어요." 휴가 얼굴을 붉혔다.

"그럴 시간도 없고요." 엠마가 말하며 휴를 문 쪽으로 밀었다. "빨리 기차 타야지!"

페러그린 원장이 사라졌다는 사실을 잊고 있었던 우리는 갑자기 얼굴이 하얗게 질렸다.

"이 사람들 지프를 뺏어 타자." 밀라드가 말했다. "운이 따라준다면, 그리고 와이트 말이 옳다면, 포스마독 역에서 기차를 따라잡을 수 있을지도 몰라."

"내가 지름길을 알아." 베히르가 말하고 신발 한 짝으로 땅에 간단한 지도를 그려주었다.

우리는 집시들에게 고맙다고 인사했다. 나는 베히르에게 너무 큰 소란을 피워서 미안하다고 말했고, 그는 크고 환한 미소를 지으며 우리를 길로 내몰았다. "우린 다시 만날 거야, **신드리개스티**. 난 확신한다." 그가 말했다.

우리는 와이트의 지프에 올라탔다. 마치 정어리처럼 여덟 명이 세 명 자리에 구겨 탔다. 전에 차를 몰아본 경험이 있는 사람이 나밖에 없었기 때문에 내가 핸들을 잡았다. 망할 놈의 지프를 출발시키기까지 더럽게 많은 시간이 걸렸다. 알고 보니 열쇠를 꽂는 게 아니라 바닥에 달린 버튼을 눌러 시동을 거는 방식이었다. 그러고 나니 기어 변속이 문제였다. 나는 수동 기어를 겨우 몇 번 몰아보았고, 그나마도 아빠가 항상 조수석에 있었다. 어쨌든 온갖 걸림돌에도 불구하고 일 분 혹은 이 분 뒤, 우리의 지프는 덜컹대고 휘청거리고 툭하면 멈춰서면서도, 어쨌든 도로를 달리고 있었다.

밀라드가 일러주는 방향에 따라 모두의 목숨을 걸고 액셀러레이터를 있는 대로 밟아 탑승 인원을 초과한 지프가 달릴 수 있는 최고 속도로 달렸다. 20여 분 뒤 우리는 포스마독에 이르렀고, 기차역으로 이어진 대로로 접어들었을 때 기차가 경적을 울렸다. 우리는 역에 도착하자마자 지프에서 뛰어내렸다. 시동을 끌 겨를도 없었다.

우리는 가젤을 쫓는 치타들처럼 정신없이 달려서 역을 빠져나가는 기차의 마지막 칸에 올라탔다.

기차 통로에서 우리는 서로 포개지면서 숨을 헐떡였고, 승객들은 우리를 애써 외면했다. 땀나고 더럽고 헝클어진 우리 모습이 아마도 가관이었을 것이다.

"해냈어!" 엠마가 숨을 헐떡이며 말했다. "우리가 해냈다니, 믿기지 않아!"

"내가 수동으로 운전을 하다니, 믿기지 않아." 내가 말했다.

승무원이 나타났다. "너희들 돌아왔구나!" 적에게 포위된 사람처럼 그가 한숨을 쉬었다. "표는 가지고 있겠지?"

호러스가 주머니에서 표를 꺼내 보였다.

"너희들 자리는 이쪽이야." 승무원이 말했다.

"우리 가방!" 브로닌이 승무원의 팔꿈치를 붙잡으며 말했다. "아직 거기 있어요?"

승무원은 팔을 홱 빼냈다. "분실물 센터에 가져다놓으려고 했는데 도무지 꿈쩍을 해야 말이지!"

우리는 일등칸에 도착할 때까지 열차 칸을 계속 가로질렀고, 일등칸에 가보니 브로닌의 가방이 놓아둔 자리에 그대로 놓여 있었다. 브로닌이 다가가 잠금장치를 풀고 가방을 열었다.

페러그린은 안에 없었다.

작은 심장마비가 왔다.

"새!" 브로닌이 소리쳤다. "새는 어디 있어요!"

"진정해라. 새는 여기 있어." 승무원이 우리 머리 위를 가리켰다. 페러그린은 짐칸 위에 앉은 채 잠들어 있었다.

브로닌이 비틀거리며 벽으로 다가갔다. 너무 마음이 놓여서 하마터면 기절할 뻔했다. "**저긴** 어떻게 올라갔지?"

승무원이 한쪽 눈썹을 치켜 올렸다. "**진짜** 살아 있는 것 같은 장난감이더구나." 그가 돌아서서 문으로 향하다가 걸음을 멈추고 물었다. "그런 장난감은 도대체 어디서 살 수 있니? 우리 딸이 좋아할 것 같아서."

"죄송하지만 딱 하나밖에 없는 물건이에요." 브로닌이 말하며 페러그린을 내려 품에 안았다.

ꙮ

지난 두 시간은 말할 것도 없고 며칠 동안 겪은 일을 생각해보면 일등칸의 호화로움은 거의 충격에 가까웠다. 우리가 탄 일등칸에는 푹신한 가죽의자와 식탁, 큼직한 전망창이 있었다. 마치 대저택의 거실 같았고 그 모든 게 우리 것이었다.

나무 널로 벽을 댄 욕실에서 차례로 씻고 나서 저녁식사 메뉴를 살펴보았다. "원하는 건 뭐든 주문해도 돼." 에녹이 말한 뒤 의자 팔걸이에 달려 있는 호출용 전화기를 들었다. "거위 간 파테(고기나 간을 갈아 반죽하여 만든 음식-옮긴이) 있나요? 그거 전부 다 주세요. 네. 있는 거 전부 다요. 그리고 삼각 토스트도요."

그동안 일어난 일에 대해서는 누구도 아무 말도 하지 않았다. 너무 많은 일이 일어났고, 너무 끔찍한 일들이었으며, 그저 빨리 잊고 싶을 뿐이었다. 그것 말고도 해야 할 일이 많았고 아직도 많은 위험이 우릴 기다리고 있었다.

우리는 자리에 앉아 여행을 즐겼다. 창밖으로 포스마독의 작은 집들과 언덕 위로 음울하게 솟아 있는 렌 원장의 오두막이 보였다. 다른 아이들이 이야기를 나누는 동안 나는 창문에 코를 박고 창문 뒤로 끝없이 펼쳐진 1940년의 풍경을 바라보았다. 불과 얼마 전까지만 해도 1940년대는 나에게 자그마한 섬 하나보다 크지 않았고, 주머니에 들어갈 정도로 작은 경험에 불과했다. 원하면 언제든 케르놈의 어두운 동굴을 통해 빠져나갈 수 있는 시간이었다. 그러나 그 섬을 떠나게 되면서 1940년대는 나의 온 세상이 되었다. 늪이 많은 숲. 연기에 그을린 마을. 반짝이는 강물이 가로지르는 골짜기. 마치 소품과 엑스트라에 공을 들였지만 줄거리가 빈약한 시대 영화처럼 오래된, 그러나 오래되지 않은 사람들과 사물들. 그 모든 것들이 꿈결처럼 창밖으로 스쳐 지나갔다.

나는 잠이 들었다 깼고, 다시 잠들었다 깨었다. 열차의 리듬이 내가 관람객이 아니고, 유리창이 극장의 스크린이 아니며, 창밖의 풍경이 내가 앉아 있는 열차 안만큼이나 **실제로** 존재하는 풍경임을 잊게 해주었다. 그러다가 어느 순간 천천히 기억이 떠올랐다. 내가 어쩌다 이 세계로 들어오게 되었는지. 할아버지. 그 섬. 그리고 아이들. 부싯돌처럼 반짝이는 예쁜 눈의 소녀가 내 손 위에 자기 손을 올려놓고 앉아 있었다.

"내가 진짜 여기 있는 거 맞아?" 내가 물었다.

"어서 자."

"우리 괜찮을까?"

그녀가 내 코끝에 키스해주었다.

"어서 자라니까."

제7장

chapter seven

끔찍한 꿈들이 온통 뒤죽박죽되어 나타났다 사라지곤 했다. 최근에 겪은 공포의 단편들이었다. 코앞에서 나를 겨누던 반짝이는 총구. 죽은 말들이 뒹구는 거리. 나를 향해 뻗어오던 할로우의 혀들. 섬뜩하게 웃는 와이트와 텅 빈 눈동자.

이런 꿈도 꾸었다. 다시 집으로 돌아갔는데 나는 유령이다. 나는 우리 집이 있는 거리로 들어서서 현관을 지나고 집안으로 들어간다. 아빠가 무선전화를 가슴에 품은 채 부엌 식탁 의자에서 잠들어 있다.

난 안 죽었어. 내가 말한다. 그러나 내 말은 소리가 되지 않는다.

엄마는 잠옷 바람으로 침대 가장자리에 앉아 창밖으로 창백한 오후 햇살을 바라본다. 엄마는 너무 울어서 수척하고 야위었다. 엄마의 어깨를 만지려 손을 뻗어보지만, 내 손은 엄마의 몸을 관통한다.

그 다음 장면은 나의 장례식이다. 나는 관에 누워 직사각형 모양의 잿빛 하늘을 바라보고 있다.

삼촌들이 나를 내려다본다. 눈부시게 흰 셔츠 밖으로 퉁퉁한 목살이 불룩하게 튀어나왔다.

레스 삼촌 : 딱하게 됐군. 안 그래?

잭 삼촌 : 애 엄마 아빠가 안됐지 뭐야.

레스 삼촌 : 그러게. 사람들이 뭐라고 생각하겠어.

바비 삼촌 : 사람들이야 애가 워낙 좀 모자랐다고 생각하겠지. 또 그게 사실이고.

잭 삼촌 : 난 진작부터 알고 있었어. 언젠가는 이런 일이 일어날 줄 알았다고. 걔 표정을 보면 어딘가 좀······.

바비 삼촌 : 좀 이상하긴 했지.

레스 삼촌 : 아빠 쪽 집안 내력일 거야. 우리 쪽이 아니고.

잭 삼촌 : 어쨌든 딱하게 됐어.

바비 삼촌 : 그러게······.

잭 삼촌 : ······.

레스 삼촌 : ······.

바비 삼촌 : 그만 뷔페나 갈까?

삼촌들이 물러선다. 리키가 다가온다. 리키는 오늘의 행사를 위해 초록색 머리카락을 더 높이 세웠다.

친구야. 넌 이제 죽었잖아. 네 자전거 내가 가져도 되냐?

나는 소리치려 애쓴다. 나 안 죽었어!

단지 멀리 있는 것뿐이라고!

미안해.

그러나 그 말들은 내 머릿속에 갇힌 채 안에서만 울릴 뿐이다.

목사가 나를 내려다본다. 그는 성경책을 들고 가운을 입고 있다. 그가 미소를 짓는다.

우린 널 기다리고 있단다, 제이콥.

한 줌의 흙이 내 위로 쏟아진다.

우린 기다리고 있어.

꽃

나는 깜짝 놀라 잠에서 퍼뜩 깨어났다. 입안이 종이처럼 바짝 말랐다. 엠마가 내 어깨에 손을 얹은 채 곁에 앉아 있었다. "제이콥! 세상에! 너 때문에 무서워서 혼났어!"

"나 때문에?"

"악몽을 꿨나봐." 밀라드가 말했다. 밀라드는 우리 맞은편 자리에 사람은 없고 옷이 자세를 잡고 앉아 있는 듯한 모습으로 앉아 있었다. "잠꼬대도 하던데."

"내가?"

엠마가 내 이마에서 일등칸 냅킨으로 땀을 찍어냈다(와! 냅킨이다!). "응. 근데 무슨 소릴 하는지 한 마디도 못 알아듣겠더라."

멋쩍어져 주위를 둘러보았지만 다행히 아무도 알아차리지 못한 것 같았다. 다른 아이들은 차 안에 흩어져 토막잠을 자거나, 몽상에 잠겨 있거나, 카드놀이를 하고 있었다.

부디 내가 정신줄을 놓기 시작한 게 아니기를.

"악몽을 자주 꿔?" 밀라드가 물었다. "그럼 호러스한테 설명해봐. 호러스는 꿈에 숨은 의미를 해석하는 재주가 있거든."

엠마가 내 팔을 문질렀다. "정말 괜찮아?"

"괜찮아." 내가 대답했다. 나를 두고 소란을 피우는 게 싫어서 화제를 돌렸다. 밀라드가 무릎 위에 《이상한 아이들의 동화》를 펼쳐놓고 있었다. "책 읽어?"

"연구 중이야." 그가 대답했다. "예전엔 이게 그냥 아이들을 위한 동화책이라고 생각했거든. 동화인 건 맞아. 단지 굉장히 복잡하고, 섬세하고, 심지어는 이상한 세계에 대한 비밀을 숨겨놓았다는 점에서는 교활하기까지 한 책이지. 이 책을 해독하려면 아마 몇 년은 걸릴걸."

"하지만 이제 와서 그 책이 우리한테 무슨 소용이 있어? 만약 할로우들이 우리가 루프에 들어가는 걸 막는다면 우리한테 루프가 무슨 소용이 있지? 그 책에 나온 비밀 루프들도 결국엔 다 발각될 텐데." 엠마가 물었다.

"어쩌면 루프 하나만 봉쇄된 걸 수도 있어. 렌 원장의 루프에 나타난 할로우는 그냥 평범한 괴물일 수도 있고." 내가 희망적으로 말했다.

"그럼 이상한 할로우란 거야? 재미있는 생각이지만 그렇지 않아. 할로우가 거기 있었던 건 우연이 아니었어. 내가 보기엔 더 강력해진 할로우가 등장한 것도 루프에 대한 공격의 일환일 거야."

"하지만 어떻게?" 엠마가 말했다. "뭐가 달라져서 할로우가 우리 루프로 들어올 수 있었을까?"

"나도 계속 그 점에 대해 생각해보고 있는데," 밀라드가 말을 이었다. "우린 할로우에 대해 별로 아는 게 없어. 침착하게 분석해볼

기회가 없었으니까. 하지만 할로우들도 평범한 사람들처럼 너와 나, 그리고 지금 이 칸에 타고 있는 모든 아이들이 지닌 무언가를 결여하고 있다고 전해져왔어. 본질적인 이상함이랄까. 바로 그 이상함 덕분에 우리는 루프를 드나들고 루프와 연결되고 그 속에 흡수될 수 있는 거야."

"마치 열쇠처럼." 내가 말했다.

"말하자면 그래." 밀라드가 말했다. "어떤 사람들은 혈액이나 척수처럼, 우리가 갖고 있는 이상한 능력에 어떤 물리적인 실체가 있다고 생각해. 또 어떤 사람들은, 그게 우리 내면에 존재하는 실체가 없는 어떤 것이라고 생각하지. 또 하나의 영혼처럼."

"흠." 나는 그 논리가 마음에 들었다. 이상함은 부족한 게 아니라 넘치는 것이라는 논리. 우리가 무언가를 결여한 게 아니라 다른 사람들이 이상함을 결여한 것이라는 논리. 우리가 무언가를 더 가진 것이지 부족한 게 아니라는 논리.

"그런 황당한 얘기들 싫어." 엠마가 말했다. "또 하나의 영혼을 유리병에 담기라도 한단 거야? 생각만 해도 소름 끼친다."

"하지만 오랜 세월 동안 바로 그 일을 하기 위해 수많은 시도가 있었어." 밀라드가 말했다. "아까 그 와이트 군인이 너한테 뭐라고 했지, 엠마? 네가 갖고 있는 재능을 병에 담을 수 있었으면 좋겠다…… 뭐 그 비슷한 말을 하지 않았어?"

엠마가 몸을 떨었다. "그 얘긴 꺼내지도 마."

"이론적으로는 만약 이상함의 본질을 어떻게든 추출하고 담을 수만 있다면, 그러니까 이를테면 그자가 말한 것처럼 병이나—아니, 세균배양 접시가 더 그럴듯하겠다. 어쨌든 그런 데 담을 수 있다면 추출물을 한 개체에서 다른 개체로 이식할 수도 있을 거야. 만약 그게 가능하다면, 돈 많고 비열한 인간들의 암시장에서 이상한 영혼이 거래될 거야. 네가 일으키는 불이나 브로닌의 엄청난 괴력은 아마 최고가로 팔릴걸."

"구역질 난다." 내가 말했다.

"대부분의 이상한 아이들은 너와 같은 생각이야. 그래서 몇 년 동안 그런 연구가 금지되었던 거고."

"와이트들이 과연 법 따위에 신경이나 쓸까." 엠마가 말했다.

"너무 황당한 생각 같아. 있을 수 없는 일이잖아. 안 그래?" 내가 말했다.

"나도 같은 생각이야. 적어도 어제까진 그렇게 생각했어. 그런데 지금은 잘 모르겠어." 밀라드가 말했다.

"동물농장 루프에 있던 할로우 때문에?"

"맞아. 어제 이전에는 '또 하나의 영혼'이란 개념에 대해서도 확신이 없었어. 내 머릿속에는 할로우의 존재에 대한 오직 한 가지 강력한 이론만이 있었거든. 할로우가 우리를 충분히 섭취하고 나면 다른 종의 생물로 변이된다는 것. 시간의 루프를 여행할 수 있는 생물로."

"와이트가 되잖아." 내가 말했다.

"맞아. 단, **이상한 아이들**을 잡아먹어야 해. 평범한 인간들을 아무리 먹어도 절대 와이트가 될 수 없어. 그러니까 우리에겐 평범한 사람들에게 없는 무언가가 있는 게 분명해."

"하지만 동물농장의 할로우는 와이트가 되지 않았잖아. 할로우인데도 루프로 들어올 수 있었어." 엠마가 말했다.

"와이트들이 자연의 섭리로 장난을 쳤는지, 그래서 이상한 영혼을 이식한 건지 궁금해." 밀라드가 말했다.

"생각만 해도 끔찍하다. 얘들아, 제발, **제발** 부탁이니까 다른 얘기 좀 할래?" 엠마가 말했다.

"하지만 그런 영혼들을 **어디서** 구해? 그리고 어떻게?" 내가 물었다.

"됐어. 난 다른 데 가서 앉을래." 엠마가 일어나 다른 자리로 갔다.

밀라드와 나는 잠시 아무 말도 하지 않았다. 그러나 나는 냉혹한 의사들이 내 영혼을 추출하는 동안 테이블에 묶여 있는 내 모습을 상상해보지 않을 수 없었다. 어떻게 추출할까. 바늘로? 아니면 칼로?

섬뜩한 생각의 고리에서 벗어나기 위해 나는 화제를 바꾸려 애썼다. "우리는 애당초 어떻게 이상한 아이들이 된 거야?"

"아무도 확실히는 몰라." 밀라드가 대답했다. "전설들이 있긴 하지만."

"어떤?"

"우리가 아주 오래전에 살았던 소수의 이상한 사람들의 후손이라고 생각하는 사람들이 있어. 아주 힘이 세고 거대한 사람들. 우리가 찾았던 그 거인처럼." 밀라드가 말했다.

"한때 거인이었다면 지금 우린 왜 이렇게 작아?"

"전설에 의하면 오랜 세월 동안 우리의 숫자가 늘어나면서 힘은 줄어들었대. 점점 더 힘이 약해지고 또 작아진 거지."

"그건 좀 받아들이기 힘들다. 갑자기 개미 한 마리가 된 기분이

네." 내가 말했다.

"사실 개미는 크기에 비해 굉장히 강한 동물이야."

"내 말이 무슨 말인지 너도 알잖아. 내가 이해가 안 가는 대목은, 왜 하필 나일까 하는 거야. 내가 이상하게 되고 싶어 한 적도 없는데 도대체 누가 결정한 거지?"

그저 해본 소리였고 대답을 기대하고 던진 질문도 아니었지만 밀라드는 대답해주었다. "아주 유명한 이상한 사람의 말을 인용하면, 자연의 미스터리의 중심에는 또 다른 미스터리가 있대."

"누가 한 말이야?"

"**퍼플렉서스 어나멀러스**라고 하는데, 어쩌면 그냥 지어낸 이름일 수도 있어. 위대한 사상가이자 철학자. 퍼플렉서스는 지도 제작자이기도 했어. 수천 년 전에 《**시간의 지도**》 첫 판을 펴낸 사람이야."

내가 빙그레 웃었다. "넌 가끔 말하는 게 꼭 선생님 같다. 그런 얘기 들은 적 없어?"

"항상 들어. 이렇게 태어나지만 않았다면 아마 선생님이 되었을 거야."

"너 진짜 잘 가르쳤을 텐데."

"고마워." 밀라드가 말했다. 그러고 나서 입을 다물었다. 그 침묵 속에서 나는 밀라드가 꿈을 꾸고 있음을 느낄 수 있었다. 그가 살아볼 수도 있었을 삶의 순간들을. 잠시 후 그가 말했다. "투명인간으로 사는 게 싫은 건 아니야. 사실 난 내가 이상한 아이라는 게 좋아. 그게 내 존재의 본질이니까. 하지만 가끔은 그 기능을 꺼버리고 싶어."

"무슨 말인지 알 것 같아." 내가 말했다. 물론 나는 알지 못했다. 내가 지닌 능력도 애로가 많은 건 사실이지만 나는 적어도 세상 속에 묻혀 살아갈 수 있었다.

우리 열차 칸의 문이 스르르 열렸다. 밀라드는 자기 얼굴을, 아니 얼굴이 없는 곳을 가리기 위해 얼른 재킷의 후드를 뒤집어썼다.

젊은 여자가 문 앞에 나타났다. 유니폼을 입고 판매용 물건들이 담긴 상자를 들고 있었다. "담배하고 초콜릿 있어요."

"안 사요." 내가 말했다.

그녀가 나를 쳐다보았다. "미국인이세요?"

"유감스럽게도 그런데요."

그녀가 동정 섞인 미소를 지었다. "좋은 여행이 되길 바랍니다. 영국에 좀 이상한 시기에 오셨네요."

내가 웃었다. "그러게요."

그녀가 밖으로 나갔다. 밀라드가 그녀가 나가는 것을 보려고 몸을 뒤척였다. "예쁘다." 그가 무심결에 말했다.

문득 밀라드가 케르놈 밖에 사는 여자를 본 게 몇 년 만일 거라는 생각이 들었다. 밀라드 같은 남자에게 평범한 여자를 만날 기회가 얼마나 있을까.

"그런 식으로 보지 마." 밀라드가 말했다.

내가 어떤 표정으로 그를 바라보고 있는지 의식하지 못했다. "어떤 표정?"

"가엾어하는 표정."

"그런 적 없어." 내가 말했다.

그러나 나는 사실 밀라드를 그렇게 보고 있었다.

밀라드가 자리에서 일어나 코트를 벗고 사라져버렸다. 그 뒤로 한참 동안 그를 볼 수 없었다.

시간이 흘렀고 아이들은 이야기를 주고받으며 그 시간을 흘려보냈다. 아이들은 루프 초기 시절 유명했던 이상한 아이들과 페레그린 이야기를 하다가 결국엔 각자의 이야기를 하기에 이르렀다. 그중엔 들었던 이야기도 있었다. 이를테면 에녹이 자기 아버지의 장례식에서 죽은 아버지를 살아나게 했다는 이야기, 브로닌이 열 살에 그럴 의도는 전혀 없었지만 자신을 학대하던 의붓아버지의 목을 부러뜨렸다는 이야기. 그러나 그것 외에는 전부 다 처음 듣는 이야기였다. 비록 나이는 많았지만 이상한 아이들은 자주 향수에 젖는 편은 아니었다.

호러스의 꿈은 여섯 살 때 시작되었지만 2년 동안 그 꿈에 예언이 담겨 있다는 건 알지 못했다. 그러던 어느 날 루시타니아호가 침몰하는 꿈을 꾸었는데, 바로 다음 날 라디오에서 그 소식을 들었다. 휴는 어렸을 때부터 꿀을 유난히 좋아했고 다섯 살 때부터는 아예 벌집을 꿀과 같이 먹었다. 얼마나 정신없이 먹었는지 우연히 벌한 마리를 삼키고도 위에서 윙윙거리는 소리가 나기 전까지 알지도 못했다. "벌이 전혀 개의치 않는 것 같더라고." 휴가 말했다. "그래서 그냥 계속 먹었지. 머지않아 내 배 속에 커다란 벌집을 장만하게 됐어." 벌들이 수분을 해야 할 때면 꽃이 피어 있는 들판으로 나갔다. 그러다가 꽃밭에 잠들어 있는 피오나를 만났다.

휴는 피오나 이야기도 들려주었다. 피오나는 아일랜드 난민이었는데, 1840년대 기아에 허덕이던 마을 사람들을 위해 식용작물을 재배했다. 그러다가 마녀로 몰려 쫓기는 신세가 되었다. 휴가 오랜 시간에 걸쳐 피오나와 언어가 아닌 섬세한 의사소통으로 얻어낸 정보였다. 피오나는 말을 못해서 안 한 게 아니었고, 기아 속에서 너무도 끔찍한 광경을 많이 봐서 목소리를 잃어버린 거라고 했다.

이제 엠마의 차례였다. 그러나 엠마는 자기 얘기를 하려 들지 않았다.

"왜 안 해?" 올리브가 졸랐다. "처음에 어떻게 이상한 아이란 걸 알게 됐는지 얘기해줘!"

"다 지나간 얘긴데 이제 와서 말해봐야 뭐해? 과거보다는 미래를 생각해야 하는 거 아니야?"

"괜히 심술이야." 올리브가 말했다.

엠마는 귀찮다는 듯 일어서서 객실 뒤쪽 자리로 갔다. 나는 너무 쫓아다니는 것처럼 보이지 않으려고 1분에서 2분 정도 기다렸다가 엠마에게 다가가 옆자리에 앉았다. 엠마는 내가 다가오는 것을 보고 신문을 읽는 척하며 신문 뒤에 숨었다.

"그냥 얘기하고 싶지 않아서 그래. 됐어?" 엠마가 신문 뒤에서 말했다.

"나 아무 말도 안 했는데."

"어쨌든 물어볼 거잖아. 궁금할 것 같아서 미리 대답해준 거야."

"그럼 공평하게 내 얘기 먼저 해줄게."

그녀가 호기심을 느낀 듯 신문 위로 고개를 들었다. "너에 대해서라면 이미 다 아는 것 같은데?"

"천만에." 내가 말했다.

"좋아. 그럼 네 얘기해봐. 어두운 비밀들만. 어서!"

나는 재미있는 일화들을 생각해내려 머리를 긁적였지만 하나

같이 창피한 것들뿐이었다. "좋아. 첫 번째 얘기. 어렸을 때 TV에서 폭력적인 영화가 나오면 굉장히 무서워했어. 그땐 그게 사실이 아니란 걸 몰랐거든. 만화에서 생쥐가 고양이를 때려도 기겁을 하고 울음을 터뜨렸지."

엠마의 신문이 조금 밑으로 내려왔다. "저런, 여리기도 해라!" 그녀가 말했다. "그런데 지금 네 모습을 봐. 괴물의 눈알을 찌르는 투사잖아."

"두 번째. 난 할로윈에 태어났는데, 우리 부모님은 내가 여덟 살 때까지 집집마다 문을 두드렸을 때 사람들이 주는 사탕이 내 생일 선물이라고 믿게 만들었어."

"음……." 엠마가 신문을 조금 더 내리며 말했다. "그건 별로 어두운 비밀 같지 않은데. 어쨌든 계속해봐."

"세 번째. 우리 처음 만났을 때 난 네가 내 목을 그을 거라고 확신했어. 엄청나게 무서웠는데, 그러면서도 한편으론 **만약 이게 내가 죽기 전에 보는 마지막 얼굴이라면 참 예쁜 얼굴이라 다행이다**라고 생각했어."

신문이 무릎으로 떨어졌다. "제이콥, 그 말은 정말……." 그녀가 바닥을 쳐다보다가, 창밖을 바라보다가, 다시 나를 보았다. "정말 달콤하다."

"사실이야." 나는 엠마의 손에 내 손을 깍지 끼웠다. "자, 이젠 네 차례."

"딱히 뭘 숨기려는 건 아니야. 옛날이야기를 하다보면 내가 10년은 더 늙은 기분이 들고 매력 없는 여자가 된 것 같거든. 그런 생각을 좀처럼 떨쳐버릴 수가 없어. 그 사이 내가 아무리 아름다운 여름날들을 보냈다고 해도."

그토록 오랜 세월이 흘렀는데도 지난날의 상처는 여전히 그녀에게 생생하게 남아 있었다.

"난 너에 대해 알고 싶어. 네가 누구이고 어디서 왔는지. 그게 전부야." 내가 말했다.

그녀가 불편한 듯 몸을 뒤척였다. "내가 우리 부모님 얘기 안 했지?"

"내가 아는 거라곤 그날 냉동실에서 골란한테 들은 얘기뿐이야. 부모님이 널 유랑 서커스단에 팔았다면서."

"그건 사실이 아니야." 그녀가 의자에 몸을 축 늘어뜨리고 목소리를 낮춰 속삭였다. "헛소문이나 추측보다 진실을 아는 게 좋겠지. 지금부터 얘기해줄게. 내 능력은 열 살 때부터 나타나기 시작했어. 내가 자다가 자꾸만 침대에 불을 붙였거든. 결국 부모님이 불에 탈 물건이 하나도 없는 방에 철제 침대를 놓고 나를 재웠어. 부모님은 내가 방화광이고 거짓말쟁이라고 생각하셨어. 내가 한 번도 화상을 입은 적이 없어서 더더욱 그렇게 믿으셨지. 그런데 사실 나는 화상을 **입을 수 없는** 아이였어. 나도 처음엔 몰랐던 사실이지만. 겨우 열 살이었으니 내가 뭘 알았겠어? 내가 이해할 수도 없는 일이 나한테 일어나니까 그저 무섭기만 했어. 하긴 거의 모든 이상한 아이들이 겪는 일이긴 해. 이상한 부모에게서 태어난 이상한 아이들은 아주 드물거든."

"상상이 간다." 내가 말했다.

"그러던 어느 날, 남들 눈에 난 지극히 평범한 아이였는데, 갑자기 손바닥이 근질근질했어. 손이 점점 빨갛게 부풀어 오르더니 뜨거워지더라. 그래서 가게로 가서 냉동 생선 상자에 손을 넣었어. 생선이 녹고 냄새가 나기 시작하니까 가게 주인이 집으로 쫓아와서 우리 엄마한테 생선 값을 물어내라고 했어. 그때까지도 계속 손이 뜨거웠어. 얼음 때문에 오히려 더 뜨거워졌지. 그러다가 결국 손에서 불길이 타올랐어. 나도 놀라서 기겁을 했지."

"부모님은 어떻게 생각하셨어?" 내가 물었다.

"우리 엄마는 미신을 믿는 사람이었는데 그길로 집을 뛰쳐나가 다시는 돌아오지 않았어. 내가 엄마의 자궁을 거쳐 지옥에서 온 악마라고 생각했거든. 아빠 좀 달랐어. 날 때리고 방에 가뒀지. 내가 문을 불태우려고 하니까 나를 석면하고 같이 꽁꽁 묶어놨어. 그렇게 며칠을 묶어놓고 어쩌다 한 번씩 손으로 먹을 걸 주긴 했지만 풀어줄 만큼 날 믿진 못했어. 잘 생각한 거지. 그때 풀어줬으면 바로 태워버렸을 테니까."

"그랬으면 좋았을 텐데." 내가 말했다.

"그렇게 말해줘서 고마워. 하지만 설령 그렇게 했어도 아무 소용없었을 거야. 우리 부모님은 정말 끔찍한 사람들이었지만 만약 그렇지 않았다면, 그래서 내가 부모님하고 더 오래 머물렀다면, 분명히 할로우들이 날 찾았겠지. 내가 아직 살아 있는 건 어떻게 보면 부모님 덕분이야. 내 여동생 줄리아가 어느 날 밤에 날 풀어줘서 결국 도망칠 수 있었어. 그리고 유랑 서커스단에서 불을 먹는 사람으로 공연을 시작했는데 페러그린 원장님이 한 달 뒤에 날 찾았어." 엠마는 추억에 젖은 듯 미소를 지었다. "원장님을 만난 날이 내 생일이야. 진짜 엄마를 만난 날."

가슴이 뭉클했다. "얘기해줘서 고마워." 내가 말했다. 엠마 이야기를 들으니 엠마와 더 가까워진 것 같은 기분이 들었고 이 모든 혼란 속에서 내가 덜 혼자인 것처럼 느껴졌다. 모든 이상한 아이들은 고통스러운 불확실성의 시간을 견뎌냈고 시험을 당했다. 그들과 나 사이에 크게 다른 점이 있다면, 우리 부모님이 아직도 나를 사랑한다는 사실이었다. 비록 갈등이 없는 건 아니지만, 나 역시 두 분을 나만의 조용한 방식으로 사랑하고 있었다. 내가 두 분을 마음 아프게 하고 있다는 사실은 내게도 멈추지 않는 고통이었다.

나는 부모님에게 어떤 빚을 졌던가. 그 빚은 내가 페러그린에게 진 빚, 할아버지에 대한 나의 도리, 그리고 점점 더 커져만 가는 엠마를 향한 나의 달콤하고도 무거운 감정과 견줄 수 있는 것일까.

저울은 항상 후자 쪽으로 기울었다. 그러나 만약 내가 어떻게든 살아남는다면, 언젠가는 나의 결단과 내가 부모님께 주었던 고통을 대면해야만 할 것이다.

만약.

만약이란 말은 언제나 나의 생각을 현재로 돌려놓았다. 그 **만약**은 전적으로 내가 정신을 똑바로 차리느냐 마느냐에 달려 있기 때문이었다. 집중을 하지 못하면 할로우를 제대로 감지할 수 없을 것이다. **만약**은 내게 현재에 충실할 것과 현재에 몰입할 것을 요구했다.

만약은 나를 두렵게 하면서도 한편으로는 나를 깨어 있게 했다.

런던이 가까워지고 있었다. 전원의 풍경이 고스란히 보존되어 있는 마을은 어느덧 도시로 바뀌어가고 있었다. 런던에서는 무엇이 우릴 기다리고 있을까. 또 어떤 새로운 공포가 기다리고 있을까.

나는 엠마가 무릎 위에 펼쳐놓고 있는 신문의 머리기사를 읽었다. 수도 공습. 사망자 수십 명.

나는 눈을 감고 아무 생각도 하지 않으려 애썼다.

Part
2

8시 반 열차가 역으로 들어와 멈춰 설 때 설령 누군가 우릴 보고 있었다 하더라도 특별히 이상한 점을 발견하진 못했을 것이다. 열차 객실의 문고리를 젖히고 문을 여는 승무원들과 짐꾼들도, 열차에서 쏟아져 나와 몰려드는 사람들 속으로 흩어져버린 군복 입은 사람들도, 더러 눈에 띄는 수많은 남녀 승객들도 열차 일등칸에서 한 줄로 내려 어스름한 햇살 속에서 눈을 깜빡이며 서로에게 등을 맞대고 방어적으로 선, 주위의 소음과 연기에 놀란 여덟 명의 지친 아이들에게 눈길을 주지 않았다.

평범한 날 같으면 이들처럼 오갈 데 없는 가엾은 아이들에게 친절한 어른들이 다가와 무슨 문제라도 있는지, 도움이 필요한지, 부모님은 어디 계신지를 물었을 것이다. 그러나 오늘 기차역에는 그들과 똑같이 오갈 데 없는 가엾은 아이들이 수백 명 있었다. 그래서 갈색 곱슬머리에 단추 달린 단화를 신은 소녀의 발이 땅에 닿아 있지 않아도 아무도 그다지 신경 쓰지 않았다. 납작한 모자를 쓴 달덩이 같은 얼굴의 소년과, 그 소년의 입에서 나왔다가

탁한 공기를 맛보고 도로 들어가는 꿀벌에도 아무도 신경 쓰지 않았다.

그 누구의 시선도 검은 테를 두른 눈의 소년에게 머물지 않았고, 그의 셔츠 주머니에서 고개를 내밀었다 소년의 손가락에 밀려 도로 들어간 진흙 병정에도 닿지 않았다. 비록 진흙으로 엉망이 되긴 했어도 섬세하게 재단된 정장에 움푹하게 눌린 모자를 쓴, 지난 며칠 동안 꿈을 꾸는 게 너무 두려워 아예 잠을 자지 않는 바람에 얼굴이 해쓱해진 소년도 마찬가지였다.

벽돌처럼 단단한 몸에 거의 제 몸만큼이나 커다란 가방을 들고 소박한 드레스에 코트를 입은 거구의 소녀에게도 한 번의 시선이 스쳐갔을 뿐이었다. 그 가방이 얼마나 무거운지, 그 안에 무엇이 들었는지, 왜 가방 옆면에 작은 구멍들이 뚫려 있는지 그 누구도 알지 못했다. 9월이고 날씨가 아직 따뜻했는데도 머플러와 코트, 모자로 얼굴을 휘감고 단 1센티미터도 피부를 드러내지 않은 소년도 거들떠보지 않았다.

그리고 미국인 소년도 있었다. 사람들의 시선을 끌지 않는 평범한 외모였다. 너무 평범해서 사람들의 시선이 건너뛸 정도였다. 소년이 사람들을 바라볼 때조차도 마찬가지였다. 소년은 마치 보초병처럼 발끝을 들고 이리저리 고개를 돌리며 기차역을 훑었다. 그녀 곁에 있는 소녀는 화가 날 때마다 새끼손가락 손톱에서 생겨나는 불길을 감추려고 손을 깍지 끼고 있었다. 그녀는 마치 성냥불을 끌 때처럼 새끼손가락을 흔들며 입김을 불었다. 그래도 불이 꺼지지 않자 손가락을 입에 넣어 코로 한 줄기 연기가 새어 나오게 했다. 그것조차 아무도 보지 못했다.

그 누구도 8시 30분발 열차 일등칸에서 내린 아이들이 이상하다는 것을 눈치챌 만큼 그 아이들을 유심히 보지 않았다. 참으로 다행스러운 일이었다.

제 8 장
chapter eight

엄마가 나를 툭 쳤다.

　"어때?"

"1분만 더." 내가 말했다.

　브로닌이 가방을 바닥에 내려놓았고 나는 그 위에 올라가 목을 길게 빼고 사람들의 바다를 훑어보았다. 기다란 승강장은 아이들로 바글거렸다. 아이들은 마치 현미경 밑에 놓인 아메바들처럼 안개 속에서 한 줄씩 아련한 연기 속으로 사라져갔다. 승강장 양쪽에서 칙칙 소리를 내는 검은 기차는 아이들을 집어삼키지 못해 안달이었다.

　내가 주위를 훑어보는 동안 친구들의 시선이 등에 따갑게 다가왔다. 나는 배 속의 미약한 느낌만으로 꿈틀거리는 거대한 인파 속에 우릴 죽일 괴물이 숨어 있는지 알아내야 했다. 평상시 같으면 할로우가 가까이 있을 때 고통스럽고 또렷한 증상이 있겠지만, 이렇게 거대한 공간에 수백 명의 사람들이 있을 때라면 그 경고의 느낌도 놓치기 쉬운 속삭임이나 아주 작은 경련이 될 수도 있었다.

"우리가 오는 걸 와이트들도 알고 있을까?" 평범한 사람들의 귀에, 최악의 경우 와이트들의 귀에 들릴지도 모른다는 두려움에 목소리를 낮추고 브로닌이 물었다. 그들은 시내 곳곳에 스파이를 파견해놓았다. 적어도 우린 그렇게 알고 있었다.

"우리의 행선지를 알 만한 놈들은 우리가 전부 다 죽였잖아." 휴가 자랑스럽게 말했다. "아니, 우리가 아니라 내가 죽였다고 해야 하나."

"그래서 더 열심히 찾고 있을 수도 있지. 이제 새보다 우릴 더 찾고 싶을걸. 그래야 복수를 할 테니까." 밀라드가 말했다.

"그게 바로 여기서 오래 지체할 수 없는 이유야. 거의 다 됐어?" 엠마가 내 다리를 가볍게 두드리며 말했다.

나의 집중력이 흐트러졌다. 인파 속에서 어디까지 훑었는지 놓쳤다. 처음부터 다시 시작. "1분만 더." 내가 말했다.

내가 걱정하는 건 와이트가 아니라 할로우였다. 나는 지금까지 할로우 둘을 죽였고 두 번 다 죽을 뻔했다. 지금까지 내가 살아 있는 게 운이라면 이제 그 운도 다했을 것이다. 그래서 나는 다음번엔 할로우에게 불시에 공격당하지 않겠다고 마음먹었다. 멀리서 놈들을 감지할 수 있는 능력을 최대한 발휘해서 그들과의 정면대결을 피할 것이다. 싸우지 않고 내빼는 건 명예로운 일은 아니지만 명예 따윈 내게 중요치 않았다. 나는 살고 싶었다.

그렇다면 정작 위험한 것은 승강장의 사람들이 아니라 그들 뒤에, 그들 사이에 숨어 있는 그림자들이었다. 가장자리의 어둠이었다.

나는 그런 지점에 주의를 집중했다. 사람들 속으로 나의 감각을 보내 위험의 흔적을 샅샅이 살펴보고 있자니 마치 유체이탈을 한 것 같은 기분이 들었다. 불과 며칠 전만 해도 없었던 능력이었다. 스포트라이트처럼 주위를 훑어내는 능력. 분명 새로운 능력이었다.

이것 말고 나 자신에 대해 새로이 발견하게 될 것들이 또 얼마나 있을지.

"괜찮아. 할로우는 없어." 가방에서 내려서며 내가 말했다.

"그런 말은 나도 하겠다. 할로우가 있었다면 지금쯤 이미 잡아먹혔겠지." 에녹이 투덜거렸다.

엠마가 한옆으로 나를 끌었다. "우리 작전이 성공하려면 좀 더 빨리 움직여야 해."

이제 막 수영을 배우는 사람에게 올림픽에 출전하라는 말처럼 들렸다. "나도 최선을 다하고 있어." 내가 말했다.

엠마는 고개를 끄덕였다. "알고 있어." 그녀는 아이들에게 돌아서서 손가락으로 소리를 냈다. "일단 공중전화 부스로 가자." 승강장 맞은편, 사람들 틈에서 겨우 보이는 빨간색 공중전화 부스를 가리키며 엠마가 말했다.

"누구한테 전화하려고?" 휴가 물었다.

"이상한 개가 런던에 있는 모든 루프들이 공격을 당했고 임브린들도 체포됐다고 했지만 개 말만 믿고 움직일 순 없잖아. 안 그래?" 엠마가 말했다.

"루프에 **연락을 할** 수 있어?" 깜짝 놀라며 내가 물었다. "그것도 전화로?"

밀라드는 임브린 위원회에서 루프에 전화를 할 수 있도록 조처해놓았다고 설명했다. 다만 시내 통화만 가능하다고. "시간의 격차를 감안하면 정말 놀라운 일이지. 루프 안에 갇혀 산다고 해도 석기시대에 사는 건 아니니까." 그가 말했다.

엠마는 내 손을 잡으며 다른 아이들에게도 서로 손을 잡으라고 했다. "우리가 서로 붙어 있는 게 중요해. 런던은 넓고 이상한 아이들 분실물 센터 같은 건 없으니까." 엠마가 말했다.

우리는 손을 잡고 사람들 틈을 가로질렀다. 올리브가 달을 걷는 우주비행사처럼 붕 뜨는 바람에 뱀 같은 우리의 줄은 포물선을 이루었다.

"너 체중 줄었니? 우리 꼬마 아가씨, 좀 더 무거운 신발로 바꿔야겠네."

"제대로 못 먹으면 몸이 깃털처럼 가벼워져." 올리브가 말했다.

"제대로 못 먹었다고? 조금 전에 황제처럼 먹었잖아!"

"난 못 먹었어. 고기 파이가 없었잖아." 올리브가 말했다.

"피난민치곤 식성이 꽤나 까다롭네." 에녹이 말했다. "어쨌든, 호러스가 우리 돈을 전부 탕진해버렸으니 이제 먹을 수 있는 방법은 훔치는 것뿐이야. 아니면 우리한테 먹을 걸 만들어줄 아직 납치되지 않은 임브린을 찾던가."

"우리 아직 돈 있어." 호러스가 방어적으로 말했다. 주머니 속의 동전을 딸랑거리면서. "물론 고기 파이를 살 만큼은 아니지만. 껍질째 삶은 감자 한 개 정도는 살 수 있겠다."

"껍질째 삶은 감자 하나만 더 먹었다간 내가 껍질째 삶은 감자가 될 것 같아." 올리브가 투덜거렸다.

"그럴 일은 없을 거야." 브로닌이 말했다.

"왜? 원장님도 새로 변해버렸잖아!"

지나가던 남자아이가 우리를 돌아보았다. 브로닌이 올리브를 야단치며 조용히 시켰다. 우리 비밀을 평범한 사람들 앞에서 얘기하는 건 엄격하게 금지되어 있었다. 근사하게 들리긴 하지만, 아무도 우리 얘기를 믿지 않았다.

마지막 한 명이 공중전화 부스 앞에 도착할 때까지 우리는 인파를 헤치며 걸었다. 공중전화 부스는 세 사람이 들어갈 정도의 크기였기 때문에 엠마와 밀라드, 호러스가 안으로 들어갔고 나머지는 부스를 둘러싸고 섰다. 엠마가 수화기를 들었고 호러스는 주머니에서 마지막 남은 동전들을 꺼냈다. 밀라드가 부스 안에 매달린 전화번호부를 뒤적거렸다.

"지금 장난하냐? 전화번호부에 임브린 번호가 나와?" 내가 부스에 기대며 물었다.

"여기 나온 주소는 가짜야. 암호 휘파람을 제대로 불지 않으면 연결이 안 돼." 그가 한 페이지를 찢어 엠마에게 건넸다. "일단 여기 한 번 걸어봐. 밀리센트 스러시."

호러스가 작은 구멍에 동전을 넣었고 엠마가 번호를 눌렀다. 밀라드가 수화기를 건네받아 새소리를 낸 다음 다시 엠마에게 주었다. 엠마는 잠시 듣고 있다가 얼굴을 찌푸렸다. "신호는 가는데 아무도 전화를 안 받아."

"괜찮아. 걸어볼 데가 여러 군데 있으니까. 그럼 다음 번호를……."

부스 밖의 사람들이 우리 주위로 파도처럼 밀려들며 목을 길게 빼고 어딘가 먼 곳을 응시하고 있었다. 기차역은 수용 인원이 한

계에 달했다. 우리 양쪽에서 평범한 아이들이 떠들고 소리를 지르며 서로 밀치고 있었고, 올리브 바로 옆에 서 있던 아이는 서럽게 울고 있었다. 양 갈래로 머리를 땋았고 눈은 통통 부어 충혈되어 있었으며 한 손에는 담요를, 다른 손에는 낡은 여행가방을 들고 있었다. 블라우스에는 큼직하게 숫자와 글씨를 쓴 번호표가 붙어 있었다.

115-201
런던→셰필드

울고 있는 소녀를 바라보다가 어느새 올리브도 눈물을 글썽이기 시작했다. 올리브는 결국 못 참고 소녀에게 무슨 일이냐고 물었다. 소녀는 못 들은 척 고개를 돌렸다.

그러나 올리브는 눈치를 못 챘다. "왜 그래? 팔려가게 되어서 울고 있는 거야?" 올리브가 소녀의 블라우스에 붙은 번호표를 가리켰다. "그게 네 가격이니?"

소녀는 돌아서려 했지만 사람들의 벽에 가로막혔다.

"내가 널 사서 풀어주고 싶지만 기차표 사는 데 돈을 다 써버려서 노예는커녕 고기 파이를 살 돈도 없어. 정말 미안해."

소녀가 홱 돌아섰다. "나 팔려가는 거 아니야!" 소녀는 발을 구르며 소리쳤다.

"정말?"

"그래!" 소녀가 소리를 지르고는 홧김에 옷에 붙어 있던 꼬리표를 떼어 휙 던져버렸다. "단지 한심한 시골 동네에 가서 살고 싶지 않은 것뿐이야."

"나도 집을 떠나고 싶지 않았는데 어쩔 수 없었어. 폭탄을 맞았거든." 올리브가 말했다.

소녀의 얼굴이 누그러들었다. "우리 집도." 그녀는 가방을 내려놓고 손을 내밀었다. "화내서 미안해. 내 이름은 제시카야."

"난 올리브."

두 소녀는 신사처럼 악수를 나누었다.

"네 블라우스 예쁘다." 올리브가 말했다.

"고마워. 난 네…… 그…… 머리에 있는 거 뭐니?"

"왕관!" 올리브가 손을 뻗어 왕관을 만졌다. "진짜 은은 아니야."

"괜찮아. 그래도 예뻐."

올리브가 내가 본 것 중 가장 환한 미소를 지었다. 그 뒤 커다란 경적 소리가 울렸고, 확성기에서 요란한 안내방송이 나왔다. "어린이들은 모두 기차에 타세요! 질서 있게 줄을 서세요!"

사람들의 파도가 다시 출렁이기 시작했다. 곳곳에서 어른들이 아이들을 이끌었고 그중 한 명이 외치는 소리가 들렸다. "걱정 마! 네 엄마 아빠 곧 만나게 될 테니까!"

그제야 왜 이렇게 아이들이 많은지 알 것 같았다. 아이들은 피난을 가고 있었다. 오늘 아침 기차역에 있는 수백 명의 아이들 중에 나와 내 친구들은 런던으로 들어오는 유일한 아이들이었다. 다른 아이들은 모두 런던을 떠나고 있었다. 안전을 위해 도시를 탈출하는 거였다. 그들이 입고 있는 겨울 코트와 들고 있는 짐들로 보아 꽤 오래 떠나 있을 예정인 것 같았다.

"그만 가야 해." 제시카가 말했다. 올리브가 이제 막 사귄 새 친구에게 작별 인사를 하기도 전에 제시카는 이미 열차로 향하고 있었다. 너무나도 짧은 시간에, 올리브는 지금껏 한 번도 가져본 적 없는 평범한 친구를 사귀었고 또 잃었다.

기차에 오르기 직전 제시카가 뒤를 돌아보았다. 그녀의 어두운 표정이 마치 **난 이제 어떻게 될까**라고 묻는 것 같았다.

우리는 그녀가 떠나는 것을 바라보며 그와 똑같은 질문을 우리 자신에게 던졌다.

전화 부스 안에서 엠마가 수화기를 보고 으르렁거렸다. "전화를 안 받아. 전부 다 신호만 가네." 그녀가 말했다.

"마지막이야." 밀라드가 또 한 장의 찢어낸 페이지를 건네며 말했다. "행운을 빌어."

엠마가 다이얼을 돌리는 동안 나는 엠마만 쳐다보고 있었다. 그러나 밖이 소란스러워서 돌아보니 불그스름한 얼굴의 한 남자가 우리를 향해 우산을 휘두르고 있었다. "뭘 꾸물대고 있는 거냐! 당장 나와서 기차에 타!" 남자가 소리쳤다.

"저희 방금 내렸는데요. 내리자마자 또 타라고요?" 휴가 말했다.

"너희들은 왜 번호표가 없지?" 남자가 소리쳤고 입술 사이로 침이 튀었다. "번호표를 달지 않으면 웨일스보다 훨씬 형편없는 섬으로 보내버릴 테다!"

"당장 그만두지 않으면 우리가 아저씨를 배에 태워 지옥으로 보내버릴 거예요!" 에녹이 말했다.

남자의 얼굴이 보랏빛으로 변했고 목의 혈관은 금방이라도 터질 것 같았다. 어린 아이한테 이런 대접을 받는 것이 익숙하지 않은 게 분명했다.

"지금 당장 부스에서 **나오라고** 했다!" 그는 마치 집행관의 도끼처럼 머리 위로 우산을 치켜든 다음 부스 위로 나와 벽으로 연결된 전선을 내리쳤고, **퍽** 소리와 함께 전선이 반으로 끊어졌다.

전화는 먹통이 되었다. 고요한 분노에 휩싸인 표정으로 엠마가 수화기를 바라보았다. "그렇게 전화를 쓰고 싶어 한다면 줘버리자." 엠마가 말했다.

엠마와 밀라드, 호러스가 부스 밖으로 나갔고 브로닌이 남자의 양손을 잡아 뒤로 고정했다. "이거 놔!" 그가 소리쳤다. "놓으란 말이야!"

"물론 놓아줄 거야." 브로닌이 말한 뒤 그를 번쩍 들어서 머리부터 부스 안으로 처박은 다음 문을 닫고 우산으로 빗장을 걸었다. 남자는 유리문을 두드리며 마치 병 안에 갇힌 파리처럼 펄쩍펄쩍 뛰었다. 남아서 그를 조롱하면 재미있었겠지만 남자는 이미 너무 많은 관심을 끌고 있었고, 기차역에 흩어져 있던 어른들이 우리 주위로 몰려들기 시작했다. 이제 그만 가야 할 시간이었다.

우리는 손에 손을 잡고 회전문을 향해 달렸고 그 바람에 밀쳐진 사람들이 비틀거렸다. 기차 경적 소리가 울려 퍼지자 브로닌의 가방 안에서 마치 빨랫감처럼 이리저리 뒹굴던 페러그린이 화답했다. 달리기엔 너무 가벼운 올리브는 마치 반쯤 바람 빠진 풍선처럼 브로닌의 목 뒤에 매달렸다.

출구 쪽에 어른들이 있었지만 우리는 그들을 돌아가는 대신 정면돌파하기로 했다.

그런데 일이 우리 뜻대로 풀리지 않았다.

처음 우리를 가로막은 거구의 여자가 에녹의 머리 윗부분을 가방으로 세게 치고 그를 밀어냈다. 엠마가 그녀를 밀어내려는 순간 두명의 남자가 엠마의 팔을 잡고 바닥으로 밀쳤다. 내가 달려가 엠마를 일으키려는 순간 세 번째 남자가 내 팔을 잡았다.

"누가 어떻게 좀 **해봐**!" 브로닌이 소리쳤다. 브로닌의 말을 다들 알아듣긴 했지만 우리 중에 누가 움직일 수 있는지가 확실치 않았다. 그때 휴의 코에서 벌 한 마리가 나와 그 곁에 있던 여자의 엉덩이에 침을 박았고 여자는 비명을 지르며 펄쩍 뛰었다.

"좋았어! 벌 떼 공격!" 에녹이 소리쳤다.

"벌들은 지금 피곤해!" 휴가 소리쳤다. "지난번에 너희들 구하고 나서 이제 막 잠들었다고!" 그러나 휴도 달리 방법이 없다는 걸 알고 있었다. 엠마의 팔은 붙잡혔고, 브로닌은 성난 기차 승무원 셋에게서 여행가방과 올리브를 지키느라 정신이 없었고, 사람들이 계속 몰려들고 있었다. 휴는 목에 걸린 음식을 뱉어내려는 사람처럼 가슴을 두드리기 시작했다. 그가 요란하게 트림을 하자 열 마리 남짓한 벌들이 그의 입에서 빠져나왔다. 벌들은 머리 위에서 몇 차례 원을 그리면서 잠시 상황을 파악하고는 닥치는 대로 사람들을 쏘기 시작했다.

엠마를 잡고 있던 남자가 그녀를 놓고 달아났다. 나를 잡고 있던 남자는 코를 쏘이고는 마치 악마에 홀린 사람처럼 비명을 지르며 팔을 휘둘렀다. 머지않아 기차역의 모든 어른들이 경련과도 같은 춤을 추며 조그맣고 침 쏘는 공격자들을 피해 달아났고, 기차역에 남아 있던 아이들은 팔을 휘두르며 달아나는 우스꽝스러운 어른들의 모습을 흉내 내며 웃고 손뼉을 쳤다.

　사람들의 주의가 그쪽으로 쏠린 틈을 타 우리는 정신을 가다듬고 회전문을 나가서 복잡한 런던의 오후로 들어섰다.

ʕ

　거리의 혼란 속에서 우리는 길을 잃었다. 마치 휘저어진 용액이 담긴 병 속에 내던져져 작은 입자들과 경쟁하는 것 같았다. 사방으로 바삐 움직이는 신사들, 숙녀들, 노동자들, 군인들, 거리의 아이들, 거지들이 조그맣고 덜컹거리는 자동차, 물건 값을 외치는 잡상인, 뿔피리를 부는 거리의 악사, 경적을 울리며 부르르 떨고 멈춰 서서 보도에 더 많은 사람들을 쏟아놓는 버스 사이를 오가고 있었다. 그 모든 일들이 도로의 절반에 그림자를 드리우는, 앞쪽에 거대한 기둥이 있는 건물들의 협곡 속에서 벌어지고 있었다. 낮게 걸려 흐릿해진 오후의 태양은 런던의 안개 때문에 그나마도 깜빡이는 탁한 전등 하나 정도의 밝기로 줄어들었다.

　나는 그 모든 것에 현기증을 느끼며 눈을 반쯤 감고 엠마가 팔을 잡고 이끄는 대로 따라갔다. 다른 한 손은 휴대전화의 차가운 유리를 만지작거리기 위해 주머니에 넣었다. 휴대전화를 만지다보면 이상하게 마음이 안정되었다. 비록 미래에서 온 쓸모없는 유물로 전락해버렸지만 그럼에도 불구하고 휴대전화는 내게 여전히 어떤 위력을 지닌 물건이었다. 이 황당한 세상과 내가 속해 있던 멀쩡하고 익숙한 세상을 연결하는 길고 가느다란 필라멘트. 만질 때마다 나에게 너는 이곳에 존재하고 있다고, **이건 현실이고 네가 꿈을 꾸고 있는 게 아니라**

고, 너는 여전히 너라고 말해주는 물건이었고 내 주위의 모든 것을 조금 더 느리게 요동치도록 만들어주는 물건이었다.

성장기를 런던에서 보냈기 때문에 길을 잘 안다면서 에녹이 앞장섰다. 우리는 주로 좁은 길과 뒷골목으로 다녔고, 그 바람에 처음에는 도시 전체가 회색 벽과 하수도의 미로인 것처럼 보였지만 다른 골목으로 들어가기 위해 널찍한 광장을 가로지를 때면 도시의 위엄이 드러나곤 했다. 우리는 그 모든 것을 장난으로 만들어 웃고 시합하며 골목길을 달렸다. 호러스는 돌부리에 걸려 넘어지는 척하다 갑자기 펄쩍 뛰어올라 무용수처럼 모자를 벗으며 인사했다. 우리는 미친 듯이 깔깔 웃어댔다. 묘한 짜릿함이 밀려들었다. 우리가 여기까지 왔다는 사실이 믿기지 않았다. 바다를 건너고 숲을 지나고 혀를 널름거리는 할로우들과 와이트 저승사자 군단을 물리치고 결국 런던까지 왔다니.

우리는 기차역에서 꽤 멀리까지 달리다가 숨을 고르기 위해 어느 골목길 쓰레기통 옆에 멈춰 섰다. 브로닌은 여행가방을 내려놓고 페러그린을 꺼냈다. 페러그린은 술 취한 사람처럼 자갈길을 비틀거리며 걸었다. 호러스와 밀라드가 웃음을 터뜨렸다.

"뭐가 우스워? 어지러운 건 원장님 잘못이 아니야." 브로닌이 말했다.

호러스가 양팔을 크게 벌렸다. "아름다운 런던에 오신 걸 환영합니다! 에녹, 여긴 네가 말하던 것보다 훨씬 더 웅장하다. 네가 그토록 떠들어대던 런던! 자그마치 75년 동안 런던, 런던, 런던, 아주 노래를 부르더니 말이야. 지상에서 가장 위대한 도시라면서."

밀라드가 쓰레기통 뚜껑을 열었다. "런던! 지상 최고의 쓰레기

폐기장!"

호러스가 모자를 벗었다. "런던! 쥐들까지도 모자를 쓰는 곳!"

"그렇게까진 말 안 했어." 에녹이 말했다.

"했어!" 올리브가 소리쳤다. "얘들아, 이건 **런던에서라면** 상상도 할 수 없는 일이야. 요리하면 런던이지!"

"지금 우리가 이 도시를 제대로 보고 있는 건 아니잖아!" 에녹이 변명하듯 말했다. "뒷골목으로 다니는 게 나아? 아니면 와이트 눈에 띄는 게 나아?"

호러스는 그의 말을 무시했다. "런던! 하루하루가 축제인 곳! 특히 쓰레기 청소부에게!"

그가 웃음을 터뜨렸다. 호러스의 웃음에는 전염성이 있었다. 얼마 후 거의 모든 아이들이 키득거렸다. 심지어 에녹까지도. "내가 **약간** 과장을 하긴 했지." 마침내 그가 인정했다.

"런던이 뭐가 그렇게 대단하단 건지 모르겠어." 얼굴을 찌푸리며 올리브가 말했다. "더럽고, 냄새 나고, 아이들을 울리는 못된 사람들이 우글거려서 난 싫어!" 올리브가 있는 대로 얼굴을 구기고는 "그리고 나 배고프단 말이야!"라고 소리쳤고 그 바람에 우리는 더 깔깔대고 웃었다.

"기차역에서 만난 사람들은 좀 심술궂긴 했지. 하지만 다들 대가를 치렀잖아! 브로닌이 공중전화 부스에 처박았을 때 그 남자 표정은 절대 못 잊을 거야."

"벌에 엉덩이를 쏘인 그 못된 여자도!" 에녹이 말했다. "돈을 내고라도 다시 보고 싶은 장면이야."

나는 휴를 바라보며 맞장구쳐주길 기대했지만 그는 내 쪽으로 등을 돌리고 서 있었다. 그의 어깨가 흔들렸다.

"휴, 괜찮아?" 내가 물었다.

휴는 우리의 시선을 피했다. "아무도 나한테 신경 안 쓰는구나. 조금 전에 목숨을 구해줬는데도 고맙단 말 한 마디 없고."

우리는 문득 부끄러워져서 휴에게 고맙다고, 미안하다고 말했다.

"미안, 휴."

"이번에도 고마웠어, 휴."

"넌 정말 생명의 은인이야."

그가 돌아서서 우리를 보았다. "걔들은 내 친구들이었다고."

"우린 지금도 친구잖아!" 올리브가 소리쳤다.

"너희들 말고! 내 벌들! 단 한 번만 침을 쏠 수 있고, 쏘고 나면 죽어서 하늘나라 벌집으로 간다고. 이제 헨리만 남았는데, 한쪽 날개를 잃어서 날 수도 없어." 휴가 손을 내밀고 천천히 손가락을 폈다. 휴의 손바닥에서 헨리가 우리를 향해 한쪽 날개를 파르르 떨었다.

"이리 와, 친구." 휴가 속삭였다. "이제 그만 집에 가야지." 휴는 혓바닥을 내밀어 벌을 그 위에 올려놓은 뒤 입을 다물었다.

에녹이 그의 어깨를 다독였다. "할 수만 있다면 죽은 벌들을 되살리고 싶지만, 그렇게 작은 생물에도 내 능력이 통할지 잘 모르겠다."

"말이라도 고마워." 휴가 말한 뒤 헛기침을 하고는 뺨을 쓱 문질렀다. 자신의 나약함을 드러낸 눈물에 화가 났다는 듯이.

"원장님만 회복되고 나면 최대한 빨리 벌들을 찾아줄게."

"그 얘기가 나와서 말인데, 전화로 임브린하고 연락이 됐어?" 에녹이 엠마에게 물었다.

"아니, 한 명도." 엠마가 대답하고는 어깨를 축 늘어뜨리며 뒤집힌 쓰레기통 위에 앉았다. "운이 따라주면 한 군데라도 연결이 될 거라 생각했는데, 결국 한 곳도 안 됐어."

"그럼 그 개 말이 맞나보네." 호러스가 말했다. "위대한 런던의 루프들은 모두 적의 손에 넘어가버렸어." 그가 힘없이 고개를 떨어뜨렸다. "최악의 상황이야. 임브린들이 모두 납치됐어."

우리는 모두 고개를 떨어뜨렸다. 활기 넘치던 분위기는 온데간데없었다.

"밀라드, 처벌의 루프에 대해 네가 알고 있는 걸 우리한테 다 알려줘. 만약 임브린들이 전부 다 거기 있다면 구출 작전을 펼쳐야 하니까."

"안 돼, 안 돼, 안 돼." 밀라드가 말했다.

"**안 되다니**, 그게 무슨 뜻이야?" 엠마가 물었다.

밀라드는 누군가 그의 목을 조르는 것처럼 짓눌린 신음소리를 내고는 불편하게 숨을 쉬었다. "내 말은…… 우린 절대로……."

그는 차마 말을 잇지 못했다.

"쟤 왜 저러는 거야? 밀라드, 왜 그래?" 브로닌이 물었다.

"안 된다는 게 정확히 무슨 뜻인지 설명해봐." 엠마가 위협적인 목소리로 다그쳤다.

"왜냐하면 우린 다 **죽을** 테니까. 그게 이유야." 밀라드가 떨리는 목소리로 말했다.

"하지만 동물농장에선 쉽게 얘기했잖아! 마치 왈츠를 추면서 처벌의 루프에 들어갈 수 있다는 듯이……."

밀라드가 가쁜 숨을 쉬며 신경이 날카로워지는 것을 보고 나는 더럭 겁이 났다. 브로닌이 구겨진 종이봉투를 찾아 그에게 주면서 봉투에 대고 숨을 쉬라고 했다. 조금 회복이 되고 나서 밀라드가 대답했다.

"처벌의 루프에 **들어가는** 건 쉬워." 그가 호흡을 가다듬으며 천천히 말했다. "나오기가 어려워서 그렇지. 아니, 살아서 나오기가 어렵다고 해야겠구나. 처벌의 루프에 대해 개가 한 얘긴 전부 다 사실이야. 아니, 실은 그것보다 더 나빠. 불의 강…… 피에 굶주린 해적들…… 숨도 못 쉴 정도로 역겨운 공기……. 그 모든 게 마치 악마의 부야베스(향신료를 많이 넣은 프랑스 남부의 생선 수프-옮긴이)처럼 한데 뒤엉켜 있고, 와이트와 할로우가 얼마나 많은지는 오직 새만 알겠지."

"환상적이군!" 호러스가 양손을 들고 말했다. "좀 더 일찍 말해주지 그랬어. 동물농장에서 이 작전을 짤 때 말했더라면 좋았잖아."

"그랬다고 뭐가 달라졌을까?" 그가 봉지에 대고 몇 번 더 숨을 쉬었다. "만약 내가 좀 더 겁을 줬다면, 원장님이 인간의 모습을 잃도록 우리가 그냥 내버려뒀을까?"

"물론 아니었겠지. 그래도 진실을 말했어야지." 호러스가 말했다.

밀라드가 봉지를 내려놓았다. 기력이 회복되고 있었다. 자신감도 함께. "처벌의 루프가 얼마나 위험한 곳인지에 대해 내가 조금 허술하게 설명한 건 사실이야. 하지만 난 우리가 실제로 거기 들어갈 거라고는 생각하지 않았어. 런던의 상황에 대해 그 짜증나는 개의 암울한 설명을 들으면서도 난 우리가 적어도 공격을 받지 않은 루프 하나 정도는 찾을 수 있을 거라고 생각했어. 임브린이 남아서 관리하고 있는 루프. 그리고 어쩌면 그런 루프가 있을지도 몰라. 임브린들이 전부 다 납치되었다고 어떻게 장담할 수 있지? 공격받은 루프를 우리가 직접 보기라도 했어? 만약 임브린의 전화가…… 그저 우연히 연결이 안 된 거라면?"

"전부 다?" 에녹이 코웃음을 쳤다.

심지어 언제나 낙관적인 올리브마저도 그 말엔 고개를 저었다.

"그럼 어떻게 하자는 거야, 밀라드?" 엠마가 말했다. "누군가 루프를 지키고 있기를 바라면서 런던의 루프들을 돌아다녀보자고? 우릴 찾고 있는 그 썩은 괴물들이 루프들을 온전하게 내버려뒀을 확률이 얼마나 될 것 같아?"

"차라리 러시안 룰렛 게임을 하는 편이 생존확률이 더 높겠다." 에녹이 말했다.

"그러니까 내 말은, 우리에겐 아직 확실한 **증거**가……."

"얼마나 더 확실한 증거를 원해?" 엠마가 물었다. "피 웅덩이? 임브린들에게서 뽑은 깃털 한 무더기? 애보셋 원장은 이미 몇 주 전에 런던이 공격을 당했다고 했어. 렌 원장은 분명히 런던의 모든 임브린들이 납치되었다고 했고. 임브린인 렌 원장보다 네가 더 잘 알까? 우린 지금 런던에 왔고, 전화를 받는 루프가 하나도 없어. 그러니까 제발 부탁인데, 루프를 찾아다니는 게 자살 행위고 시간낭비란 얘기는 좀 하지 말아줄래?"

"잠깐, 바로 그거야!" 밀라드가 소리쳤다. "렌 원장님! 지금쯤 어떻게 됐을까?"

"그게 무슨 소리야?"

"그 개가 한 말 생각 안 나? 렌 원장님이 자매 임브린들의 납치 소식을 듣고 며칠 전에 런던에 왔다고 했잖아."

"그래서?"

"혹시 아직도 여기 계신 건 아닐까?"

"그랬다면 지금쯤 붙잡혔겠지." 에녹이 말했다.

"만약 아직 붙잡히지 않았다면?" 밀라드의 목소리가 희망으로 밝아졌다. "그럼 페러그린 원장님을 도울 수 있잖아. 처벌의 루프 근처에 갈 필요도 없고."

"그래서 어떻게 찾을 건데?" 에녹이 날카롭게 쏘아붙였다. "지붕 위에 올라가서 이름이라도 불러볼까? 여긴 케르놈이 아니야. 인구 수백만 명의 도시라고."

"비둘기." 밀라드가 말했다.

"뭐?"

"임브린들이 어디로 납치되었는지 알려준 건 렌 원장의 비둘기였어. 비둘기가 다른 임브린들이 어디로 갔는지 알았다면, 렌 원장이 지금 어디 있는지도 알 거야. 비둘기들은 렌 원장 거니까."

"참 나!" 에녹이 말했다. "런던에서 수수한 중년 여자보다 더 흔한 게 있다면 바로 비둘기야. 렌 원장의 비둘기를 찾으려고 런던을 다 뒤지기라도 하겠단 거야?"

"그건 좀 황당한 얘기다. 미안하지만 밀라드, 난 그게 과연 가능한 일인지 잘 모르겠어." 엠마가 말했다.

"너희들 진짜 운 좋은 줄 알아. 내가 기차에서 수다나 떠는 대신 공부를 했거든. 누가 동화책 좀 가져와봐."

브로닌이 가방에서 책을 꺼내 그에게 건넸다. 밀라드가 페이지를 뒤적였다. "제대로 찾기만 하면 이 동화 속에 많은 질문의 해답이 있어." 그가 한 페이지에서 멈춰 맨 위를 손가락으로 짚었다. "이것 봐!" 밀라드는 우리에게 자신이 찾은 것을 보여주었다.

동화 제목은 〈성 바오로의 비둘기〉였다.

"세상에! 그 비둘기가 우리가 찾는 비둘기란 거야?" 브로닌이 물었다.

"이 동화책에 나온 비둘기라면 이상한 비둘기인 게 거의 확실해. 더구나 이상한 비둘기가 대체 몇 종류나 있겠어?" 밀라드가 말했다.

올리브가 손뼉을 치며 소리쳤다. "밀라드, 너 진짜 똑똑하다!"

"고마워. 나도 알아."

"잠깐. 궁금한 게 있는데, 성 바오로가 뭐야?" 내가 물었다.

"그 정도는 **나도** 알아!" 올리브가 말했다. "성당이잖아!" 올리브가 골목 끝으로 달려가 저 멀리 웅장하게 솟은 거대한 돔 형태의 지붕을 가리켰다.

"런던에서 가장 웅장한 성당이야." 밀라드가 말했다. "내 직감이 맞다면 저기가 렌 원장님이 키우는 비둘기들의 보금자리야."

"제발 비둘기들이 집에 있어야 할 텐데. 그리고 좋은 소식을 전해줘야 할 텐데. 최근 들어 좋은 소식을 통 못 들었잖아." 엠마가 말했다.

성당을 향해 미로 같은 좁은 골목을 걷는 동안 암울한 침묵이

드리웠다. 꽤 긴 시간 동안 누구도 입을 떼지 않았고, 보도에 닿는 우리의 발소리와 도시의 소음만 울려 퍼졌다. 비행기 소리, 그칠 줄 모르는 자동차 소리, 음의 높이를 바꿔가며 울려 퍼지는 사이렌 소리.

기차역에서 멀어질수록 런던 공습의 증거들이 속속 눈에 띄기 시작했다. 파편에 파인 건물들. 부서진 창문들. 잘게 부서진 유리 가루로 뒤덮인 거리. 줄이 땅에 고정된 통통한 은색 풍선이 수놓은 하늘. "방공기구야." 목을 길게 빼고 풍선을 쳐다보는 나를 보고 엠마가 말했다. "독일 폭격기가 야간 공습 때 저 줄에 걸려서 추락해."

그러다가 어느 순간, 우리는 아주 기괴한 폭격 현장 앞에 이르렀고, 눈앞에 펼쳐진 광경이 너무도 섬뜩해서 모두 걸음을 멈추고 입을 헤벌린 채 그쪽을 쳐다보았다. 병적인 관음증 때문이 아니라, 좀 더 자세히 보지 않고는 나의 두뇌가 눈앞의 광경을 제대로 이해하지 못했기 때문이었다. 폭격으로 넓은 거리 전체가 마치 이빨 빠진 괴물의 입처럼 움푹하게 패어 있었다. 도로 한쪽의 건물은 내부는 그대로 남겨둔 채 앞면이 완전히 깎였다. 속을 전부 드러낸 건물은 마치 인형의 집 같았다. 식사가 준비된 식탁, 조금 기울어졌지만 여전히 벽에 걸려 있는 가족사진, 풀려 나와서 기다란 흰 깃발처럼 바람에 펄럭이는 화장실 휴지.

"건물을 짓다 말았나?" 올리브가 물었다.

"멍청아. 폭탄 맞은 거야." 에녹이 말했다.

올리브는 금방이라도 울음을 터뜨릴 것 같은 표정이 되더니 이내 얼굴을 굳히고 하늘을 향해 주먹을 휘두르며 소리를 질렀다. "악랄한 히틀러! 이 끔찍한 전쟁을 당장 그만두고 꺼져버리라고!"

브로닌이 올리브의 팔을 다독였다. "쉿! 그 사람이 들으면 어쩌려고!"

"이건 불공평해. 비행기, 폭탄, 전쟁이라면 이제 지긋지긋해."

"우리도 다 마찬가지야. 심지어 나도 그래." 에녹이 말했다.

호러스의 비명에 모두가 돌아보니 그가 도로 위의 무언가를 가리키고 있었다. 우리는 그게 뭔지 보려고 뛰어갔고, 마침내 그가 가리킨 것을 본 순간 그 자리에 얼어붙었다. 머릿속에서 **튀어!**라는 외침이 들려왔지만 다리가 말을 듣지 않았다.

그것은 머리들의 피라미드였다. 검게 탄 채 입을 헤벌리고 눈은 짓뭉개진 채 감겨, 녹아내리고 뒤엉켜 마치 히드라의 머리들처럼 도랑에 높이 쌓여 있었다. 엠마가 다가와서 보더니 기겁하며 돌아섰다. 브로닌은 신음소리를 냈다. 휴는 숨을 헉 들이키며 양손으로 눈을 가렸다. 마지막으로 에녹이 다가와 발끝으로 머리를 툭 건드리고는 그것들이 왁스로 만든 마네킹이고, 폭탄을 맞고 가발 가게에서 쏟아져 나온 거라고 말했다. 문득 바보가 된 것 같은 기분이 들었지만 그래도 섬뜩하긴 마찬가지였다. 비록 실제 사람의 머리는 아니라고 해도, 우리 주위의 폐허 속에 숨은 의미를 상징하고 있는 것 같아서였다.

"가자. 여긴 공동묘지나 다름없네." 엠마가 말했다.

우리는 계속 걸었다. 시선을 바닥에 고정하려 애썼지만 우리 곁에 스쳐 지나가는 섬뜩한 광경들을 외면할 수는 없었다. 연기가 피어오르는 폐허 속에서 유일하게 현장에 파견된 소방수가 더 이상 물이 나오지 않는 호스를 들고 물집이 잡힌 지친 얼굴로 다 포기한 듯 구부정하게 서 있었다. 그는 그저 우두커니 그 자리에 서 있었다. 마치 물이 없으니 이제 눈으로 보고 증언하는 게 그의 임무라는 듯이.

유모차를 탄 채 혼자 남겨진 아기는 목이 터져라 울고 있었다.

안쓰러운 마음에 브로닌이 걸음을 늦췄다. "저 사람들 좀 도와주면 안 될까?"

"그래봐야 달라질 건 없어." 밀라드가 말했다. "이 사람들은 과거 사람들이야. 과거는 바꿀 수 없어."

브로닌이 서글프게 고개를 끄덕였다. 브로닌도 알고는 있었지만, 다른 사람의 입을 통해 들어야만 스스로를 납득시킬 수 있었을 것이다. 우리는 이곳에 있다고 말할 수 없었고, 마치 유령처럼 아무 영향력도 행사할 수 없었다.

한 줄기 먼지 바람이 소방수와 아이를 지웠다. 우리는 계속 걸었다. 폭격의 잔해가 섞인 바람에 숨이 막혔고, 가루가 된 콘크리트는 우리 옷은 뿌옇게, 우리 얼굴은 해골처럼 허옇게 만들었다.

༃

우리는 폐허가 된 마을을 최대한 빨리 지나쳤고, 생명의 기운이 되돌아온 거리를 보며 감탄했다. 지옥의 거리를 지나고 나니 사람들이 다시 거리를 오갔고 전기와 창문과 벽이 있는 집에서 살고 있었다. 길모퉁이를 돌아서는 순간 성당의 돔이 모습을 드러냈다. 군데군데 화재로 검게 그을리고 아치문 몇 개가 부서졌지만 당당하고 위엄 있는 모습이었다. 마치 이 성당은 이 도시의 정신이며, 그 정도 폭격으로는 무너지지 않는다는 듯이.

비둘기 추적은 성당 가까이에 있는 어느 광장에서 시작되었다.

벤치에 앉아 있는 노인들이 비둘기에게 모이를 주고 있었다. 처음엔 완전히 아수라장이었다. 무작정 달려가 잡으려 했더니 비둘기들은 모두 달아났다. 노인이 투덜거렸고 우리는 비둘기들이 돌아오길 기다렸다. 결국 세상에서 가장 영리한 동물은 아닌 비둘기들이 돌아왔고, 우리는 번갈아 비둘기 떼 가까이 다가가 한 마리를 움켜잡으려 했다. 작고 민첩한 올리브나 날개 달린 짐승과 각별한 관계를 유지하고 있는 휴가 우리보다 나을 줄 알았지만 둘 다 험한 꼴을 당하고 말았다. 비둘기의 눈에 아예 **보이지도 않는** 밀라드 또한 별수없었다. 마침내 내 차례가 되어 광장으로 들어서는 순간, 비둘기들은 자기들을 괴롭히는 우리가 지긋지긋했는지 일제히 푸드득 날아올라 융단폭격 대형을 이루면서 쫓아가던 나를 분수대에 고꾸라지게 만들었다.

그나마 각고의 노력 끝에 한 마리를 잡은 것은 호러스였다. 그는 노인 옆에 앉아 비둘기가 다가올 때까지 씨앗을 던져주었다. 그러다가 천천히 몸을 앞으로 숙여 팔을 뻗은 뒤, 최대한 조심스럽게 비둘기의 발을 잡았다.

"잡았다!" 그가 소리쳤다.

비둘기는 퍼덕거리며 달아나려 애썼지만 호러스는 비둘기의 발을 더욱 꽉 움켜쥐었다.

호러스가 비둘기를 우리에게 데리고 왔다. "이상한 비둘기인지 아닌지 어떻게 알지?" 마치 상표가 거기 붙어 있다는 듯 비둘기의 엉덩이를 들여다보며 호러스가 말했다.

"페러그린 원장님한테 보여줘. 원장님은 아실 거야." 엠마가 말했다.

우리는 브로닌의 가방을 열어 비둘기를 그 안에 넣은 뒤 가방을 닫았다. 비둘기가 마치 몸이 찢겨나가는 듯 꽥꽥거렸다.

내가 실눈을 뜨며 소리쳤다. "살살 좀 하세요, 원장님!"

브로닌이 다시 가방을 열었을 때, 비둘기 깃털 한 움큼이 흩날렸지만 비둘기는 보이지 않았다.

"세상에! 잡아먹혔어!" 브로닌이 소리쳤다.

"아냐. 원장님 아래를 봐!" 엠마가 말했다.

페러그린이 펄쩍 뛰어 한옆으로 비켜서자 그곳에 비둘기가 있었다. 살아 있긴 했지만 완전히 넋이 나간 상태였다.

"이건…… 렌 원장의 비둘기란 거야? 아니란 거야?"

페러그린이 비둘기를 부리로 밀자 비둘기는 날아가버렸다. 페러그린은 광장으로 나가 한 차례의 요란한 새 울음으로 비둘기들을 전부 다 쫓아버렸다. 페러그린의 메시지는 분명했다. 호러스가 잡은 비둘기가 이상한 비둘기가 아닌 건 물론이고, 다른 비둘기들도 **전부 다 아니란** 뜻이었다. 더 찾아봐야 했다.

페러그린이 성당 쪽으로 뛰어가더니 답답하다는 듯 날개를 퍼덕였다. 우리는 성당 계단에 있는 페러그린을 따라잡았다. 거대한 성당이 우릴 내려다보고 있었다. 높이 솟은 종탑들이 원형 지붕을 호위하고 있었고, 숯검정을 뒤집어쓴 천사들이 대리석 받침대 위에서 우리를 굽어보았다.

"여길 어떻게 다 뒤져?" 나는 머릿속에 떠오른 생각을 소리 내어 말했다.

"한 번에 방 하나씩." 엠마가 답했다.

그때, 이상한 소음이 우리를 문 앞에 멈춰 서게 했다. 그 소리는 마치 멀리서 들려오는 자동차 경적처럼 기다란 아치 모양으로 높이 올라갔다가 다시 내려갔다. 그러나 1940년대에 자동차 경적이 있을 리 없었다. 공습 사이렌이었다.

호러스가 몸을 움츠렸다. "독일군이 오고 있어! 하늘의 저승사자들!"

"저게 어떤 의미인지는 아직 모르잖아." 엠마가 말했다. "잘못된 경보일 수도 있어. 시험 경보일 수도 있고."

그러나 거리와 광장은 빠른 속도로 텅 비어갔다. 벤치에 앉아 있던 노인들은 신문을 접고 일어섰다.

"저 사람들은 그렇게 생각하는 것 같지 않은데." 호러스가 말했다.

"우리가 언제부터 폭탄을 무서워했다고 그래? 제발 평범한 애들처럼 굴지 좀 마." 에녹이 말했다.

"한 가지 말해둘 게 있는데," 밀라드가 말했다. "이 폭탄은 우리한테 익숙해진 그 폭탄과는 달라. 케르놈에 떨어지는 폭탄과 달리 이건 어디로 떨어질지 모른다고."

"그러면 더더욱 우리가 여기 온 목적을 빨리 달성해야겠다. 자, 어서 가자!"

엠마가 말하고는 우리를 성당 안으로 이끌었다.

성당 내부는 웅장했다. 불가능한 일이겠지만 바깥보다 안이 더 넓어 보였다. 곳곳이 파손되었는데도 드문드문 신자들이 무릎을 꿇고 앉아 조용히 기도하고 있었다. 제대는 파편 더미 밑에 파묻혔고, 폭탄에 뚫린 천장 구멍으로 햇볕이 굵은 기둥처럼 내리쬐었다. 군인 한 명이 무너진 제단 위에 앉아 뻥 뚫린 천장으로 하늘을 바라보고 있었다.

우리는 목을 길게 빼고 돌아다녔다. 콘크리트 조각과 부서진 타일이 버스럭거리며 발에 밟혔다.

"아무것도 안 보여." 호러스가 말했다. "비둘기 만 마리 정도는 숨을 수 있겠다."

"보지 말고 **들어**." 휴가 말했다.

우리는 멈춰 서서 구구 하는 비둘기 울음소리가 들리는지 귀를 기울여보았다. 그러나 들리는 소리라고는 멈출 줄 모르는 공습 사이렌과 그 뒤로 이어지는 천둥 같은 굉음뿐이었다. 침착해야 한다고 중얼거리면서도 내 심장은 마치 드럼 소리를 내는 전자 악기처럼 쿵쿵거렸다.

폭탄이 떨어지고 있었다.

"여기서 벗어나야 해." 내가 말했다. 두려움에 목이 메었다. "근처에 방공호가 있을 거야. 우리가 숨을 수 있는 안전한 곳."

"여기까지 와서 포기할 순 없어!" 브로닌이 말했다.

또 한 번의 폭격이 이어졌고 이번에는 소리가 더 가까워서 들렸다. 다른 아이들도 긴장하기 시작했다.

"어쩌면 제이콥 말이 맞는지도 몰라. 폭격이 멈출 때까지 어디 숨어 있다가 끝나면 그때 다시 찾아보자."

"안전한 곳은 어디에도 없어. 이런 폭탄은 지하 깊숙이 판 방공호도 뚫고 들어올 수 있어."

"루프는 못 뚫을 텐데." 엠마가 말했다. "이 성당에 관한 동화가 있는 걸 보면 여기 루프의 입구가 있을지도 몰라."

"어쩌면, 어쩌면, 어쩌면. 그 책 이리 줘봐, 찾아보게." 밀라드가 말했다.

브로닌이 가방을 열고 밀라드에게 책을 건넸다.

"어디 보자……." 그가 말하며 〈성 바오로의 비둘기〉가 나올 때까지 책장을 넘겼다.

폭탄이 떨어지고 있는데 우린 동화책이나 읽고 있다니. 다들 미쳐가는 건가. 나는 생각했다.

"잘 들어봐." 밀라드가 말했다. "만약 루프의 입구가 여기 있다면 그게 어디 있는지 이 동화가 알려줄 수도 있어. 다행히 짧은 동화네."

폭탄 하나가 성당 바로 앞에 떨어졌다. 바닥이 흔들렸고 천장에서 석고 가루가 비처럼 쏟아져 내렸다. 나는 이를 악물고 호흡에 집중하려 애썼다.

동요하지 않고 밀라드가 헛기침을 했다. "성 바오로의 비둘기!" 그가 큰 소리로 읽기 시작했다.

"제목은 이미 알고 있거든!" 에녹이 말했다.

"빨리 좀 읽어!" 브로닌이 말했다.

"그만 좀 끼어들래? 이러다가 날 새겠다." 밀라드가 말한 뒤 동화를 읽기 시작했다.

"옛날 옛적 이상한 시대, 런던 시내에 탑도, 첨탑도, 높은 건물도 없었던 시절에 비둘기들은 시끄러운 사람들의 세상에서 멀찌감치 떨어진 높은 곳에 아늑한 둥지를 틀고 싶었습니다. 그런 둥지를 만드는 방법도 알고 있었습니다. 왜냐하면 비둘기들은 타고난 건축가들인 데다 우리가 생각하는 것보다 훨씬 더 똑똑하기 때문이었지요. 하지만 옛날 런던 사람들은 높은 건물을 짓는 데 관심이 없었습니다. 어느 날 밤, 비둘기들은 그들이 아는 가장 부지런한 사람의 침실로 날아들어 그의 귀에 대고 웅장한 탑에 대한 계획을 속삭였습니다.

다음날 아침, 잠에서 깨어난 남자는 무척 신이 났습니다. 그는 꿈에서 런던 시내의 가장 높은 언덕 위에 높다란 첨탑이 달린 웅장한 성당이 서 있는 것을 보았습니다. 적어도 그는 꿈에 보았다고 생각했습니다. 몇 년 뒤 그는 막대한 비용을 들여 그런 성당을 세웠습니다. 성당에는 굉장히 높은 탑이 있었고, 움푹한 곳과 틈새들이 많아서 비둘기들이 보금자리를 틀기에 알맞아 비둘기들은 무척 행복했습니다.

그러던 어느 날 해적들이 도시를 강탈하고 탑을 태워버려서 비둘기들은 다른 건물을 찾아야만 했습니다. 비둘기는 또 그의 귓가에 속삭이고는 새 성당이 지어지기를 기다렸습니다. 이번에 꿈에 보인 성당은 처음 것보다 더 웅장하고 더 컸습니다. 마침내 새로 지어진 성당은 무척 웅장하고 높았습니다. 그리고 또다시 불에 타버렸습니다.

그런 일이 몇 년 동안 되풀이되었습니다. 성당이 불에 타고, 비둘기들은 조금 더 크고 웅장한 첨탑에 대한 영감을 수 대에 걸쳐 밤마다 건축가들에게 불어넣어 주었습니다. 비록 건축가들은 자기들이 비둘기들에게 어떤 빚을 졌는지 알지 못했지만, 비둘기들에게 친절했고 교회 신도석이든 종탑이든 그들이 좋아하는 곳에 머물게 해주었습니다. 비둘기가 성당의 마스코트이자 수호자인 것처럼. 비둘기들은 실제로 그런 존재였습니다."

"**전혀** 도움이 안 되네. 루프 입구가 나오는 대목으로 빨리 좀 가봐." 에녹이 말했다.

"지금 **가고 있잖아!**" 밀라드가 쏘아붙였다.

"결국 수많은 탑들이 생겼다가 사라졌고, 비둘기들의 계획도 조금씩 더 야심차져서 그들의 계획을 실행할 사람을 찾는 데 점점 더 많은 시간이 걸렸습니다. 마지막으로 그런 사람을 찾았을 때 그는 비둘기들에게 완강히 저항했습니다. 수많은 성당이 불타버렸기 때문에 그 언덕이 저주받았다고 믿었기 때문이지요. 성당에 대한 생각을 머리에서 떨쳐내려 애썼지만, 비둘기들은 밤마다 찾아와 그의 귓가에 속삭였습니다. 그래도 남자는 꿈쩍하지 않았습니다. 그래서 비둘기들은 낮 시간에 그를 찾아갔습니다. 전에는 한 번도 그런 적이 없었지요. 그리고 그에게 이상하고 우스운 언어로 이 일을 해줄 사람은 그밖에 없다고 말했습니다. 그러나 그는 비둘기들의 부탁을 거절하고 그들을 쫓아냈습니다. '휘이 휘이, 그만 가버려! 이 요물들 같으니라고!'

모욕을 당해 복수심에 불탄 비둘기들은 미치기 직전까지 그를 괴롭혔습니다. 그가 가는 곳은 어디든 따라다니면서 옷자락을 끌어당기고, 머리카락을 잡아당기고, 그가 먹은 음식을 엉덩이 깃털로 망쳐놓고, 밤에는 잠을 못 자게 창문을 두드렸습니다. 결국 어느 날 그는 무릎을 꿇고 울부짖었습니다. '비둘기들아! 너희가 말하는 성당을 지어줄 테니, 너희들이 그 성당을 불에 타지 않도록 지켜다오!'

남자의 제안에 비둘기들은 당황했습니다. 비둘기들은 의논을 했죠. 그리고 그들이 종탑을 짓는 데에만 너무 열을 올리고 제대로 지키지는 못했다는 결론을 내렸습니다. 그래서 앞으로는 무슨 일이 있어도 탑을 지키기로 맹세했습니다. 비둘기들의 맹세를 받은 남자는 성당을 지었습니다. 두 개의 탑과 한 개의 돔이 있는 높은 성당이 었죠. 아주 웅장해서 남자와 비둘기들 모두 흡족했고 그들은 친구가 되었습니다. 남자는 남은 평생 동안 그에게 조언해주는 비둘기 한 마리를 동반하지 않고는 아무 데도 가지 않았습니다. 그가 편안한 삶을 마치고 세상을 떠난 뒤에도 비둘기들은 땅속으로 그를 찾아갔습니다. 오늘날에도 그 성당은 런던에서 가장 높은 언덕에 우뚝 서 있고, 비둘기들이 성당을 지키고 있습니다."

밀라드가 책을 덮었다. "끝!"

"끝인 건 알겠는데, 비둘기들이 **어디서** 지킨다는 거야?" 몹시 화가 난 목소리로 엠마가 말했다.

"달나라 고양이 얘기라도 이것보단 도움이 됐겠다." 에녹이 말했다.

"도대체 뭔 소린지 모르겠네. 너희들은 알겠어?" 브로닌이 물었다.

나는 조금 감이 오긴 했다. '땅 속'이란 말에 뭔가 있는 것 같았다. 그런데 내게 떠오르는 생각이라고는 **비둘기들이 지옥에 있나?** 하는 것 정도였다.

또 한 차례 폭탄이 떨어졌고 성당 전체가 흔들렸다. 그런데 천장에서 날개를 파닥거리는 소리가 들렸다. 고개를 들어보니 겁에 질린 비둘기 세 마리가 서까래의 은신처로 피신하고 있었다. 페러그린이 흥분해서 끽끽거렸다. 마치 **쟤들이야!**라고 말하는 것처럼. 브로닌이 페레그린을 안아 들었고 우리는 다 함께 새를 쫓아 달리기 시작했다. 비둘기들은 신도석을 가로지르더니 갑자기 모퉁이를 돌아 복도로 사라졌다.

잠시 후 우리도 복도에 도착했다. 다행히도 비둘기들은 밖으로 날아가진 않았다. 그랬다면 잡을 엄두도 내지 못했을 것이다. 복도는 계단으로 이어졌다. 지하로 이어진 나선형 계단이었다.

"좋았어!" 에녹이 통통한 손을 부딪치며 말했다. "쟤들 지하로 내려갔으니까 이제 지하실에 갇혔어!"

우리는 계단을 뛰어 내려갔다. 계단 끝에는 바닥과 벽이 전부 돌로 만들어진 널찍하고 어두침침한 방이 있었다. 춥고 눅눅한 데다 전기가 나가 칠흑같이 어두워서, 엠마가 손에 불을 지펴 주위를 비췄다. 그제야 이 방이 어떤 곳인지 알 것 같았다. 우리 발밑 이 끝에서 저 끝까지, 글씨를 새긴 대리석 석판들이 줄지어 있었다. 내 발 바로 밑 석판에는 이런 묘비명이 적혀 있었다.

엘드리지 손브러시 주교, 1721년 사망

"여긴 지하실이 아니야. 지하 묘실이야." 엠마가 말했다.

나는 조금 오싹한 기분이 들어서 엠마의 따스한 불빛 가까이 다가섰다.

"그럼 이 아래 사람들이 묻혀 있는 거야?" 올리브가 떨리는 목소리로 물었다.

"그게 뭐가 어떻단 거야?" 에녹이 말했다. "폭탄이 떨어져서 우리까지 여기 묻히기 전에 빨리 그 망할 놈의 비둘기를 잡아야지."

엠마가 벽에 불을 비추며 한 바퀴 빙 돌았다. "여기 어딘가 있을 거야. 계단 말고는 밖으로 나가는 길이 없으니까."

그때 날갯짓 소리가 들렸다. 나는 긴장했다. 엠마는 불을 더 크게 일으킨 뒤 소리가 나는 쪽을 비춰보았다. 흔들리는 엠마의 불빛이 비춘 곳은 바닥에서 1미터 남짓 올라와 있는 위가 평평한 묘였다. 묘와 벽 사이에 우리가 서 있는 자리에서는 보이지 않는 공간이 있었다. 새 한 마리가 숨기에 완벽한 장소였다.

엠마가 손가락 하나를 입술에 대고 우리에게 따라오라고 손짓했다. 우리는 살금살금 묘실을 가로질렀다. 묘 앞에 이르자 우리는 세 면을 빙 둘러싸고 섰다.

준비됐어? 엠마가 입 모양으로 말했다.

아이들이 고개를 끄덕였고 나는 엄지를 들어 보였다. 엠마는 발끝으로 다가가 무덤 뒤를 보았지만 이내 얼굴이 시무룩해졌다. "아무것도 없네!" 그녀가 말하며 화가 나서 발을 굴렀다.

"이상하다. 분명히 여기 있었잖아!" 에녹이 말했다.

우리는 다가가서 묘비를 들여다보았다. "엠마, 석판을 좀 비춰봐. 어서!" 밀라드가 말했다. 엠마가 불을 비추자 밀라드가 묘비명을 읽었다.

크리스토퍼 렌, 성당의 건립자, 이곳에 묻히다

"렌! 이상한 우연이네!" 엠마가 소리쳤다.

"난 우연이라고 생각하지 않아. 분명히 **렌 원장님**하고 관계가 있을 거야. 어쩌면 원장님의 아버지일 수도 있어." 밀라드가 말했다.

"흥미로운 사실이군. 하지만 그게 렌 원장과 렌 원장의 비둘기들을 찾는 데 무슨 도움이 되지?" 에녹이 말했다.

"지금 그걸 알아내려는 중이잖아." 밀라드가 혼자 중얼거리며 동화에서 본 내용을 떠올렸다. "그가 세상을 떠난 뒤에도 비둘기들은 땅속으로 그를 찾아갔습니다……."

그때 비둘기 울음소리가 들렸다. "쉿!" 내가 아이들을 조용히 시키고 귀를 기울이게 했다. 몇 초 뒤 다시 소리가 들려왔다. 묘 뒤쪽이었다. 나는 묘 뒤로 가서 무릎을 꿇었다. 그제야 바닥에 뚫린 작은 구멍이 보였다. 주먹 하나 들어갈 만한 크기, 새 한 마리가 들어갈 만한 크기의 구멍이었다.

"이쪽이야!" 내가 말했다.

"너무 숨 막혀!" 엠마가 말하며 구멍을 비췄다. "동화에서 말한 땅속이 여긴가?"

"하지만 구멍이 너무 작잖아. 저기서 어떻게 새들을 꺼내?" 올리브가 물었다.

"새들이 나올 때까지 기다려야지." 호러스가 답했다. 곧바로 엄청나게 가까운 곳에 폭탄이 떨어지는 소리가 들렸고, 나는 눈앞이 캄캄해져선 이를 딱딱 부딪쳤다.

"그럴 필요 없어. 브로닌, 렌 경의 묘를 좀 열어줄 수 있어?" 밀라드가 말했다.

"안 돼!" 올리브가 소리쳤다. "해골 보고 싶지 않단 말이야!"

"걱정 마, 꼬마야. 밀라드한테 뭔가 생각이 있을 거야." 브로닌이 묘의 석판 가장자리를 잡고 밀자, 돌이 밀리는 소리와 함께 천천히 묘가 열렸다.

묘 안쪽에서 우리가 전혀 예상하지 못한 냄새가 풍겼다. 죽음의 냄새가 아니라 곰팡이와 묵은 먼지 냄새였다. 우리는 안을 들여다보기 위해 모여 섰다.

"숨 막혀." 엠마가 말했다.

제 9 장
chapter nine

관 이 있어야 할 자리에 어둠 속으로 내려가는 사다리가 있었다. 우리는 열린 묘 속을 들여다보았다.

"나 여기 **절대로** 안 들어가." 호러스가 말했다. 그러나 세 개의 폭탄이 연거푸 성당 건물을 뒤흔들면서 머리 위로 콘크리트 조각이 비처럼 쏟아지자 그는 나를 밀치고 먼저 사다리를 잡았다. "좀 비켜 줄래? 옷 잘 입은 사람이 먼저 가야지!"

엠마가 그의 소매를 잡았다. "불빛이 있으니까 내가 먼저 갈게. 제이콥이 내 뒤에 올 거야. 저 아래에 **뭐가** 있을지…… 잘 모르잖아."

나는 엷은 미소를 지어 보였다. 생각만 해도 무릎이 후들거렸다.

"들쥐, 콜레라, 무덤 속에 사는 별의별 괴물들 말고 또 뭐가 있겠어?" 에녹이 말했다.

"저 안에 뭐가 있든 상관없어. 우린 부딪쳐야 해. 무조건." 밀라드가 심각하게 말했다.

"알았어. 렌 원장님도 저기 계셔야 할 텐데. 쥐에 물린 상처는 안 낫잖아."

"할로우한테 물리면 더 안 나아." 엠마가 말하고 한 발을 사다리에 올려놓았다.

"조심해. 내가 바로 뒤따라갈게." 내가 말했다.

엠마가 불붙은 손으로 내게 경례했다. "또다시 모험 시작이네." 그녀가 사다리를 내려갔다.

이제 내 차례였다.

"폭격 속에서 무덤으로 들어가면서 내 방 침대 위에 누워 있으면 얼마나 좋을까 생각해본 적 있어?" 내가 말했다.

에녹이 내 발을 찼다. "꾸물대지 마!"

나는 무덤 입구를 잡고 한 발을 사다리에 올려놓은 채, 내 삶이 이렇게 갑자기 뒤바뀌지만 않았다면 지금쯤 내가 하고 있을 유쾌하고 따분한 일들을 잠시 생각했다. 테니스 캠프, 조정 레슨, 판매대 정리. 나는 헤라클레스의 힘을 끌어내 사다리를 내려가기 시작했다.

사다리를 내려서니 동굴 안이었다. 동굴 한쪽은 막혀 있었고, 다른 한쪽은 어둠 속으로 뻗어 있었다. 공기는 찼고 마치 물 찬 지하실에서 썩어가는 옷 냄새 같은 이상한 냄새가 배어 있었다. 어디서 온 것인지 알 길 없는 물방울이 거친 돌벽에 맺혔다 떨어졌다.

엠마와 함께 아이들이 내려오기를 기다리는 동안 한기가 조금씩 몸에 배었다. 다른 아이들도 추위를 느끼고 있었다. 브로닌은 바닥에 내려서자마자 가방을 열고 동물농장의 이상한 양들이 준 울 스웨터를 꺼내 나눠주었다. 나도 하나 받아 입었다. 소맷자락이 손가락 아래까지 내려왔고 밑단은 무릎까지 늘어져 자루를 뒤집어쓴 것 같았지만 그래도 따듯했다.

　브로닌은 이제 텅 빈 가방을 버렸다. 페러그린은 브로닌의 코트 속에 있었고, 그곳에 아예 둥지를 튼 것 같았다. 밀라드는 무겁고 부피도 큰 동화책을 들고 가겠다고 우겼다. 언제 필요할지 모른다면서. 동화책은 어느덧 밀라드에게 아끼는 담요 같은 존재가 된 것 같았고, 밀라드는 그 책을 오직 자기만 해독할 수 있는 책으로 여겼다.

　우리는 누가 보아도 이상한 집합체였다.

　나는 어둠 속에서 할로우를 감지하려 애쓰면서, 발을 끌며 앞으로 나아갔다. 미약한 통증이 느껴졌다. 할로우들이 이곳에 있었다가 떠난 것처럼 그들의 흔적이 느껴졌다. 그러나 그 말을 하지는 않았다. 쓸데없이 모두를 놀랠 필요는 없었다.

　우리는 계속 걸었다. 젖은 벽돌 바닥에 신발이 부딪혀 철퍽거리는 소리가 동굴 안에 울려 퍼졌다. 우리를 기다리고 있는 게 뭔진 몰라도 살금살금 다가가기는 애초에 글렀다.

　어쩌다 한 번씩 머리 위에서 비둘기의 날갯짓 소리와 울음소리가 들려왔고, 그럴 때마다 우리는 걸음을 재촉했다. 섬뜩한 충격이 우릴 기다리고 있을 것만 같은 불길함이 엄습했다. 벽에는 묘실에서 보았던 것 같은 비석들이 박혀 있었지만, 그것들보다는 훨씬 더 오래된 데다 글씨는 거의 닳아 없어져 있었다. 그 다음에는 관들을 지났다. 무덤도 없이 바닥에 놓인 관이었다. 관들은 마치 버려진 이사용 상자들처럼 한쪽 벽에 높이 쌓여 있었다.

　"도대체 여기 뭐하는 데야?" 휴가 속삭였다.

　"관이 넘쳐난 거야." 에녹이 말했다. "관이 너무 많아서 새로 들어오는 관을 받을 수 없을 때, 옛날 관을 이곳으로 옮겨와서 쌓아놓는 거지."

"정말 끔찍한 루프의 문이다. 들락날락할 때마다 여길 지나쳐야 한다고 생각해봐."

내가 말했다.

"우리가 쓰던 돌무덤 문하고 별로 다를 것도 없어." 밀라드가 말했다. "기분 나쁜 루프의 문은 그 나름의 목적이 있어. 평범한 사람들이 피해 다니는 곳이니까 우리 마음대로 쓸 수 있잖아."

무척이나 합리적이고 지혜로운 말이었다. 그러나 내 머릿속에 떠오르는 것이라고는 이런 생각들뿐이었다. **사방에 죽은 사람 천지군. 다 썩었고, 해골들이고, 죽었고 그리고……**.

"이런!" 엠마가 갑자기 걸음을 멈췄고 그 바람에 나는 엠마의 등에 부딪쳤다. 뒤따라오던 아이들도 차례로 나와 부딪쳤다.

엠마가 한쪽 벽에 불을 비췄고, 그곳에 표면이 둥근 문이 나 있었다. 조금 열려 있었지만 문틈으로는 어둠밖에 보이지 않았다.

우리는 귀를 기울였다. 한참 동안 숨소리와 멀리서 들려오는 물방울 소리 외에는 아무 소리도 들리지 않았다. 그때 마침내 소리가 들렸다. 그러나 우리가 기대했던 소리는 전혀 아니었다. 날갯짓 소리도, 새의 발이 바닥에 긁히는 소리도 아니었다. 인간의 목소리였다.

가냘픈 목소리로 누군가 울고 있었다.

"거기 누구 있어요?" 엠마가 물었다.

"제발 해치지 마세요!" 메아리처럼 울리는 목소리였다. 아니, 두 사람의 목소리일까.

엠마가 불을 환히 밝혔고 브로닌이 살금살금 다가가 발로 문을 밀었다. 그러자 해골이 가득한 조그만 방이 모습을 드러냈다. 대퇴골, 정강이뼈, 두개골. 수백 구의 시체에서 분리된 뼈들이 산처럼 아무렇게나 쌓여 있었다.

나는 충격으로 현기증을 느끼며 뒷걸음질쳤다.

"누구세요? 방금 누가 말했어요? 좀 나와보세요!" 엠마가 말했다.

처음엔 뼈 말고는 아무것도 보이지 않았다. 그러나 훌쩍거리는 소리의 진원지를 따라가보니 어둠 속에서 두 쌍의 눈이 우리를 바라보고 있었다.

"여긴 아무도 없어요." 작은 목소리가 말했다.

"그만 가세요. 우린 죽었으니까." 또 다른 목소리가 말했다.

"아닌 것 같은데. 그거야 보면 알겠지." 에녹이 말했다.

"어서 나와봐. 해치지 않을게." 엠마가 다정하게 말했다.

두 목소리가 동시에 물었다. "약속해?"

"약속해." 엠마가 대답했다.

뼈다귀들이 움직이기 시작했다. 해골 무더기에서 굴러 떨어진 두개골 하나가 데굴데굴 굴러 내 발치에 멈추곤 나를 쳐다보았다.

안녕, 나의 미래. 나는 생각했다.

어린 두 소년이 해골 무덤에서 불빛 속으로 기어 나왔다. 피부색은 저승사자처럼 희었고 검은 테를 두른 것 같은 눈동자는 어지러울 정도로 빙글빙글 돌았다.

"난 엠마라고 해. 얘는 제이콥이고. 얘들은 다 우리 친구들이야." 엠마가 말했다. "우린 이상한 아이들이고 절대 너희를 해치지 않아."

두 소년은 겁에 질린 짐승들처럼 몸을 웅크린 채 아무 말도 하

지 않았다. 눈알을 굴리며 모든 곳을 보면서도, 그 어디도 보지 않는 것 같았다.

"쟤들 왜 저래?" 올리브가 속삭였다.

"그런 말 하면 못써." 브로닌이 올리브를 다독였다.

"이름을 말해줄 수 있니?" 달래는 듯 다정한 목소리로 엠마가 물었다.

"난 조엘과 피터야." 키 큰 소년이 말했다.

"둘 중에 누구? 조엘? 피터?"

"난 피터와 조엘." 키 작은 소년이 말했다.

"지금 농담할 시간 없거든." 에녹이 말했다. "혹시 여기 새들 있어? 아니면 지나가는 파리 새끼라도?"

"비둘기들은 숨는 걸 좋아해." 키 큰 소년이 말했다.

"다락방에." 키 작은 소년이 말했다.

"다락방이라니? 그게 어디 있는데?" 엠마가 물었다.

"우리 집." 두 소년이 동시에 말하며 양팔을 들어 어두운 통로 쪽을 가리켰다. 그 둘은 함께 말하는 것 같았다. 말해야 할 문장이 단어 몇 개 이상으로 길어지면 한 명이 문장을 시작하고 다른 한 명이 문장을 끝맺었는데, 둘의 말 사이에 거의 간격이 뜨지 않았다. 한 명이 말하고 다른 한 명이 말을 하지 않을 때면, 조용한 아이가 다른 아이의 말을 완벽하게 입 모양으로 말했다. 마치 하나의 생각을 가진 두 아이처럼.

"너희 집으로 가는 길 좀 가르쳐줄래?" 엠마가 물었다. "우릴 다락방으로 데려가줄래?"

조엘과 피터는 고개를 저으며 어둠 속으로 물러났다.

"왜 그래? 가고 싶지 않니?"

"죽음과 피!" 한 소년이 외쳤다.

"비명과 피! 그리고 깨무는 그림자!" 두 소년이 합창했다.

"애들아, 난 이만 간다!" 호러스가 돌아서며 말했다. "나중에 지하 묘실에서 다시 만나자! 폭탄을 안 맞아야 할 텐데!"

엠마가 호러스의 소매를 붙잡았다. "안 돼! 우리 중에 그 망할 놈의 비둘기를 잡을 수 있었던 건 너뿐이었잖아!"

"쟤들 하는 얘기 못 들었어?" 호러스가 말했다. "루프는 깨무는 그림자들로 가득 차 있다잖아. 그게 뭐겠어? 할로우들이라고!"

"가득 차 **있었다고** 했잖아. 어쩌면 며칠 전 얘기일 수도 있어." 내가 말했다.

"너희가 마지막으로 집에 있었던 게 언제니?" 엠마가 소년들에게 물었다.

그들의 루프는 습격당했고, 그들은 운 좋게 달아나 이곳 지하 납골당의 해골들 속에 숨어 있었다고 아이들이 이상하게 끊어지는 문장으로 설명했다. 얼마나 오래전 일인지는 알 수 없다고 했다. 이틀? 사흘? 어둠 속에 숨어 있는 동안 시간 감각을 잃어버렸다고 했다.

"불쌍한 것들! 너희들 진짜 무서웠겠다." 브로닌이 말했다.

"그렇다고 영원히 여기 살 수는 없잖아. 다른 루프로 가지 않으면 점점 나이가 들 거야. 우리가 도와줄게. 하지만 먼저 비둘기를 잡아야 돼."

두 소년은 서로의 빙글거리는 눈동자를 보았다. 말을 하지 않고도 대화를 주고받는 것 같았다. 두 소년이 동시에 말했다. "우릴 따라와."

소년들은 해골 무더기에서 미끄러져 내려와 통로를 따라 걷기 시작했다.

우리는 아이들을 뒤따라갔다. 그들에게서 눈을 뗄 수가 없었다. 그들은 진짜 이상했다. 줄곧 팔짱을 끼고 있었고 몇 걸음을 걷고 나선 혀로 요란하게 딸깍거리는 소리를 냈다.

"쟤들 뭐하는 거야?" 내가 속삭였다.

"아마 저런 식으로 서로를 보는 걸 거야." 밀라드가 말했다. "어둠 속에서 소리를 반사시켜서 되돌아오는 소리를 통해 머릿속에 이미지를 만드는 거지."

"우리에겐 초음파 탐지 능력이 있어." 조엘과 피터가 말했다.

두 소년은 귀도 무척 발달한 게 틀림없었다.

동굴의 통로가 갈라지고 또다시 갈라졌다. 어느 순간 귀에서 갑자기 압력이 느껴졌고, 그 압력을 분출하기 위해 얼굴 근육을 움직여야 했다. 그제야 내가 1940년을 지나 루프에 들어왔음을 알 수 있었다. 우리는 마침내 수직으로 계단이 나 있는 막다른 골목에 이르렀다. 조엘과 피터는 그 벽 아래 서서 머리 위의 가느다란 햇살을 가리켰다.

"우리 집……." 큰 아이가 말했다.

"은 저 위에 있어." 작은 소년이 이어서 말했다.

그 말과 함께 그들은 그림자 속으로 사라졌다.

계단은 이끼 때문에 미끄러워 오르기가 쉽지 않았고, 천천히 올라가지 않으면 자칫 구를 위험이 있었다. 벽에 닿을 때까지 올라가니 사람 하나 들어갈 만한 크기의 동그란 문이 천장에 나 있었다. 문틈 사이로 빛이 새어 들어오고 있었다. 손가락을 틈에 넣어 문을 옆으로 밀어보니, 문이 카메라 셔터처럼 열리면서 하늘로 6미터에서 9미터 정도 뻗어 있는 원통 모양의 벽돌로 된 공간이 나왔다. 내가 있는 곳은 가짜 우물의 바닥이었다.

나는 우물 안으로 들어가 벽을 타고 기어오르기 시작했다. 반쯤 올라간 뒤에 등을 한쪽 벽에 기대고 잠시 쉬었다. 타는 듯한 팔 근육의 통증이 가라앉자 나머지 반을 올라갔고, 우물 밖으로 기어나가 풀밭 위로 내려섰다.

둘러보니 어느 허름한 집의 앞마당이었다. 오염된 듯 노란 그늘이 하늘에 드리워 있었지만 연기는 없었고 엔진 소리도 들리지 않았다. 우리는 더 오래된 시간 속으로 들어와 있었다. 전쟁 전, 심지어는 차가 나오기도 전. 바람이 찼고 눈발이 흩날리다 땅에 떨어져 녹았다.

내 뒤로 엠마가 나왔고 그 뒤로 호러스가 나왔다. 엠마는 우선 셋이서 먼저 이곳을 둘러보자고 했다. 이곳 상황을 모르는 데다 만약 빨리 튀어야 하는 상황이라면 적은 수가 움직이는 편이 나을 테니까. 남아 있어야 하는 아이들 누구도 그 말에 반박하지 않았다. 피와 그림자에 대한 조엘과 피터의 경고 때문에 모두 겁을 집어먹은 상태였다. 그러나 호러스는 기분이 좋지 않았고 광장에서 비둘기를 괜히 잡았다면서 계속 투덜거렸다.

브로닌이 아래쪽에서 우리에게 손을 흔든 뒤 우물 바닥의 동그란 문을 밀어 닫았다. 문은 물의 표면처럼 보이도록 색을 칠해놓았다. 물을 긷고 싶은 마음이 조금도 들지 않는 시커멓고 더러운 색이었다. 영리한 작전이었다.

우리 셋은 서로 꼭 붙어 주위를 둘러보았다. 마당과 집은 전혀 돌보지 않은 듯 상태가 엉망이었다. 우물을 둘러싸고 자란 풀은 낮게 밟혀 있었지만, 그 밖의 다른 곳에서는 잡초가 1층 창문보다 높이 자라 있었다. 개집 하나가 한구석에서 무너진 채 썩어가고 있었고, 그 근처에 뒹구는 빨랫줄은 수풀에 잠식당한 상태였다.

우리는 잠시 서서 비둘기 소리가 들리기를 기다렸다. 집 뒤쪽 어딘가에서 말발굽 소리가 들렸다. 분명히 1940년대의 런던은 아니었다.

그때 위층 창문에 달린 커튼이 조금 움직였다.

"저기!" 내가 커튼을 가리키며 속삭였다.

새인지 사람인지 알 수 없었지만 확인해볼 필요는 있었다. 집 안으로 들어가려고 문으로 다가가면서 다른 아이들에게 손짓을 하다가 무언가에 발이 걸려 넘어질 뻔했다. 머리부터 발목까지 검은색 방수포로 덮인 시체였다. 닳아빠진 신발이 방수포 끝에서 하늘을 향해 비죽이 나왔고, 신발 밑창의 갈라진 틈에 흰색 카드가 한 장 꽂혀 있었다. 카드에는 깔끔한 필체로 이렇게 적혀 있었다.

A. F. 크럼블리
최근까지 교외에 거주

생포되는 대신 나이 드는 것을 선택

유품을 템스 강에 버려주길 부탁

"불운한 친구로군." 호러스가 속삭였다. "자기 루프가 습격당하고 나서 이리로 왔는데, 여기도 바로 습격당했나봐."

"그런데 왜 크럼블리를 이렇게 땅바닥에 놓았을까?" 엠마가 작은 소리로 물었다.

"급히 떠나야만 했겠지." 내가 말했다.

엠마가 몸을 숙이고 방수포 가장자리로 손을 뻗었다. 보고 싶지 않았지만 손가락 사이로 보지 않을 수 없었다. 쪼글쪼글한 시체일 거라 생각했지만 아주 멀쩡했고 놀라울 만큼 젊었다. 겨우 마흔에서 쉰쯤으로 보였고, 관자놀이 주변만 머리카락이 조금 세었다. 그는 마치 잠을 자는 듯 평화롭게 눈을 감고 있었다. 정말 급속하게 나이를 먹은 걸까? 내가 페러그린의 루프에서 가져온 말라버린 사과처럼?

"이봐요. 죽은 거예요? 아님 자는 거예요?" 엠마가 부츠 끝으로 남자의 귀를 건드리자 얼굴 옆 부분이 푹 파이며 부스러졌다.

엠마는 기겁을 하며 방수포를 도로 씌워놓았다. 크럼블리는 이름처럼 바짝 말라서 부서지기 쉬운 상태였고(crumble: '바스러지다'라는 뜻-옮긴이), 바람이 불면 그대로 날아갈 것만 같았다.

우리는 가엾은 크럼블리를 뒤로 하고 집으로 향했다. 문손잡이를 잡고 돌리자 문이 열렸고, 그곳은 세탁실이었다. 세탁실 안으로 들어가보니 바구니에 그다지 오래된 것 같지 않은 빨래가 있었고, 싱크대 위에 빨래판이 단정하게 걸려 있었다. 폐허가 된 지 얼마 되

지 않은 집이었다.

　나의 **느낌**은 이곳에서 조금 더 강해졌지만 여전히 희미했다. 문을 한 번 더 열었더니 거실로 이어졌다. 가슴이 조여 왔다. 격전의 증거가 더 분명해졌다. 가구들이 뒤집힌 채 사방에 뒹굴었고, 사진틀은 선반에서 떨어졌으며, 벽지는 리본처럼 잘게 찢겨 있었다.

　"**이런 세상에.**" 호루스가 중얼거렸고 나는 그의 시선을 따라갔다. 변색된 시커먼 얼룩이 천장에 원을 그리고 있었다. 위층에서 뭔가 끔찍한 일이 일어난 게 틀림없었다.

　엠마는 눈을 질끈 감았다. "들어봐." 그녀가 말했다. "새 소리가 나는지만 듣고 다른 건 아무것도 생각하지 마."

　우리는 눈을 감고 귀를 기울여보았다. 1분이 흘렀다. 그리고 마침내 비둘기 울음소리가 들렸다. 나는 소리가 나는 쪽을 쳐다보았다.

　계단.

　우리는 삐걱거리는 소리가 나지 않도록 살금살금 계단을 올라갔다. 목 밑에서, 그리고 관자놀이에서도 심장 박동이 느껴졌다. 오래되어 부스러진 시체는 그럭저럭 감당할 수 있었지만, 살육의 현장도 내가 감당할 수 있을지 확신이 없었다.

　2층 복도 곳곳에 건물 잔해가 쌓여 있었다. 경첩에서 떨어져 나온 문은 바닥에 부서져 뒹굴었다. 부서진 문 앞에 가방과 서랍장이 쓰러져 있었다. 실패한 방어막이었다.

　첫 번째 방의 흰 카펫은 온통 피로 물들어 있었다. 그 피가 아래층 천장으로 흘러든 것 같았다. 그 피를 흘린 사람이 누군지는 몰라도 이미 오래전에 죽은 게 확실했다.

복도의 마지막 방은 강제 침입의 흔적이 전혀 없었다. 나는 조심스레 문을 열었다. 방안을 훑어보니 옷장, 작은 조각상들이 가지런히 놓여 있는 서랍장, 바람에 너울거리는 레이스 커튼이 눈에 들어왔다. 카펫도 깨끗했다. 모든 게 정돈되어 있었다.

그러나 침대를 본 순간, 아니 침대 위를 본 순간, 나는 뒷걸음질을 치며 문손잡이를 잡았다. 두 남자가 깨끗한 흰 이불을 덮고 잠든 듯 누워 있었고 그들 사이에 해골 두 구가 있었다.

"노화……." 호러스가 말했다. 그는 떨리는 손으로 목을 잡았다. "두 사람이 훨씬 더 빨리 진행됐나봐."

잠든 듯 보이는 두 사람도 아래층의 크럼블리처럼 죽은 거라고, 아마 우리가 만지는 순간 부스러질 거라고 호러스가 말했다.

"포기한 거야." 엠마가 속삭였다. "도망 다니기 지쳐서 포기한 거야." 엠마는 연민과 혐오가 뒤섞인 표정으로 그들을 바라보았다.

엠마는 그들이 쉬운 방법을 선택한 나약한 겁쟁이라고 생각하고 있었다. 그러나 나는 생각해보지 않을 수 없었다. 혹시 그들이 우리보다 와이트에 대해 더 잘 알고 있었던 건 아닌지. 우리도 그들만큼 알았다면 죽음을 선택하진 않았을지.

우리는 다시 복도로 나왔다. 어지럽고 구역질이 나서 이 집에서 뛰쳐나가고 싶었지만 아직은 나갈 수가 없었다. 계단이 하나 더 남아 있었다.

계단 꼭대기 층계참은 화재로 손상되어 있었다. 처음 이 집이 습격을 당했을 때 아이들은 이곳에서 놈들을 방어하려 했을 것이다. 나는 이곳에 모여 최후의 격전을 치렀을 이상한 아이들을 생각했다. 불로 놈들과 싸우려 했던 거겠지. 아니면 놈들이 아이들을 연

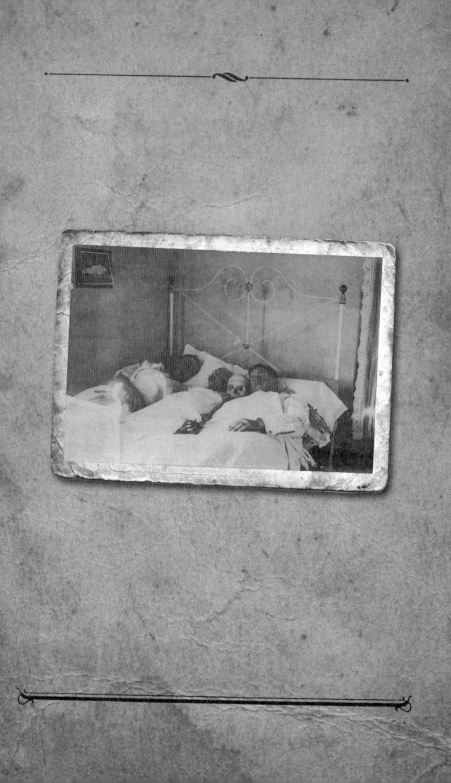

기로 질식시키려 했거나. 어느 쪽이건 이 집은 거의 불타버린 것이나 다름없었다.

몸을 숙이고 낮은 문을 통과하니 좁고 벽이 경사진 다락방이었다. 다락방 안의 모든 것이 시커멓게 타 있었고, 불길이 지붕에 구멍을 뚫었다.

엠마가 호러스를 쿡쿡 찔렀다. "여기 어딘가에 있을 거야. 어서 실력을 발휘해봐, 새 사냥꾼!" 그녀가 낮게 속삭였다.

호러스는 방 한가운데로 살금살금 걸어가 새를 부르기 시작했다. "휘리리! 비둘기야, 이리 온!"

그때 우리 뒤쪽에서 날갯짓 소리와 숨 가쁜 새 울음소리가 들렸다. 돌아보니 비둘기가 아니라 검은 드레스를 입은 소녀가 어둠 속에 반쯤 모습을 감춘 채 서 있었다.

"이걸 찾는 거야?" 소녀가 한 팔을 햇빛 기둥 속으로 내밀었다. 비둘기가 그녀의 손아귀에서 빠져나오려 몸을 비틀었다.

"맞아! 다행히 네가 데리고 있었구나!" 엠마가 대답하고는 비둘기를 받으려 두 손을 내밀고 다가갔지만 소녀는 소리를 질렀다. "거기 서!" 소녀가 손가락으로 소리를 내자 엠마가 서 있는 자리에 깔려 있던 융단이 갑자기 앞으로 움직였고, 엠마는 바닥에 고꾸라졌다.

나는 엠마에게 달려갔다. "괜찮아?"

"무릎 꿇어!" 소녀가 내게 소리쳤다. "두 손 머리 위로 올려!"

"난 괜찮아. 쟤가 시키는 대로 해. 초능력이 있나봐. 성격도 좀 이상하고." 엠마가 말했다.

나는 엠마 옆에 무릎을 꿇고 양손을 머리 뒤로 해 깍지를 꼈

다. 엠마도 똑같이 했다. 호러스도 입을 다문 채 벌벌 떨면서 양손을 바닥에 짚고 힘겹게 앉았다.

"널 해칠 생각은 없어. 우린 비둘기를 찾고 있었을 뿐이야." 엠마가 말했다.

"너희들이 뭘 찾는지는 너무도 잘 알아. 너희 종족은 도무지 포기할 줄을 모르지. 안 그래?" 소녀가 빈정거렸다.

"너희 **종족**?" 내가 물었다.

"무기를 꺼내서 이쪽으로 밀어!" 소녀가 소리쳤다.

"무기는 없어." 엠마가 침착하게 말했다. 더 이상 소녀를 화나게 하지 않으려 애쓰면서.

"날 우습게 봤다간 큰코다칠걸!" 소녀가 소리쳤다. "너희들, 약해 빠져서 총 같은 무기에 의존하는 놈들이잖아. 당장 내놓지 못해!"

엠마가 나를 돌아보며 속삭였다. "우리가 와이트인 줄 아나봐."

나는 하마터면 큰 소리로 웃을 뻔했다. "우리는 와이트가 아니야. **이상한 아이들**이야."

"비둘기를 잡으러 온 와이트는 너희가 처음이 아니야." 소녀가 말했다. "이상한 아이들을 흉내 낸 와이트도 너희가 처음이 아니고. 내가 죽인 와이트도 너희가 처음이 아니겠지? 당장 무기를 내려놓지 않으면 이 비둘기의 목을 부러뜨릴 거야. 그리고 너희들 목도!"

"우린 와이트 아니라니까!" 내가 외쳤다. "못 믿겠으면 우리 눈동자를 봐!"

"너희들 눈은 아무 의미도 없어!" 소녀가 말했다. "위장 렌즈를 끼는 건 책에도 나온 케케묵은 수법이야. 그 정도는 나도 다 알고 있다고!"

소녀가 우리 쪽으로 한 발자국 다가와 빛 속으로 들어섰다. 그녀의 눈동자에서 증오심이 끓어올랐다. 드레스를 제외하면 짧은 머리와 각진 턱이 말괄량이 같은 인상이었다. 며칠 동안 잠을 이루지 못한 사람처럼 눈빛이 흐릿했다. 소녀는 본능과 아드레날린의 지시에 따라 움직이고 있었다. 그런 상태라면 결코 우리에게 친절하지도, 너그럽지도 않을 것이다.

"우린 **진짜** 이상한 아이들이라니까! 맹세해!" 엠마가 말했다. "잘 봐, 내가 보여줄게." 엠마가 한 손을 들어 올리고 불을 지피려는 순간 나는 본능적으로 엠마의 손목을 잡았다.

"혹시 부근에 할로우들이 있다면 우릴 감지할 수 있을 거야. 내가 놈들을 감지하는 것처럼. 우리가 능력을 사용하면 찾기가 훨씬 더 쉬워지겠지. 경적을 울리는 거나 마찬가지야."

"하지만 너도 네 능력을 쓰고 있잖아." 엠마가 짜증을 내며 말했다. "쟤도 쓰고 있고!"

"내 능력은 수동적인 거잖아. 끌 수가 없다고. 그래서 흔적도 남지 않아. 그리고 쟤는, 아마 놈들은 이미 쟤가 여기 있는 걸 알 거야. 하지만 놈들이 원하는 건 쟤가 아니겠지."

"참 잘도 지어내시네!" 소녀가 말했다. "그게 네 능력이란 거야? 어둠의 괴물을 감지하는 게?"

"앤 놈들을 볼 수 있어. 죽일 수도 있고." 엠마가 말했다.

"거짓말을 하려면 제대로 좀 하지?" 소녀가 말했다. "뇌가 반쪽밖에 없는 애라도 그런 말은 안 믿겠다."

그 얘기를 하는 순간 새로운 느낌이 배 속에서 고통스럽게 번져오기 시작했다. 나는 이제 할로우의 흔적을 느끼는 게 아니라 그 존재를 느끼고 있었다.

"한 놈이 근처에 있어." 내가 엠마에게 말했다. "여기서 벗어나야
해."

"새 없인 못 가." 엠마가 중얼거렸다.

소녀가 우리 쪽으로 다가왔다. "이제 슬슬 시작해볼까." 소녀가
말했다. "너희들의 정체를 증명할 시간은 충분히 줬어. 어쨌든 나도
너희 같은 놈들을 죽이는 걸 슬슬 즐기기 시작했거든. 너희들이 내
친구들한테 한 짓을 생각하면, 아무리 죽여도 분이 풀리지 않을 것
같아."

그녀가 멈춰 서서 한 손을 들었다. 그나마 남아 있는 지붕의 잔
해를 우리 머리 위로 떨어뜨릴 셈인 것 같았다. 손을 쓰려면 지금 써
야 한다.

나는 웅크리고 앉아 있다가 양팔을 벌리고 달려들어 소녀를 바
닥에 쓰러뜨렸다. 소녀는 분노에 찬 비명을 질렀다. 나는 소녀가 손
가락을 움직이지 못하도록 손바닥을 주먹으로 세게 때렸다. 소녀가
비둘기를 놓는 순간, 엠마가 얼른 잡았다.

엠마와 나는 문 쪽으로 달렸다. 호러스는 여전히 어리둥절해서
앉아 있었다. "일어나! 뛰어!" 엠마가 소리쳤다.

호러스의 팔을 잡아끄는 순간 문이 쾅 하고 닫혔고, 불에 탄 서
랍장이 방 한구석에서 날아올라 방을 가로질렀다. 서랍장 모서리가
내 머리를 찢었고, 나는 얼른 엠마를 잡고 몸을 숙였다.

화가 난 소녀는 고함을 지르고 있었다. 나는 이제 죽은 목숨이
라고 생각했다. 그때 호러스가 일어나 있는 힘을 다해 소리를 질렀
다.

"멜리나 마농!"

소녀가 얼어붙었다. "방금 뭐라고 했어?"

"네 이름은 멜리나 마농이야. 넌 1899년 룩셈부르크에서 태어났어. 열여섯 살이 되었을 때 스라시 원장하고 이곳에 왔고 그 이후 줄곧 여기서 살았어."

호러스가 소녀의 허를 찔렀다. 소녀는 얼굴을 찌푸리고는 손을 아치 모양으로 움직였다. 나를 깔아뭉갤 뻔했던 서랍장이 공중에서 천천히 움직여 호러스의 머리 바로 위에서 멈췄다. 서랍장이 떨어지면 호러스는 그대로 깔려 죽을 것이다. "숙제 좀 했나보네. 하지만 와이트들도 이름과 생일 정도는 얼마든지 알아낼 수 있어. 미안하지만 네 속임수는 별로 재미가 없다."

그러나 소녀는 아직 호러스를 죽일 생각이 없어 보였다.

"네 아버지는 은행 점원이었어." 호러스가 빠르게 말했다. "네 엄마는 굉장한 미인이었지만 양파 냄새가 지독하게 났고. 평생 고칠 수가 없었지."

호러스의 머리 위에서 서랍장이 부르르 떨렸다. 소녀는 호러스를 바라보았고, 눈썹이 맞붙었다. 한 손은 공중에 떠 있었다.

"네가 일곱 살 때, 너는 아라비아 말을 너무나 갖고 싶어 했어." 호러스가 말을 이었다. "부모님은 그렇게 비싼 동물을 사줄 형편이 안 되어서 대신 당나귀를 사주셨지. 너는 당나귀에게 하비브라는 이름을 붙여줬어. **사랑받는 자**라는 뜻이야. 그리고 진짜 사랑해줬고."

소녀의 입이 떡 벌어졌다.

호러스는 말을 이었다.

"넌 열세 살 때 생각만으로 사물을 움직일 수 있다는 걸 깨달았지. 처음엔 작은 것들로 시작해서 종이 클립, 동전, 그리고 점점 더 큰 물건들을 움직였어. 하지만 하비브만큼은 절대 움직일 수 없었어. 왜냐하면 너의 초능력은 살아 있는 생명체에까지는 닿지 않았거든. 새 집으로 이사를 가게 되면서 너는 네 능력이 완전히 사라졌다고 믿었어. 왜냐하면 아무것도 움직일 수가 없었으니까. 하지만 그건 네가 새 집을 잘 몰라서 그랬던 거였어. 새 집에 익숙해져서 그걸 머릿속에 그릴 수 있게 되자, 밀폐된 공간 안의 물건들은 움직일 수 있었지."

"그걸 다 어떻게 알아냈어?" 멜리나가 감탄하며 물었다.

"네 꿈을 꾸었거든. 그게 내 능력이야."

"세상에! 너희 **진짜** 이상한 아이들이구나!"

서랍장이 바닥으로 사뿐히 내려앉았다.

나는 비틀거리며 일어섰다. 서랍장에 부딪친 머리가 욱신거렸다.

"너 피 난다!" 엠마가 벌떡 일어나 내 머리를 바라보며 말했다.

"괜찮아." 엠마를 밀어내며 내가 말했다. **느낌**이 안에서 시작되고 있었다. 그럴 때 누군가 나를 건드리면 그 느낌을 해석하기가 어려워지는 것은 물론이고, 느낌의 진행 과정에 방해가 되었다.

"다치게 해서 미안해. 내가 살아 있는 유일한 이상한 아이인 줄 알았어." 멜리나 마농이 말했다.

"우물 밑에 우리 친구들이 있어. 지하 묘실 동굴에." 엠마가 말했다.

"정말?" 멜리나의 얼굴이 환해졌다. "그럼 아직 희망이 있네!"

"희망이 있었지. 방금 너희 집 지붕 위로 날아갔지만." 호러스가 말했다.

"뭐? 아, 위니프레드 말하는 거야?" 멜리나가 손가락 두 개를 입에 대고 휘파람을 불었다. 잠시 후 비둘기가 지붕의 구멍으로 날아들어와 그녀의 어깨에 앉았다.

"멋지다!" 호러스가 박수를 치며 말했다. "그거 어떻게 하는 거야?"

"위니는 내 친구야. 내가 집고양이처럼 길을 들였어."

나는 손등으로 이마에 흐르는 피를 닦았다. 통증은 무시하기로 했다. 아파할 때가 아니었다. 내가 소녀에게 물었다. "와이트들이 왔었다면서. 비둘기를 잡으러."

멜리나가 고개를 끄덕였다. "사흘 전에 와이트들이랑 개들을 그림자처럼 쫓아다니는 괴물들이 왔었어. 여길 포위하고 스러시 원장이랑 여기 있던 아이들 반을 잡아간 뒤에 집에 불을 질렀어. 난 지붕에 숨어 있었지. 그날 이후 와이트들이 매일 몇 명씩 여기 와서 위니프레드하고 그 친구들을 추적했어."

"그래서 네가 와이트를 죽였다고?" 엠마가 물었다.

멜리나가 시선을 아래로 떨어뜨렸다. "내가 그렇게 말했나?"

거짓말을 했다는 사실을 인정하기에는 자존심이 허락지 않는 것 같았다. 그러나 상관없었다.

"렌 원장을 찾는 사람이 우리 말고 또 있다는 뜻이네." 엠마가 말했다.

"원장이 아직 안 잡혔단 뜻이기도 해." 내가 말했다.

"어쩌면." 엠마가 말했다. "어쩌면."

"우린 비둘기가 도와줄 수 있을 거라 생각했어. 렌 원장을 찾아야 하는데 새는 그에 대해 뭔가 알고 있을 거라고." 내가 말했다.

"렌 원장 얘긴 못 들었는데." 멜리나가 말했다. "위니가 우리 집 정원으로 날아왔길래 먹이를 준 것뿐이야. 우린 친구거든. 안 그러니, 위니?"

새가 행복한 듯 그녀의 어깨 위에서 쩍쩍거렸다.

엠마는 멜리나에게 다가가 비둘기에게 물었다. "렌 원장님이 어디 계신지 아니?" 엠마는 분명한 발음으로 크게 말했다. "**렌 원장님** 찾는 거 도와줄 수 있니?"

비둘기가 멜리나의 어깨에서 날아올라 문 쪽으로 날아가 날개를 파닥거리다가 다시 되돌아왔다.

이쪽이야라고 말하는 것 같았다.

증거는 그것만으로도 충분했다. "새를 데려가야겠어." 내가 말했다.

"그럼 나도 데려가." 멜리나가 말했다. "위니가 임브린이 어디 있는지 안다면 나도 같이 갈래."

"그건 별로 좋은 생각이 아니야. 우리가 하려는 일은 위험해. 너도 알다시피……." 호러스가 말했다.

엠마가 그의 말을 잘랐다. "새를 빌려줘. 다시 돌아올게. 약속해."

그 순간 느닷없이 통증이 밀려들었고 나는 헉하고 허리를 구부렸다.

엠마가 내 곁으로 달려왔다. "제이콥! 괜찮아?"

말을 할 수가 없었다. 나는 비틀거리며 창문 쪽으로 다가가 애써 몸을 똑바로 세웠다. 그리고 나의 감각을 몇 블록 건너에 있는 성당의 돔 모양 지붕 쪽으로 뻗어보고, 말이 끄는 마차가 지나가는 거리로도 뻗어보았다.

바로 저기 있군. 놈들이 그리 멀지 않은 골목길을 지나 이쪽으로 다가오고 있었다.

한 놈이 아니라 **두 놈**이었다.

"가야 돼. **지금 당장**." 내가 말했다.

"제발." 호러스가 소녀에게 말했다. "그 비둘기가 **꼭** 필요해!"

멜리나가 손가락으로 소리를 냈고 거의 나를 죽일 뻔했던 서랍장이 공중으로 붕 떴다. "그건 허락할 수 없어." 그녀는 미간을 좁히며 말하고서 서랍장 쪽으로 손가락을 흔들었다. 마치 우리가 상황을 제대로 이해했는지 확인하겠다는 듯이. "날 데려가면 위니를 줄게. 그렇지 않으면……."

서랍장이 한쪽 다리를 중심으로 빙글빙글 돌다가 한쪽으로 기울어지면서 바닥에 떨어졌다.

"좋아. 하지만 너 때문에 지체되면 새만 데리고 뜰 거야."

멜리나가 웃었다. 그러고는 손가락을 튕겨 문을 열었다.

"좋으실 대로!"

계단을 얼마나 빨리 뛰어 내려갔는지 발이 보이지 않을 정도였다. 우리는 20초도 되기 전에 정원으로 내려와 죽은 크럼블리를 펄쩍 뛰어넘고 마른 우물 안으로 들어갔다. 내가 먼저 아래로 내려가선 문을 옆으로 밀어 시간을 낭비하는 대신 발로 걷어차버렸다. 문이 경첩에서 떨어지며 산산이 부서졌다. "얘들아 조심해!" 나는 우물 바닥을 향해 소리쳤고, 그 순간 젖은 계단에서 미끄러져 어둠 속으로 굴러떨어졌다.

억센 팔이 나를 붙잡아 바로 세웠다. 브로닌이었다. 나는 고맙다고 인사했다. 심장이 방망이질을 했다.

"무슨 일 있었어?" 브로닌이 물었다. "비둘기는 잡았어?"

"잡았어." 내가 말하자 엠마와 호러스가 내려섰고 아이들이 환호했다. "얘는 멜리나야." 내가 소녀를 가리키며 말했다. 인사를 나눌 시간은 그 정도였다. 멜리나는 아직도 계단 꼭대기에 서서 무언가와 씨름하고 있었다. "빨리 와! 거기서 뭐하는 거야!" 내가 소리쳤다.

"시간 벌고 있단 말이야!" 멜리나가 되받았다. 멜리나는 우물 바닥의 나무문을 닫고 잠가서 마지막 빛을 차단했다. 어둠 속에서 멜리나가 계단을 내려오는 동안 나는 우리가 할로우에게 쫓기고 있다는 이야기를 했다. 겁에 질린 상태에서 그 말은 **"빨리! 뛰어! 저기! 할로우!"** 로 나왔다. 정확한 문장은 아니지만 효율적인 문장이었고, 그 말과 함께 모두가 미친 듯이 뛰기 시작했다.

"보이지도 않는데 어떻게 뛰어?" 에녹이 소리쳤다. "불을 좀 만들어봐, 엠마!"

엠마는 다락방에서 내가 했던 경고 때문에 불을 꺼놓고 있었다. 나는 다시 한 번 그 사실을 강조해야 할 때인 것 같아서 엠마의 손을 잡고 말했다. "하지 마! 그럼 우릴 너무 쉽게 찾아낼 거야!" 이제 우리의 희망이라고는 동굴의 미로 속에서 놈들이 길을 잃는 것뿐이었다.

"하지만 어둠 속에서 무작정 뛸 순 없잖아."

"맞아." 키 작은 초음파 소년이 말했다.

"우리가 할게." 키 큰 소년이 말했다.

멜리나가 소리가 나는 쪽으로 다가갔다. "얘들아! 너희들 살아 있었구나! 나야, 멜리나!"

조엘과 피터가 말했다.

"너인 줄 알았어."

"다른 아이들은 전부……."

"다 죽었어."

"다들 손을 잡아." 멜리나가 말했다. "얘들보고 앞장서라고 해!" 나는 어둠 속에서 멜리나의 손을 잡았고 엠마가 내 손을 잡았다. 그리고 더듬거리며 브로닌을 찾았다. 우리는 장님 소년들을 앞세운 인간 사슬을 만들었다. 엠마가 신호를 하자 소년들이 달리기 시작했고 우리는 어둠 속으로 뛰었다.

우리는 왼쪽으로 꺾어져 물웅덩이를 첨벙거리며 지나갔다. 그러다가 동굴 안쪽에서 오직 한 가지 사실을 의미하는 요란한 굉음이 들려왔다. 할로우들이 우물 문을 부수는 소리였다.

"놈들이 들어왔어!" 내가 소리쳤다.

나는 놈들이 몸을 수축시켜 꿈틀거리며 동굴 안으로 들어오는 것을 느낄 수 있었다. 그들이 평지에 내려 달리기 시작하면 머지않아 우릴 따라잡을 것이다. 우리는 이제 겨우 동굴 안의 갈림길 하나를 지났을 뿐이었고 놈들을 따돌리기에는 역부족이었다.

그래서 밀라드가 한 말이 나에겐 완전히 정신 나간 소리처럼 들렸다. "서! 모두 서라고!"

"너 정신 나갔어? **뛰어야지!**" 내가 소리쳤다.

"미안해. 방금 생각이 났는데, 우리 중 한 명은 초음파 소년들하고 멜리나보다 먼저 루프 출구로 나가야 해. 그렇지 않으면 쟤들은 현재로 나가고, 우리는 1940년대로 나가게 되어서 결국 우린 헤어지게 될 거야. 쟤들이 우리하고 같이 1940년대로 나가려면 우리 중 한 명이 먼저 나가서 길을 열어야 돼."

"너희 현재에서 오는 거 아니었어?" 멜리나가 혼란스러운 표정으로 물었다.

"우린 1940년도에서 왔어." 엠마가 대답했다. "근데 지금 거긴 융단 폭격 중이야. 넌 별로 가고 싶지 않을걸."

"너희들 머리 잘 쓴다. 그렇게 쉽게 날 따돌리려 생각했다면 오산이야. 현재는 더 끔찍하거든. 그래서 스러시의 루프를 한 번도 떠나지 않았던 거고."

엠마는 앞으로 나서며 나를 앞으로 끌었다. "좋아! 그럼 우리가 먼저 나갈게!"

나는 다른 한 팔로 앞을 더듬었다. "하지만 아무것도 안 보이잖아."

큰 초음파 소년이 대답했다. "스무 발자국만 더 가면 돼. 절대로……."

"놓칠 리가 없어." 작은 소년이 말을 끝냈다.

우리는 앞으로 손을 내저으며 달렸다. 나는 발에 뭔가가 걸려 비틀댔고, 왼쪽 어깨는 벽에 부딪쳤다.

"똑바로 걸어!" 나를 오른쪽으로 끌며 엠마가 말했다.

나는 속이 뒤집히는 것 같았다. 할로우들이 동굴로 들어왔다는 걸 느낄 수 있었다. 우리를 감지할 수 없다고 해도 길을 제대로 들어 우리를 찾을 확률이 반이었다.

숨을 시간은 지났다. 우리는 달려야 했다.

"젠장, 될 대로 되라지! 엠마, 불빛을 줘!" 내가 말했다.

"기꺼이!" 엠마가 내 손을 놓고 내 오른쪽 머리카락이 그을릴 정도로 커다란 불을 일으켰다.

곧바로 시간의 문이 보였다. 문은 우리 바로 앞에 있었고 동굴 벽에 세로선으로 표시가 되어 있었다. 우리는 뛰어서 그곳을 지나쳤고, 그 순간 귀의 압력이 변했다. 우리는 다시 1940년으로 돌아와 있었다.

우리는 지하 동굴 속을 달렸고 엠마의 불빛이 벽에 미치광이 같은 그림자를 드리웠다. 장님 소년들은 요란하게 혀로 딸깍거리는 소리를 내면서 우리가 갈림길에 이를 때마다 "왼쪽!" 혹은 "오른쪽!"이라고 방향을 일러주었다.

우리는 높이 쌓인 관들, 해골 무덤을 지났다. 마지막으로 동굴의 막다른 길에서 지하실로 이어진 사다리가 보였다. 나는 먼저 호러스를, 그다음엔 에녹을 올려주었고, 올리브가 신발을 벗고 붕 떠서 올라갔다.

"지금 우리 너무 느려!" 나는 소리쳤다.

지하 동굴에서 놈들이 다가오는 것을 느낄 수 있었다. 놈들이 혀로 돌바닥을 철퍽거리면서 앞으로 움직이는 소리가 들렸다. 살육에 대한 기대로 턱에서 흘러나오는 검고 찐득찐득한 액체가 눈에 선했다.

그리고 마침내 실제로 놈들이 보였다. 저만치 다가오는 검은 물체.

내가 소리쳤다. **"빨리!"** 그리고 마지막으로 사다리를 올라갔다. 거의 다 올라갔을 때 브로닌이 팔을 뻗어 나를 몇 칸 위로 잡아끌었다. 어느 순간 나는 다른 아이들과 함께 성당 지하 묘실에 있었다.

요란하게 끙끙거리며 브로닌이 크리스토퍼 렌의 무덤 위에 놓여 있던 묘의 석판을 제자리로 밀어놓았다. 2초 후 석판 반대편을 세게 치는 소리가 들렸고, 하마터면 무거운 석판이 위로 튕겨 나갈 뻔했다. 석판만으로는 할로우들을 오래 막을 수 없었다. 더구나 두 놈이라면.

놈들이 너무 가까이에 있었다. 내 배 속의 경보장치는 마치 식초를 부은 것처럼 따가웠다. 우리는 나선형 계단을 뛰어올라 신도석으로 향했다. 성당은 이제 어두웠고 유일한 조명이라고는 스테인드글라스 창문으로 새어 들어오는 오렌지색 불빛뿐이었다. 노을인가, 하는 생각이 잠시 스쳤지만 성당의 출구로 뛰어가는 동안 부서진 지붕 틈으로 하늘이 보였다.

어느덧 밤이었다. 불규칙한 심장 박동처럼 여전히 폭탄이 떨어지고 있었다.

우리는 밖으로 뛰어나갔다.

제 10 장
chapter ten

우리는 성당 계단 위에 서서 완전히 넋이 나갔다. 도시 전체가 불길에 휩싸인 것 같았다. 하늘은 책을 읽을 수도 있을 만큼 환한 오렌지색 파노라마였다. 비둘기들을 쫓던 광장은 자갈밭 한복판의 연기 나는 구덩이로 변했다. 사이렌은 멈출 줄 모르고 울려 퍼졌다. 폭탄의 무자비한 베이스 공격에 맞서는 소프라노처럼. 그 소리는 섬뜩하게 인간적인 데가 있었다. 마치 런던의 모든 영혼들이 지붕 위에 올라가 일제히 목청껏 절망의 비명을 지르는 것 같았다. 우리의 경탄은 곧바로 두려움과 위기감으로 바뀌었다. 우리는 파편으로 뒤덮인 계단을 내려와 거리로 들어섰다. 폐허가 된 광장과 성난 거인의 주먹에 뭉개진 것 같은 2층 버스를 지나 무작정 달렸다. 시간이 지날수록 점점 더 강해지고 견디기 힘들어지는 이 느낌으로부터 벗어날 수만 있다면 어디든 상관없었다.

나는 혀로 소리를 내는 두 소년을 양손에 잡고 달리는 초능력 소녀를 바라보았다. 비둘기를 날려 보내고 그 뒤를 따라가자고 말할까 생각해봤지만 할로우에게 쫓기고 있는 판국에 렌 원장을 찾는게 무슨 소용이 있을까 싶었다. 렌 원장이 있는 곳의 문간에 죽어서쓰러져봐야 그녀의 목숨마저 위태롭게 할 뿐이었다. 할로우들을 따돌리는 게 우선이었다. 그보다 더 좋은 것은 놈들을 처치하는 것이고.

어느 집 문이 열리더니 철모를 쓴 남자가 고개를 내밀고 소리쳤다. "너희들 빨리 피해야지!" 그는 바로 다시 안으로 들어갔다.

물론 피해야지. 하지만 어디로? 나는 생각했다. 어쩌면 주변에 널린 파괴의 잔해와 혼란 속에 숨어야 할지도 모른다. 이 소음 때문에주의가 분산되어서 할로우들이 우리를 지나칠 수도 있었다. 그러나우리는 아직 놈들에게 너무 가까이 있었고, 우리가 남긴 흔적들 또한 너무도 선명했다. 나는 아이들에게 무슨 일이 있어도 능력을 사용하지 말라고 말한 다음 엠마와 함께 꼬불꼬불한 골목길로 그들을이끌었다. 그렇게라도 추적을 어렵게 만들어야겠다는 생각이었다.

그런데도 놈들이 따라오는 것을 느낄 수 있었다. 놈들은 이제성당 밖으로 나와 우릴 쫓고 있었다. 다른 누구의 눈에도 보이지 않고, 오직 내게만 보였다. 그러나 이 어둠 속에서 과연 내가 놈들을다시 볼 수나 있을지. 어둠의 도시에 나타난 어둠의 괴물들을.

우리는 달렸다. 폐가 타들어가는 것같이 느껴질 때까지, 올리브가 더 이상 달릴 수 없어서 브로닌이 양팔로 올리브를 안아야할 때까지, 눈꺼풀 없는 눈처럼 우릴 지켜보는 검은 창문들의 거리를 달렸다. 폭격으로 재가 눈처럼 쏟아지고 종잇장이 불타오르는 도서관도 지났다. 오래전에 묻힌 런던 시민들이 땅에서 파헤쳐져 나무 위로 날아가 썩은 예복을 입고서 미소 짓고 있는 폭격당한 묘지도 지났다. 여기저기 구멍이 움푹 난 놀이터의 소용돌이 모양 놀이기구도 지났다. 이해할 수 없는 끔찍한 광경들이 쌓여갔고 폭격기들은 반짝이는 천 개의 카메라 플래시 같은 조명탄을 떨어뜨려 그 모든 것을 환하게 비췄다. 마치 **우리가 한 짓을 똑똑히 봐**라고 말하는 것처럼.

상상할 수 있는 모든 악몽이 현실이 되어 있었다. 할로우들처럼.

보지 마, 보지 마, 보지 마…….

장님 소년들이 부러웠다. 그들은 운 좋게도 모든 세밀한 내용이 배제된 골격만을 보고 있었다. 철골 구조물로 이루어진 세상. 그들은 어떤 꿈을 꿀까. 꿈을 꾸기는 할까.

엠마가 내 곁으로 다가왔다. 흰 재를 뒤집어쓴 꼬불꼬불한 머리카락을 흩날리면서. "다들 너무 지쳤어. 이런 식으로 계속 달릴 순 없어."

엠마 말이 옳았다. 가장 체력이 좋은 아이들마저도 뒤처지고 있었다. 머지않아 할로우들이 우릴 따라잡을 것이고, 그렇게 되면 우리는 놈들을 대로 한복판에서 맞닥뜨려야 했다. 그럼 피바다가 될 게 뻔했다. 피할 곳을 찾아야 했다.

나는 아이들을 주택가로 이끌었다. 폭격기 조종사들은 시커먼 집보다는 불이 환하게 밝혀진 집을 조준할 확률이 높기 때문에 집집마다 불이 전부 꺼져 있었고 창문은 불투명했다. 빈 집으로 들어가는 게 가장 안전했지만 이렇게 전부 다 컴컴하다면 어느 집이 비어 있고 어느 집이 비어 있지 않은지 알 길이 없었다. 아무 집이나 무작정 골라야 했다.

　나는 멈춰 섰다.

　"뭐하는 거야? 너 혹시 미친 거 아니야?" 숨을 헐떡이며 엠마가
물었다.

　"어쩌면." 내가 말한 뒤 호러스를 잡고 집들을 가리키며 물었다.
"네가 골라."

　"왜 내가?" 그가 말했다.

　"네가 아무렇게나 고르는 게 내가 무작정 고르는 것보다 나을
것 같아서."

　"이런 꿈은 꾼 적 없어!" 그가 항의했다.

　"꿨는데 기억이 안 나는 걸 수도 있잖아. 어서 골라." 내가 말했
다.

　호러스는 달리 뾰족한 수가 없음을 깨닫고 침을 꿀꺽 삼킨 뒤
잠시 눈을 감았다가 우리 뒤쪽에 있는 집을 가리켰다. "저 집."

　"왜 저 집이야?" 내가 물었다.

　"날 보고 고르라며!" 호러스가 화를 내며 말했다.

　그 집이 맞을 것이다.

앞문은 잠겨 있었다. 상관없었다. 브로닌이 손잡이를 뽑아 길가
에 휙 던지자 문은 저절로 열렸다. 우리는 가족사진이 걸려 있는 어
두운 거실로 들어섰다. 사진 속의 얼굴들은 잘 보이지 않았다. 브로
닌은 문을 닫고 복도에 있던 탁자를 문 앞에 가져다놓았다.

"누구세요?" 집 안쪽에서 소리가 들려왔다.

젠장. 사람이 있었다. "빈 집을 골랐어야지!" 나는 호러스에게 다그쳤다.

"너 지금 세게 한 대 때려주고 싶어." 호러스가 웅얼거렸다.

다른 집으로 갈 시간은 없었다. 여기 있는 사람이 누구건 인사를 해야 했다. 부디 친절한 사람들이기를.

"누구시냐고요!" 목소리가 다시 물었다.

"우린 도둑도 아니고 독일군도 아니에요! 그냥 폭격을 피해 잠깐 숨으려고 왔어요!" 엠마가 소리쳤다.

대답이 없었다.

"너희들은 여기 있어." 엠마가 아이들에게 말한 뒤 소리가 나는 쪽으로 나를 끌었다. "지금 인사드리러 갈게요!" 그녀가 크게 소리쳤다. "제발 쏘지 마세요!"

복도 끝으로 가서 모퉁이를 돌았더니 방문 앞에 소녀가 서 있었다. 한 손에는 불빛이 약해진 손전등을, 다른 한 손에는 편지 뜯는 칼을 들고 서서 초조한 검은 눈으로 엠마와 나를 번갈아 보고 있었다. "값나가는 물건은 이제 하나도 없어!" 그녀가 말했다. "이미 다 털렸다고!"

"말했잖아. 우린 도둑이 아니야!" 엠마가 불쾌해하며 말했다.

"가라고 했잖아. 가지 않으면 소리 지를 거야. 그럼 우리 아빠가…… 달려올 거야. 총을 들고!"

소녀는 앳되어 보이면서도 한편으로는 조숙해 보였다. 앞쪽에 커다란 흰색 단추가 달려 있는 어린 여자아이용 드레스를 입었고, 단발머리였지만 굳은 표정이 열두 살 혹은 열세 살 아이치고는 나이

들고 세상에 찌든 것 같은 인상을 풍겼다.

"제발 소리 지르지 마." 내가 말했다. 있지도 않은 소녀의 아버지가 두려워서라기보다는 다른 것이 달려올까봐 두려웠다.

그때 그녀가 막고 서 있는 방 안쪽에서 가냘픈 목소리가 들려왔다. "누가 왔어, 샘 언니?"

소녀의 얼굴이 짜증으로 일그러졌다. "아이들 몇 명이 왔어! 내가 조용히 있으라고 했잖아!"

"착한 애들이야? 나도 만나보고 싶어."

"지금 막 가려는 참이야."

"우린 여러 명이고 너희는 둘이야." 엠마가 사무적으로 말했다. "우린 여기 좀 있어야겠어. 너희들 소리 지르지 마. 아무것도 훔치지 않을게."

소녀의 눈동자가 분노로 번득였지만 이내 잦아들었다. 자기가 졌다는 것을 그녀도 알고 있었다. "좋아. 하지만 허튼짓하면 바로 소리 지를 거야. 그리고 이걸 네 배에 박을 거야." 소녀가 힘없이 칼을 휘두른 뒤 허리로 내렸다.

"좋아."

"샘 언니! 무슨 일이야?" 작은 소리가 물었다.

샘이라는 소녀가 마지못해 한옆으로 비켜섰다. 흔들리는 촛불로 밝힌 욕실이었다. 세면대와 변기, 욕조가 있었고 욕조 안에 다섯 살쯤 되어 보이는 소녀가 있었다. 소녀는 호기심 어린 눈빛으로 우리를 바라보았다. "내 동생 에스미야." 샘이 말했다.

"안녕!" 에스미가 우리 쪽으로 고무 오리를 흔들며 말했다. "욕조 안에 있으면 폭탄이 안 떨어진대. 그거 알아?"

"몰랐어." 엠마가 대답했다.

"에스미의 피난처야. 공습 때마다 여기 숨어 있어." 샘이 속삭였다.

"방공호가 더 안전하지 않을까?" 내가 물었다.

"거긴 너무 끔찍해." 샘이 말했다.

기다리다가 지친 아이들이 복도로 들어오기 시작했다. 브로닌이 문간 앞에 몸을 숙이며 손을 흔들었다.

"들어와!" 에스미가 반갑게 말했다.

"넌 사람을 너무 잘 믿어." 샘이 에스미를 야단쳤다. "그러다가 나쁜 사람 만나면 진짜 후회하게 될걸."

"나쁜 사람들 아니야." 에스미가 말했다.

"얼굴만 보고 그걸 어떻게 알아?"

그때 휴와 호러스가 우리가 누구를 만났는지 궁금해서 문간에 고개를 들이밀었고, 올리브는 둘의 다리 사이로 파고들어 바닥에 앉았다. 머지않아 우리 모두가 욕실 안으로 비집고 들어갔다. 멜리나와 벽을 바라보고 섬뜩하게 서 있던 장님 소년들까지도. 한꺼번에 너무 많은 사람들을 보자 샘은 다리가 후들거리는지 변기 위에 털썩 앉았다. 그러나 그녀의 동생은 신이 나서 들어오는 사람마다 이름을 물었다.

"부모님은 어디 계셔?" 브로닌이 물었다.

"아빠는 전쟁터에서 나쁜 사람들한테 총을 쏘고 있어." 에스미가 자랑스럽게 말하고는 총을 잡고 쏘는 시늉을 하면서 "탕!"하고 소리쳤다.

엠마가 샘을 바라보았다. "아빠가 위층에 계시다며."

"너희들이 우리 집에 맘대로 들어왔잖아." 샘이 말했다.

"그건 사실이야."

"너희 엄마는? 어디 계셔?" 브로닌이 물었다.

"오래전에 돌아가셨어." 샘이 별다른 감흥 없이 말했다. "그래서 아빠가 전쟁터에 나가시고 나서 사람들이 우리를 다른 집에 보내려고 했어. 아빠의 여동생이 데본에 사는데, 정말 못된 여자인 데다 우리 둘 중 한 명만 받으려고 해서 사람들은 에스미하고 나를 배에 태워 서로 다른 곳으로 보내려 했어. 하지만 우리가 배를 타러 가는 열차에서 뛰어내려서 집으로 돌아왔어."

"우린 헤어지지 않을 거야. 자매니까." 에스미가 말했다.

"방공호에 가면 사람들이 너희를 떠나보낼까봐 안 가는 거니?" 엠마가 말했다.

샘이 고개를 끄덕였다. "절대 그럴 순 없어."

"욕조 안은 안전해. 다들 들어와. 그럼 모두 다 안전할 거야." 에스미가 말했다.

"고맙구나, 아가. 그런데 우리가 들어가기엔 너무 좁아." 브로닌이 가슴에 손을 얹으며 대답했다.

다른 아이들이 이야기를 나누는 동안 나는 배 속의 **느낌**에 주의를 집중하면서 할로우들을 감지하려 애썼다. 지금은 근처에 할로우가 없었다. 나의 느낌은 잦아들었고 그것은 놈들이 가까이 오고 있지 않거나 멀어지고 있다는 의미였지만, 아마 멀지 않은 곳에서 쿵쿵거리고 있을 확률이 높았다. 나는 이것을 좋은 징조로 받아들였다. 우리가 있는 곳을 놈들이 알았다면 곧장 우리에게 왔을 테니까. 우리의 흔적은 차갑게 식었을 것이다. 우리가 할 일은 잠시 여기 숨어 있다가 비둘기를 따라 렌 원장을 찾으러 가는 것이었다.

우리는 욕실 바닥에 모여 앉아 런던 곳곳에 떨어지는 폭탄 소리를 들었다. 엠마가 욕실 약장에서 알코올을 찾아서 내 이마를 소독하고 상처에 반창고를 붙이겠다고 우겼다. 그때 샘이 노래를 불렀다. 나는 그 노래를 알고 있었지만 선뜻 제목이 떠오르지 않았다. 에스미는 욕조 안에서 오리와 놀고 있었다. 서서히, 나의 느낌은 잦아들기 시작했다. 짧은 순간이나마 반짝거리는 욕실은 그 자체로 하나의 세계가 되었다. 온갖 시름과 전쟁으로부터 멀리 떨어진 은신처.

그러나 밖에서 벌어지는 전쟁을 그리 오래 잊고 있을 수는 없었다. 대공포 소리가 요란했다. 폭발의 파편들이 마치 발톱처럼 지붕을 긁었다. 폭탄은 계속 쏟아졌다. 조금 더 낮고 불길한, 쿵 하고 벽이 무너져 내리는 소리가 날 때까지. 올리브가 자기 몸을 감싸 안았다. 호러스는 손가락을 귀에 넣었다. 장님 소년들은 신음하며 발을 굴렀다. 페러그린은 브로닌의 코트 속으로 더 깊이 파고들었고 비둘기는 멜리나의 무릎 위에서 떨었다.

"도대체 어쩌자고 우릴 이런 데로 데리고 온 거야?" 멜리나가 말했다.

"미리 경고했잖아." 엠마가 말했다.

폭탄이 터질 때마다 에스미의 욕조 물이 찰랑거렸다. 소녀는 고무 오리를 잡고 울기 시작했다. 아이 울음소리가 작은 욕실을 채웠다. 샘이 좀 더 크게 노래를 부르다가 중간중간에 멈추고 "여긴 안전해, 에스미…… 넌 안전해."라고 속삭였지만 에스미는 그럴수록 더 크게 울었다. 호러스가 귀에 넣었던 손가락으로 벽에 동물 그림자를 만들어 에스미의 주의를 분산시켰다. 입을 쩍 벌리고 있는 악어와 날아가는 새. 그러자 어린 소녀를 달래줄 거라고는 생각지도 않았던 아이가 욕조로 다가가 웅크리고 앉았다.

"이거 한 번 볼래?" 에녹이 말했다. "여기 아주 조그만 사람이 네 오리를 타고 싶대. 아마 꼭 맞을 거야." 에녹은 주머니에서 사람 형상의 조그만 진흙 인형을 꺼냈다. 10센티미터 정도 되는, 케르놈에서 마지막으로 만든 인형이었다. 에녹이 진흙 인형의 다리를 구부려 욕조 가장자리에 앉히는 것을 지켜보면서 에스미의 울음이 잦아들었다. 진흙 인형이 일어나 욕조 가장자리를 왔다 갔다 하는 것을 보고 에스미의 얼굴이 환하게 밝아졌다.

"네가 뭘 할 수 있는지 한번 보여줘, 친구." 에녹이 인형에게 말했다.

진흙 인형이 펄쩍펄쩍 뛰고 발뒤꿈치를 맞부딪친 다음 과장스럽게 인사했다. 에스미는 웃으며 박수를 쳤지만 잠시 후 폭탄이 바로 근처에 떨어지자 인형은 중심을 잃고 욕조 속으로 빠졌다. 에스미는 더 깔깔거리며 웃었다.

갑자기 목 뒤와 뒤통수에 서늘한 기운이 밀려들었다. 너무도 갑작스럽고 날카로운 느낌이었다. 나는 신음하며 몸을 웅크렸다. 다른 아이들이 나를 보고 그게 어떤 의미인지 바로 알아차렸다.

놈들이 오고 있었다. 그것도 아주 빨리.

당연한 일이었다. 에녹이 자기 능력을 사용했고 나는 에녹을 말릴 틈이 없었다. 우리 여기 있다고 깃발을 흔든 것이나 마찬가지였다.

나는 비틀거리며 일어섰다. 밀려드는 통증의 파장이 나를 무력하게 했다. **뛰어! 뒷문으로!**라고 소리치고 싶었지만 목소리가 나오지 않았다. 엠마가 양손을 내 어깨에 올렸다. "정신 차려! 우리한텐 네가 필요해!"

그때 앞문을 두드리는 소리가 났다. 한 번 두드릴 때마다 집 전체가 흔들렸다. "왔어!" 마침내 내가 말했다. 그러나 경첩에서 흔들리는 문소리가 이미 내 대신 말하고 있었다.

모두가 벌떡 일어나 복도로 나와 서로에게 바짝 붙어 섰다. 샘과 에스미만 그 자리에 그대로 있었다. 당황하고 겁에 질린 상태로. 엠마와 나는 욕조 앞에 있던 브로닌을 끌어내야 했다. "애들을 **두고** 갈 순 없어!" 브로닌이 말했다.

"아니, 그래도 돼." 엠마가 말했다. "애들은 괜찮을 거야. 할로우들이 찾는 건 애들이 아니니까."

그 말은 사실이었지만 나는 할로우들이 평범한 두 소녀를 포함해 보이는 건 닥치는 대로 찢어발기리란 것도 알고 있었다.

브로닌이 화가 나서 벽을 쳤고 벽에 주먹 모양의 구멍이 났다. "미안해." 브로닌이 소녀에게 말한 뒤 엠마에게 이끌려 복도로 나왔다.

나는 속이 뒤틀리는 상태로 비틀거리며 아이들을 따라갔다. "문 잠그고 절대 열어주지 마!" 나는 소리치고 샘의 얼굴을 마지막으로 돌아보았다. 닫히는 문틈으로 보인 샘의 눈은 겁에 질린 채 휘둥그레져 있었다.

집 앞쪽 창문이 부서지는 소리가 들렸다. 자멸적 호기심이 나로 하여금 그쪽을 돌아보게 만들었다. 암막 커튼 사이로 촉수들이 들어오고 있었다.

그때 엠마가 내 팔을 잡고 복도를 지나 부엌으로, 이어 부엌 문

밖으로 나를 이끌었다. 우리는 하얗게 재가 앉은 정원으로 나가서 다른 사람들이 뛰는 방향으로 뛰었다. 그때 누군가가 "저기!"라고 소리쳤고 나는 달리면서 고개를 들어 거리 위로 높이 날아다니는 거대한 하얀 새를 보았다. "낙하산 폭탄이야!" 에녹이 말했다. 거미줄 같은 날개가 펼쳐지더니 갑자기 낙하산이 되었고, 그 아래에 폭탄이 장전된 통통한 은색 몸체가 달려 있었다. 평화롭게 하늘을 날아다니는 죽음의 천사 같았다.

할로우들도 밖으로 뛰쳐나왔다. 허공에 혀를 널름거리며 정원을 가로지르는 놈들이 멀리서도 보였다.

폭탄 하나가 집 바로 옆에 떨어지면서 **딸각** 소리를 냈다.

"엎드려!" 나는 소리쳤다.

그러나 미처 피할 겨를이 없었다. 바닥에 납작 엎드리는 순간 눈이 멀 정도로 번쩍하는 섬광, 땅을 찢는 굉음, 폐의 공기를 모두 빨아들이는 후끈한 바람, 파편의 검은 해일이 내 등을 때렸고 나는 무릎을 가슴으로 끌어당기고 몸을 최대한 작게 웅크렸다.

그 뒤로는 바람과 사이렌과 귀울음만 남았다. 숨을 쉬기 위해 헐떡였지만 먼지 바람에 목이 메었다. 나는 스웨터를 끌어올려 목과 입을 가려 공기를 거르면서 천천히 호흡을 되찾았다.

나는 팔다리를 세어보았다. 팔 두 개. 다리 두 개.

다행이군.

나는 천천히 일어나 주위를 둘러보았다. 먼지 바람 때문에 잘 보이지 않았지만 친구들이 서로의 이름을 부르는 소리는 들렸다. 호러스의 목소리가 들렸고 브로닌의 목소리도 들렸다. 휴, 그리고 밀라드도.

엠마는 어디 있을까.

나는 엠마의 이름을 불렀고, 일어서려다가 도로 넘어졌다. 다리는 붙어 있긴 했지만 후들거렸고 내 체중을 지탱하지 못했다.

나는 다시 한 번 불러보았다. "엠마!"

"나 여기 있어!"

소리가 나는 쪽으로 고개를 홱 돌려보았더니 안개 속에서 엠마의 모습이 형체를 드러냈다.

"제이콥! 진짜 다행이다!"

우리 둘 다 떨고 있었다. 나는 두 팔로 엠마를 끌어안고 손으로 다친 데는 없는지 확인했다.

"괜찮아?" 내가 물었다.

"응. 넌?"

귀가 아팠고 폐가 따가웠고 파편의 비를 맞은 등도 따끔거렸지만 배 속의 통증은 사라지고 없었다. 폭탄이 터지는 순간, 마치 누군가 내 몸 안의 스위치를 끈 것처럼 그 느낌도 사라졌다.

할로우들은 증발했다.

"난 괜찮아. 정말 괜찮아." 내가 말했다.

긁히고 베인 상처는 있었지만 모두 무사했다. 우리는 비틀거리며 모여 서로의 상처를 확인했다. 전부 다 심각하지 않았다. "이건 기적이야." 믿을 수 없다는 듯 고개를 저으며 엠마가 말했다.

주위를 둘러보니 더더욱 그런 생각이 들었다. 못, 콘크리트 조각, 칼처럼 날카로운 나뭇조각이 사방에 온통 널려 있었고 어떤 것은 땅 속에 깊이 박혀 있었다.

에녹은 근처에 서 있던 차로 비틀거리며 다가갔다. 창문은 산산조각이 났고 차체에 구멍이 얼마나 많이 뚫렸는지 기관총을 맞은 것 같았다. "우리도 당연히 죽었어야 해." 그가 자동차 구멍에 손가락을 넣어보며 말했다. "우린 왜 이렇게 구멍이 안 났지?"

"네 스웨터 좀 봐." 휴가 말하며 에녹에게 다가가 온통 파편이 박힌 그의 스웨터에서 구부러진 못 하나를 빼냈다.

"네 스웨터도." 에녹이 말하며 휴의 옷에서 날카로운 쇳조각을 꺼냈다.

우리 모두가 각자의 스웨터를 확인했다. 스웨터마다 우리 몸에 박히고도 남았을, 그러나 박히지 않은 날카로운 유리조각과 쇳조각들이 박혀 있었다. 가렵고 잘 맞지도 않는 이상한 스웨터는 에뮤래프가 말했던 것처럼 불에 타지 않는 것도, 방수가 되는 것도 아니었다. 그러나 **방탄** 스웨터였다. 그리고 그 스웨터가 우리 목숨을 구했다.

"이렇게 촌스러운 옷이 내 목숨을 구할 줄이야." 호러스가 말하며 손가락으로 스웨터의 울을 시험해보았다. "이 울로 턱시도를 만들었으면 좋았을 텐데."

그때 멜리나가 어깨에는 비둘기 한 마리를, 양손에는 장님 소년들을 붙잡고 나타났다. 유난히 발달한 음파 탐지능력으로 소년들은 강화 콘크리트 벽을 발견했고 폭탄이 터지는 순간 멜리나를 그 뒤로 끌고 갔었다. 그렇다면 이제 평범한 소녀 둘의 안부만 확인하면 되었다. 그러나 폭발의 흙먼지가 잦아들고 집이, 아니면 집의 잔해가 모습을 드러내는 순간 살아 있는 그들을 만날 희망은 물거품이 되었다. 2층이 완전히 무너져서 아래층으로 내려앉았다. 남아 있는 것은 해골 같은 골조와 연기가 피어오르는 돌무덤뿐이었다.

브로닌이 두 소녀의 이름을 부르며 달려갔다. 나는 멍한 상태로 브로닌을 쳐다보았다.

"쟤들을 구할 수도 있었는데 못 구했어." 비참한 목소리로 엠마가 말했다. "우리가 죽게 방치한 거야."

"그래봐야 달라질 건 없어." 밀라드가 말했다. "쟤들의 죽음은 역사에 기록되어 있거든. 오늘 우리가 쟤들 목숨을 구한다고 해도 내일 다른 일로 목숨을 잃을 거야. 다른 폭탄, 버스 사고. 쟤들은 과거의 아이들이고 과거는 항상 스스로 수정하니까. 우리가 아무리 바꾸려 해도 바뀌지 않아."

"그래서 과거로 돌아가서 아기 히틀러를 죽여서 전쟁이 일어나는 걸 막을 수 없는 거야. 역사는 스스로 수정하니까. 재미있지 않아?" 에녹이 말했다.

"아니." 엠마가 쏘아붙였다. "이런 상황에서, 아니면 그 어떤 상황에서라도 마찬가지겠지만 아기를 죽이는 이야기나 하다니 넌 정말 비열한 개자식이야."

"그냥 아기가 아니라 **히틀러**라고!" 에녹이 말했다. "그나마 루프의 이론에 대해 얘기하는 게 아무 생각 없이 히스테리를 부리는 것보단 훨씬 낫지 않냐?" 그가 브로닌을 바라보았다. 브로닌은 돌무더기 위에서 이리저리 돌아다니며 파편들을 치우고 있었다.

그녀가 우리 쪽을 돌아보며 손을 흔들었다. "여기!" 브로닌이 소리쳤다.

에녹이 고개를 저었다. "누가 쟤 좀 말려봐라. 우린 임브린을 찾으러 가야 해."

"여기 있다니까!" 브로닌이 좀 더 크게 소리쳤다. "소리가 들려!"

엠마가 나를 돌아보았다. "잠깐. 지금 쟤 뭐라는 거야?"

우리는 모두 브로닌에게 달려갔다.

🜊

부서진 천장 석판 밑에 어린 소녀가 있었다. 석판 밑에 욕조가 있었고, 욕조는 깨어지긴 했지만 완전히 부서지지는 않았다. 그 안에 에스미가 있었다. 젖고 더러운 데다 극심한 충격에 빠진 상태였지만 어쨌든 살아 있었다. 욕조가 그녀의 목숨을 살렸다. 아이의 언니가 말했던 것처럼.

브로닌이 석판을 치우고 손을 뻗어 에스미를 끌어냈다. 에스미는 부들부들 떨면서 흐느껴 울며 엠마에게 매달렸다. "우리 언니는? 샘 언니 어딨어?"

"쉿…… 아가 쉿……." 엠마가 아이를 안고 앞뒤로 흔들며 말했다. "병원에 가야겠다. 언니도 곧 올 거야." 거짓말이었다. 그 말을 하는 순간 엠마의 가슴이 미어지는 것을 나도 느낄 수 있었다. 우리가 살아남고 어린 소녀가 살아남은 건 하룻밤 새 두 번째 기적이었다. 세 번째 기적을 바라는 건 욕심이었다.

그런데 세 번째 기적도 일어났다. 적어도 기적에 가까운 일이었다. 아이의 언니가 대답을 한 것이다.

"에스미! 언니 여기 있어!" 위쪽에서 목소리가 들려왔다.

"언니!" 소녀가 소리쳤고 모두 위를 올려다보았다.

샘은 지붕 대들보에 매달려 있었다. 대들보가 부러져 45도 정도로 기울어져 있었고, 샘은 낮게 내려앉은 쪽에 매달려 있었지만 그래도 우리 손이 닿기에는 너무 높았다.

"손을 놔! 우리가 받을게!" 엠마가 말했다.

"그럴 수가 없어!"

샘의 팔과 다리는 공중에서 대롱거렸다. 그녀는 대들보를 **잡고** 있는 게 아니라 대들보에 **걸려** 있었다. 샘의 몸 한복판에 대들보 기둥이 꽂혀 있었다. 그런데도 샘은 눈을 동그랗게 뜨고 우릴 쳐다보고 있었다.

"여기 끼었어." 그녀가 침착하게 말했다.

나는 샘이 곧 죽을 거라고 생각했다. 충격에 빠진 상태라 고통을 느끼지 못하는 거라고. 머지않아 아드레날린 분비가 멈추고 나면, 정신을 잃고 죽을 거라고.

"누가 우리 언니 좀 내려줘!" 에스미가 소리쳤다.

브로닌이 샘에게 다가갔다. 그녀는 부서진 계단을 딛고 올라가서 천장 쪽으로 다가가 손을 뻗은 다음 샘의 몸을 관통한 기둥을 잡았다. 괴력을 발휘해 대들보를 끌어당긴 다음, 끝부분이 자갈 무더기에 거의 닿을 만큼 잡아 내렸다. 에녹과 휴가 다가가 샘의 대롱거리는 다리를 잡은 다음 천천히 몸을 빼내 보드라운 **척!** 소리와 함께 두 발을 땅에 내려놓았다.

샘은 자기 가슴의 구멍을 멍하니 바라보았다. 지름 15센티미터 정도의 구멍은 그녀의 몸을 관통한 기둥처럼 완벽한 동그라미였지만 정작 본인은 별로 개의치 않는 것 같았다.

에스미가 엠마의 품에서 벗어나 언니에게 달려갔다. "언니!" 그녀가 소리치며 두 팔로 다친 언니의 허리를 감았다. "무사해서 다행이다!"

"내가 보기엔 무사한 것 같지 않은데. 전혀 무사한 것 같지가 않아." 올리브가 말했다.

그러나 샘은 자기 걱정은 하지 않고 에스미만 걱정하고 있었다. 동생을 안아주고 어느 정도 진정시키자 샘은 무릎을 꿇고 어린 소녀를 두 팔로 안아 상처나 멍이 없는지 확인했다. "어디 아픈 데 없니?"

"귀가 윙윙거려. 무릎을 긁혔어. 눈에 흙도 들어갔고……."

에스미는 몸을 떨며 흐느꼈다. 방금 겪은 일의 충격이 다시 밀려들고 있었다. 샘이 에스미를 끌어안고 달랬다. "괜찮아…… 괜찮아……."

샘의 신체기능에 이상이 없다는 게 이상했다. 피도 안 나고 핏자국 하나 없으며 내장이 밖으로 나오지도 않은 게 더 이상했다. 마치 공포영화에나 나올 법한 장면이었다. 샘은 커다란 구멍 뚫는 기계로 구멍을 뚫어놓은 종이 인형 같았다.

모두가 설명을 듣고 싶어 안달이 났지만 우리는 두 소녀가 잠시 그들만의 시간을 갖도록 조금 떨어져서 그들을 지켜보았다.

그러나 에녹은 그런 마음의 여유가 없었다. "저기 미안하지만……." 그가 두 소녀에게로 다가가 물었다. "네가 어떻게 아직 살아 있는지 설명 좀 해줄 수 있어?"

"별거 아니야. 비록 드레스는 완전히 망가졌지만." 샘이 말했다.

"별거 아니라고? 너 몸이 뻥 뚫려서 뒤가 훤히 다 보이는데?"

"좀 흉하지?" 그녀가 시인했다. "하지만 하루나 이틀 지나면 다시 채워져. 항상 그랬어."

에녹이 실성한 듯이 웃었다. "**항상** 그랬다고?"

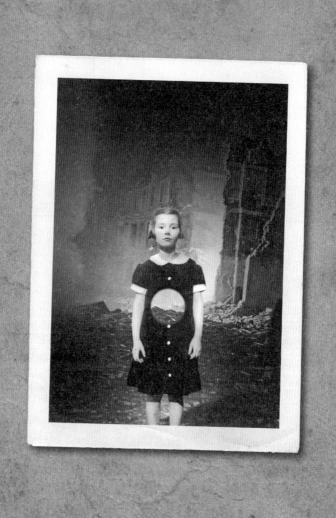

"이상한 사람들의 명예를 걸고, 너희들 이게 무슨 뜻인지 알겠지?" 밀라드가 나지막이 말했다.

"쟤도 우리랑 똑같아." 내가 말했다.

ᘔ

우리에겐 질문이 있었다. 그것도 엄청나게 많은. 에스미의 눈물이 잦아들자 우리는 마침내 그 질문들을 퍼부을 용기가 났다.

샘에게 자신이 이상하다는 걸 알았는지 물었다.

이상하다는 걸 알긴 했지만 이상한 아이들 얘기는 들어본 적이 없다고 했다.

루프에서 살았던 적이 있냐고 물었다.

샘은 **어디?**라고 되물었고 루프에서 살아 본 적은 없다고 했다. 다시 말해서 보이는 것과 같은 나이라는 뜻이었다. 샘은 열두 살이었다.

임브린이 찾으러 온 적은 없냐고 물었다.

"누군가 한 번 찾아오긴 했어." 샘이 말했다. "나 같은 아이들이 있다면서. 그런데 거기 가려면 에스미를 두고 가야 한댔어."

"에스미는…… 뭐 할 줄 아는 거 없어?" 내가 물었다.

"나 오리 소리로 100부터 거꾸로 셀 줄 알아!" 에스미는 훌쩍거리다 말고 오리처럼 꽥꽥거리며 시범을 보였다. "100, 99, 98……."

끝까지 세기도 전에 사이렌 소리가 훼방을 놓았다. 소리는 아주 컸고 빠른 속도로 가까워지고 있었다. 구급차 한 대가 골목길을 가로질러 우리가 있는 곳으로 달려왔다. 헤드라이트가 깨져서 가느다란 불빛만 보였다. 구급차는 우리 가까이에서 멈췄다. 사이렌이 꺼지고 구급차 기사가 내렸다.

"다친 사람 있니?" 우리 쪽으로 서둘러 다가오며 그가 물었다. 그는 구겨진 회색 유니폼에 찌그러진 철모를 쓰고 있었다. 에너지가 넘쳐 보였지만 며칠 동안 잠을 자지 못한 듯 얼굴이 초췌했다.

샘의 가슴에 난 구멍을 보고 그는 그 자리에 얼어붙었다. "이런 젠장!"

샘이 일어섰다. "별거 아니에요. 정말이에요. 전 괜찮아요!" 그녀가 말했다. 그리고 자기가 얼마나 괜찮은지 보여주기 위해 주먹을 동그라미 안에 넣었다 뺐다 하고 펄쩍펄쩍 뛰어 보였다.

구급대원은 그대로 기절해버렸다.

"흠⋯⋯." 휴가 말하며 쓰러진 남자를 발끝으로 건드렸다. "이런 일 하려면 좀 더 강심장이어야 하는 거 아냐?"

"이런 일의 적임자가 아닌 게 분명하니까 이 구급차 좀 빌리자." 에녹이 말했다. "비둘기가 우릴 어디로 안내할지 모르잖아. 만약 먼 곳이라면 렌 원장을 만나기 위해 밤새 걸어야 할지도 몰라."

무너진 벽에 기대어 앉아 있던 호러스가 일어서며 말했다. "그거 좋은 생각이다!"

"안 좋은 생각이야. 구급차를 훔칠 순 없어. 다친 사람들한테는 이게 필요해." 브로닌이 말했다.

"우리가 다친 사람이야. 그게 필요한 사람은 바로 우리야!" 호러스가 애처로운 목소리로 말했다.

"그건 얘기가 달라!"

"쳇, 성녀 브로닌 납셨군!" 에녹이 빈정거리며 말했다. "평범한 사람들의 안전을 걱정하면서 그 사람들 목숨을 구하기 위해 페러그린 원장님의 목숨을 위태롭게 하겠단 거야? 평범한 사람 수천 명이라도 원장님 한 명의 목숨과 견줄 수는 없어. 물론 여기도 한 명 있지만."

브로닌이 기겁을 했다. "어떻게 어린애 앞에서 그런 말을……."

샘이 에녹에게 다가가 차가운 표정으로 그를 노려보았다. "방금한 말이 내 동생의 목숨이 소중하지 않다는 뜻이라면, 너 두들겨 팰 거야."

"이거 왜 이래. 네 동생 얘길 하는 게 아니었어. 난 단지……."

"무슨 말인지 잘 알아. 한 번만 더 그런 식으로 말했다간 진짜 두들겨 패줄 거라고."

"너의 예민한 부분을 건드렸다면 미안하게 됐어. 하지만," 에녹이 말했다. 화가 나서 목소리가 높아져 있었다. "넌 임브린과 함께 있었던 적도 없고 루프에서 살아본 적도 없어. 그러니까 넌 이 상황이 **진짜**가 아니란 걸 이해하지 못해. 이건 **과거야**. 이 도시에 있는 모든 평범한 사람들의 삶은 이미 사라졌어. 이 사람들 운명은 이미 정해졌다고. 그러니까 아무리 많은 구급차가 도난당해도 **상관이 없어**."

샘은 조금 당혹스러운 표정이었고 아무 말도 하지 않았지만, 여전히 에녹을 원망의 눈빛으로 쏘아보고 있었다.

"그렇다고 해도," 브로닌이 말했다. "불필요하게 다른 사람들을 고통받게 할 수는 없어. 구급차는 훔치면 안 돼."

"다 좋은데, 페러그린 원장님을 생각해보자고." 밀라드가 말했다. "이제 하루도 안 남았어!"

구급차를 훔치자는 아이들과 걸어서 가자는 아이들이 거의 반

반인 것 같았고 우리는 투표를 하기로 했다. 나는 반대쪽에 표를 던 졌지만 이유는 폭탄으로 도로 곳곳에 구멍이 패어 차를 몰고 가기 가 어려울 것 같아서였다.

엠마가 투표를 진행했다. "구급차를 타고 가야 한다고 생각하 는 사람?"

몇 명이 손을 들었다.

"반대하는 사람?"

그때 구급차 쪽에서 펑 하는 소리가 나서 모두가 돌아보니 페 러그린이 바람이 빠지고 있는 구급차 뒷바퀴 옆에 서 있었다. 이제 구급차는 쓸모가 없어졌다. 우리에게도, 다친 사람들에게도. 더 이상 은 논쟁할 가치도, 이 일로 지체할 이유도 없었다.

"일이 쉽게 됐네. 걸어서 가자." 밀라드가 말했다.

"원장님! 어떻게 그러실 수가 있어요?" 브로닌이 소리쳤다.

브로닌의 말을 무시하고 페러그린은 멜리나 쪽으로 다가가 그 녀의 어깨 위에 앉은 비둘기를 바라보며 요란하게 울었다. 메시지는 분명했다. **그만 가자고!**

이 상황에서 우리가 달리 뭘 할 수 있을까. 시간은 흐르고 있었 다.

"우리하고 같이 가자." 엠마가 샘에게 말했다. "이 세상에 아직 정의라는 게 남아 있다면 오늘 밤이 가기 전에 안전한 곳에 도착할 수 있을 거야."

"말했잖아. 내 동생을 두고는 아무 데도 못 가." 샘이 대답했다. "얘가 갈 수 없는 곳에 갈 거잖아. 안 그래?"

"그, 그건 나도 잘 모르겠어." 엠마가 더듬거리며 말했다. "하지만 어쩌면······."

"어느 쪽이든 상관없어." 샘이 차갑게 말했다. "방금 너희들 하는 짓을 보니까, 길거리에서 마주칠까 두렵다."

엠마는 얼굴이 창백해지면서 뒤로 물러섰다. 그리고 조그만 목소리로 물었다. "왜?"

"너희들처럼 버림받고 고통받는 아이들조차 다른 사람에 대한 연민이 없다면, 이 세상엔 희망이 없어." 샘이 말하고는 돌아서서 에스미를 구급차 쪽으로 끌었다.

마치 따귀를 한 대 얻어맞은 듯 엠마의 뺨이 벌겋게 달아올랐다. 엠마가 샘을 쫓아갔다. "우리가 전부 다 에녹처럼 생각하는 건 아니야. 그리고 우리 임브린은, 결코 나쁜 의도로 그런 짓을 한 게 아니야."

샘이 홱 돌아서며 엠마와 마주섰다. "그건 사고가 **아니었어.** 내 동생이 너희들 같은 애들이 아니라서 다행이야. 나도 너희들 같은 애들이 아니었으면 좋겠어."

샘이 다시 돌아섰고 이번엔 엠마도 따라가지 않았다. 엠마는 상처받은 표정으로 샘이 멀어지는 것을 지켜보면서 다른 아이들과 함께 어깨를 축 늘어뜨리고 서 있었다. 어쩌다 보니 그녀가 호의로 건넨 올리브 나뭇가지가 뱀으로 변해 그녀를 물었다.

브로닌은 스웨터를 벗어 자갈 더미 위에 올려놓았다. "다음에 폭격이 시작되면 네 동생한테 이걸 입혀!" 그녀가 샘을 향해 소리쳤다. "욕조보다 더 안전하게 지켜줄 거야!"

샘은 아무 말도 하지 않았다. 돌아보지도 않았다. 그녀는 겨우 일어나 뭐라고 웅얼거리고 있는 구급차 기사에게 몸을 숙이고 있었다. "얘야, 내가 아주 이상한 꿈을 꿨는데……."

"정말 멍청한 짓이다. 이제 넌 스웨터가 없잖아." 에녹이 브로닌에게 말했다.

"그 주둥이 닥치지 못해." 브로닌이 말했다. "네가 단 한 번이라도 다른 사람을 위해 좋은 일을 한 적이 있다면 이해할 거야."

"**나도** 다른 사람을 위해 좋은 일 한 적 있어. 그랬다가 우리 전부 다 할로우한테 잡아먹힐 뻔했지."

우리는 대답도 듣지 못한 작별 인사를 웅얼거린 뒤 어둠 속으로 들어섰다. 멜리나가 어깨에 있던 비둘기를 하늘로 날려 보냈다. 비둘기는 마치 개가 줄을 당기듯 발에 묶인 줄이 팽팽하게 당겨질 때까지 날아올랐다. "렌 원장님 이쪽에 계신대." 멜리나가 새가 이끄는 방향을 가리키며 말했고, 우리는 소녀와 소녀의 비둘기 친구를 따라 골목 쪽으로 걸었다.

할로우를 감지해야 하기 때문에 내가 앞장서려는 순간 나도 모르게 두 소녀를 돌아보았다. 샘이 에스미를 구급차에 태우면서 다친 무릎에 키스를 하려 몸을 숙이고 있었다. 앞으로 그들이 어떻게 될지 궁금했다. 나중에 밀라드가 말해주었다. 아무도 샘 이야기를 듣지 못한 걸 보면, 그렇게 특이한 능력을 갖고 있음에도 불구하고 아무도 그 애를 알지 못하는 걸 보면, 아마도 이 전쟁에서 살아남지 못했을 거라고.

이 모든 상황을 엠마는 무척 힘들어했다. 낯선 사람에게 우리가 착한 아이들이라는 걸 증명하는 게 엠마에게 왜 그렇게 중요했는지 나는 이해할 수 없었다. 더구나 우리가 착한 애들이라는 걸 우리는 알고 있었다. 그러나 우리가 지상의 천사들이 아니란 사실, 우리의 감성이 보다 복잡하게 그늘져 있다는 사실이 엠마를 괴롭히는 것 같았다. "샘은 우릴 몰라." 엠마가 계속 중얼거렸다.

하지만 난 생각했다. **어쩌면 제대로 아는 걸지도** 모른다고.

제 11 장

chapter eleven

결국 우리가 처한 상황은 이랬다. 모든 게 비둘기 한 마리에 달려 있었다. 자궁처럼 편안한 임브린의 보호 아래 밤을 보내게 될지, 아니면 반쯤 씹힌 상태로 출렁거리는 할로우의 창자 속에 들어가게 될지. 페러그린 원장을 구출할지, 아니면 페러그린의 생명이 다할 때까지 이 지옥의 풍경 속에서 헤매게 될지. 내가 살아서 내 부모님을 다시 만나게 될지. 이 모든 게 앙상한, 그리고 이상한 비둘기 한 마리에 달려 있었다.

나는 앞장서서 걸으며 할로우의 존재를 감지하려 애썼지만 사실 냄새를 쫓는 사냥개처럼 줄을 당기며 우리를 이끌고 있는 것은 비둘기였다. 새가 왼쪽으로 돌면 우리도 왼쪽으로 돌았고, 오른쪽으로 돌면 오른쪽으로 돌면서 마치 순한 양처럼 새를 따라갔다. 비록 그 길이 발목이 부러질 정도로 움푹한 폭탄 구멍, 무너져 내린 건물의 철골, 흔들리는 불길 속에서 도사리고 있는 철근들로 가득 찬 길이라고 해도. 그날 밤 겪은 끔찍한 사건 때문에 나는 극심한 피로를 느끼고 있었다. 머리가 이상하게 지끈거렸고 발은 질질 끌렸다. 폭격의 굉음이 멈추고 사이렌 소리도 마침내 잦아들자 나는 그 모든 지옥의 소음들이 그동안 나를 깨어 있게 한 건 아닌가 하는 생각이 들었다. 이제 뿌연 공기는 보다 섬세한 소리들로 채워졌다. 파열된 수도에서 떨어지는 물소리, 갇힌 개가 낑낑거리는 소리, 도움을 청하는 거친 목소리. 이따금 어둠 속에서 다른 행인들이 모습을 드러내곤 했다. 지하 세계에서 탈출한 유령 같은 몰골들. 두려움과 의심으로 반짝이는 눈동자들. 라디오, 은 식기, 보석상자, 유골함 같은 것들을 줍고 있는 사람들. 죽은 자를 품고 있는 죽은 자.

길이 양쪽으로 갈라지는 지점에서 비둘기가 왼쪽과 오른쪽을 놓고 고민하는 듯이 보였다. 소녀가 비둘기에게 용기를 북돋웠다. "힘내, 위니! 착하지? 어서 길을 알려줘!"

에녹이 몸을 숙이고 속삭였다. "렌 원장을 못 찾으면 널 꼬챙이에 끼워 통구이로 만들어버리겠어!"

새가 높이 날아오르더니 우리를 왼쪽으로 이끌었다.

멜리나가 에녹을 쏘아보았다. "너 완전 개자식이야." 그녀가 말했다.

"어쨌든 효과는 있잖아." 에녹이 대답했다.

마침내 우리는 어느 지하역에 도착했다. 비둘기는 아치문을 지나 열차표를 판매하는 로비로 우리를 이끌었다. **우리 지하철 타나? 새가 똑똑하네**라고 말하려는 순간 이 기차역이 유기되었고, 열차표 판매소도 산산이 부서졌음을 깨달았다. 어느 때고 기차가 들어올 것 같지는 않았지만 어쨌든 우리는 계속 새를 따라갔다. 우리는 체인이 감겨 있지 않은 출구를 지나고 뜯긴 안내문과 이 빠진 흰 타일이 깔린 복도를 지나, 기다란 나선형 계단을 내려가서 웅성거림으로 가득 찬 전깃불 밝힌 도시의 배 속으로 파고들었다.

우리는 층계참마다 담요를 두르고 잠든 사람들을 비켜가야 했다. 처음에는 한 명씩 누워 있다가, 갈수록 마치 흩어진 성냥개비처럼 무리 지어 모여 있는 사람들이 눈에 띄었다. 그러다 계단 맨 끝에 이르러보니 지하 승강장에 끝없는 인간의 바다가 펼쳐져 있었다. 수백 명의 사람들이 벽과 선로, 바닥에 웅크리고 있거나 벤치마다 널브러져 있거나 간이의자마다 늘어져 있었다. 깨어 있는 사람들은 아기를 품에 안고 있거나, 문고판 책을 읽거나, 카드 게임을 하거나, 기도를 했다. 그들은 기차를 기다리고 있는 게 아니었다. 기차는 오지 않았다. 그들은 폭격을 피해 온 피난민들이었고 이곳이 그들의 은신처였다.

나는 할로우가 있는지 감지해봤지만 얼굴이 너무 많았고 으슥한 곳도 너무 많았다. 우리에게 아직 운이 남아 있다면, 잠시나마 그 운이 우리를 지켜줄 것이다.

이제 어쩐다?

비둘기의 안내를 받아야 하지만 비둘기도 잠시 혼란에 빠진 듯했다. 수많은 인파에 압도당한 것 같았다. 그래서 우리는 가만히 서서 기다렸다. 잠든 사람들의 숨소리와 코 고는 소리, 잠꼬대가 묘하게 우릴 감쌌다.

잠시 후 비둘기가 몸을 뻣뻣하게 굳히면서 철로 쪽으로 줄이 팽팽하게 당겨질 때까지 날아갔다가 마치 요요처럼 멜리나에게 돌아왔다.

우리는 사람들 틈을 헤치고 승강장 가장자리로 가서 철로로 뛰어내렸다. 철로 양쪽 끝은 터널 속으로 사라졌다. 왠지 우리의 미래가 저 시커멓게 벌린 입속 어딘가에 있을 것만 같은 불길한 예감이 들었다.

"제발 저기 들어가서 헤매야 하는 게 아니면 좋겠다." 올리브가 말했다.

"당연히 그렇겠지. 하수구마다 다 헤집고 다니기 전엔 편히 쉴 생각일랑 하지 마."

비둘기는 곧장 날아갔고 우리는 철로를 따라 걸었다.

기름이 둥둥 뜬 웅덩이를 첨벙거리며 걷다가 놀란 쥐 한 무리가 내 발치에서 후다닥 달아났고, 그 바람에 올리브는 비명을 지르며 브로닌의 품에 안겼다. 시커멓고 위협적인 터널이 우리 앞에서 하품을 하고 있었다. 문득 할로우를 만나기에 아주 고약한 장소라는 생각이 들었다. 타고 오를 벽도 없고, 숨어들 집도 없고, 우릴 막아줄 무덤 석판도 없었다. 드문드문 빨간 전구 몇 개로만 밝힌 길고 곧게 뻗은 터널이었다.

나는 좀 더 빨리 걸었다.

어둠이 우리를 감쌌다.

어렸을 때 아빠와 숨바꼭질을 하곤 했다. 언제나 내가 숨었고 아빠가 술래였다. 나는 진짜 잘했다. 왜냐하면 다른 네댓 살 아이들보다 오랫동안 소리를 내지 않을 수 있는 특별한 재능을 가진 데다 밀폐공포증 비슷한 것조차 없었기 때문이었다. 나는 비좁은 옷장 안에 몸을 구겨 넣고도 20분에서 30분은 너끈히 있을 수 있었다. 찍소리도 내지 않고, 재미있어 죽을 것 같은 시간을 보냈다.

그래서 어쩌면 내가 이 칠흑 같은 어둠 속, 갇힌 공간에 있는 게 아무렇지도 않을 거라 생각할 수도 있을 것이다. 더구나 터널이라는 곳은 기본적으로 열차들과 선로만 있는 곳이므로, 온갖 섬뜩한 것들이 기어 나올 가능성이 있는 공동묘지 같은 곳과는 다르다고 생각할 수도 있을 것이다. 그러나 터널 속으로 점점 더 깊이 들어가면서 나는 그 안의 축축하고 음산한 공포에 완전히 압도당했다. 할로우를 감지할 때의 느낌과는 전혀 다른 느낌이었다. 이것은 그저 무지하게 **나쁜 느낌**이었다.

그래서 나는 우리 중 가장 느린 아이가 따라올 수 있을 정도로 걸음을 재촉했고, 결국 그녀가 하지 말라고 소리를 지를 때까지 앞장서는 멜리나를 쿡쿡 찔렀다. 꾸준히 분비되는 아드레날린에 피로를 느낄 겨를도 없었다.

그렇게 한참을 걸었고 Y자 모양의 터널을 몇 번 지난 뒤, 비둘기가 바닥에 물이 흥건하게 고여 있고 철도의 침목들이 구부러진 채 썩어 있는 유기된 철로로 우리를 이끌었다. 멀리서 터널을 지나는 열차의 압력이 우리 주위의 공기를 마치 거대한 생물의 식도에 갇힌 숨처럼 세게 밀어붙였다.

그때 저만치 앞에서 바늘 끝처럼 작은 불빛이 깜박거렸다. 깜박이는 속도는 점점 더 빨라졌다. 엠마가 소리쳤다. "열차야!" 우리는 양쪽으로 찢어져 벽에 바짝 달라붙었다. 나는 귀를 막으며 요란한 열차 엔진의 굉음이 가까이 다가오기를 기다렸지만 불빛은 가까워지지 않았다. 귀에 들리는 것이라고는 가냘픈 칭얼거림뿐이었고, 나는 그 소리가 내 머릿속에서 들려오는 거라고 거의 확신했다. 그 하얀 불빛이 터널 안을 채우고 우리를 둘러싼 순간, 나는 귀에 압력을 느꼈고 불빛은 사라졌다.

우리는 어리둥절한 상태로 벽에서 비틀거리며 떨어졌다. 이제 우리 밑에 깔린 철로의 침목은 새것으로 바뀌어 있었다. 터널 안에서 나던 오줌 냄새도 한결 덜해졌다. 터널에 간간이 달려 있던 전구들도 조금 더 밝아졌다. 안정적인 전구의 불빛이 아니라 반짝거리는 가스 램프의 불빛이었다.

"어떻게 된 거야?" 내가 말했다.

"루프로 들어왔나봐. 근데 아까 그 불빛은 뭐야? 그런 건 처음 봐." 엠마가 말했다.

"루프 입구는 제각기 이상한 점이 하나씩 있어." 밀라드가 말했다.

"지금 몇 년도인지 아는 사람?" 내가 물었다.

"내 생각엔 19세기 후반 같아." 밀라드가 말했다. "1864년 이전에는 런던에 지하 터널이 없었거든."

그때 우리 뒤쪽에서 또 다른 불빛이 나타났다. 이번에는 한 줄기 뜨거운 바람과 천둥 같은 굉음이 들렸다. "기차다!" 엠마가 또다시 소리를 질렀다. 우리는 폭풍 같은 소음과 빛, 그리고 트림처럼 내뿜는 증기가 쏜살같이 지나가는 동안 벽에 바짝 달라붙어 있었다. 지하철이라기보다는 미니어처 기관차 같았다. 심지어는 승무원실도 있었다. 그곳에 타고 있던 승무원은 열차가 모퉁이를 돌아나갈 때 손전등을 손에 들고 우리를 바라보며 놀라 기겁을 했다.

휴의 모자가 날아가 기차에 짓뭉개졌다. 휴가 달려가 주웠지만 모자는 갈기갈기 찢겨 있었고, 휴는 화가 나서 모자를 휙 던져버렸다. "이 루프 마음에 안 들어." 그가 말했다. "이제 들어온 지 10초밖에 안 됐는데, 하마터면 벌써 죽을 뻔했잖아. 빨리 볼일 보고 나가자."

"내 말이 그 말이야." 에녹이 말했다.

비둘기가 우리를 철로 안쪽으로 이끌었다. 십여 분쯤 뒤, 비둘기가 멈췄고 텅 빈 벽처럼 보이는 곳으로 줄을 잡아끌었다. 왜 저러는 걸까. 목을 빼고 바라보니 벽과 천장이 만나는 곳, 우리 머리에서 6미터 정도 위에 눈에 잘 띄지 않도록 일부가 위장된 문이 하나 보였다. 그 문에 닿을 방법이 달리 없어서 올리브가 신발을 벗고 날아올라 자세히 들여다보았다. "자물쇠가 달려 있어! 번호 자물쇠!"

녹슨 문 아래쪽 귀퉁이에 비둘기가 드나드는 구멍이 있었지만 우리에겐 쓸모가 없었다. 번호를 알아야 했다.

"비밀번호 아는 사람?" 엠마가 모두에게 질문을 던졌다.

다들 어깨를 으쓱하거나 멍한 표정으로 대답을 대신했다.

"몰라." 밀라드가 대답했다.

"맞춰보자." 엠마가 말했다.

"내 생일 아닐까." 에녹이 말했다. "3-12-92. 해봐."

"네 생일이 언젠지 어떻게 알고?" 휴가 말했다.

에녹이 얼굴을 찌푸렸다. "그래도 한 번 해봐."

올리브가 다이얼을 앞뒤로 돌린 다음 열어보았다. "미안, 에녹."

"우리 루프 날짜는 아닐까? 9-3-40." 호러스가 말했다.

그것도 아니었다.

"날짜처럼 맞추기 쉬운 숫자는 아닐 거야." 밀라드가 말했다. "그럼 자물쇠를 단 이유가 없어지잖아."

올리브가 아무렇게나 숫자를 맞춰보기 시작했다. 우리는 실패할 때마다 점점 더 불안해하며 올리브를 바라보았다. 그 사이 페러그린이 조용히 브로닌의 코트에서 빠져나오더니 길잡이 노릇을 끝내고 이리저리 돌아다니며 바닥을 쪼고 있는 비둘기에게 다가갔다. 비둘기는 페러그린을 본 순간 달아나려 했지만 페러그린이 낮고 위협적인 울음소리를 냈다.

비둘기가 날아올라 멜리나의 어깨에 앉으며 페러그린의 손길을 피했다. 페러그린은 멜리나의 발치에 앉아 꽥꽥거렸다. 그 울음소리가 비둘기를 몹시 불안하게 하는 것 같았다.

"원장님, 왜 그러세요?" 엠마가 물었다.

"비둘기한테 뭔가 원하는 게 있는 것 같아." 나는 멜리나에게 말했다.

"비둘기가 길을 안다면 아마 열쇠 비밀번호도 알 거야." 밀라드가 말했다.

페러그린이 밀라드를 바라보며 꽥꽥거렸고, 다시 비둘기를 바라보며 더 크게 꽥꽥거렸다. 비둘기는 멜리나의 목 뒤에 숨으려고 했다.

"어쩌면 비둘기가 번호를 알지만 우리한테 알려주는 방법을 모르는 게 아닐까." 브로닌이 말했다. "하지만 페러그린한텐 말해줄 수 있을 거야. 새의 언어를 아니까. 그리고 페러그린이 우리한테 말해주면 되잖아."

"네 비둘기가 우리 새한테 말하게 해봐." 에녹이 말했다.

"너희 새는 위니보다 몸집이 두 배나 크고 발톱도 송곳처럼 날카롭잖아." 멜리나가 한 발 뒤로 물러섰다. "위니가 무서워하는 것 같은데, 위니로서는 당연한 일이야."

"무서울 것 없어. 페러그린은 절대 새를 해치지 않아. 그건 임브린 규율에 어긋나거든."

멜리나의 눈이 휘둥그레졌다가 가늘어졌다. "그 새가 **임브린**이야?"

"우리 원장님이셔! 알마 르페이 페러그린." 브로닌이 말했다.

"그것 참 놀라운 일이네." 멜리나가 말하고는 웃음을 터뜨렸다. 딱히 호의적인 웃음은 아니었다. "임브린이 있으면서 왜 다른 임브린을 찾는데?"

"얘기가 길어." 밀라드가 말했다. "일단 지금은, 우리 임브린이 다른 임브린에게서만 받을 수 있는 도움을 받아야 한다고 해두자."

"그 망할 놈의 비둘기 좀 내려놔봐! 원장님이 얘기 좀 하게!" 에녹이 말했다.

마침내 마지못해 멜리나도 동의했다. "자, 위니, 착하지?" 멜리나가 비둘기를 어깨에서 안아 들어 조심스럽게 발치에 내려놓았다. 그리고 끈을 신발 밑에 넣고 밟아서 날아가지 못하게 했다.

모두가 비둘기에게 다가가는 페러그린을 지켜보았다. 비둘기는 날아가려 했지만 줄이 당겨져 그러지 못했다. 페러그린이 비둘기를 마주보고 서서 지저귀고 울었다. 마치 심문을 하는 것 같았다. 비둘기는 날개 밑에 머리를 감추고 부들부들 떨기 시작했다.

페러그린이 비둘기의 머리를 쪼았다.

"이보세요! 그러지 말아요!" 멜리나가 소리쳤다.

비둘기는 계속 머리를 처박은 뒤 대답을 하지 않았고, 페러그린은 다시 한 번, 이번에는 좀 더 세게 비둘기의 머리를 쪼았다.

"그만하라니까요!" 멜리나가 줄을 밟았던 발을 들고 비둘기를 안으려 다가갔다. 그러나 멜리나가 비둘기에게 손을 대기도 전에, 페러그린이 부리로 줄을 홱 낚아챈 뒤 비둘기의 가느다란 한쪽 다리에 칭칭 감았다. 비둘기는 꿱꿱대며 파닥거렸다.

멜리나는 사색이 되었다. "돌아와!" 멜리나가 화가 나 소리를 지르며 쫓아가려는 순간 브로닌이 멜리나의 팔을 잡았다. "잠깐! 원장님한테 뭔가 생각이 있으실 거야."

페러그린은 철로 조금 아래쪽으로 갔다. 누구의 손도 닿지 않는 곳으로. 비둘기는 페러그린의 부리 때문에 괴로워했고 멜리나는 브로닌을 뿌리치려 했지만 둘 다 부질없는 노릇이었다. 페러그린은 비둘기가 지쳐 포기하기를 기다리는 것 같았지만 잠시 후 더 이상 못 참겠는지 비둘기의 다리를 잡고 공중에 빙글빙글 돌렸다.

"원장님! 제발 그만하세요! 그러다 죽겠어요!" 올리브가 소리쳤다.

나는 다가가 둘을 떼어놓으려 했지만, 새 두 마리의 부리와 발톱이 한데 뒤엉켜 있어서 그 누구도 둘을 떼어놓을 만큼 가까이 다가가지 못했다. 우리는 비명을 지르며 페러그린에게 멈추라고 했다.

마침내 페러그린이 멈췄다. 비둘기가 페러그린의 입에서 떨어져 비틀거리며 다리로 섰다. 너무 놀라 달아날 수조차 없는 것 같았다. 페러그린이 아까 그랬던 것처럼 다시 비둘기를 향해 울었고 이번에는 비둘기가 대답을 했다. 그러자 페러그린은 부리로 바닥에 세 번, 그리고 열 번, 마지막으로 다섯 번을 찍었다.

3-10-5. 올리브가 번호를 맞췄다. 자물쇠가 풀리고 문이 열리더니 바닥까지 밧줄 사다리가 내려왔다.

페러그린의 심문은 효과가 있었다. 우리를 돕기 위해 해야 할 일을 한 것이었다. 그렇게 생각하면 페러그린의 행동은 이해할 수 있었다. 그 다음에 일어난 일만 아니었다면. 페러그린은 몹시 화가 난 듯 멍한 상태인 비둘기의 한쪽 다리를 잡고 벽에다 힘껏 부딪쳤다.

우리는 일제히 공포에 질려 헉하고 숨을 들이켰다. 나는 너무 놀란 나머지 할 말을 잃었다.

멜리나가 브로닌을 뿌리치고 다가가 비둘기를 안아 들었다. 목이 부러진 비둘기는 그녀의 손 안에 축 늘어졌다.

"세상에! 죽었어!" 브로닌이 소리쳤다.

"이 새를 잡으려고 얼마나 고생을 했는데, 결국 이렇게 됐군." 휴가 말했다.

"너희 임브린의 머리통을 밟아 뭉개버리겠어!" 멜리나가 분노에 휩싸여 소리 질렀다.

브로닌이 다시 멜리나의 팔을 잡았다. "안 돼! 그만해!"

"너희 임브린은 야만적이야! 저런 식으로 할 거면 차라리 와이트하고 사는 편이 낫겠다!"

"당장 그 말 취소하지 못해!" 휴가 소리쳤다.

"취소 못 해!" 멜리나가 말했다.

거친 말들이 오고 갔다. 주먹다짐이 일어날 뻔했지만 가까스로 피했다. 브로닌이 멜리나를 잡고 있었고 엠마와 나는 휴를 붙잡았다. 비록 씁쓸함까지 씻어내진 못할지언정 격한 감정이 잦아들 때까지.

페러그린이 한 짓을 누구도 믿을 수 없었다.

"왜들 난리야? 멍청한 비둘기 한 마리 갖고." 에녹이 말했다.

"그렇지 않아." 엠마가 페러그린을 바라보며 말했다. "원장님, 그 새는 렌 원장님의 친구였어요. 나이도 수백 살은 됐고요. 동화에도 나와 있었어요. 그런데 이제 죽었어요."

"살해된 거겠지." 멜리나가 말한 뒤 바닥에 침을 뱉었다. "아무 이유 없이 생명을 죽이는 걸 그렇게 부르지 않나?"

페러그린은 마치 아무 말도 들리지 않는다는 듯 태연하게 날개 밑의 이를 잡고 있었다.

"뭔가 사악한 기운이 흘러들었어. 이건 페러그린 원장님의 모습이 아니야." 올리브가 말했다.

"변하고 있어. 점점 동물에 가까워져." 휴가 말했다.

"제발 아직 인간적인 면이 조금이라도 남아 있기를." 밀라드가 침울하게 말했다.

우리 모두 같은 생각이었다.

우리는 사다리를 타고 문으로 올라갔다. 저마다 불길한 생각에 사로잡힌 채.

∽

문 뒤에는 계단으로 이어진 복도가 있었고, 계단을 올라가니 또 다른 복도에 또 하나의 문이 있었다. 문을 열어보니 햇살로 가득한 방에 천장까지 옷이 꽉 차 있었다. 옷걸이와 선반, 옷장이 전부다 옷이었다. 옷을 갈아입을 수 있도록 나무로 만든 칸막이가 세워져 있었고, 거울들도 있었고, 재봉틀이 있는 작업대와 옷감 두루마리도 있었다. 의상실 겸 수선실이었다. 한마디로 호러스의 천국이었다. 호러스는 안에 들어서자마자 옆으로 재주넘기를 하며 소리쳤다. "여긴 천국이 분명해!"

멜리나는 아무에게도 말을 하지 않고 부루퉁한 표정으로 뒤쪽에 서 있었다.

"도대체 여긴 뭐지?" 내가 물었다.

"역겨운 방이다." 밀라드가 대답했다. "여긴 우리 같은 이상한 애들이 이 루프에 사는 평범한 사람들 틈에 섞여 눈에 띄지 않도록 변장하는 방이야." 이곳 사람들이 어떤 식으로 옷을 입는지 그려놓은 사진들을 가리키며 밀라드가 말했다.

"로마에 오면 로마법을 따라야지!" 호러스가 말하며 옷걸이 쪽으로 다가갔다.

엠마가 모두 옷을 갈아입으라고 했다. 옷을 바꿔 입으면 이 사람들과 섞이는 것은 물론이고 우릴 쫓는 와이트들을 따돌릴 수 있을 것이다. "속에 스웨터를 입어. 혹시 모르니까."

브로닌과 올리브는 칸막이 뒤에서 수수한 드레스로 갈아입었다. 나는 회색 코트, 땀으로 얼룩진 바지와 재킷을 벗고 나한테 잘 어울리진 않지만 비교적 깨끗한 수트로 갈아입었다. 수트가 너무 불편해서 어떻게 사람들이 수 세기 동안 이렇게 뻣뻣하고 불편한 옷을 입었는지 의문이 들 정도였다.

밀라드는 날렵해 보이는 옷을 입고 거울 앞에 앉았다. "나 어때?" 그가 물었다.

"옷 입은 투명인간 같아." 호러스가 대답했다.

밀라드는 한숨을 쉬고는 조금 더 거울 앞에서 머뭇거리다가 결국 옷을 전부 벗고 다시 사라져버렸다.

호러스의 흥분은 오래가지 않았다. "이 방에 있는 옷들 완전 후지다." 그가 투덜거렸다. "좀먹은 것도 있고 어울리지도 않는 옷감으로 기운 것도 있어. 부랑아처럼 입고 다니는 것도 이젠 지겨워."

"부랑아는 어쨌든 눈에 안 띄니까." 칸막이 뒤에서 엠마가 말했다. "실크 모자를 쓴 신사는 눈에 띄고." 엠마가 반짝이는 빨간 단화에 무릎 조금 아래로 내려오는 짧은 소매 파란 드레스를 입고 나왔다. "어때?" 엠마가 빙그르르 돌아 스커트를 부풀어 오르게 하며 말했다.

엠마는 오즈의 마법사에 나오는 도로시 같았다. 아니, 도로시보다 더 예뻤다. 아이들 앞에서 그 말을 어떻게 해야 할지 몰라 내가 어설프게 웃으며 엄지손가락을 들어 보였다.

엠마가 웃었다. "마음에 들어? 그럼 안 되는데." 엠마가 수줍은 미소를 지으며 말했다. "그럼 너무 눈에 띄는 거잖아." 그 순간 엠마의 얼굴에 괴로움이 스쳤다. 이렇게 웃는 게 죄책감이 든다는 듯이. 그동안 우리가 겪었던 모든 일들, 그리고 아직 해결하지 못한 수많은 일들을 생각하면 이런 짧은 순간의 기쁨마저도 스스로에게 허락해선 안 된다는 듯이. 엠마는 다시 칸막이 뒤로 숨었다.

나 역시 같은 기분이었다. 그 두려움. 우리가 본 공포의 무게가 끝도 없이 끔찍하게, 여전히 충격적으로 머릿속에서 맴돌았다. 그러나 그렇다고 해서 **매 순간** 우울할 수는 없다고 엠마에게 말하고 싶었다. 웃는다고 상황이 더 나빠지는 것도 아니고 운다고 상황이 나아지는 것도 아니라고. 그렇다고 해서 네가 생각 없는 애가 되는 것도,

두려움을 망각한 애가 되는 것도 아니라고. 단지 너도 인간이라는 뜻이라고. 그러나 그 말을 어떻게 해야 할지.

다시 칸막이 밖으로 나왔을 때 엠마는 주름 소매가 달린 자루 같은 블라우스에 발목까지 내려오는 빗자루 같은 긴 스커트를 입고 있었다. 훨씬 더 부랑아 같은 모습이었다. 그러나 빨간 구두만큼은 여전히 신고 있었다. 비록 작은 것이라고 해도 반짝이는 것 하나쯤은 갖고 싶었을 것이다.

"이건 뭐지?" 호러스가 풍성한 오렌지색 가발을 흔들며 말했다. "이런 게 사람들 틈에 섞이는 데 도움이 된다고?"

"그걸 쓰면 우리가 축제에 가는 것 같을 테니까." 휴가 말하며 벽에 붙은 포스터를 보았다.

"잠깐!" 호러스가 포스터 밑에 서 있는 휴의 곁으로 다가섰다. "나 이 루프 얘기 들어본 적 있어. 여긴 관광 루프야."

"관광 루프가 뭔데?" 내가 물었다.

"예전엔 이상한 세계에서 아주 흔히 볼 수 있었지." 밀라드가 설명했다. "역사적으로 중요한 시간과 장소에 전략적으로 만들어졌어. 상류층 이상한 아이들의 필수 교육과정으로 일종의 그랜드 투어를 만든 거야. 그게 벌써 몇 년 전이지만. 그때만 해도 이상한 아이들이 돌아다니는 게 비교적 안전했을 때야. 그게 아직 남아 있는 줄은 몰랐네."

밀라드는 좋았던 시절의 추억에 잠긴 듯 한동안 말이 없었다.

모두가 옷을 갈아입었고, 우리는 20세기의 옷을 한 무더기 쌓아놓은 다음 엠마를 따라 문밖으로 나갔다. 쓰레기와 빈 상자가 높이 쌓여 있는 골목이었다. 멀리 축제의 소리가 들려왔다. 파이프오르간의 쌕쌕거리는 불규칙한 박자와 사람들의 둔탁한 함성소리. 긴장되고 피로한 상태였음에도 나는 묘한 흥분을 느꼈다. 한때는 이상한 아이들이 멀리서도 이곳을 보려고 왔을 것이다. 부모님은 한 번도 나를 디즈니랜드에 데려간 적이 없었다.

엠마가 평상시처럼 지시를 내렸다. "다들 붙어 다녀. 제이콥하고 내가 신호를 보낼 테니까 잘 보고. 다른 사람하고 얘기하지 마. 절대 눈은 보지 마."

"그런데 우리 어디로 가야 하지?" 올리브가 물었다.

"우린 임브린처럼 생각해야 해. 만약 네가 렌 원장이라면 어디 숨고 싶어?"

"런던만 아니면 어디든." 에녹이 말했다.

"비둘기만 **살해하지** 않았으면 얼마나 좋아." 페러그린을 씁쓸하게 쳐다보며 브로닌이 말했다.

페러그린은 우리를 바라보며 자갈밭에 서 있었지만 누구도 페러그린을 만지고 싶어 하지 않았다. 하지만 어쨌든 페러그린을 숨겨야 했기 때문에 호러스가 변장의 방으로 들어가 데님으로 만든 자루를 들고 나왔다. 페러그린은 이런 상황이 썩 내키지 않는 것 같았지만, 페러그린에게 완전히 질려버린 브로닌은 물론이고 아무도 자기를 안고 가지 않으리란 게 분명해지자 마지못해 자루 속으로 들어갔고, 호러스가 입구를 가죽 끈으로 묶었다.

༄

술 취한 축제의 소음을 따라 비좁은 골목길들을 헤집으며 걸었다. 나무 수레를 끄는 상인들이 각종 채소, 지저분한 자루에 담긴 곡식, 막 잡은 토끼를 팔고 있었고, 아이들과 마른 고양이들이 굶주린 눈으로 살금살금 돌아다녔고, 도도하고 더러운 얼굴의 여자들이 도랑에 앉아 감자를 깎으며 감자 껍질로 조그만 산을 만들고 있었다. 눈에 띄지 않고 지나가려 애썼지만 모두가 우릴 쳐다보았다. 상인들, 아이들, 여자들, 고양이들, 죽어서 눈빛이 흐릿해진 채 거꾸로 매달려 있는 토끼들까지.

새로 입은 시대에 맞는 의상에도 불구하고 나는 너무도 이곳에 어울리지 않는 사람처럼 느껴졌다. 사람들과 섞인다는 건 의상뿐 아니라 태도의 문제이기도 했다. 나와 내 친구들은 이곳 사람들처럼 어깨가 축 늘어지지도, 눈빛이 교활하지도 않았다. 와이트들처럼 효과적으로 변신을 하려면 좀 더 연기력이 필요할 것 같았다.

걸을수록 축제의 소음이 점점 더 커졌고 냄새도 강해졌다. 지나치게 익힌 고기 냄새, 구운 땅콩 냄새, 말똥 냄새, 사람 똥 냄새, 석탄불에서 피어오르는 연기가 뒤섞여 역겨울 정도로 달콤한 향기가 되어 공기를 무겁게 만들었다. 마침내 우리는 신나게 축제가 벌어지고 있는 광장에 이르렀다. 사람들이 바글거렸고, 알록달록한 천막들이 곳곳에 있었고, 내 눈이 감당하기에 벅찬 일들이 한꺼번에 벌어지고 있었다. 축제의 현장 자체가 내 감각에 대한 공격이었다. 곡예사, 줄타기 곡예사, 칼 던지는 사람, 불 먹는 사람 등등 온갖 볼거리가 펼쳐졌다. 마차 뒤에서 소리 높여 약을 파는 돌팔이 의사도 있었다. "해로운 기생충, 유독가스, 악취로부터 우리 장을 보호해 주는 아주 희귀한 물약이 왔어요!" 그 옆 무대에서는 연미복을 입은 수다스러운 쇼맨과 잿빛 피부가 골격에서 몇 겹으로 늘어진 선사시대 동물처럼 생긴 짐승이 사람들의 관심을 끌어보려 애쓰고 있었다. 사람들을 헤치고 나와 그들을 지나치고도 약 10초가 지난 뒤에야 나는 그 짐승이 곰이었다는 걸 깨달았다. 사람들이 곰의 털을 밀고 의자에 묶어놓고 여자 옷을 입혔다. 눈이 불룩하게 불거져 나온 곰에게 쇼맨이 웃으며 차를 대접하는 척했다. "신사 숙녀 여러분! 웨일스에서 가장 아름다운 숙녀분을 소개합니다!" 그 말에 사람들이 한 차례 웃었다. 그 장면을 보면서 나는 사람들이 보는 앞에서 곰이 사슬을 끊고 그를 잡아먹었으면 좋겠다고 생각했다.

마치 꿈을 꾸는 듯한, 눈앞에 펼쳐진 희한한 광경들 때문에 현기증을 느낀 나는 주머니에 손을 넣어 매끄러운 휴대전화를 쓰다듬으며 잠시 눈을 감고 중얼거렸다. "나는 시간여행자야. 이건 현실이야. 나, 제이콥 포트먼은 시간을 여행하고 있어."

이것만으로도 충분히 놀라운 일이지만, 그보다 더 놀라운 건 시간여행이 내 뇌까지 뭉개버리진 않았다는 것, 그리고 길모퉁이에서 고함을 지르는 상인에게 아직은 끌려가지 않았다는 것이었다. 인간의 정신은 내가 상상했던 것보다 훨씬 더 유연했고, 온갖 모순과 불가능해 보이는 일까지 받아들일 수 있었다. 참으로 다행스러운 일이었다.

"올리브!" 브로닌이 소리쳤다. "안 돼!" 돌아보니 브로닌이 올리브에게 다가와 몸을 숙이고 말을 거는 어릿광대에게서 올리브를 떼어놓고 있었다. "**절대로** 아무하고나 얘기하지 말랬지!"

꽤 여러 명이라 항상 붙어 다니는 것 자체가 쉽지 않았다. 더구나 아이들을 홀리고도 남을 온갖 신기한 것들에 둘러싸인 이런 곳에서는. 우리가 화려한 빛깔의 바람개비나 끓여 만든 캔디 같은 것을 가까이 보려고 무리에서 이탈할 때마다 브로닌은 걸스카우트 대장처럼 우릴 다그치며 제자리로 돌려놓았다. 올리브가 가장 쉽게 주의를 빼앗겼다. 올리브는 우리가 심각한 위험에 처했다는 사실 자체를 잊고 있는 것 같았다. 우리의 줄이 흐트러지지 않을 수 있었던 유일한 이유는 우리가 사실은 아이들이 아니기 때문이었다. 우리 마음속에 성숙한 어른이 있어서 어린아이의 충동을 조절하고 그 충동을 억누를 수 있었기 때문이었다. 진짜 아이들이었다면 불가능한 일이었을 것이다.

우리는 한동안 정처 없이 돌아다니면서 렌 원장을 닮은 사람이 있는지, 혹은 이상한 아이들이 숨을 만한 곳이 있는지를 살펴보았다. 그러나 이곳의 모든 것이 이상했다. 이 루프 전체가, 이 혼란스러운 낯섦이, 이상한 아이들이 묻혀 지나가기엔 완벽한 장소였다. 그러나 이곳에서조차도 사람들이 우리를 알아보았고, 우리가 지나갈 때 고개를 살짝 돌리며 외면했다. 나는 점점 더 편집증에 사로잡혔다. 도대체 이 사람들 중 몇이나 와이트의 스파이일까. 아니면 와이트들 자신일까. 나는 브로닌이 올리브가 다가가는 것을 막았던 어릿광대를 특히 더 경계하게 되었다. 그는 자꾸만 어디선가 나타났다. 불과 몇 분 사이 다섯 번은 만난 것 같았다. 그는 골목 입구에 서 있었고, 어느 창가에서 우리를 바라보았고, 사진관에서 우릴 관찰했다. 부스스한 머리와 섬뜩한 분장은 전원 풍경을 그려놓은 배경과 너무도 어울리지 않았다. 그는 동시에 여러 곳에 있는 것 같았다.

"이렇게 트인 공간에 있는 건 좋지 않아." 내가 엠마에게 말했다. "영원히 광장을 맴돌 순 없어. 사람들이 우릴 알아보고 있어. **어릿광대들이.**"

"어릿광대들?" 엠마가 말했다. "어쨌든 나도 같은 생각이야. 하지만 이렇게 복잡한데 도대체 어디서 시작해야 할지 모르겠다."

"어떤 축제든 가장 이상한 곳에서 시작해야지." 우리 사이로 끼어들며 에녹이 말했다. "바로 극장이야." 유치하게 꾸며진 커다란 건물을 가리키며 그가 말했다. "극장하고 이상한 아이들은 과자하고 우유처럼 잘 어울리지. 아니면 할로우와 와이트처럼."

"보통은 그렇지. 하지만 와이트들도 그 사실을 잘 알고 있어. 렌 원장은 그렇게 빤한 장소에 숨으려고 자유를 포기하진 않았을 거야."

"더 좋은 생각이라도 있어?" 에녹이 말했다.

더 좋은 생각은 없었고, 결국 우린 극장으로 향했다. 주위를 맴돌던 어릿광대가 어디 있는지 둘러봤지만 어느새 사람들 틈에 섞여 보이지 않았다.

극장 앞에서 꾀죄죄한 차림의 호객꾼이 확성기에 대고 소리를 지르고 있었다. 단돈 얼마에 '인간의 눈이 허락하는 가장 충격적인 자연의 실수'를 보여주겠다고 허풍을 떨고 있었다. 공연의 제목은 **기인 열전**이었다.

"언젠가 내가 참석한 적 있는 파티 같군." 호러스가 말했다.

"기인들 중에 이상한 아이들이 있을지도 몰라." 밀라드가 말했다. "그러면 렌 원장에 대해 뭔가 알아낼 수도 있겠지."

"우린 입장료를 살 돈이 없어." 호러스가 말하며 주머니에서 보푸라기가 붙은 동전 한 닢을 꺼내 보였다.

"우리가 언제부터 돈을 내고 이런 공연을 봤다고 그래?" 에녹이 말했다.

우리는 에녹을 따라 공연장 뒤쪽으로 갔고, 벽처럼 생긴 극장의 외관 뒤에는 커다랗고 지저분한 텐트가 있었다. 안으로 들어갈 문을 찾고 있는데 천막의 덮개 문이 젖혀지면서 잘 차려입은 남자와 여자가 튀어나왔다. 남자가 여자를 잡고 있었고 여자는 부채질을 하고 있었다.

"얘들아 비켜! 숙녀분께서 바람을 쐬고 싶어 하신다!" 남자가 소리쳤다.

헝겊 문 위에는 **관계자 외 출입 금지**라고 적혀 있었다.

우리는 그 안으로 들어갔고 곧바로 제지당했다. 수수하게 생긴 소년이 입구 옆의 푹신한 원통형 간이의자에 앉아 있었다. 특정한 임무를 맡고 있는 소년 같았다. "공연하실 거예요? 공연하실 거 아니면 못 들어가요."

"**당연히** 공연하죠." 기분이 상한 듯한 표정을 지어 보이며 엠마가 말하고는 자신의 말을 증명이라도 하듯 손가락 끝에 조그만 불꽃을 만들어 눈가에 비벼서 껐다.

소년은 어깨를 으쓱한 뒤 무표정한 얼굴로 "그럼 들어가세요."라고 말했다.

우리는 서둘러 그의 곁을 지났다. 우리의 눈은 깜빡이는 동안 천천히 어둠에 적응했다. 극장은 천으로 칸을 막은 낮은 천장의 미로였다. 환하게 횃불을 밝힌 긴 복도 하나가 있었고 6미터 혹은 9미터 간격으로 모퉁이를 돌 때마다 새로운 '자연의 혐오'가 기다리고 있었다. 구경꾼들이 반대편에서 나와 우리를 지나쳤다. 어떤 사람들은 웃고 있었고 어떤 사람들은 하얗게 질려 떨고 있었다.

처음 만난 기인들 몇 명은 평범한 수준이라 그다지 충격적이

지 않았다. 온몸이 문신인 '삽화'인간, 긴 턱수염을 쓰다듬으며 웃는
여자, 얼굴을 바늘로 찌르고 코끝에 망치로 못을 박는 인간 바늘꽂
이. 나는 대단하다고 생각했지만 페러그린과 함께 유럽을 여행했던
아이들은 하품이 나온다고 했다. **놀라운 성냥개비 인간**이라는 간판을
단 천막에서는 수백 개의 성냥갑을 몸에 붙인 남자가 온몸에 성냥
을 붙인 남자와 부딪쳤고, 그 순간 성냥개비 남자의 가슴에 불길이
일어나자 그가 공포에 질린 척하며 비명을 질렀다.

"아마추어들 같으니라고." 엠마가 웅얼거리며 우리를 다음 칸으
로 이끌었다.

갈수록 이상해졌다. 술 달린 드레스를 입은 한 소녀는 거대한
비단뱀을 몸에 휘감고 있었고, 뱀은 소녀의 명령에 따라 꿈틀거리고
춤을 췄다. 엠마는 그나마 그 소녀가 좀 특이하다고 했다. 뱀을 부리
는 것은 오직 **신드리개스티**만 할 수 있는 일이기 때문이었다. 그러나
엠마가 소녀에게 렌 원장에 대해 묻자 그녀는 엠마를 쏘아보았고 뱀
이 쉿소리를 내며 혀를 널름거려서 우리는 다음 칸으로 이동할 수
밖에 없었다.

"이건 시간낭비야." 에녹이 말했다. "페러그린 원장님의 생명이
꺼져가고 있는데 여기서 이런 구경이나 하고 있다니! 사탕이나 빨면
서 오늘 하루를 마무리해야 하나?"

이제 기인의 천막은 하나밖에 남지 않았지만 어쨌든 우리는 그
쪽으로 갔다. 꽃이 놓인 테이블과 수수한 배경막 말고는 무대가 비
어 있었다. 이젤 위에는 **세계적으로 유명한 접히는 남자**라는 글자가 적
혀 있었다.

무대 담당자가 여행가방 하나를 무대로 끌고 올라왔다. 그는

가방을 내려놓고 자리를 떴다.

사람들이 모여들었다. 가방은 무대 한복판에 놓여 있었다. 사람들이 소릴 지르기 시작했다. "어서 보여줘! 괴물 나와라!"

가방이 부르르 떨고, 흔들리고, 앞뒤로 요동을 치다가 옆으로 쓰러졌다. 사람들이 무대 쪽으로 몰려가 가방에 시선을 고정했다.

가방 자물쇠가 젖혀지고 아주 천천히 가방이 열리기 시작했다. 한 쌍의 눈이 사람들을 쳐다보았다. 가방이 조금 더 열리더니 얼굴 하나가 나왔다. 성인 남자의 얼굴이었다. 깔끔하게 손질된 턱수염과 조그맣고 동그란 안경을 쓴 얼굴. 그는 사람의 상반신보다 크지 않은 가방 속에 몸을 접고 들어가 있었다.

사람들이 박수를 치기 시작했고 기인이 몸을 펴면서 팔다리를 가방에서 하나씩 꺼내놓자 박수 소리가 더욱 커졌다. 그는 젓가락처럼 비쩍 말랐다. 얼마나 심하게 말랐는지 금방이라도 뼈가 살가죽을 뚫고 밖으로 튀어나올 것 같았다. 한마디로 경이로움 그 자체였지만, 어딘가 기품이 배어나서 그를 보고 함부로 웃을 수가 없었다. 그는 덤덤한 표정으로 환호하는 관중들을 바라보더니 고개를 숙여 인사했다.

그러고 나서 그는 자신의 팔다리가 얼마나 신기하게 구부러질 수 있는지 선보였다. 무릎을 비틀어 발바닥이 허리에 닿게 한 다음 다시 허리를 구부려 무릎이 가슴에 닿게 했다. 박수와 인사가 이어졌고 공연은 끝났다.

사람들이 흩어지고 난 뒤에도 우리는 조금 더 그곳에서 머뭇거렸다. 접히는 남자가 막 무대를 떠나려는 순간 엠마가 다가가서 물었다. "이상한 아이들, 맞죠?"

남자가 멈칫했다. 그는 천천히 돌아서서 엠마를 바라보았다. 위압적이고 있는 대로 짜증이 난 표정으로. "방금 뭐라고 했냐?" 강한 러시아 억양으로 그가 말했다.

"무턱대고 물어서 죄송하지만, 렌 원장님을 찾아야 하거든요. 여기 어딘가에 계시다고 알고 있어요." 엠마가 말했다.

"큭!" 남자가 웃는 것과 가래를 끌어내는 것의 중간쯤으로 들리는 소음을 냈다.

"아주 긴급한 상황이에요!" 브로닌이 애원했다.

접히는 남자는 앙상한 팔로 팔짱을 끼고는 "도대체 무슨 말을 하는지 모르겠다."라고 말하고는 가버렸다.

"이제 어쩌지?" 브로닌이 말했다.

"계속 찾아봐야지." 엠마가 말했다.

"그러다 끝내 렌 원장님을 못 찾으면?" 에녹이 말했다.

"그래도 **계속** 찾아봐야지." 엠마가 이를 악물고 말했다. "다들 알아들었어?"

모두가 알아들었다. 우리에겐 선택의 여지가 없었다. 만약 렌 원장이 여기 없거나 우리가 그녀를 빨리 찾지 못하면 우리의 모든 노력은 수포로 돌아갈 것이고, 페러그린은 죽을 것이다. 그렇게 되면 결국 우리가 런던에 못 온 것이나 마찬가지가 될 것이다.

우리는 왔던 길을 되짚어 극장을 빠져나갔다. 이제는 텅 빈 무대들을 지나고 평범한 외모의 소년을 지나 천막 밖의 햇살 속으로 들어섰다. 이제 뭘 해야 하나 막막한 상태로 서 있는데 입구를 지키던 소년이 헝겊 문 밖으로 고개를 내밀고 물었다. "너희들 무슨 일 있어? 쇼가 마음에 안 들었어?"

"쇼는…… 괜찮았어." 내가 손을 내저으며 말했다.

"너희들이 즐길 만큼 이상하지 않던?" 그가 물었다.

그 말이 우리의 주의를 끌었다. "지금 뭐라고 했어?" 엠마가 말했다.

"웨이클링과 루커리." 그가 말하며 광장 맞은편을 가리켰다. "거기 가면 진짜 쇼가 있어." 그가 윙크를 하고 천막 안으로 들어갔다.

"신기하다." 휴가 말했다.

"분명히 **이상한**이라고 말했지?" 브로닌이 말했다.

"웨이클링과 루커리가 뭐야?"

"지명이야." 호러스가 말했다. "이 루프 안의 어딘가겠지."

"두 개의 길이 만나는 교차로일 수도 있어." 엠마가 말하고는 소년에게 물어보려 천막의 헝겊 문을 다시 열었지만 소년은 이미 사라지고 없었다.

우리는 사람들을 헤치고 소년이 가리킨 광장 맞은편을 향해 걸었다. 우리의 실낱같은 마지막 희망은, 존재하는지조차 확실하지 않은 이상한 이름의 거리에 달려 있었다.

광장에서 몇 블록 떨어진 곳으로 가자 사람들 소리가 잦아들며 철커덕, 쨍그랑 하는 공장의 소음으로 바뀌었다. 고기가 타는 역한 냄새와 동물 분뇨 냄새는 정체를 알 수 없는, 그보다 훨씬 더 역한 냄새로 바뀌었다. 시커먼 폐수의 강을 가로지르고 나니 공장과 작업장이 있는 마을이었다. 굴뚝마다 검은 연기를 하늘에 뿜어내는 그곳에 바로 웨이클링 가가 있었다. 우리는 루커리 가가 나올 때까지 그 길을 따라 걸었고 그러다가 에녹이 플리트 강이라고 알려준, 거대한 열린 하수관 앞에 이르자 다시 돌아서서 갔던 길을 되돌아왔다. 우리는 웨이클링 가가 시작되는 지점까지 걸었고, 거기서부터 길은 다시 휘어지고 꺾어져 공장과 작업장들은 조그만 사무실과 간판조차 없는 소박한 건물들로 줄어들었다. 마치 일부러 이름을 숨기고 있는 동네 같았다.

그동안 느껴왔던 불길한 예감이 더욱 강해졌다. 혹시 우리가 함정에 빠진 건 아닐까. 우릴 쥐도 새도 모르게 없애버리려고 인적 없는 도시 변두리로 유인한 건 아닐까.

길은 계속 구부러졌다 펴지기를 반복했고, 어느 순간 나는 앞서 걷다가 느닷없이 멈춰 선 엠마와 부딪치고 말았다.

"왜 그래?" 내가 말했다.

엠마가 대답 대신 손으로 어딘가를 가리켰다. 앞쪽에 T자 모양의 교차로가 있었고 그곳에 사람들이 모여 있었다. 축제광장에서는 공기가 끈끈하고 후덥지근했지만, 거기 있는 사람들 중에는 코트를 입고 목도리까지 두른 사람이 많았다. 그들은 어느 건물 앞에 모여 서서 할 말을 잃게 만드는 광경을 보고 있었다. 우리처럼. 건물 자체는 그다지 특이할 것이 없었다. 4층짜리 건물로 위의 3층은 좁고 동그란 창문들로 이루어져 있었다. 오래된 사무실 건물 같았다. 주위의 다른 건물들과 거의 똑같은 외관이었다. 단 한 가지만 빼고. 건물은 얼음으로 완전히 뒤덮여 있었다. 창문과 문이 온통 얼음이었다. 창틀마다, 선반마다 마치 송곳니처럼 고드름이 달려 있었다. 문마다 눈발이 날려서 보도에 높이 쌓였다. 눈보라가 건물을 뒤덮은 것 같왔다. 건물 **안**에서 시작된 눈보라가.

나는 눈 쌓인 표지판을 보았다. **루······ 리······ 가.**

"나 여기 어딘지 알아." 멜리나가 말했다. "여긴 이상한 문서보관소야. 우리에 관한 기록들이 보관되어 있어."

"그걸 어떻게 알아?" 엠마가 말했다.

"스러시 원장이 이 보관소 감독관의 조수로 날 교육시켰거든. 시험이 무척 어려워. 21년 동안이나 공부했어."

"근데 원래 이렇게 얼음에 뒤덮여 있어?" 브로닌이 물었다.

"아니. 이런 모습은 처음 봐." 멜리나가 말했다.

"여기가 바로 임브린 위원회에서 **연례 내규 트집 잡기회**를 소집하는 장소이기도 해." 밀라드가 말했다.

"임브린 위원회가 **여기서** 열린다고?" 호러스가 말했다. "너무 초라하다. 난 궁전 같은 데서 열릴 줄 알았는데."

"눈에 띄면 안 되니까. 아무도 알아보면 안 되잖아." 멜리나가 말했다.

"눈에 띄지 않으려 했다면 완전 실패야." 에녹이 말했다.

"말했잖아. 원래는 이렇게 얼음에 뒤덮여 있지 않다고."

"무슨 일이 일어난 걸까?" 내가 물었다.

"어쨌든 좋은 일은 아니야." 밀라드가 말했다. "전혀 아니야."

가까이 다가가 살펴봐야 한다는 데 대해서는 의문의 여지가 없었지만 그렇다고 해서 바보들처럼 무턱대고 달려갈 수는 없었다. 우리는 머뭇거리며 거리를 두고 찬찬히 관찰했다. 사람들이 오고 갔다. 누군가 문을 열어보려 했지만 얼어서 굳게 닫혀 있었다. 어느새 사람들이 흩어지기 시작했다.

"똑딱, 똑딱, 똑딱." 에녹이 말했다. "우린 시간이 없어."

결국 우린 남아 있는 사람들을 헤치고 얼어붙은 보도로 올라섰다. 건물에서 나오는 한기에 몸을 부르르 떨며 주머니에 손을 넣었다. 브로닌이 힘으로 문을 열어보았다. 문이 그대로 떨어지고 경첩이 날아갔지만, 문이 사라지자 이번에는 얼음이 입구를 완전히 가로막고 있었다. 벽에서 벽, 천장에서 바닥까지 온통 얼음이었고, 내부는 푸르스름하고 흐릿하게만 보였다. 창문들도 마찬가지였다. 나는 창문 하나를 닦아내고 안을 들여다보고는, 또 한 개의 창문을 닦았다. 창문을 둘이나 들여다봐도 얼음 말고는 아무것도 보이지 않았다. 마치 집안 어딘가에서 빙하가 생성된 것 같았고, 빙하의 얼음 혀들이 집안 전체에 뻗어 집을 잠식한 것 같았다.

우리는 안으로 들어가보려고 별짓을 다 했다. 잠겨 있지 않은 문이나 창문이 있는지 집안을 둘러보았지만 들어갈 만한 곳은 전부 다 얼음으로 막혀 있었다. 돌멩이와 헐거운 벽돌을 찾아 얼음을 깨보려 했지만, 얼음은 상상을 초월할 정도로 단단했다. 브로닌조차도 불과 몇 센티미터를 파내는 게 다였다. 밀라드는 이 건물에 대한 언급이 있는지 동화책을 뒤적였지만 어디에도 그런 언급은 없었고, 그어떤 비밀도 찾아낼 수가 없었다.

마침내 우리는 계산된 모험을 하기로 했다. 우리는 엠마 주위를 반원으로 빙 둘러서서 사람들의 시선을 막았고, 엠마가 손에 불을 일으켜 복도의 얼음에 대었다. 잠시 후 엠마의 손이 얼음 속으로 파고들면서 녹은 물이 우리 발치에 떨어져 웅덩이를 이뤘다. 그러나 그 과정은 고통스러울 정도로 길었고, 5분이 지난 뒤에야 겨우 팔꿈치 깊이만큼의 얼음을 녹일 수 있었다.

"이런 속도라면 일주일 내내 녹여야 겨우 건물 안에 들어갈 수 있겠다." 엠마가 얼음에서 팔을 거두며 말했다.

"렌 원장님이 정말 이 안에 계실까?" 브로닌이 물었다.

"계셔야지." 엠마가 단호하게 말했다.

"나는 낙천주의의 전염성이 놀라울 뿐이야." 에녹이 말했다. "만약 렌 원장님이 저 안에 있다면 지금쯤 아마 얼어 죽었겠다."

엠마의 분노가 폭발했다. "넌 항상 비관적이야. 항상 파멸이고 끝장이지. 내일 지구가 멸망한다고 하면 넌 아마 좋아하겠지? **그것 봐, 내가 뭐랬어!**라고 말할 수 있을 테니까!"

에녹이 놀란 표정으로 그녀에게 눈을 깜빡이더니 침착하게 말했다. "환상 속에서 살고 싶다면 말리진 않겠어. 하지만 난 현실주의자야."

"우리가 위기에 처할 때마다 네가 **단 한 번이라도** 비판 대신 쓸 만한 제안을 한 적이 있어? 실패나 죽음의 위협 앞에서 어깨를 으쓱하는 것 말고 아주 **조금이라도** 보탬이 된 적이 있다면 너의 비관적인 태도를 견딜 수 있었을지도 몰라. 하지만 넌 지금껏 단 한 번도……."

"할 수 있는 일은 전부 다 했잖아!" 에녹이 엠마의 말을 잘랐다. "더 이상 무슨 제안이 남아 있겠어?"

"우리가 아직 안 해본 게 한 가지 있어." 올리브가 말하며 앞으로 나섰다.

"뭔데?" 엠마가 물었다.

올리브는 그게 뭔지 말하는 대신 직접 시범을 보일 생각인 것 같았다. 그녀는 보도에서 내려와 다른 사람들 틈에 섞여 건물을 바라보면서 온 힘을 다해 소리를 질렀다. **"렌 원장님! 혹시 그 안에 계시면**

제발 나와주세요! 우린 원장님이……."

올리브가 채 말을 끝내기도 전에 브로닌이 올리브의 입을 막았기 때문에, 올리브는 나머지 말은 브로닌의 겨드랑이에 대고 할 수밖에 없었다. "**정신 나갔어?**" 브로닌이 말하며 올리브를 한 팔로 안고 다시 우리 곁으로 데려왔다. "얘 때문에 우리 다 발각되겠다."

브로닌이 올리브를 다시 보도로 데리고 와서 야단치려는 순간 눈물이 올리브의 뺨을 타고 흘렀다. "발각되면 어때?" 올리브가 말했다. "렌 원장님을 못 찾아서 페러그린 원장님을 구하지 못할 바엔 와이트 군대가 우릴 잡으러 온들 무슨 상관이야?"

사람들 틈에서 한 여자가 나서서 우리 앞으로 다가왔다. 나이가 많고 허리는 굽었으며, 얼굴은 외투의 후드로 가리고 있었다. "괜찮니?" 그녀가 물었다.

"괜찮아요. 고맙습니다." 엠마가 말하며 신경 쓰지 말라는 듯 돌아섰다.

"괜찮지 **않아!**" 올리브가 말했다. "**아무것도** 괜찮지 않아! 우리가 원했던 건 우리 섬에서 평화롭게 사는 것뿐이었어. 그런데 나쁜 일이 일어났고 우리 원장님이 다쳤어. 우린 원장님을 도우려는 것뿐인데, 그것조차 할 수가 없잖아!"

올리브가 고개를 떨어뜨리고 서럽게 울기 시작했다.

"그렇다면 날 만나러 오길 정말 잘했구나." 여자가 말했다.

올리브가 고개를 들고 훌쩍이며 물었다. "왜요?"

그리고 여자가 사라졌다.

순식간에.

그녀는 입고 있던 망토 속에서 갑자기 사라졌고 망토가 **척** 소리를 내며 바닥에 떨어졌다. 우리는 너무 놀라 할 말을 잃었다. 조그만 새 한 마리가 바닥에 떨어진 망토 속에서 튀어나오기 전까지.

나는 그 자리에 얼어붙었다. 저 새를 잡아야 하나?

"저게 무슨 새인지 아는 사람?" 호러스가 물었다.

"렌 원장님 같아." 밀라드가 말했다.

새가 날개를 파닥거리며 날아오르더니 건물 옆으로 사라졌다.

"놓치면 안 돼!" 엠마가 소리쳤고 우리는 모두 새를 쫓아 달리기 시작했다. 눈길 위에서 미끄러지고 넘어지면서 모퉁이를 돌아 얼음으로 뒤덮인 건물과 그 옆 건물 사이의 눈 쌓인 골목길을 달렸다.

새는 사라지고 없었다.

"젠장!" 엠마가 말했다. "어디로 간 거지?"

그 순간 우리 발밑 땅속에서 이상한 소리가 들려오기 시작했다. 쇠가 찰캉거리는 소리, 사람들의 목소리, 물이 흐르는 소리. 발로 눈을 파내보니 보도에 깔린 벽돌에 마치 탄광 입구처럼 나무로 만든 문이 있었다.

빗장은 잠겨 있지 않았다. 우리는 문을 밀어 열었다. 그 안에는 어둠 속으로 이어진 계단이 있었고, 계단은 녹아내리는 얼음으로 뒤덮여 있었다. 눈이 녹은 물이 보이지 않는 배수구로 요란하게 빠져나가고 있었다.

엠마는 어둠 속에 웅크리고 앉아 소리쳤다. "거기 누구 계세요?"

"올 거면 빨리 따라와!" 멀리서 목소리가 들렸다.

엠마가 놀라 벌떡 일어섰다. "누구신데요?"

우리는 대답을 기다렸다. 대답은 들리지 않았다.

"뭘 기다려? 렌 원장님이잖아." 올리브가 말했다.

"그걸 어떻게 알아. 여기 **무슨 일이** 있었는지 우리가 알 게 뭐야." 밀라드가 말했다.

"난 가서 알아볼래." 올리브가 말했다. 그리고 누가 말릴 틈도 없이 바닥의 문 속으로 들어간 뒤 공중에 뜬 상태로 천천히 내려갔다. "나 아직 살아 있어!" 어둠 속에서 올리브가 우리에게 약을 올렸다.

우리는 부끄러워하며 올리브를 따라 천천히 안으로 들어갔다. 두꺼운 얼음 사이로 길이 하나 나 있었다. 천장에서 얼음물이 떨어져 벽을 타고 줄기차게 흘렀다. 동굴 속은 칠흑같이 어두웠고 저만치 앞 모퉁이에서 엷은 불빛이 새어 나왔다.

우리 쪽으로 다가오는 발소리가 들렸다. 그림자가 동굴 벽에 길게 드리웠다. 그리고 망토 입은 사람의 형체가 마침내 모습을 드러냈다.

"안녕, 얘들아. 난 발렌시아가 렌이라고 해. 만나서 정말 기쁘구나." 그 사람의 형체가 말했다.

제 12장

chapter twelve

난 발렌시아가 렌이라고 해.

그 말을 듣는 순간, 마치 코르크 병마개가 압력으로 튕겨 나가는 것 같았다. 처음에는 헉하는 숨소리와 들뜬 웃음소리가 터져 나왔고, 그다음엔 기쁨의 함성이 이어졌다. 엠마와 나는 펄쩍펄쩍 뛰며 서로를 끌어안았다. 호러스는 바닥에 무릎을 꿇고 앉아 마치 **할렐루야!**라고 외치는 듯한 자세로 양팔을 높이 쳐들었다. 올리브는 너무 흥분한 나머지 무거운 신발을 신고도 붕 날아올라 더듬거리며 외쳤다. "우, 우린…… 다, 다시는, 이, 임브린을…… 모, 못 만날 줄 알, 알았어요!"

마침내 렌 원장을 찾았다. 며칠 전만 해도 그녀는 거의 알려지지 않은 루프의 막연한 임브린이었지만, 어느 순간부터 우리에게 전설적인 존재가 되었다. 우리가 아는 바에 의하면, 그녀는 최후의 완전체 임브린이었다. 희망의 상징이었고 우리가 갈망해왔던 존재였다. 그런데 그녀가 이렇게 바로 눈앞에 서 있다니. 그것도 너무나 인간적이면서도 노쇠한 모습으로. 나는 애디슨의 사진에서 본 그녀의 모습을 기억하고 있었다. 다른 점이 있다면, 이제는 은색 머리카락 사이에 검은 머리카락이 거의 남아 있지 않다는 거였다. 입가에는 괄호 같은 주름이, 이마에는 근심의 주름이 깊게 패었고, 어깨는 단지 나이가 든 게 아니라 엄청난 짐을 지고 있는 것처럼 축 늘어져 있었다. 우리가 품고 있는 간절한 희망의 무게가 그녀를 무겁게 짓누르고 있었다.

임브린이 망토를 젖히고 말했다. "나도 너희를 만나서 정말 반갑단다. 어서들 들어가자. 여긴 안전하지 않아."

그녀가 돌아서서 동굴 안쪽으로 서둘러 걸었다. 우리는 마치 어미를 쫓아가는 새끼 오리들처럼 뒤뚱거리며 얼음 동굴 속으로 줄지어 걸었다. 발을 질질 끌면서, 미끄러지지 않으려고 양팔을 어정쩡하게 앞으로 뻗은 채. 그것이 바로 이상한 아이들에 대한 임브린의 위력이었다. 비록 방금 만났다고 해도, 임브린에게는 그 존재만으로도 즉시 우리를 안정시키는 힘이 있었다.

오르막길이 이어지면서 우리는 성에 낀 용광로를 지나 한복판에 곧게 파놓은 동굴을 제외하면 천장부터 바닥까지 온통 얼음으로 뒤덮인 거실로 들어섰다. 얼음은 두꺼웠지만 투명했고 어떤 곳은 6미터 혹은 9미터 속까지 아주 조금 일그러진 상태로 보였다. 이 방은 일종의 응접실 같았다. 거대한 책상 앞에 등받이 의자들이 있었고 파일 캐비닛이 수천 톤은 되어 보이는 얼음 속에 갇혀 있었다. 푸른빛으로 여과된 햇살이 손에 닿지 않는 창문들을 통해 스며들었다. 그 뒤로 보이는 거리는 회색빛의 흐릿한 얼룩이었다.

백 마리의 할로우가 와서 일주일 내내 얼음을 파도 우리를 잡지 못할 것이다. 바닥 문만 아니라면 이곳은 우리에게 완벽한 요새였다. 혹은 완벽한 감옥이거나.

벽에는 열 개 남짓한 시계가 걸려 있었고, 시계 바늘은 제각기 다른 시간을 가리키고 있었다. 여러 루프의 시간을 확인하기 위한 것일까. 그 위에는 각 부처의 안내판이 걸려 있었다.

← 시간 관리국장
← 지리 기록 관리부장
긴급 상황 전반 관리부장 →
교란 및 유예 업무 관리국 →

시간 관리국장 사무실 문으로 들어서니 얼음 속에 한 남자가 갇혀 있었다. 구부정한 자세로 얼어 있었는데, 얼음이 몸을 덮쳐오는 순간 두 발을 몸에서 분리하려 애썼던 듯했다. 그는 아주 오랫동안 그 상태로 있었던 것 같았다. 나는 몸을 부르르 떨며 고개를 돌렸다.

얼음 동굴은 난간이 달린 멋진 계단으로 이어졌다. 계단에는 얼음이 없었고 대신 낱장의 서류들이 여기저기 흩어져 있었다. 아래쪽 계단에 한 소녀가 서 있었다. 소녀는 머뭇거리고 비틀거리며 계단으로 다가가는 우리를 별다른 감흥 없이 바라보았다. 정수리 가운데에서 칼같이 절반으로 가른 긴 머리카락을 허리까지 늘어뜨리고 동그란 안경을 계속 고쳐 쓰면서. 얇은 입술은 단 한 번도 구부러져 미소를 만들어 본 적이 없을 것만 같았다.

"알테아!" 렌 원장이 소리쳤다. "동굴이 열려 있을 땐 이렇게 돌아다니면 안 된다고 했잖니. 뭐가 들어올 줄 알고!"

"네, 원장님." 소녀가 말하며 고개를 약간 숙였다. "쟤들은 누구예요?"

"페러그린 원장의 아이들이야. 내가 얘기했던."

"혹시 먹을 거 가져왔대요? 아니면 약이라도? 우리한테 필요한 것들을 좀 가져왔대요?" 소녀가 듣기 괴로울 정도로 느릿느릿한 말투로 물었다. 그녀의 목소리도 표정만큼이나 딱딱했다.

"먼저 동굴을 차단하고 나서 그다음에 질문을 하렴." 렌 원장이 말했다. "어서!"

"네, 원장님." 소녀가 대답하고는 그다지 서두르는 기색 없이 동굴로 내려갔다. 손을 벽에 대고 끌면서.

"미안하다." 렌이 말했다. "알테아가 일부러 심술을 부리는 건 아니고, 단지 천성이 좀 무뚝뚝한 것뿐이란다. 알테아는 늑대들을 꼼짝 못하게 하는 힘이 있어서 우리한텐 저 애가 꼭 필요해. 알테아가 돌아올 때까지 여기서 기다리자."

렌 원장이 계단 끝에 앉았다. 그녀가 몸을 구부릴 때 뼈 부러지는 소리가 들리는 것만 같았다. **늑대들을 꼼짝 못하게 한다**는 게 정확히 무슨 뜻인지 알 수 없었지만 그것 말고도 물어볼 게 너무 많아서 그 질문은 조금 미뤄야 했다.

"렌 원장님, 우리가 누군지 어떻게 아셨어요? 말하지도 않았는데." 엠마가 물었다.

"그런 걸 아는 게 임브린의 일이니까." 렌이 대답했다. "여기서

아일랜드 해까지 나무들마다 파수꾼을 심어놓았단다. 더구나 너희들은 유명한 아이들이잖아. 부패한 자들의 손아귀에서 탈출할 수 있는 아이들은 페러그린의 아이들뿐이야. 어떻게 여기까지 오면서 잡히지 않고 살아남을 수 있었는지 모르겠구나. 어떻게 날 찾았는지도!"

"축제광장의 소년이 우릴 이리로 안내해줬어요." 에녹이 말했다. 그는 한 손을 턱과 같은 높이로 들어 보였다. "키가 이 정도 되고 실크 모자를 쓰고 있는 아이."

"우리 파수꾼 중 한 명이야. 하지만 너희는 어떻게 **그 아일** 찾았지?"

"원장님의 스파이 비둘기 한 마리를 잡았거든요." 엠마가 자랑스럽게 말했다. "그리고 그 비둘기가 우릴 이 루프로 안내했고요." 엠마는 페러그린이 그 비둘기를 죽였다는 말은 하지 않았다.

"내 비둘기들!" 렌이 소리쳤다. "**잡는** 건 고사하고 너희들이 그 비둘기의 존재를 어떻게 알지?"

그때 밀라드가 한 발자국 앞으로 나섰다. 그는 얼어 죽지 않기 위해 호러스가 변장의 방에서 가져온 코트를 걸치고 있었다. 렌 원장은 공중에 떠다니는 코트를 보고도 그다지 놀라는 것 같지는 않았지만, 막상 그 코트를 입은 투명인간이 말을 하자 깜짝 놀랐다. "제가 《이상한 아이들의 동화》를 읽고 새들의 위치를 추측했는데, 그보다 앞서 산꼭대기 동물농장에서 잘난 척하는 개한테 얘기를 들었어요."

"하지만 아무도 우리 동물농장의 위치를 모르는데!"

렌은 너무 놀라 말을 잇지 못했다. 우리가 내놓는 대답마다 더 많은 질문들을 유발하는 것 같아서 우리는 최대한 빨리, 그간의 일들을 전부 다 털어놓았다. 결국엔 조그만 조각배를 타고 섬에서 탈출한 이야기까지 거슬러 올라갔다.

"하마터면 익사할 뻔했어요." 올리브가 말했다.

"총에 맞고 폭탄에 맞고, 할로우들한테 잡아먹힐 뻔했어요." 브로닌이 말했다.

"지하 열차에 치일 뻔한 적도 있고요." 에녹이 말했다.

"옷장에 깔릴 뻔한 적도 있어요." 초능력 소녀를 쏘아보며 호러스가 말했다.

"위험한 도시를 횡단했어요. 페러그린 원장님을 도울 수 있는 사람을 찾기 위해서. 렌 원장님이 우리 원장님을 도울 수 있길 바랐어요." 엠마가 말했다.

"그것 한 가지만 믿었어요." 밀라드가 말했다.

렌이 다시 입을 열기까지 잠시 시간이 걸렸다. 마침내 입을 열었을 때 그녀의 목소리는 감정으로 격해져 있었다. "정말 용감하고 훌륭한 아이들이로구나. 너희들은 기적이야. 너희들 하나하나가. 너희들 같은 애들을 우리 아이들이라고 말할 수 있다면 임브린으로서 더없는 행운일 거야." 그녀는 망토 소맷자락에 눈물을 찍어냈다. "페러그린 원장에게 일어난 일은 정말 유감이구나. 난 페러그린을 잘 알진 못했어. 은퇴한 지 오래라. 하지만 이것만큼은 약속하마. 우린 반드시 페러그린을 되찾을 거야. 페러그린과 다른 모든 임브린들을!"

되찾는다고?

그제야 나는 우리가 페러그린을 호러스가 들고 있는 자루 속에 숨기고 있었다는 사실을 깨달았다. 렌 원장은 아직 페러그린을 보지 못했다!

호러스가 말했다. "원장님은 여기 계세요." 그가 자루를 내려놓고 풀었다.

잠시 후 페러그린이 자루에서 튀어나왔다. 어둠 속에서 너무 오래 있어서 어지러운 듯 비틀거리면서.

"하나님 맙소사!" 렌이 탄성을 질렀다. "도대체 이게…… 와이트들에게 납치되었다고 들었는데!"

"**납치**되셨죠. 하지만 우리가 구출했어요." 엠마가 말했다.

얼마나 흥분했는지 렌 원장은 지팡이도 짚지 않고 벌떡 일어났다. 고꾸라지기 직전에 내가 그녀의 팔꿈치를 겨우 붙잡았다. "알마, 정말 알마 맞아?" 렌이 숨을 몰아쉬며 말했다. 그녀는 가까스로 중심을 잡고 나서 허겁지겁 페러그린에게 다가갔다. "알마? 알마 거기 있어?"

"맞아요. 페러그린 원장님이세요." 엠마가 말했다.

렌은 새를 양팔로 끌어안고 이리저리 살펴보았고 페러그린은 그녀의 품에서 꿈틀거렸다. "흠…… 흠…… 흠……." 렌이 웅얼거렸다. 눈은 가늘게 뜨고 입술은 힘주어 다물었다. "너희 원장이 뭔가 단단히 잘못된 것 같구나."

"다치셨어요." 올리브가 말했다. "영혼이 다쳤어요."

"다시 인간으로 돌아올 수가 없어요." 엠마가 말했다.

렌 원장은 굳은 표정으로 고개를 끄덕였다. 마치 이미 알고 있었다는 듯이. "얼마나 오래됐지?"

"열흘. 와이트한테서 구출한 뒤로 죽 그랬어요." 엠마가 말했다.

내가 나섰다. "렌 원장님의 개가 그러는데, 빨리 인간으로 돌아오지 못하면 영영 못 돌아올 거래요."

"맞아. 애디슨이 제대로 알고 있구나." 렌 원장이 말했다.

"애디슨이 말하길, 페러그린 원장님한테 필요한 도움을 줄 수 있는 사람은 임브린뿐이래요." 엠마가 말했다.

"그것도 맞아."

"원장님은 변했어요. 더 이상 예전의 원장님이 아니에요. 우리에겐 예전의 페러그린 원장님이 필요해요."

"원장님을 이렇게 놔둘 순 없어요!" 호러스가 말했다.

"할 수 있을까요? 우리 원장님을 인간으로 되돌릴 수 있을까요?" 올리브가 말했다.

우리는 렌을 빙 둘러싸고 애원했다. 우리의 절망이 너무도 선명했다.

조용히 하라는 듯 렌이 두 손을 들었다. "그게 그렇게 간단하다면 얼마나 좋겠니. 그렇게 당장 할 수 있는 일이라면. 임브린이 새의 상태로 오래 있다 보면 그 상태로 굳어진단다. 마치 근육이 경직되는 것처럼. 무리하게 다시 되돌리려 했다간 부러질 거야. 부드럽게, 섬세하게 본래 상태로 되돌려놓아야 해. 진흙처럼 다듬고 또 다듬어서. 밤새 애를 써보면 어쩌면 아침까지 되돌릴 수 있을지도 모르겠다."

"그때까지 살아 계실 수 있다면요." 엠마가 말했다.

"그러길 기도하렴." 렌이 말했다.

긴 머리 소녀가 어느새 돌아와 우리 쪽으로 천천히, 손을 벽에 대고 끌며 다가왔다. 소녀의 손이 닿는 곳마다 얼음이 한 겹 더 생겨났다. 그녀 뒤의 동굴은 불과 몇십 센티미터로 줄어들었다. 머지않아 동굴은 완전히 닫힐 것이고 우린 갇힐 것이다.

렌이 소녀에게 손짓했다. "알테아! 먼저 위층으로 올라가서 간호사한테 검사실 준비하라고 해. 우리가 갖고 있는 모든 물약이 필요할 것 같다."

"물약이라고 하시면…… 투명한 것 말씀하시는 건가요? 아니면 탁한 것?"

"전부 다!" 렌이 소리쳤다. "지금 당장! 응급 상황이야!"

그제야 소녀가 페러그린을 보았다. 소녀의 눈이 조금 커다래졌다. 어떤 식으로든 반응을 보인 건 처음이었다. 소녀는 위층으로 올라갔다.

이번에는 뛰어서.

☙

나는 렌을 부축해서 계단을 올라갔다. 건물은 4층이었고 우리는 맨 꼭대기 층으로 향했다. 계단을 제외하면 그곳이 들어갈 수 있는 유일한 공간이었다. 다른 층은 얼음으로 완전히 차단되었다. 얼음 벽이 방과 복도를 막았다. 우리는 거대한 얼음 방 한복판에 뚫린 공간으로 기어 들어갔다.

얼음 방을 서둘러 지나치면서 그 안을 들여다보았다. 팽창된 얼음 혀가 문을 경첩에서 떼어놓았고 부서진 문설주 뒤로 습격의 흔적이 보였다. 쓰러진 가구들, 열린 서랍들, 바닥에 산더미처럼 쌓인 서류들. 책상 위에 기관총이 놓여 있었고 기관총을 들고 있는 사람은 달아나는 자세로 얼어붙었다. 방 한구석에 이상한 아이 하나가 총알이 남긴 구멍들 밑에 털썩 주저앉아 있었다. 폼페이의 희생자처럼 재에 파묻힌 게 아니라, 얼음에 포위된 상태로.

이 모든 게 단 한 소녀의 작품이라는 게 믿기지 않았다. 임브린들을 제외하면 알테아는 내가 만난 이상한 아이들 중 가장 강한 아이였다. 고개를 드는 순간 소녀가 우리가 오르는 계단 위쪽의 난간 뒤로 막 사라졌다. 긴 머리카락이 잔상처럼 여운을 남겼다.

나는 벽에서 고드름 하나를 부러뜨려보았다. "저 애가 이 모든 걸 혼자 다 했다고요?" 고드름을 만지작거리며 내가 물었다.

"혼자 하고말고." 렌이 내 옆에서 담배를 피우며 말했다. "저 애는…… 교란 및 유예 관리국 견습생이야. 아니, 한때 견습생이었다고 말해야겠군. 부패한 자들이 이 건물을 공격했을 때 여기서 근무를 하고 있었지. 그때만 해도 자기가 지닌 힘을 잘 몰랐어. 그저 손에서 이상할 정도로 차가운 기운이 나온다는 것 정도만 알았지. 알테아 얘기를 들어보면, 알테아의 능력은 더운 여름날에는 별로 쓸모도 없었다는구나. 할로우 두 마리가 자기 눈앞에서 이곳의 각료 두 명을 집어삼키는 걸 목격하기 전엔 그걸 방어 무기라고 생각해본 적 없었대. 죽음의 공포 속에서 알테아는 이전에 알지 못했던 힘을 끌어내 방을 얼려버렸어. 할로우들도. 그 다음엔 건물 전체를 얼렸지. 불과 몇 분 만에."

"몇 분이라니! 믿기지 않네요!" 엠마가 말했다.

"나도 여기서 직접 보았더라면 좋았을 텐데…… 하지만 만약 그랬다면 나도 납치되었겠지. 나이트자(쏙독새-옮긴이) 원장, 핀치(피리새-옮긴이) 원장, 크로(까마귀-옮긴이) 원장처럼."

"와이트는 얼음으로 막지 못했나요?" 내가 물었다.

"여러 놈을 막았어. 몇 놈은 지금도 우리하고 같이 있지. 아마 건물 구석진 곳에 얼어 있을 거야. 놈들의 패배에도 불구하고 와이트들은 결국 자기들이 원했던 걸 손에 넣었어. 건물이 완전히 얼어버리기 전에 놈들이 임브린들을 지붕 위로 몰래 빼냈으니까." 렌이 비장한 표정으로 고개를 저으며 말을 이었다. "내 목숨을 걸고 맹세하건대, 우리 자매들을 해친 그놈들을 언젠가는 내가 지옥으로 직접 안내하고 말 거야."

"그럼 저 애가 사용한 힘이 전혀 도움이 안 된 거네요." 에녹이 말했다.

"알테아는 임브린들을 구할 수 없었어." 렌 원장이 말했다. "하지만 그 아이가 이곳을 만들었지. 그것만으로도 엄청난 축복이야. 이곳이 아니었다면 우린 어디로도 피신할 수 없었을 거야. 난 지난 며칠간 이곳을 본부로 쓰면서, 습격당한 루프의 생존자들을 이리로 데려왔어. 여긴 우리 요새야. 런던 전체를 통틀어 우리 이상한 아이들에게 유일하게 안전한 곳이지."

"원장님이 애쓰신 일은 어떻게 되었나요?" 밀라드가 물었다. "개가 말하기를, 자매들을 도우러 이곳에 오신 거라고 하던데, 그동안 운이 따라주었나요?"

"아니." 그녀가 나지막이 말했다. "별로 성과가 없었어."

"아마 제이콥이 도울 수 있을 거예요. 제이콥은 특별하거든요." 올리브가 말했다.

렌 원장이 나를 돌아보았다. "그래? 얘야, 너의 재능은 뭐니?"

"할로우를 볼 수 있어요." 조금 멋쩍어하며 내가 말했다. "그리고 느낄 수도 있고요."

"가끔은 **죽이기도** 해요." 브로닌이 말했다. "만약 렌 원장님을 못 찾았다면 제이콥이 처벌의 루프를 지키는 할로우들을 따돌려서 그 안에 있는 임브린 한 명을 구출할 생각이었어요. 어쩌면 제이콥이 원장님을 도울 수도……."

"말이라도 고맙구나. 하지만 우리 자매들은 지금 처벌의 루프에 있지 않아. 런던 근처에는 분명히 없어."

"없다고요?" 내가 되물었다.

"없어. 여기 있었던 적이 없어. 처벌의 루프에 관한 얘긴 전부 다 부패한 자들이 체포하지 못한 임브린, 그러니까 날 유인하기 위해 꾸며낸 계략이었어. 거의 성공했지. 바보처럼 나는 놈들의 덫에 바로 걸려들었어. 처벌의 루프는 결국 감옥이었고. 난 그 사건을 증명하는 몇 개의 상처만 입고 운 좋게 빠져나올 수 있었지."

"그럼 납치된 임브린들은 어디로 끌려간 거지?" 나는 엠마에게 물었다.

"설령 내가 알고 있다고 해도 말하지 않을 생각이다. 너희들이 신경 쓸 일이 아니니까." 렌이 말했다. "임브린의 안전을 걱정하는 건 이상한 아이들이 할 일이 아니야. 우리가 너희의 안전을 걱정해야 지."

"하지만 렌 원장님, 그건 너무 불공평하잖아요." 밀라드가 입을 열었다. 그러나 렌은 바로 그의 말을 잘랐다. "그 얘긴 더 이상 듣고 싶지 않다." 그걸로 끝이었다.

느닷없는 묵살에 나는 충격을 받았다. 만약 우리가 페러그린의 안부를 걱정하지 않았더라면, 그리고 온갖 위험을 무릅쓰고 여기까 지 오지 않았더라면 페러그린은 남은 생을 새의 몸으로 살아야 했을 것이다. 임브린들조차도 습격에서 루프를 제대로 지키지 못했고, 우리가 페러그린을 걱정하는 건 너무나 당연한 일처럼 느껴졌다. 나는 이런 식으로 묵살당하는 게 과히 기분이 좋지 않았다. 눈썹을 찌푸린 걸 보니 엠마도 나와 같은 생각인 것 같았다. 그러나 그런 말을 대놓고 하는 건 무례하게 보일 게 분명했기 때문에, 우리는 어색한 침묵 속에서 계속 계단을 올라갔다.

마침내 계단 꼭대기에 이르렀다. 이곳은 몇 개의 문만 얼음으로 막혀 있었다. 렌 원장은 페러그린을 호러스의 품에서 받아들고 말했다. "그만 가자, 알마. 어디, 어떻게 치료를 해야 할지 한 번 볼까."

알테아가 열려 있는 문들 중 한 곳에서 나타났다. 벌겋게 상기된 얼굴에 거친 호흡으로 가슴을 들썩이면서. "원장님, 방 준비됐어요. 말씀하신 것 전부 다."

"좋아. 수고했다." 렌 원장이 말했다.

"혹시 저희가 도움이 될 수 있다면," 브로닌이 말했다. "어떤 도움이라도……."

"필요한 건 시간과 조용한 공간뿐이란다." 렌이 말했다. "너희 원장을 구해주마, 얘들아. 내 목숨을 걸고." 그녀가 페러그린을 안고 돌아서서 알테아와 함께 방으로 들어갔다.

딱히 할 일이 없어진 우리는 쭈뼛거리며 그녀의 뒤를 따라가 비스듬히 열려 있는 문 주위에 모여 섰다. 우리는 번갈아 안을 들여다보았다. 램프로 흐릿하게 불을 밝힌 아늑한 방에서 렌은 페러그린을 무릎 위에 올려놓고 흔들의자에 앉아 있었다. 알테아는 실험용 테이블 위에서 액체가 담긴 약병을 섞으며 서 있었다. 그녀는 약병 하나를 들고 흔들다가 어쩌다 한 번씩 페러그린에게 다가가 부리 밑으로 그것을 넣어주었다. 기절했을 때 정신이 들게 하는 약과 냄새가 비슷했다. 그 동안 렌 원장은 의자에 앉아 페러그린을 흔들며 그녀의 깃털을 쓰다듬고, 다정하고 경쾌한 자장가를 불러주었다.

"에프트 카 반간 수르켄, 에프트 카 반간 수르켄, 말라야……."

"옛날 이상한 아이들의 언어야." 밀라드가 속삭였다. "집으로 돌아와, 너의 본모습을 기억해…… 그런 내용."

렌이 밀라드의 목소리를 듣고 손을 내저었다. 알테아가 다가오더니 문을 닫았다.

"보아하니 아무도 우릴 원하지 않는 것 같네."

페러그린은 사흘 동안 우리에게 모든 걸 의지했는데, 우리는 갑자기 불청객이 되었다. 렌이 고맙기는 했지만 우리는 이제 잠자리에 들라는 명령을 받은 어린아이가 된 것 같은 기분이었다.

"렌 원장은 실력이 좋아." 러시아 억양의 목소리가 뒤쪽에서 들려왔다. "원장님한테 맡겨두는 게 좋을걸."

돌아보니 축제에서 만났던 젓가락처럼 마른 접히는 남자가 팔짱을 끼고 서 있었다.

"아저씨는!" 엠마가 소리쳤다.

"또 만났네." 접히는 남자가 해구처럼 깊은 목소리로 말했다. "내이름은 세르게이 안드로포프야. 이상한 저항군의 대장이지. 따라오렴. 구경시켜줄 테니."

꿈

"그럴 줄 알았어!" 올리브가 말했다.

"아니, 넌 몰랐어. 그럴지도 모른다고 **생각만** 했겠지." 에녹이 말했다.

"너희들이 이상한 아이들이란 거, 난 바로 알았어." 접히는 남자가 말했다. "어떻게 잡히지 않고 그렇게 오래 버텼지?"

"우리가 워낙 **교활**하니까요." 휴가 말했다.

"운이 좋았다는 뜻이에요." 내가 덧붙였다.

"운이 좋은 애들이라기보다는 배가 고픈 애들이지. 여기 먹을 것 좀 없어요? 에뮤래프 한 마리 정도는 거뜬히 먹어치울 수 있을 것 같은데." 에녹이 말했다.

"물론 있지. 이쪽이야." 접히는 남자가 말했다.

우리는 그를 따라 복도를 걸었다.

"이상한 저항군 이야기 좀 해주세요." 엠마가 말했다.

"와이트를 쳐부수고 우리 것을 되찾을 거야. 임브린을 납치하다니 놈들은 벌을 받아 마땅해." 그는 복도를 지나 어느 사무실의 문을 열고 우리를 안으로 안내했다. 그곳에선 사람들이 바닥이나 책상 밑에 누워 잠을 자고 있었다. 그들을 비켜 사무실을 가로지르면서 나는 축제에서 보았던 몇몇 얼굴을 기억했다. 수수한 얼굴의 소년, 부스스한 머리의 뱀 부리는 소녀.

"다들 이상한 아이들인가요?" 내가 물었다.

접히는 남자가 고개를 끄덕였다. "다른 루프에서 구조한 아이들이야." 그가 문을 열어주며 말했다.

"아저씬 어디서 왔어요?" 밀라드가 물었다.

접히는 남자는 다시 우리를 사무실 밖의 대기실로 이끌었다. 그곳에서는 잠든 사람들을 깨우지 않고 이야기를 나눌 수 있었다.

대기실에는 수십 개의 새 모양 문장으로 장식된 거대한 나무 문이 두 개 있었다. "얼어붙은 황무지 건너 얼음 사막의 땅에서 왔지. 수백 년 전 할로우가 처음 탄생했을 때, 우리 고향을 가장 먼저 공격했어. 모든 걸 파괴했지. 마을에 있는 것들은 다 죽였어. 나이 든 여자들, 아기들, 전부 다." 그가 한 손을 들어 내리치는 시늉을 했다. "나는 버터 냄비 뒤에 숨어서 갈대로 숨을 쉬었어. 그동안 내 동생이 그 집에서 죽었지. 나중에 할로우를 피해 런던에 왔는데 놈들이 따라왔어."

"너무 끔찍하다. 정말 안됐네요." 브로닌이 말했다.

"반드시 복수할 거야." 그가 말했다. 그의 얼굴이 어두워졌다.

"아까도 그 얘기 하셨어요." 에녹이 말했다. "저항군은 몇 명이나 되는데요?" 에녹이 물었다.

"현재 여섯 명." 그가 조금 전에 나온 방을 가리키며 말했다.

"여섯 명? 그러니까 **저 사람들**이 저항군이라고요?" 엠마가 말했다.

나는 웃어야 할지 울어야 할지 알 수 없었다.

"너희들까지 열일곱 명이야. 점점 숫자가 불어나고 있어."

"잠깐만요. 이거 왜 이러세요. 우린 군대에 합류하려고 여기 온 게 아니라고요." 내가 말했다.

그는 마치 지옥을 얼릴 수도 있을 것 같은 표정으로 날 쳐다보다가 돌아서서 쌍여닫이문을 열었다.

나는 그를 따라 거대한 테이블이 있는 커다란 방으로 들어갔다. 나무에 광을 내서 표면이 거울처럼 반짝였다. "여기가 임브린 위원회가 열리는 곳이야." 접히는 남자가 말했다.

우리 주위에는 유명한 원로 이상한 아이들의 초상화가 있었다. 액자에 끼운 그림이 아니라 유화나 석탄, 연필로 그린 다음 그대로 벽에 붙인 그림들이었다. 내 바로 옆에는 빤히 쳐다보는 것 같은 커다란 눈동자에 커다란 입을 가진 남자의 초상화가 있었는데, 그 입 안에는 진짜 샘물이 있었다. 입 주변에 네덜란드어로 짧은 글귀가 적혀 있었는데, 내 옆에 서 있던 밀라드가 '어른들의 입은 지혜의 샘'이라는 뜻이라고 번역해주었다.

그 부근에 또 다른 글귀가 있었고 이번엔 라틴어였다. **'아르데트 네크 콘소미투르.'** '불탔으나 파괴되지 않았다'라는 뜻이라고 멜리나가 말해주었다.

"이 상황에 적절한 말이네." 에녹이 말했다.

"난 내가 여기 있다는 게 믿기지 않아. 이곳에 대해 공부했고 오랜 세월 동안 꿈을 꿨는데." 멜리나가 말했다.

"여긴 그저 방일 뿐이잖아." 에녹이 대답했다.

"너한텐 그렇겠지. 나한테는 이상한 세계의 심장이야."

"찢겨버린 심장이겠지." 또 다른 누군가의 목소리가 들렸다. 돌아보니 어릿광대가 우리 쪽으로 걸어오고 있었다. 카니발에서 우릴 미행하던 바로 그 광대였다. "잭도(갈까마귀—옮긴이) 원장님이 너희들이 서 있는 바로 그 자리에서 납치되셨어." 미국 억양이었다. 그는 우리에게서 조금 떨어진 곳에 서서 무언가를 씹으며 한 손을 허리에 올려놓고 있었다. "얘들이 걔들이야?" 그가 칠면조 다리로 우리를 가리키며 접히는 남자에게 물었다. "우린 **군인**이 필요한데. 애송이들이 아니라."

"이래봬도 나 백두 살이거든!" 멜리나가 말했다.

"알아, 안다고. 이미 다 들어서 알고 있어." 광대가 말했다. "멀찌 감치 떨어져서 봤지만 이상한 아이들이란 걸 바로 알아보겠더라. 너 흰 지금까지 내가 만난 이상한 아이들 중에 가장 노골적으로 이상 한 아이들이야."

"나도 그 얘기 했어." 접히는 남자가 말했다.

"얘들이 어떻게 잡히지도 않고 여기까지 왔는지 도무지 이해가 안 가네. 솔직히 좀 의심스러워. 너희들 와이트 아닌 건 확실해?"

"어떻게 그런 말을!" 엠마가 소리쳤다.

"우리 와이트한테 **잡혔었다고요!**" 휴가 자랑스럽게 말했다. "우릴 잡았던 와이트들이 살아서 그 말을 할 수 없는 게 유감이지만."

"그래? 너희들이 그렇다면 난 볼리비아의 왕이다." 광대가 말했 다.

"**정말이라니까요!**" 휴가 얼굴이 벌겋게 달아올라 소리쳤다.

광대가 양손을 들었다. "알았어, 알았으니까 그만 진정들 해. 너 희가 수상했다면 렌 원장이 들여보내지 않았겠지. 자, 화해하고, 우 리 칠면조 다리나 먹자."

어릿광대는 그 말을 두 번 할 필요가 없었다. 그런 일로 오랫동 안 기분이 상해 있기엔 우리 모두 너무나 배가 고팠다.

어릿광대는 우리를 음식이 차려진 식탁으로 안내했다. 축제광 장에서 우리를 유혹했던 튀긴 땅콩과 구운 고기들이었다. 우리는 바 로 테이블로 달려가 창피한 줄도 모르고 배를 채우기 시작했다. 접 히는 남자는 체리 다섯 개와 작은 빵 한 조각을 먹고 나서는 평생 이렇게 많이 먹어보긴 처음이라고 했다. 브로닌은 손톱을 물어뜯으 며 벽을 따라 서성거렸다. 페러그린 원장님이 너무 걱정된 나머지 먹을 수가 없다고 했다.

우리가 식사를 마치자 식탁은 살을 발라낸 뼈들과 기름 자국으로 얼룩진 전쟁터가 되었다. 광대가 의자 뒤로 몸을 기대며 말했다. "얘들아, 너희들 얘기 좀 해봐. 어쩌다가 웨일스에서 여기까지 온 거지?"

엠마가 입을 쓱 닦고 말했다. "우린 임브린을 구하려고 왔어요."

"구하고 나면? 그 다음엔 어쩌려고?" 광대가 물었다.

빵을 뜯어 칠면조 기름에 찍어 먹느라 정신이 없었지만 그 질문에 나는 고개를 들었다. 너무도 직설적이고, 너무도 단순한, 너무도 명백한 질문이어서 우리가 한 번도 그런 생각을 해본 적이 없다는 게 믿기지 않았다.

"그런 식으로 말하지 마세요. 왠지 불길하잖아요." 호러스가 말했다.

"렌 원장은 기적을 일으키는 분이셔. 걱정할 필요 없어." 광대가 말했다.

"제발 그 말이 맞았으면." 엠마가 말했다.

"두고 보라니까. 어쨌든 너희들이 앞으로 어쩔 계획인지를 묻는 거야. 물론 너희들은 여기 남아서 우리하고 싸우겠지만, 그렇게 되면 어디서 잘 거지? 나하고 같이 잘 생각은 마라. 내 방은 독실이거든. 예외란 거의 있을 수 없어." 그가 엠마를 바라보며 한쪽 눈썹을 치켜올렸다. "물론 **거의**라고 했다."

갑자기 모두가 벽에 걸린 그림을 쳐다보거나 옷깃을 매만지기 시작했다. 엠마만 제외하고. 엠마는 얼굴이 초록빛으로 변했다. 우리는 그동안 비관적일 수밖에 없었고 성공할 확률이 너무 희박했기 때문에, 페러그린이 회복되면 그다음엔 어떻게 할지 우리 중 누구도 생각해보지 않았다. 어쩌면 지난 며칠간 연거푸 끔찍한 일들을 겪으면서 그런 생각을 해볼 겨를이 없었던 것일 수도 있었다. 어느 쪽이건, 광대의 질문에 우리는 당황했다.

만약 이 상황이 해결된다면? 만약 페러그린이 지금 이 순간 예전의 모습으로 이 방에 들어온다면?

마침내 대답을 한 건 밀라드였다. "아마 서쪽으로 가야 하지 않을까. 우리가 살던 곳. 페러그린 원장님이 우릴 위해 다른 루프를 만들어주겠지. 아무도 찾지 못하는 곳."

"겨우 그거야?" 광대가 물었다. "**숨겠다고?** 다른 임브린들은 어쩌고? 운이 따르지 않았던 다른 임브린들은? 우리 임브린은?"

"세상을 구하는 건 우리가 할 일이 아니에요." 호러스가 말했다.

"우린 **세상을 구하려는 게** 아니야. 이상한 세계를 구하려는 거지."

"그것도 우리가 할 일이 아니에요." 호러스의 목소리가 주눅 들고 방어적으로 들렸다. 그는 말을 할 수밖에 없는 상황이 된 것을 수치스러워하는 것 같았다.

광대가 의자에 앉은 채 몸을 앞으로 숙이고 우릴 쏘아보며 물었다. "그럼 누가 할 일이지?"

"다른 사람들이 할 일이죠." 에녹이 말했다. "준비가 더 잘 되어 있고, 이런 일에 적합하게 훈련된 사람……."

"3주 전 부패한 자들이 가장 먼저 한 짓이 바로 우리 이상한 아이들의 본거지를 공격하는 거였어. 불과 하루 만에 우린 사방으로 뿔뿔이 흩어졌지. 놈들이 가고 나니까, 이제 우리 임브린들이, 우리 세계를 지켜주던 임브린들이 납치됐어. 그러니까 이제 너희들이나 나 같은 사람이 싸워야 하는 거야." 광대가 칠면조 다리를 내던졌다.
"너희 겁쟁이들 때문에 입맛 다 떨어졌다."

"먼 길을 온 애들이잖아. 피곤할 거야." 접히는 남자가 말했다.
"너무 다그치지 마."

광대는 마치 학교 선생님처럼 손가락을 흔들었다. "잘 들어. 무
임승차는 용납할 수 없어. 너희가 여기 한 시간을 있건 한 달을 있
건 상관없지만, 기꺼이 싸울 준비가 되어 있어야 해. 얼핏 보기에 너
희들은 그저 깡마른 아이들이지만 대신 이상한 아이들이잖아. 숨은
재능들이 있을 거라고. 이제 그걸로 뭘 할 수 있는지 보여줄 때야."

광대가 벌떡 일어서서 에녹에게 다가가, 마치 이상한 능력을 그
의 주머니에서 찾기라도 하겠다는 듯 한 손을 뻗었다. "어이, 어디 능
력을 한 번 보여주시지!"

"그걸 보여주려면 죽은 사람이 필요하거든요. 나한테 손가락 하
나라도 대는 날엔 그 죽은 사람이 당신이 될 줄 알아."

광대가 엠마에게 돌아섰다. "그럼 네가 한 번 해볼까, 예쁜이?"
그가 말하자 엠마가 손가락을 들어 마치 생일 케이크의 초처럼 손
가락 끝에 불을 붙였다. 광대가 웃으며 말했다. "유머 감각이 있군!
마음에 들어." 광대는 이번에는 장님 소년들에게 다가갔다.

"얘들은 두뇌가 연결되어 있어요." 멜리나가 광대와 소년들 사이
에 나서며 말했다. "소리로 사물을 볼 줄 알고 서로 무슨 생각을 하
고 있는지 항상 알아요."

광대가 박수를 쳤다. "드디어 뭔가 쓸모 있는 재능을 발견했군!
보초로 세우면 되겠어! 한 명은 축제광장에 세워놓고 또 한 명은 여
기 세워놓고. 그럼 뭔가 일이 잘못되었을 때 곧바로 알 수 있겠네!"

그가 멜리나를 밀치고 다가서자 두 소년이 움츠러들었다.

"얘들을 떨어뜨려놓으면 안 돼요. 조엘과 피터는 떨어져 있는 걸 좋아하지 않아요." 멜리나가 말했다.

"나는 눈에 보이지 않는 괴물한테 추격당하는 걸 좋아하지 않아." 광대가 말하고는 큰 소년을 작은 동생에게서 떼어놓으려 했다. 두 소년은 서로 팔짱을 끼고 신음소리를 냈다. 혀를 딸깍거리고 눈을 허옇게 뒤로 뒤집으면서. 내가 나서려는 순간 두 소년은 이미 서로에게서 강제로 떨어졌고, 그와 동시에 엄청난 비명을 지르기 시작했다. 나는 머리가 터져버릴 것만 같았다. 식탁 위에 있던 접시들이 깨졌고 모두가 양쪽 귀를 막고 몸을 움츠렸다. 얼어붙은 바닥에 거미줄처럼 균열이 가는 소리가 들리는 것만 같았다.

비명의 메아리가 잦아들고 보니, 조엘과 피터는 서로를 꼭 끌어안고 바닥에 웅크린 채 떨고 있었다.

"도대체 이게 무슨 짓이에요!" 멜리나가 광대에게 소리쳤다.

"세상에! 너희들 정말 **대단하구나!**" 광대가 말했다. 브로닌이 한 손으로 광대의 목을 잡아 들어올렸다. "자꾸 우리를 괴롭히면 머리로 벽을 관통하게 해주겠어." 브로닌이 낮은 목소리로 말했다.

"미…… 미안." 목이 졸린 광대가 힘겹게 말했다. "그, 그만 내려주면 안 될까?"

"그만해. 미안하다잖아." 올리브가 말했다.

브로닌은 마지못해 그를 내려놓았다. 광대가 기침을 하며 옷매무새를 가다듬었다. "아무래도 내가 너희들을 잘못 본 것 같구나. 너희는 우리 저항군에 엄청난 보탬이 되겠어." 그가 말했다.

"말했잖아요. 그따위 한심한 군대엔 안 들어간다고." 내가 말했다.

"싸워봐야 무슨 소용이 있어요?" 엠마가 말했다. "임브린이 어디 있는지도 모르는데."

접히는 남자가 의자에서 일어나 우리를 내려다보고 섰다. "무슨 소용이 있냐고? 만약 부패한 자들이 남은 임브린까지 잡아가면 그때부터는 상황이 걷잡을 수 없어질 테니까."

"이미 걷잡을 수 없어진 것 같은데." 내가 말했다.

"겨우 이 정도로 그런 생각을 한다면, 너희들은 아직 아무것도 못 본 거나 마찬가지야." 광대가 말했다. "너희 임브린이 아직 잡히지 않았으니까 놈들이 너희를 추적하지 않을 거라 생각한다면 보기보다 훨씬 멍청한 거고."

호러스가 벌떡 일어나 헛기침을 했다. "그건 최악의 시나리오잖아요. 최악의 시나리오는 최근에 수도 없이 들었다고요. **최상의** 시나리오는 단 한 번도 못 들었어요."

"어디 네가 한번 말해보렴. 아주 재미있겠다." 어릿광대가 말했다. "한번 얘기해봐. 꿈꾸는 소년. 내가 들어줄 테니."

호러스는 긴 한숨을 내쉬고 용기를 끌어모았다. "와이트들은 임브린을 원했고 이제 임브린들을 잡았어요. 그러니까, 거의 다 잡았단 거죠. 일단 편의상 가정을 해보자고요. 그게 와이트들이 원하는 것 전부고, 이제 자기들만의 사악한 계획에 몰두할 거라고. 그리고 결국 성공하겠죠. 슈퍼 와이트, 반신반인, 그들이 추구하는 게 무엇이건 결국 그게 이루어졌다고 쳐요. 그렇게 되면 임브린들이 필요 없겠죠. 이상한 아이들도 필요 없고, 시간의 루프도 필요 없어질 거예요. 놈들은 다른 곳에서 반인반수로 살면서 우린 내버려두겠죠. 그렇게 되면 모든 게 정상으로 돌아갈 뿐 아니라, 전보다 더 **나아지는** 거예요. 왜냐하면 더 이상 아무도 우리를 잡아먹으려 하지 않고 임브런들도 납치하려 들지 않을 테니까. 그렇게 되면 우린 아주 오랜만에, 예전에 그랬던 것처럼 외국으로 휴가를 갈 수도 있겠죠. 세상 구경도 좀 하고, 춥지도 않고 음침하지도 않은 어느 해변 백사장에 발가락을 묻어볼 수도 있을 거예요. 일 년에 300일쯤. 그렇게 된다면 여기 남아서 싸우는 게 무슨 의미가 있죠? 우리가 나서지 않아도 모든 게 장밋빛으로 풀릴 텐데, 무모하게 놈들의 칼에 몸을 던지는 셈이잖아요."

잠시 아무도 말이 없었다. 그러다가 광대가 웃기 시작했다. 그는 웃고, 웃고, 또 웃었고, 웃음소리가 벽에서 튕겨져 나왔고, 마침내 의자에서 굴러떨어졌다.

그리고 에녹이 말했다. "진짜 할 말이 없다. 아니, 할 말 있어. 호러스, 방금 네가 한 말은 지금껏 내가 들었던 얘기 중에 가장 끔찍하게 순진하고 가장 비겁하게 희망적인 얘기야."

"하지만 **가능한** 얘기잖아." 호러스가 우겼다.

"물론 치즈로 달을 만드는 것도 가능은 해. 있을 수 없는 일이라 그렇지."

"내가 이 논쟁에 마침표를 찍어주마." 접히는 남자가 말했다. "와이트들이 자기들 마음대로 할 수 있게 되면 우리한테 무슨 짓을 할지 보여줄 테니 따라와."

"배짱 두둑한 녀석들만 와라." 광대가 올리브를 바라보며 말했다.

"친구들이 볼 수 있다면 나도 볼 수 있어요." 올리브가 대답했다.

"난 분명히 경고했다." 광대가 어깨를 으쓱했다. "따라와."

"가라앉는 배에서 뛰어내리진 않겠어." 떨고 있는 소년들을 일으키며 멜리나가 말했다.

"그럼 여기 있으렴. 배와 함께 가라앉기 싫은 사람은 날 따라와." 광대가 말했다.

ʒ

임시로 만든 병실이었다. 제각기 다른 침대에 환자들이 누워 있었고 한쪽 눈에 툭 불거진 의안을 박은 간호사가 그 곁을 지키고 있었다. 환자는, 그들을 환자라고 부를 수 있다면, 모두 셋이고 남자가 하나, 여자가 둘이었다. 남자는 모로 누워 있었고 반쯤 정신이 나간 듯 웅얼거리며 침을 흘렸다. 여자 중 한 명은 멍하니 천장을 바라보고 있었고, 또 한 명은 악몽을 꾸는 듯 신음하며 이불 속에서 몸부림쳤다. 우리 중 몇 명은 문밖에서 그들을 지켜보면서 그들이 앓고 있는 병이 뭔지는 몰라도 옮지 않으려는 듯 거리를 두었다.

"오늘은 좀 어때?" 접히는 남자가 간호사에게 물었다.

"더 악화됐어요." 간호사가 이 침대 저 침대를 바삐 오가며 대답했다. "계속 진정제를 투여하고 있어요. 안 그러면 소리를 지르고 난리를 쳐서."

겉보기에는 큰 상처가 없어 보였다. 피 묻은 붕대도 보이지 않았고, 팔다리에 깁스를 하지도 않았으며, 빨간 핏물이 흥건한 대야도 보이지 않았다. 병원이라기보다는 정신과 병동 같았다.

"어디가 아픈 거예요? 습격 때 다친 사람들인가요?" 내가 물었다.

"아니. 렌 원장이 데리고 온 사람들이야." 간호사가 대답했다. "와이트들이 연구소로 쓰던 어느 병원에 버려져 있었대. 입에 담을 수도 없는 실험에 실험용 생쥐처럼 이용당한 거야. 그 실험의 결과가 바로 이거란다."

"신원을 조회해봤지." 광대가 말했다. "이 사람들은 와이트들한 테 몇 년 전에 납치됐어. 이미 사망한 걸로 추정된 지 오래야."

간호사가 벽에 걸려 있던 환자의 차트를 들었다. "이 환자는 벤 테레트인데, 100개 언어를 구사할 수 있었지만 지금은 단 한 마디만 반복하고 있어요."

나는 가까이 다가가 그의 입술을 보았다. **불러, 불러, 불러.** 그의 입 모양이 말하고 있었다. **불러, 불러, 불러.**

헛소리였다. 제정신이 아니었다.

"저기 저 환자는," 신음하는 소녀를 차트로 가리키며 간호사가 말했다. "차트를 보면 날 수 있다고 적혀 있는데 지금은 날기는커녕 침대에서 1센티미터도 몸을 일으키지 못해. 또 한 아이는 투명인간 인데, 지금은 너무나 잘 보이지."

"고문을 당했나요?" 엠마가 물었다.

"당했지. 그래서 미쳐버렸어. 이상한 능력을 잃어버릴 때까지 고문당했어."

"나라면 하루 종일 고문을 당해도 투명인간이 되는 법을 잊지 는 않을 텐데." 밀라드가 말했다.

"흉터를 보여줘." 광대가 간호사에게 말했다.

간호사가 움직이지 않는 여자에게 다가가 이불을 젖혔다. 배,

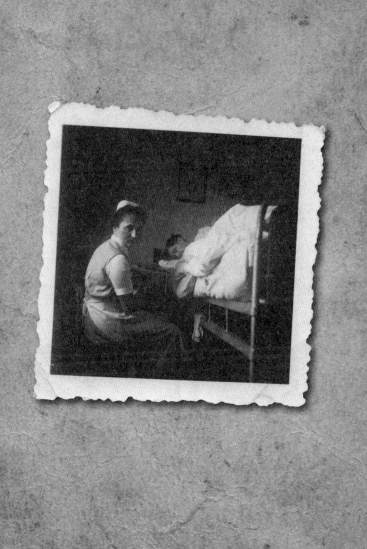

목, 턱 밑에 담배 한 개비 정도 길이의 가느다란 빨간 흉터가 있었다.

"고문의 흔적으로 보긴 좀 그런데요." 밀라드가 말했다.

"그럼 **뭘로** 보이니?" 간호사가 화를 내며 물었다.

그녀의 질문을 무시한 채 밀라드가 말했다. "다른 상처들이 더 있어요? 아니면 그게 전부 다예요?"

"그럴 리가." 간호사가 말하며 이불을 걷어 여자의 다리를 드러내며 무릎 뒤, 허벅다리 안쪽, 발바닥의 상처를 보여주었다.

밀라드가 몸을 숙이고 발을 살펴보았다. "위치가 이상해. 안 그래?"

"그게 무슨 뜻이야?" 엠마가 말했다.

"쉿. 셜록 홈즈 놀이 실컷 하라고 해. 구경이나 하게." 에녹이 말했다.

"우리가 저 친구를 열 군데 베어보는 건 어때? 그게 고문인지 아닌지 생각해보게." 광대가 말했다.

밀라드가 웅얼거리는 남자에게 다가갔다. "이 사람 좀 봐도 될까요?"

"아마 거부하지 않을걸." 간호사가 말했다.

밀라드는 이불을 걷어 남자의 다리를 살펴보았다. 그의 발바닥에도 여자의 발바닥에 난 것과 똑같은 상처들이 있었다.

간호사가 몸부림치는 여자를 가리켰다. "저 환자한테도 똑같은 상처가 있어. 그걸 찾는 거라면."

"그만 좀 하지 그래." 접히는 남자가 말했다. "이게 고문이 아니면 뭐라는 거야?"

"탐색." 밀라드가 말했다. "절개 부위가 명확하고 수술의 흔적

같아. 고통을 가하기 위한 게 아니라 마취 상태에서 절개한 것일 수도 있어. 와이트들은 뭔가를 **찾고** 있었어."

"그게 뭘까?" 대답을 두려워하는 듯한 목소리로 엠마가 물었다.

"이상한 아이들의 발에 대해 오래전부터 전해 내려오는 이야기가 있어." 밀라드가 말했다. "혹시 기억하는 사람 있어?"

호러스가 읊었다. "이상한 아이들의 발은 영혼의 문이다……." 그가 말했다. "어린애들한테 하는 말이지. 밖에 나가서 놀 때 신발을 신기려고."

"신발을 신기려는 의도일 수도 있고 아닐 수도 있어." 밀라드가 말했다.

"말도 안 되는 소리! 그럼 와이트들이 찾고 있는 게……."

"영혼. 그리고 놈들은 그걸 찾았어."

광대가 큰 소리로 웃었다. "그게 뭔 헛소리야! 능력을 잃어버렸다고 두 번째 영혼이 추출되었다고 생각하는 거야?"

"부분적으로는요. 와이트들이 지난 몇 년 동안 두 번째 영혼에 관심이 있었다는 건 알고 있었어요."

그제야 나는 기차에서 밀라드와 나눴던 대화가 떠올랐다. "하지만 네가 말했잖아. 그 이상한 영혼 때문에 우리가 루프에 들어갈 수 있는 거라고. 그러니까 만약 이 사람들이 영혼이 없다면 어떻게 **여기** 있을 수 있지?"

"이 사람들은 사실 여기 **있다고** 말할 수가 없어. 안 그래?" 밀라드가 말했다. "그러니까 내 말은, 이 사람들의 **정신**은 분명히 다른 곳에 가 있어."

"네가 지금 지푸라기라도 잡고 싶은 모양인데, 너무 멀리 가는 거 아니야?" 엠마가 말했다.

"조금만 더 참고 내 얘길 들어봐." 흥분해서 서성거리며 밀라드가 말했다. "너희들 평범한 사람들이 루프에 들어오던 시절 얘기 못 들었지?"

"못 들었어. 그게 불가능하단 건 누구나 다 아는 사실이니까." 에녹이 말했다.

"**거의** 불가능하지." 밀라드가 말했다. "쉽지도 않고 듣기 좋은 얘기도 아니지만, 그런 일이 일어난 적이 있어. 딱 한 번. 페러그린 오빠의 불법 실험 덕분에. 그러니까 그가 미쳐서 분파를 조직해 와이트가 되기 이전에."

"나는 왜 못 들었지?" 에녹이 말했다.

"너무도 심각한 사안이어서 그 실험을 재개하지 못하도록 실험 결과를 은폐했으니까. 아무튼 루프로 평범한 사람을 데리고 들어올 수는 있는데, 임브린의 능력을 지닌 사람이 **강제로** 끌고 들어와야만 해. 하지만 평범한 사람들은 두 번째 영혼이 없기 때문에 시간의 루프를 감당할 수 없고, 곧바로 뇌가 망가져버려. 들어오는 순간 침을 질질 흘리는 식물인간이 되어버리지. 여기 있는 이 사람들하고 다르지 않아."

밀라드의 말이 이해되기까지 잠시 정적이 흘렀다. 마침내 엠마가 손으로 입을 가린 뒤 낮게 중얼거렸다. "세상에, 밀라드 말이 맞아……."

"만약 그게 사실이라면 상황이 우리가 생각했던 것보다 훨씬 더 끔찍하군."

갑자기 방 안에서 공기가 빠져나가는 것 같았다.

"난 이해가 잘 안 가는데." 호러스가 말했다.

"괴물들이 영혼을 훔쳐 갔다잖아!" 올리브가 소리치고는 브로 닌에게 달려가 코트 자락에 얼굴을 파묻고 울었다.

"이 사람들은 특별한 능력을 **잃어버린 게** 아니야." 밀라드가 말했다. "강탈당한 거지. 놈들이 영혼과 함께 특별한 능력을 추출했어. 할로우들한테 먹이려고. 그렇게 되면 할로우가 진화해서 루프에 들어올 수 있을 테니까. 그래서 최근에 이상한 세계 공격이 가능했던 거야. 덕분에 와이트들은 영혼을 추출할 수 있는 이상한 아이들을 더 많이 납치할 수 있게 되었고, 그걸로 더 많은 할로우들이 진화할 수 있었던 거지. 악순환이야."

"그럼 놈들이 원하는 건 단지 임브린들만이 아니겠네." 엠마가 말했다. "우리도 원하는 거잖아. 우리 영혼도."

휴는 웅얼거리는 남자의 침대 발치에 섰다. 살아남은 한 마리 벌이 성난 듯 그의 주위를 맴돌았다. "그동안 납치된 모든 이상한 아이들이…… 그 아이들한테 전부 다 **이런** 짓을 한 거야? 난 그저 놈들한테 잡아먹힌 줄 알았는데…… 하지만 이건…… 이건 정말 **더 끔찍한** 만행이다."

"임브린의 영혼은 꺼내지 않는다는 보장이 있어?" 에녹이 말했다.

그 말에 우리 모두 소름이 돋았다. 광대가 호러스를 바라보며 말했다. "최상의 시나리오는 어떻게 됐지?"

"놀리지 마세요. 확 물어버릴지도 모르니까." 호러스가 말했다.

"다들 나가세요!" 간호사가 소리쳤다. "영혼이 있건 없건, 이 사람들은 환자예요. 싸우려면 나가서 싸워요."

우리는 복도로 사정없이 쫓겨났다.

"섬뜩한 공연을 보여주신 덕분에," 엠마가 광대와 접히는 남자에게 말했다. "우리 모두 엄청 겁이 나는데, 이제 원하는 게 뭔지 말씀해보세요."

"아주 간단해." 접히는 남자가 말했다. "여기 남아서 우리와 싸워줬으면 해."

"그렇게 하는 게 너희한테도 도움이 되는 일이라는 건 조금 전에 충분히 보고 느꼈을 거라고 생각한다." 광대가 말하고는 밀라드의 등을 툭 쳤다. "하지만 여기 있는 이 친구는 우리가 지금껏 해왔던 그 어떤 일보다 멋진 일을 해줬어."

"여기 남아서 뭘 위해 싸운단 거죠?" 에녹이 물었다. "임브린들은 런던에 있지 않다고 렌 원장님이 말씀하셨는데."

"런던은 잊어버려. 거긴 끝장이야." 광대가 말했다. "여기선 다 끝났어. 우리가 졌어. 렌 원장님이 파괴된 루프들에서 이상한 아이들을 전부 다 구조하고 나면 우린 떠날 거야. 다른 곳의 다른 루프로. 거기도 생존자가 있겠지. 우리 같은 생존자, 아직 전의에 불타는 생존자."

"그럼 군대를 결성할 거야." 접히는 남자가 말했다. "**진짜** 군대."

"임브린들이 어디 있는지를 알아내는 건 전혀 문제가 안 돼. 와이트 한 놈을 잡아서 고문하면 되니까. 《시간의 지도》에서 짚어보라고 해야지." 광대가 말했다.

"《시간의 지도》가 있어요?" 밀라드가 물었다.

"두 부 있어. 이상한 문서보관소가 아래층이니까."

"듣던 중 반가운 소식이네." 밀라드가 들뜬 목소리로 말했다.

"와이트를 한 놈 잡는다는 게 말처럼 쉬운 일은 아니에요." 엠마가 말했다. "더구나 놈들은 거짓말을 하잖아요. 거짓말 선수들이죠."

"그럼 두 놈을 잡아서 비교해보면 되겠지." 광대가 말했다.

"여기 자주 와서 쿵쿵거리는 놈들이 있는데, 다음번에 놈이 나타나면 보는 즉시 탕! 바로 잡을 거야."

"기다릴 필요가 뭐 있어요?" 에녹이 말했다. "렌 원장님이 이 건물 안에 와이트들이 있다고 했던 것 같은데."

"있고말고." 광대가 말했다. "하지만 얼었어. 완전히 맛이 갔지."

"그렇다고 심문을 못할 건 없죠." 에녹이 말했다. 그의 얼굴에 미소가 번졌다.

광대가 접히는 남자를 돌아보며 말했다. "나 이 괴짜 친구들이 마음에 들기 시작하는데."

"그럼 우리 편이 되겠다는 거야?" 접히는 남자가 말했다. "여기 남아서 우리하고 싸울 거야?"

"난 그런 말 한 적 없는데." 엠마가 말했다. "잠깐 얘기할 시간 좀 주세요."

"얘기할 게 뭐 있어?" 광대가 말했다.

"물론. 얼마든지 얘기하렴." 접히는 남자가 말하고는 광대를 복도로 끌어냈다. "커피 만들 건데 같이 가자."

"좋아." 광대는 마지못해 따라나섰다.

우리는 한 곳에 모였다. 문제가 생길 때마다 늘 그랬던 것처럼. 다만 이번엔 서로에게 소리를 지르는 대신 차례로 얘기했다. 우리가 처한 상황의 무게가 우리를 침착하게 만들었다.

"난 싸워야 한다고 생각해." 휴가 말했다. "와이트들이 우리한테 무슨 짓을 했는지 알게 된 이상 예전처럼 살면서 이런 일이 아예 일어나지 않은 척할 순 없어. 싸우는 것만이 유일하게 명예로운 일이야."

"살아남는 것도 명예로운 일이야." 밀라드가 말했다. "우리 이상한 아이들은 수 세기 동안 싸워서가 아니라 숨어서 살아남았어. 어쩌면 우리한테 필요한 건 더 꼭꼭 숨는 건지도 몰라."

그때 브로닌이 엠마에게 돌아서서 말했다. "네 의견을 듣고 싶어."

"나도 엠마 생각을 듣고 싶어." 올리브가 말했다.

"나도." 에녹까지 나섰고 나는 깜짝 놀랐다.

엠마는 길게 숨을 들이마신 뒤 입을 열었다. "다른 임브린들이 겪은 일은 너무 안됐어. 그건 범죄야. 우리의 미래는 그들의 구출에 달려 있어. 하지만 아무리 생각해도 난 다른 임브린들이나 다른 이상한 아이들에게 충성을 바치고 싶진 않아. 내 생명의 은인인 페러그린 원장에게 충성을 바치고 싶어." 그녀가 하던 말을 멈추고는, 마치 자신이 한 말이 얼마나 옳은 말인지 다시 한 번 생각해보고 확인하려는 듯 고개를 끄덕였다. "페러그린 원장님이 인간의 모습으로 돌아오면 원장님이 원하는 일을 하고 싶어. 원장님이 싸우라고 하면 싸울 거야. 루프에 숨으라고 하면 숨을 거고. 어느 쪽이건 내 생각은 변하지 않아. 페러그린 원장님이 가장 잘 아실 거야."

다른 아이들도 엠마의 말을 생각해보았다. 마침내 밀라드가 말했다. "정말 지혜로운 생각이다, 엠마 블룸."

"페러그린 원장님이 가장 잘 아실 거야." 올리브가 소리쳤다.

"페러그린 원장님이 가장 잘 아실 거야." 휴도 따라했다.

"원장님이 뭐라고 하시건 난 상관 안 해. 난 싸울 거야." 호러스가 말했다.

에녹이 터지려는 웃음을 참았다. "네가?"

"다들 내가 겁쟁이라고 생각하는데, 이번 기회에 내가 겁쟁이가 아니란 걸 증명하겠어."

"농담 몇 마디 한 것 가지고 괜히 목숨 걸지 마." 휴가 말했다. "남들이 어떻게 생각하건 무슨 상관이야?"

"단지 그것뿐이 아니야." 호러스가 말했다. "내가 케르놈에서 본 환영 기억해? 나는 임브린들이 잡혀 있는 곳을 봤어. 지도 위에서 짚을 수는 없지만 이것만은 확실해. 난 거기가 어딘지 보는 즉시 바로 알 수 있어." 그는 집게손가락으로 이마를 두드렸다. "내 머릿속에 들어 있는 그 이미지가 많은 문제를 해결할 수 있을 거야. 다른 임브린들도 구할 수 있고."

"만약 일부는 싸우고 일부는 남아야 한다면, 난 남아 있는 사람들을 보호할게. 항상 그게 내 임무였으니까." 브로닌이 말했다.

그때 휴가 나를 돌아보며 물었다. "넌 어때, 제이콥?" 나는 입안이 바짝 말랐다.

"그러게. **네 생각은 어때?**"

"글쎄, 난……." 내가 얼버무렸다.

"잠깐 좀 걷자." 엠마가 내게 팔짱을 끼며 말했다. "우리 얘기 좀 해."

우리는 말없이 계단을 내려가 알테아가 동굴 입구를 막아 둥글게 세운 얼음 벽으로 향했다. 우리는 나란히 앉아 한동안 얼음 벽을 바라보았다. 얼음 안에 갇힌 것들이 어두워지는 불빛에 흐릿해지고 일그러졌다. 마치 푸른 호박에 싸인 고대의 달걀처럼 팽창되어 보였다. 앉아 있는 동안 우리 사이에 감도는 정적으로 힘겨운 대화를 예감할 수 있었다. 우리 둘 다 먼저 말을 꺼내고 싶지 않았다.

마침내 엠마가 입을 열었다. "있잖아……."

"나도 다른 애들하고 똑같아. 네 생각이 어떤지 알고 싶어." 내가 말했다.

엠마가 웃었다. 재미있어서라기보다는 어색해서 웃는 웃음이었다. "내 생각 알고 싶지 않을걸."

사실이었지만 나는 그래도 다그쳤다. "어서 말해봐."

엠마는 내 무릎 위에 한 손을 올렸다가 거두었다. 초조해 보였다. 나는 심장이 오그라드는 것 같았다.

"난 네가 그만 집으로 돌아가야 한다고 생각해." 마침내 엠마가 말했다.

나는 눈을 깜빡였다. 엠마가 실제로 그런 말을 했다는 사실을 깨닫기까지 잠시 시간이 필요했다. "그게 무슨 소리야?" 내가 웅얼거렸다.

"네가 말했잖아. 네가 여기 온 이유가 있다고." 엠마가 무릎을 바라보며 생각했던 말을 얼른 내뱉었다. "페러그린 원장님을 구하기 위해서 여기 왔고 이제 원장님은 회복될 거야. 네가 어떤 식으로든 원장님한테 빚을 졌다면 이제 그 빚은 갚은 거야. 넌 네가 생각하는 것보다 훨씬 더 많이 우릴 도왔어. 이젠 집으로 돌아갈 시간이야."
엠마의 말이 빨랐다. 오랫동안 담고 있어서 너무 힘들었다는 듯이. 마침내 그 말을 내뱉을 수 있어서 후련하다는 듯이.

"**여기가** 내 집이야." 내가 말했다.

"아니, 그렇지 않아." 엠마가 나를 바라보며 말했다. "이상한 세계는 무너져가고 있어, 제이콥. 이건 잃어버린 꿈이야. 설령 우리가 기적처럼 군대를 결성해서 부패한 자들을 물리친다 해도, 이제 우리에겐 지난날의 그림자만 남았어. 흩어진 꿈만 남았다고. 너에겐 집이 있어. 아직 파괴되지 않은 집. 부모님도 살아 계시잖아. 그들만의 방식으로 널 사랑하시는 부모님."

"말했잖아. 이제 난 그런 것들을 원치 않는다고. 난 **이곳**을 선택했어."

"넌 약속을 했고 그 약속을 지켰어. 하지만 이제 다 끝났어. 집으로 돌아갈 시간이야."

"그런 얘긴 그만해!" 내가 소리쳤다. "왜 날 밀어내려고 해?"

"왜냐하면 너에겐 진짜 집이 있고 진짜 가족이 있으니까. 혹시 네가 우리 중 단 한 명이라도 그런 것들을 버리고 이 세계를 선택한 거라고 생각한다면 오산이야. 네가 갖고 있는 걸 아주 잠깐이라도 맛볼 수만 있다면 루프든 영원한 삶이든 다들 기꺼이 포기할 수 있을걸. 그걸 모른다면 넌 정말 환상 속에 살고 있는 거야. 네가 그모든 걸 버린다는 생각을 하면 내가 못 견디겠어. 도대체 뭘 위해서지?"

"**널** 위해서지, 이 멍청아. 널 사랑하니까!"

내가 그 말을 했다는 것을 믿을 수가 없었다. 엠마도 마찬가지였다. 그녀의 입이 떡 벌어졌다. "아니." 엠마는 내 말을 지워버릴 수 있다는 듯 고개를 저었다. "그런 말은 전혀 도움이 되지 않아."

"하지만 **사실이야!**" 내가 말했다. "내가 왜 집에 가지 않고 여기 남았을 것 같아? 할아버지 때문도 아니고, 사명감 때문은 **더더욱** 아니야. 부모님을 미워해서도, 우리 집과 내가 가진 멋진 것들을 즐길 줄 몰라서도 아니야. 난 너 때문에 여기 남은 거야!"

그녀는 한동안 아무 말도 하지 않았다. 그러다가 고개를 끄덕이고는 머리를 쓸어 넘겼다. 머리카락 틈에 전에 보지 못했던 흰 콘크리트 가루가 앉아 있었고, 그것 때문에 엠마는 갑자기 나이가 들어 보였다. "다 내 잘못이야." 마침내 엠마가 말했다. "너한테 키스하는 게 아니었는데. 내가 사실이 아닌 걸 믿게 만들었어."

엠마의 말은 따가웠다. 나는 스스로를 보호하려는 듯 본능적으로 몸을 웅크렸다. "마음에도 없는 말 하지 마." 내가 말했다. "비록 내가 연애 경험은 별로 없지만, 날 예쁜 여자만 보면 맥을 못 추는 한심한 얼간이 취급하지 말라고. 네가 날 여기 머물게 만든 게 아니야. 내가 원해서 여기 남은 거지. 너에 대한 내 감정이 지금껏 느껴왔던 그 어떤 감정보다 진실했기 때문이야." 나는 잠시 내 말이 허공에 맴돌게 하면서 그 말에 담긴 진실을 느꼈다. "너도 느꼈잖아. 너도 같은 감정이란 거 알아." 내가 말했다.

"미안해. 내가 정말 잔인했어. 그런 말을 하는 게 아니었는데." 엠마가 말했다. 눈에 눈물이 고이자 손으로 닦아냈다. 그녀는 바위처럼 단단해지려 애쓰고 있었지만 오히려 무너지고 있었다.

"네 말이 맞아. 난 네가 정말 좋아. 그래서 더더욱 네가 아무 의미 없이 네 삶을 내동댕이치는 걸 못 보겠어."

"그렇게 되지 않을 거야!"

"제이콥, 지금 그러고 있잖아!" 너무 화가 난 나머지 엠마가 저도 모르게 손에 불을 일으켰다. 다행히 손을 무릎에 대고 있지는 않았다. 그녀는 양손을 부딪쳐 불을 끈 다음 자리에서 일어났다. 그리고 얼음을 가리키며 말했다. "저기 책상 위에 있는 화분 보이지?"

내가 화분을 바라보며 고개를 끄덕였다.

"지금은 초록색이야. 얼음 속에 보존되었으니까. 하지만 속은 죽어 있어. 얼음이 녹는 순간 갈색으로 변해서 곤죽이 되겠지." 엠마가 나와 눈을 맞추고 말을 이었다. "나도 저 식물하고 똑같아."

"그렇지 않아. 넌…… 완벽해." 내가 말했다.

마치 멍청한 아이에게 무언가를 설명하는 사람처럼 인내심을 발휘하느라 그녀의 표정이 굳어졌다. 엠마가 자리에 앉아 내 손을 잡고 자신의 뺨에 대었다. "이거?" 엠마가 말했다. "이건 다 가짜야. 내 본모습이 아니라고. 내 본모습을 보게 되면 더 이상 날 원하지 않을걸."

"그런 건 아무래도 상관없어."

"난 할머니야!" 엠마가 말했다. "넌 우리가 비슷하다고 생각하지만 사실은 그렇지 않아. 네가 사랑한다고 말하는 이 여자? 사실은 소녀의 몸에 숨은 할머니야. 넌 젊어. 아직 어린애라고. 나랑 비교하면 아기나 마찬가지야. 항상 죽음 가까이에 있는 게 어떤 기분인지 넌 모를 거야. 알아서도 안 되고. 난 네가 그런 걸 모르길 바라. 제이콥, 너한텐 많은 날들이 펼쳐져 있어. 나는 이미 내 삶을 다 살았어. 그리고 머지않아 죽어서 흙으로 돌아갈 거야."

너무도 냉정하고 비장하게 말했기 때문에 엠마가 진심으로 그렇게 믿고 있음을 알 수 있었다. 엠마로서는 하기 힘든 말이었고 그 말을 듣는 나도 괴로웠지만, 왜 그런 말을 하는지는 알 것 같았다. 엠마는 자기만의 방식으로 나를 구하려 하고 있었다.

어쨌든 그 말은 나를 아프게 했다. 그 말이 부분적으로는 사실이라는 걸 알고 있기 때문에 더더욱 아팠다. 만약 페러그린이 회복된다면, 나는 하고자 했던 일을 이룬 셈이었다. 할아버지의 미스터리를 풀고, 페러그린에게 우리 가족의 빚을 갚고, 늘 꿈꿔왔던 삶을 잠시나마 살아본 셈이니까. 그렇게 되면 내게 남은 의무는 부모님에 대한 것뿐이었다. 엠마에 관해서라면, 나는 엠마가 나보다 나이도 많고 나와 다르다고 해도 상관없었지만 엠마가 이미 마음을 정한 이상 그 마음을 바꿀 방법은 없어 보였다.

"여기 일이 다 정리되면, 내가 너한테 편지를 보낼게. 그럼 너도 내게 답장을 줘. 그러다 보면 어느 날 다시 만날 수도 있겠지."

편지. 나는 엠마의 방에서 할아버지가 쓴 편지를 모아 둔 먼지 쌓인 상자를 떠올렸다. 결국 나도 엠마에게 그런 존재가 되는 것일까? 바다 건너의 노인? 지나간 추억? 문득 내가 생각지도 않은 방식으로 할아버지의 전철을 밟고 있음을 깨달았다. 나는 여러모로 할아버지의 삶을 살고 있었다. 그러다가 어느 날, 너무 방심하고 살다 늙고 둔하고 정신이 없어져서 할아버지처럼 죽게 될지도 모른다. 엠마는 아마도 계속 살아갈 것이다. 할아버지도 없이, 나도 없이. 그러다가 어느 날 누군가가 엠마의 방에서 내 편지를 발견할 수도 있겠지. 할아버지의 편지 상자 옆에 놓인 **내** 편지 상자를. 그리고 궁금해할 것이다. 도대체 할아버지와 나는 엠마에게 어떤 존재였는지.

"그러다가 너한테 내가 필요해지면? 할로우들이 돌아오면?"

그녀의 눈에 눈물이 반짝였다. "어떻게든 이겨내겠지." 엠마가 말했다. "제이콥, 나 더 이상 이 얘기 못 하겠다. 솔직히 내 마음이 더 이상은 감당을 못 하겠어. 그만 올라가서 다른 아이들한테 네 결정을 통보해주지 않을래?"

나는 이를 악물었다. 문득 나를 이토록 심하게 몰아세우는 엠마가 미웠다. "난 아직 아무것도 결정 못 했어." 내가 말했다. "결정은 네가 했지."

"제이콥, 방금 말했잖아. 난……."

"맞아. 넌 **말했어**. 하지만 **내가** 아직 마음을 못 정했다고."

엠마가 팔짱을 꼈다. "기다릴게."

"아니." 내가 말하며 일어섰다. "나 잠깐 혼자 있고 싶어."

나는 엠마를 두고 혼자 계단을 올라갔다.

제 13 장

chapter thirteen

나는 복도를 따라 조용히 걸었다. 임브린의 회의실 앞에서
서 안에서 들려오는 낮은 소리에 잠시 귀를 기울여봤지
만 들어가진 않았다. 병실 안을 들여다보니 간호사가 영혼이 하나밖
에 없는 이상한 사람들 틈에서 졸고 있었다. 렌의 방문을 살짝 열어
보니 렌이 페러그린의 깃털 속에 손가락을 파묻고 다정하게 그녀를
어루만지고 있었다. 나는 누구에게도 말을 걸지 않았다.

텅 빈 복도와 습격당한 사무실들을 어슬렁거리면서 나는 생각
했다. 이 모든 일을 겪고 난 지금 집으로 돌아가면 우리 집이 어떻게
느껴질까. 부모님께는 뭐라고 말해야 할까. 아무 말도 못할 가능성이
높았다. 부모님은 내 말을 믿지 않을 것이다. 나는 머리가 돌아서 헛
소리로 가득한 편지를 써놓고 본토로 가는 배를 타고 달아났었다고
말해야 할 것이다. 부모님은 그게 스트레스 때문이라면서 내게 병명
을 지어 붙이고 그에 맞는 약을 처방할 것이다. 나를 웨일스로 가게

했던, 내가 떠난 이후 소식조차 들을 수 없었을 골란 박사를 원망할 것이다. 그가 사기꾼이라 내뺀 거라고, 돌팔이 의사였다고 말할 것이다. 그러면 나는 정신적 충격으로 정서 장애를 앓고 있는 가엾은 부잣집 아들 제이콥으로 돌아가게 되겠지.

그것은 내게 종신형이나 다름없었다. 그러나 내가 이 이상한 세계에 남아 있어야 할 가장 큰 이유였던 사람이 더 이상 날 원하지 않는다면, 나는 추잡스럽게 그녀에게 매달리는 짓 따윈 하지 않을 것이다. 나도 자존심이 있는 놈이니까.

그러나 이상한 세계를 맛본 내가 플로리다 생활을 얼마나 견딜 수 있을까. 나는 이제 평범한 것과는 거리가 멀었다. 물론 예전에도 평범하지 않았지만 그때는 그걸 몰랐고, 이제는 나 자신도 그 사실을 확실히 알고 있었다. 나는 달라졌다. 그리고 적어도 그것만큼은 내게 희망을 주었다. 다시 평범한 생활로 돌아가게 된다 해도 나는 특별한 삶을 살아갈 길을 찾을 것이다.

그렇다, 그 방법밖엔 없었다. 그 길이 최선이었다. 만약 이 세계가 죽어가고 있다면, 그리고 그것을 막을 방법이 없다면, 더 이상 이 세계가 내게 무슨 의미가 있을까. 내 친구들의 인공적인 젊음을 유지해줄 안전한 루프가 하나도 남지 않을 때까지 도망치고 숨는 것, 그리고 그들이 죽어가는 것을 지켜보는 것, 내 품 안에서 스러져가는 엠마를 지켜보는 것.

그것은 나를 어떤 할로우보다 빨리 죽일 것이다.

그렇다. 나는 떠날 것이다. 아직 남아 있는 예전의 삶을 되찾을 것이다. 안녕, 이상한 아이들. 안녕, 이상한 세계.

그게 최선이었다.

나는 복도를 서성거리다가 반 정도만 얼어 있는 방들 앞에 이르렀다. 마치 가라앉는 배에 차오른 물처럼, 얼음이 바닥과 천장 사이 공간의 반 정도까지만 얼어 있었다. 책상 윗부분과 램프의 갓이 마치 수영하다 멈춰 선 사람처럼 얼음 위로 고개를 내밀고 있었다. 얼어붙은 창문 뒤로 해가 저물고 있었다. 벽에는 그림자가, 계단에는 더 확대된 그림자가 드리웠다. 햇살이 잦아들면서 그림자는 푸른빛이 되었고, 내 주위의 모든 것이 심해의 푸른빛으로 물들었다.

그제야 오늘 밤이 이상한 세계에서의 마지막 밤일지도 모른다는 생각이 들었다. 내가 만난 최고의 친구들과의 마지막 밤. 엠마와의 마지막 밤.

그런데 왜 그 밤을 혼자 보내고 있을까. 슬퍼서였다. 엠마가 내 자존심을 건드렸고, 그래서 심통이 나서였다.

이 정도면 됐다.

방에서 막 나서려는 순간, 나는 느꼈다. 배 속의 그 익숙한 통증을.

할로우.

나는 다시 통증이 오기를 기다리며 멈춰 섰다. 정보가 좀 더 필요했다. 통증의 강도는 할로우의 근접성과 비례했고, 빈도는 할로우의 힘에 비례했다. 두 마리의 강력한 할로우가 우릴 쫓고 있다면, 통증이 길게 지속되고 거의 간격이 없었지만 이번 통증은 간격이 거의 1분 가까이 되었다. 너무 미약해서 내가 느꼈는지조차 확신할 수가 없었다.

나는 천천히 방에서 나와 복도를 걸었다. 옆방의 문을 지날 때 나는 세 번째로 통증을 느꼈다. 이번엔 조금 더 강한 통증이었지만 여전히 속삭임에 가까웠다.

조심스럽게 문을 열어보려 했지만 문은 단단히 얼어붙은 채 닫혀 있었다. 나는 문을 잡아당겨보고, 흔들어보고, 발로 찼다. 마침내 문을 열었더니 가슴 높이까지 얼음이 차 있었다. 나는 조심스럽게 다가가 얼음 속을 들여다보았고, 흐린 불빛 속에서도 곧바로 할로우를 알아보았다. 놈은 바닥에 웅크리고 있었고 시커먼 눈까지 얼음 속에 갇혀 있었다. 머리 윗부분만 얼음 위로 드러났고 벌린 턱과 이빨과 혀 같은 나머지 위험한 부위들은 모두 얼음 속에 있었다.

놈은 가까스로 살아 있었고 심장은 너무 느려서 거의 뛰지 않았다. 일 분에 한 번이나 뛸까. 미약한 심장 박동마다 나도 통증을 느꼈다.

나는 방안에 서서 놈을 바라보았다. 한편으론 매혹되고 한편으론 역겨워하면서. 놈은 의식도 없고 움직일 수도 없는, 너무도 나약한 존재였다. 얼음 위로 올라가 뾰족한 고드름으로 두개골을 찌르는 것도 어렵지 않을 것이다. 누구든 놈이 여기 있다는 걸 알았다면 그렇게 했을 것이다. 그러나 왠지 그럴 수가 없었다. 그 할로우는 전혀 위협적이지 않았다. 지금껏 내가 만난 모든 할로우들은 나에게 상처를 남겼다. 썩어가는 놈들의 얼굴을 나는 꿈에서도 보았다. 그러나 머지않아 집으로 돌아가면, 나는 그곳에서 더 이상 할로우 사냥꾼 제이콥이 아니었다. 놈의 기억을 가져가고 싶지 않았다. 더 이상 내가 상관할 바가 아니었다.

나는 방에서 나와 문을 닫았다.

다시 회의실로 돌아가보니 밖은 어두웠고 방 안은 한밤중처럼 깜깜했다. 거리에서 혹시라도 눈에 띌까봐 렌이 램프를 일절 켜지 못하게 했기 때문에, 모두가 커다란 타원형 테이블 위에 촛불을 몇 개 켜놓고 모여 있었다. 몇 명은 의자에 앉아 있었고 몇 명은 테이블 위에 책상다리를 하고 앉아 낮게 소곤거리며 무언가를 들여다보고 있었다.

육중한 문이 삐걱대며 열리는 소리에 모두가 고개를 들고 나를 돌아보았다. "렌 원장님?" 브로닌이 기대에 들뜬 목소리로 의자에서 몸을 세우고 눈을 가늘게 떴다.

"아냐, 제이콥이야." 그림자 중 하나가 말했다.

모두가 일제히 실망의 한숨을 내쉬었다. "어서 와, 제이콥." 브로닌은 다시 테이블로 시선을 돌렸다.

나는 엠마에게 시선을 고정한 채 그들에게 다가갔다. 엠마의 눈동자 속에서 나는 거칠고 무장해제된 뭔가를 보았다. 아마 두려움일 것이다. 내가 결국 그녀의 말을 따르기로 마음을 굳혔을까봐 두려워하고 있었다. 눈빛이 흐릿해지며 그녀가 고개를 숙였다.

엠마가 내 입장을 딱하게 여겨 내가 떠날 거라는 얘기를 아이들에게 했기를 바랐다. 그녀는 물론 말하지 않았다. 내가 아직 **그녀에게** 말하지 않았으니까. 그러나 엠마는 그들에게 다가가는 내 표정만 보고도 이미 내 결심을 눈치챈 것 같았다.

다른 아이들은 전혀 모르는 눈치였다. 그들은 내가 함께 있는 것에 익숙했고, 내가 떠나는 것이 선택의 문제라는 사실 자체를 잊고 있었다. 나는 애써 마음을 다잡고 모두의 주의를 집중시켰다.

"잠깐만." 특유의 억양이 느껴지는 목소리였다. 나는 촛불 불빛속에서 나를 바라보는 뱀과 뱀 소녀를 보았다. "방금 얘가 내가 도망쳐 온 곳에 대해서 헛소리를 지껄이는 중이었거든." 그녀는 방안의 유일한 빈 의자 쪽으로 몸을 돌리고 말했다. "우린 그곳을 **시말라드비파**라고 불러. 사자들의 서식지란 뜻이지."

의자에 앉아 있던 밀라드가 대답했다. "미안하지만 여기 분명히 **세렌딥의 땅**이라고 적혀 있는걸. 이 지도를 제작한 이상한 지도제작자가 이름을 지어내기라도 했단 거야?"

그제야 나는 조금 더 가까이 다가가 아이들이 무엇을 놓고 논쟁을 벌이고 있는지 보았다. 《시간의 지도》였다. 우리가 바다에 빠트렸던 것보다 훨씬 큰 책이었다. 테이블 위에 펼쳐진 지도책은 세로로 세워놓은 벽돌처럼 두꺼웠다. "내 고향 이름도 모를까봐. **시말라드비파**가 맞다니까!" 뱀 소녀가 우겼고 그 순간 비단뱀이 소녀의 목에서 스르르 풀려나와 테이블을 가로지른 뒤 지도 위 인도 해안의 눈물 모양 섬에 코를 박았다. 그러나 이 지도에서 인도의 이름은 **말라바**였고 내가 스리랑카로 알고 있는 섬은 날렵한 글씨로 **세렌딥의 땅**이라고 적혀 있었다.

"싸워봐야 소용없어. 어떤 나라는 거기 사는 사람들 숫자만큼이나 많은 이름을 갖고 있으니까. 제발 이 뱀한테 좀 빠지라고 말해줄래? 책이 구겨지잖아."

뱀 소녀가 헛기침을 하고는 주문을 외웠고 뱀은 다시 돌아가 그녀의 목을 감았다. 그동안 나는 책에서 눈을 뗄 수가 없었다. 이상한 아이들의 집이 불길에 휩싸였을 때 오렌지색 불길에 의지해 한

밤중에 아주 잠깐 보았을 뿐이지만 우리가 잃어버린 지도도 나에겐 충분히 놀라웠다. 그러나 이 지도는 차원이 달랐다. 크기도 엄청 났지만 너무도 화려해서 내가 보았던 지도는 그저 화장실 휴지를 가죽으로 제본해놓은 것이었다는 생각이 들 정도였다. 현란한 색의 지도들은 종이보다 더 질긴 재질, 아마도 송아지 가죽 같은 것으로 만들어진 듯했고 페이지 가장자리에는 금테가 둘러져 있었다. 다양한 그림과 전설, 설명들이 여백을 가득 채우고 있었다.

지도를 보며 감탄하는 내 모습을 보고 밀라드가 말했다. "정말 놀랍지 않아? 《필사본 이상한 세계》를 제외하면, 이 지도가 아마 가장 훌륭한 책일걸. 여러 명의 지도제작자들, 화가들, 편집자들이 평생에 걸쳐 만든 거야. **퍼플렉서스 어나멀러스** 자신이 직접 지도를 그렸어. 어렸을 때부터 꼭 한 번 보고 싶었는데, 이렇게 실제로 보게 되다니!"

"진짜 대단하다." 내가 말했고 그 말은 진심이었다.

"밀라드가 가장 좋아하는 나라들을 보여주는 중이었어. 난 여기 있는 그림들이 마음에 들어." 올리브가 말했다.

"잠깐 머리도 식힐 겸, 시간도 때울 겸 지도를 보는 중이야. 제이콥, 이리 와서 페이지 넘기는 것 좀 도와줘."

슬픈 선언으로 밀라드의 행복한 시간을 망치기 싫어서 조금 더 기다리기로 했다. 아침까지는 아무 데도 가지 않을 것이고 홀가분한 마음으로 친구들과 조금 더 시간을 보내고 싶었다. 나는 밀라드 곁으로 다가가 책장 밑에 손을 넣었다. 책이 너무 커서 책장을 넘기려면 내 두 손과 그의 두 손이 모두 필요했다.

우리는 지도를 뚫어져라 쳐다보았다. 나는 지도에 완전히 매혹

되었다. 특히 멀리 떨어진 거의 알려지지 않은 나라들에. 유럽의 루프들은 비교적 정리가 잘 되어 있었지만 외딴 나라의 루프들은 설명이 포괄적이었다. 광활한 아프리카 대륙은 거의 백지 상태였다. **미지의 나라**. 시베리아 역시 마찬가지였다. 러시아 극동부에는 《시간의 지도》가 부여한 이름이 있었다. **거대하고도 광활한 고독.**

"이런 곳에도 루프들이 있어?" 중국 대륙의 텅 빈 부분을 가리키며 올리브가 물었다. "여기도 우리 같은 이상한 아이들이 있어?"

"물론 있고말고." 밀라드가 말했다. "이상한 아이들의 특징은 지리적으로 결정되는 게 아니라 유전자로 결정되는 거야. 하지만 이상한 세계의 상당 부분은 아직 탐험이 되지 않았어."

"왜?"

"다들 살아남기에 급급해서 그랬겠지."

문득 생존의 문제가 많은 것들을 가로막고 있다는 생각이 들었다. 탐험, 그리고 사랑에 빠지는 것.

우리는 텅 빈 공간들을 찾으며 몇 장을 더 넘겼다. 여러 곳이 있었고 모두 멋진 이름들이 붙어 있었다. **애절한 모래의 왕국. 분노로 만들어진 땅. 별이 가득한 고원.** 나는 그 이름들을 입 모양으로 읊조려 보면서 그 느낌을 음미했다.

오지에는 **황무지**가 붙은 섬뜩한 이름들이 도사리고 있었다. 스칸디나비아 최북단은 **얼어붙은 황무지**, 보르네오 섬 한복판은 **숨 막히는 황무지**였다. 아라비아 반도의 대부분은 **냉혹한 황무지**, 파타고니아 최남단은 **기쁨 없는 황무지.** 어떤 곳은 아예 나와 있지도 않았다. 뉴질랜드도 없었고 하와이도 없었다. 미국 남부에 불룩하게 돌출된 플로리다도 가까스로 붙어 있을 뿐이었다.

《시간의 지도》를 보고 있자니 가장 끔찍한 오지의 이름조차도 나에게 묘한 열망을 불러일으켰다. 할아버지와 함께 《내셔널 지오그래픽》에 나왔던 역사 지도를 보면서 긴 오후를 보내곤 했던 시절이 떠올랐다. 비행기와 위성이 나오기 이전이라 고성능 카메라가 세계 구석구석을 포착할 수 없었던 시절에 제작된 지도였다. 그때만 해도 지금 우리에게 익숙한 해안선조차 단지 추측일 뿐이었다. 빙하의 깊이와 두께나 접근이 금지된 정글들에 관해서는 소문과 전설, 오지를 탐험하다 동료의 반을 잃은 분노에 찬 탐험가들의 두서없는 이야기를 바탕으로 정보를 짜 맞추던 시절이었다.

밀라드가 지도의 역사에 대해 이야기하는 동안 나는 손가락으로 아시아의 광활하고 길이 나지 않은 사막을 쓰다듬었다. **날개 달린 짐승들이 비행을 멈추지 않는 곳.** 여기, 아직 발견되지 않은 하나의 세상이 펼쳐져 있었고 나는 지금 그 겉을 슬쩍 핥았을 뿐이었다. 그런 생각이 드는 순간 후회가 밀려들었지만 부끄럽게도 한편으로 안도감도 느꼈다. 이제 나는 집으로 돌아갈 것이고, 마침내 부모님을 만날 것이다. 탐험을 위한 탐험은 어쩌면 유치한 생각인지도 모른다. 미지의 세계는 낭만적이긴 하지만, 일단 발견되고 정리되어 지도로 만들어지면 줄어들어 책에 적힌 또 하나의 먼지 묻은 사실이 되고, 그 신비로움도 사라진다. 지도의 몇 군데 정도는 텅 빈 상태로 남겨 두는 편이 나을 수도 있었다. 비밀을 마지막 하나까지 전부 밝혀내는 대신 이 세상이 작은 신비를 간직할 수 있도록.

어쩌다 한 번씩 궁금해하는 편이 나을지도 모른다.

그래서 나는 아이들에게 말했다. 더 이상 기다릴 이유가 없었다. "난 떠날 거야. 이번 일이 다 정리되면 집으로 돌아갈 거야." 마침내 내가 불쑥 내뱉었다.

충격 때문에 잠시 침묵이 흘렀다. 엠마가 마침내 나와 눈을 맞췄다. 그녀의 눈에 눈물이 고였다.

브로닌이 일어나더니 양팔로 나를 끌어안았다. "제이콥, 나의 형제. 네가 보고 싶을 거야."

"나도. 말로 표현할 수 없을 만큼." 내가 말했다.

"왜 떠나는 거야? 내가 귀찮게 해서 그래?" 올리브가 내 눈높이까지 떠오르며 물었다.

나는 한 손을 올리브의 머리에 얹어 그녀를 바닥에 내려놓았다. "아니, 그런 거 절대 아니야. 넌 정말 멋진 아이야, 올리브."

엠마가 앞으로 나섰다. "제이콥은 우릴 도와주러 왔던 거야. 하지만 이젠 예전의 생활로 돌아가야 해. 돌아갈 수 있을 때 돌아가야지."

아이들은 날 이해하는 것 같았다. 분노는 없었다. 아이들 대부분이 진심으로 기뻐해주는 것 같았다.

렌이 문을 열고 고개를 내밀더니, 우리에게 짧게 소식을 전해주었다. 모든 게 순조롭다고 했다. 페러그린이 회복 중이고 아침에는 사람으로 돌아올 수 있을 거라고. 그 말과 함께 렌은 곧바로 다시 사라졌다.

"하느님께 감사!" 호러스가 말했다.

"새들에게 감사!" 휴가 말했다.

"하느님과 새들에게 감사! 세상의 모든 숲에 있는 모든 나무의 모든 새들에게 감사!" 브로닌이 말했다.

"제이콥에게 감사!" 밀라드가 말했다. "제이콥이 없었다면 우린 여기까지 못 왔을 거야."

"섬을 떠나지도 못했을 거야. 네 덕분에 여기까지 올 수 있었어." 브로닌이 말했다.

모두가 내게 다가와 나를 끌어안았다. 한 명씩 차례로. 결국 엠마만 남았다. 엠마는 마지막으로 길고도 애틋한 포옹을 해줬고, 그 포옹은 너무도 작별 인사 같았다.

"너에게 떠나라고 말하는 게 세상에서 가장 힘든 일이었어. 네가 와줘서 정말 기뻤어. 다시 와달라고 말할 용기는 없어."

"떠나기 싫어." 내가 말했다. "우리가 같이 지낼 수 있는 세상이 있으면 좋겠어."

"네 맘 알아." 엠마가 말했다. "너무나 잘 알아."

"난……." 내가 입을 열었다.

"그만해." 엠마가 말했다.

그러나 나는 말해버렸다. "네가 나하고 같이 갈 수 있었으면 좋겠어."

엠마는 고개를 돌렸다. "그럼 내가 어떻게 될지 알잖아."

"알지."

엠마는 긴 작별을 원치 않았다. 고통을 감추려, 마음을 다잡으려 애쓰고 있었다. "그럼……." 그녀가 사무적인 태도로 말했다. "정리해보면 이런 상황이네. 페러그린 원장님이 인간으로 돌아오면 원장님이 널 데리고 축제광장으로, 지하로, 그리고 변장의 방으로 가주실 거야. 그럼 다시 현재로 돌아갈 수 있겠지. 거기서부턴 혼자 갈 수 있겠어?"

"갈 수 있을 거야." 내가 말했다. "부모님한테 전화해야지. 아니면 경찰서로 가거나. 지금쯤 영국 전역에 내 포스터가 붙어 있겠지. 아빠 그러고도 남을 분이셔." 나는 조금 웃었다. 그렇게라도 웃지 않으면 울음을 터뜨릴 것 같아서였다.

"다행이네." 엠마가 말했다.

"다행이지." 내가 말했다.

우리는 서로를 마주보았다. 아직 서로를 보낼 준비가 되지 않았고, 달리 뭘 해야 할지 알 수가 없었다. 본능은 엠마에게 키스하라고 말했지만 나는 그러지 않았다. 이제 그런 행동은 용납되지 않았다.

"네가 떠난 뒤 만약 우리가 다시는 서로를 못 보게 되면, 어느 날 우리 얘기를 네 아이들한테 해줬으면 좋겠어. 아니면 손자들한테 나. 그럼 우린 완전히 잊히진 않을 테니까."

그 순간 나는 깨달았다. 지금부터 우리가 주고받는 모든 말들이 서로에게 상처가 되리란 것을. 이 순간의 고통과 함께 봉인되고 각인되리란 것을. 지금 돌아서지 않으면 그 고통이 영원히 끝나지 않으리란 것을. 그래서 나는 애처롭게 고개를 끄덕였고, 엠마를 한 번 더 끌어안은 뒤 잠을 청하기 위해 한쪽 구석으로 갔다. 너무 피곤했다.

잠시 후 아이들이 매트리스와 담요를 들고 와서 내 잠자리를 만들어주었다. 우리는 엄습하는 한기를 막기 위해 서로 꼭 붙어 있었다. 나는 정말 피곤했지만 다른 아이들이 잠든 뒤에도 잠을 이룰 수 없었고, 일어서서 한동안 방안을 서성거리며 조금 떨어져 아이들을 바라보았다.

우리의 모험이 시작된 이래 나는 너무도 많은 감정을 느꼈다. 기쁨, 두려움, 희망, 공포. 그러나 단 한 번도 내가 혼자라는 생각은 들지 않았다. 브로닌은 나를 형제라고 불렀지만 이제 그 말은 더 이상 통하지 않았다. 이제 나는 잘해봐야 그들에게 육촌뻘 정도가 될 것이다. 엠마 말이 옳았다. 나는 결코 이해할 수 없었다. 그들은 나이도 많고 많은 일들을 겪었다. 나는 다른 세계에서 온 아이였다. 이제 돌아갈 시간이었다.

❧

결국 나는 신음소리와 함께 우리 아래 마룻바닥과 머리 위 다락방의 얼음이 금이 가는 소리를 들으며 잠들었다. 건물이 얼음과 함께 살아 있었다.

그날 밤 나는 이상하고도 절박한 꿈을 꾸었다.

나는 다시 집으로 돌아가 내가 해왔던 일들을 하고 있다. 큼직하고 기름진 갈색 햄버거를 우적거리며 먹고, 형편없는 음악이 나오는 리키의 크라운 빅토리아 승용차 조수석에 앉고, 부모님과 함께 슈퍼마켓에 가서 길고 너무 밝은 매장 복도를 어슬렁거린다. 그런데 엠마가 거기 있다. 생선 진열대의 얼음 속에 손을 넣어 식히는 엠마. 얼음이 녹아서 사방이 물바다가 된다. 그런데 엠마는 나를 알아보지 못한다.

나는 열두 번째 생일파티를 했던 쇼핑 상가에서 플라스틱 총을 쏘고 있다. 피를 채운 풍선들이 터진다.

제이콥 어디 있니

그리고 학교. 선생님이 칠판에 글씨를 쓰지만 글자들이 말이 되지 않는다. 그리고 갑자기 아이들이 벌떡 일어서서 서둘러 밖으로 달려나간다. 뭔가 잘못되었다. 엄청난 소음이 들렸다가 잦아든다. 모두가 꼿꼿하게 서서 하늘을 향해 목을 길게 빼고 있다.

공습이다.

제이콥 제이콥 너 어디 있니

누군가 내 어깨에 손을 얹는다. 노인이다. 눈이 없는 노인. 내 눈을 훔치러 온 사람. 사람이 아니다. 괴물이다.

나는 이제 달리고 있다. 나의 늙은 개를 쫓아서. 녀석은 오래전에 목에 줄을 단 채로 달아나 다람쥐를 쫓다가 나뭇가지에 매달리는 바람에 목이 졸려 죽었다. 2주 동안 온 동네를 돌아다니며 녀석의 이름을 부르고 다녔는데 결국 거기서 찾았다. 3주 만에. 우리 늙은 쿵쿵이.

사이렌 소리에 귀가 먹먹하다. 내가 달려나가고 차가 내 곁에 멈추더니 나를 태운다. 부모님이 정장 차림으로 차에 타고 있다. 그들은 나를 보려 하지 않는다. 우리 차가 달리고 밖은 숨 막히게 덥다. 그런데도 히터가 켜져 있고 창문이 올라가 있다. 라디오 소리는 요란하기만 할 뿐 주파수가 잘못 맞춰져 윙윙거린다.

엄마 우리 어디 가요

엄마는 대답하지 않는다.

아빠 왜 여기 세우는 거예요

우리는 차에서 내려 걷기 시작하고 나는 다시 숨을 쉴 수 있다. 초록빛이 우거진 곳. 깎은 풀 냄새. 검은 옷을 입은 사람들이 땅에 파놓은 구덩이 주위에 모인다.

받침대 위에 관이 있고 관 뚜껑이 열려 있다. 나는 안을 들여다본다. 바닥에서 서서히 번져가는 기름 얼룩을 제외하면 관은 비어

있다. 흰 공단이 검게 물든다. **빨리 뚜껑을 닫아!** 시커먼 타르 거품이
관 틈으로 배어나와 잔디로 스며들고 땅으로 스며든다.

제이콥 어디 있니 뭐라고 말 좀 해봐

묘비명에는 이렇게 적혀 있다. 에이브러햄 에즈라 포트먼. 그리
고 나는 열린 관 속으로 떨어진다. 칠흑 같은 어둠이 나를 삼키고,
나는 끝없이 아래로 추락한다. 어느 순간 나 혼자 길이 수천 개로
갈라지는 지하에서 헤매고 있다. 너무 추워 피부가 얼어붙고 뼈가
부러질 것 같고, 노란 눈동자들이 주위에서 나를 지켜보고 있다.

나는 할아버지의 목소리를 따라간다. **제이콥, 이리 오렴. 두려워
하지 마.**

위에는 동굴의 천사들이 있고, 동굴 끝에는 불빛이 있고, 그곳
에서 웬 젊은 남자가 침착하게 책을 읽고 있다. 그는 나를 꼭 닮았
다. 나와 거의 똑같다. 어쩌면 그가 나일지도. 그러나 그가 말한다.
내 할아버지의 목소리로. **너한테 보여줄 게 있다.**

나는 어둠 속에서 소스라치게 놀라며 깨어났고, 그제야 내가
꿈을 꿨다는 걸 깨달았다. 그러나 내가 어디 있는지는 알 수 없었다.
침대에 있지 않은 건 분명했고 다른 아이들과 회의실에 있지도 않았
다. 나는 다른 곳, 온통 시커먼 암흑 속에 있었고, 내 밑에는 얼음이
있었고, 내 배는 통증으로 욱신거렸고······.

제이콥 이리와 너 어디 있니

복도 쪽에서 목소리가 들렸다. 꿈속의 목소리가 아닌 진짜 목
소리.

그리고 다시 꿈속이다. 나는 권투 링 밖에 있다. 링에서는 흐릿
한 조명 아래 할아버지와 할로우가 대결을 펼치고 있다.

둘은 서로를 맴돈다. 할아버지는 젊고 민첩하며 웃통을 벗은 채 한 손에 칼을 들고 있다. 할로우는 굽은 몸을 비틀면서 혀를 공중에 널름거린다. 입을 쩍 벌리고 바닥에 검은 액체를 뚝뚝 흘리고 있다. 놈이 혀를 내밀었지만 할아버지가 용케 피한다.

고통과 싸우려 하지 마. 그게 열쇠란다. 할아버지가 말한다. **고통은 너에게 뭔가를 말해주는 거야. 고통을 받아들여. 고통이 말을 걸게 해. 고통은 너에게 이렇게 말하고 있어. 이봐, 나는 곧 너 자신이야. 나는 할로우의 고통이고 또한 너 자신이기도 해.**

할로우가 또 한 번 혀를 휘두른다. 할아버지는 그것을 예상하고, 공격에 앞서 그곳에서 벗어난다. 할로우가 또 한 차례 공격을 감행할 때 할아버지가 칼로 할로우의 검은 혀 끝부분을 자르고, 잘린 혀가 바닥에 철퍼덕하고 떨어진다.

멍청한 짐승들이야. 놈들은 귀가 얇아. 놈들에게 말을 걸어, 제이콥. 그리고 할아버지는 놈들에게 말을 건다. 영어도 아니고, 폴란드어도 아니고, 내가 꿈 안에서든 밖에서든 들어본 적이 없는 언어다. 사람의 목이나 입에서 나오는 말이라기보다는 일종의 후두음 같은, 공기가 빠져나오는 소리 같은 언어다.

그러자 괴물이 움직임을 멈추고 마치 최면에 걸린 듯 제자리에서 비틀거린다. 할아버지는 섬뜩한 주문을 외우면서 칼을 낮추고 놈에게 살금살금 다가간다. 할아버지가 다가갈수록 놈은 점점 더 고분고분해져서 마침내 무릎을 꿇고 털썩 주저앉는다. 그러나 놈이 눈을 감고 잠들어버리기 직전, 갑자기 할아버지가 건 최면에서 깨어나 있는 대로 혀를 내밀어 할아버지를 찌른다. 할아버지가 쓰러지는 순간 나는 링을 타넘어 할아버지에게 달려가지만 할로우는 이미 달아나고 없다. 할아버지는 링 위에 누워 있고, 나는 무릎을 꿇고 할아버지 곁에 앉아 내 손을 그의 얼굴에 댄다. 할아버지가 내게 무언가를 중얼거렸다. 그 입에서 피가 쏟아져 나와 귀를 가까이 대어야만 목소리를 들을 수 있다. **너는 나보다 나아, 제이콥. 넌 나보다 훨씬 나아.**

할아버지의 심장이 느려지는 것을 느낄 수 있다. 그 숨소리를 듣는 동안 심장 박동 사이로 몇 초가 흐른다. 그리고 10초. 그리고…….

제이콥 어디 있니.

나는 놀라서 벌떡 일어났다. 방 안에는 빛이 있다. 아침이 서서히 밝아오고 있었다. 나는 얼음으로 반이 차 있는 방에서 얼음 위에 무릎을 꿇고 앉아 할아버지의 얼굴이 아닌 갇혀버린 할로우의 머리를 붙들고 있었다. 굼뜬 파충류의 머리. **난 네가 보여.**

"제이콥! 뭐하고 있어? 얼마나 찾았는데!"

복도 쪽에서 엠마의 다급한 목소리가 들렸다. "뭐하고 있어?" 그녀가 다시 물었다. 엠마에겐 할로우가 보이지 않기 때문에, 거기 할로우가 있는 것을 알지 못했다.

나는 손을 거두며 물러섰다. "모르겠어. 꿈을 꿨나봐."

"어쨌든 빨리 와. 페러그린 원장님이 변신하려고 해."

아이들과 공연에서 만난 기인들이 방 안에 전부 모여 있었다. 모두 창백하고 긴장한 얼굴로, 마치 닭싸움을 구경하는 도박꾼들처럼 두 임브린을 커다란 원으로 에워싼 채 벽에 바짝 붙어 있거나 바닥에 웅크리고 앉아 있었다. 엠마와 나는 그들 틈을 파고들어 한쪽 구석에 앉아서 눈앞에서 펼쳐지는 광경에 시선을 고정했다. 방안은 엉망이었다. 렌이 페러그린을 안고 앉아 있던 흔들의자는 옆으로 쓰러져 있었고, 유리병과 비커가 놓여 있는 테이블은 한쪽 벽으로 밀어붙여졌다. 알테아는 손잡이가 달린 그물을 들고 금방이라도 그물을 던질 기세로 테이블 위에 서 있었다.

바닥 한복판에 렌과 페러그린이 있었다. 렌은 무릎을 꿇고 양손에 두툼한 조류 훈련용 장갑을 낀 채, 페러그린을 바닥에 고정시키고는 진땀을 흘리며 옛날 이상한 아이들의 언어로 주문을 외우고 있었다. 페러그린이 꽥꽥거리고 발톱을 휘둘렀다. 그러나 아무리 몸부림을 쳐도 렌은 페러그린을 놓아주지 않았다.

어느 순간, 렌의 부드러운 마사지는 악령을 쫓는 인간과 새의 프로레슬링 경기로 바뀌었다. 페러그린의 반쪽인 새의 본능이 너무 강해서 싸우지 않고는 새의 성향을 몰아낼 수가 없었다. 두 임브린 모두 가벼운 상처를 입었다. 페러그린의 깃털이 사방에 흩어졌고 렌의 얼굴에는 기다란 붉은 상처가 났다. 보기 불편한 광경이었고 아이들 여럿은 충격으로 입을 벌린 채 그 광경을 바라보았다. 렌이 바닥에 눕히고 있는 거친 눈빛의 맹금을 우리는 거의 알아볼 수가 없었다. 완전체 페러그린이 이런 폭력적인 과정을 거쳐 나오게 된다는 사실이 믿기 힘들었지만 알테아는 계속 미소를 지으며 우리에게 고개를 끄덕였다. 마치 '거의 다 됐어. 조금만 더 바닥에서 더 뒹굴면 돼.'라고 말하는 것처럼.

렌은 가냘픈 체구에도 불구하고 페러그린을 사정없이 때려눕혔다. 그렇지만 새도 부리로 렌을 공격했고, 렌의 손힘이 약해지는 순간 커다란 날갯짓으로 렌의 손아귀에서 거의 벗어났다. 아이들이 소리를 지르고 숨을 몰아쉬었다. 하지만 렌이 날렵하게 펄쩍 뛰어올라 페러그린의 뒷다리를 잡아 다시 바닥에 패대기쳤고, 아이들은 소리를 질렀다. 이런 취급을 당하는 임브린의 모습을 보는 게 아이들에겐 익숙지 않았다. 페러그린을 보호하려 튀어 나가려던 휴를 브로닌이 붙잡았다.

두 임브린 모두 완전히 지쳐 있었지만 이젠 페러그린이 더 지친 듯했다. 힘이 빠져나가는 게 눈에 보였다. 인간의 본성이 새의 본성을 이기는 것 같았다.

"힘내세요, 렌 원장님!" 브로닌이 소리쳤다.

"할 수 있어요, 렌 원장님!" 호러스가 소리쳤다. "우리에게 원장님을 돌려주세요!"

"얘들아, 제발!" 알테아가 말했다. "조용히 좀 하자!"

긴 시간이 흐른 뒤, 페러그린은 더 이상 몸부림을 치지 않고 날개를 축 늘어뜨린 채 바닥에 뻗어 가슴을 들썩이며 숨을 몰아쉬었다. 렌은 새에게서 손을 거두고 뒤로 물러나 바닥에 주저앉았다.

"이제 곧 변신할 거야." 렌 원장이 말했다. "변신을 하게 되면 절대 급하게 다가가서 만지면 안 돼. 너희 임브린은 몹시 혼란스러울 거야. 처음 보는 얼굴이 내 얼굴이고, 처음 듣는 목소리가 내 목소리였으면 좋겠다. 내가 어떻게 된 건지 설명해야 하니까." 그녀는 양손을 가슴에 모으고 중얼거렸다. "어서 돌아오렴, 알마. 어서 우리에게 돌아와."

알테아가 테이블에서 내려와 담요 한 장을 들어서 펼치더니 페러그린을 가리기 위해 눈앞에 펼쳤다. 임브린이 새에서 사람으로 변하면 발가벗은 상태로 돌아오기 때문이었다.

우리는 숨을 죽이고 지켜보았고 그동안 천 뒤에서 이상한 소음이 들려왔다. 공기가 빠져나오는 것 같은 소리, 누군가 날카롭게 손뼉을 치는 것 같은 소리. 그리고 렌이 벌떡 일어나 뒷걸음질을 쳤다.

렌은 겁에 질린 표정으로 입을 크게 벌렸고 알테아 역시 마찬가지였다. 마침내 렌 원장이 입을 열었다. "이럴 수가……." 알테아가 하얗게 질려 비틀거리다가 담요를 놓았다. 담요 뒤에 서 있는 것은 분명 사람이었지만 여자가 아니었다.

그는 발가벗은 채 몸을 공처럼 웅크리고 우리 쪽에 등을 대고 앉아 있었다. 그가 꿈틀거리며 몸을 펼치더니 마침내 일어섰다.

"저게 페러그린 원장님이야?" 올리브가 말했다. "웃기게 변하셨네."

그는 페러그린이 아니었다. 우리 앞에 서 있는 사람은 페러그린과는 전혀 닮지 않았다. 발육이 제대로 되지 않은 왜소한 남자였다. 무릎은 앙상했고 머리는 벗겨졌으며, 코는 쓰다 만 지우개 같았다. 실오라기 하나 걸치지 않고, 머리부터 발끝까지 끈적끈적한 액체로 뒤덮여 있었다. 렌 원장이 기겁을 하며 중심을 잡기 위해 손을 뻗었고 아이들은 충격과 분노에 휩싸여 저마다 소리를 지르기 시작했다. "당신 누구야! 누구냐고! 페러그린 원장님한테 무슨 짓을 한 거야!"

남자가 천천히 두 손을 얼굴로 가져가 눈을 문지르고 처음으로 눈을 떴다.

눈동자가 없는 흰색이었다.

누군가 비명을 질렀다.

남자는 너무도 침착한 목소리로 말했다. "내 이름은 카울이다. 이제 너희는 내 포로야."

☞

"포로라니!" 접히는 남자가 웃음을 터뜨렸다. "그게 도대체 무슨 소리야? 우리가 포로라니!"

엠마가 렌 원장에게 소리쳤다. "페러그린 원장님은 어디 있어요? 이 남자는 누구예요? 원장님한테 무슨 짓을 한 거죠?"

렌 원장은 완전히 할 말을 잃은 듯 보였다.

혼란이 충격과 분노로 바뀌면서 우리는 남자에게 질문을 퍼부었다. 그는 조금 따분한 표정으로 주요 부위를 양손으로 가리고는 우리의 질문을 들었다.

"말할 기회를 줘. 전부 다 설명할 테니까." 그가 말했다.

"페러그린 원장님은 어디 있냐고!" 엠마가 분노에 부르르 떨며 소리쳤다.

"걱정 마라. 우리가 안전하게 보호하고 있으니까. 며칠 전에 우리가 너희 섬에서 납치했지."

"그럼 우리가 잠수함에서 구한 새는……." 내가 말했다. "그 새는……."

"그 새는 나였어." 카울이 말했다.

"말도 안 돼!" 마침내 목소리를 되찾은 렌이 말했다. "와이트는 새로 변할 수가 없어!"

"사실이야. 일반적으론 그렇지. 하지만 알마는 내 여동생이야.

다들 아시다시피. 나는 운이 없어서 시간을 조절하는 동생의 재능을 타고나진 못했지만 동생이 가진 것 중 가장 쓸모없는 능력만은 갖고 있지. 조그만 맹금으로 변하는 것. 페러그린인 척 연기를 썩 잘하지 않았나? 어떻게들 생각해?" 그는 몸을 약간 숙였다. "미안하지만 바지 하나 빌릴 수 있을까? 이 상태로는 좀 곤란하잖아."

카울의 요구는 묵살되었다. 그동안 나의 머리는 빙글빙글 돌았다. 페러그린이 언젠가 오빠가 둘 있다고 말했던 기억이 떠올랐다. 사진도 봤었다. 둘 다 애보셋 원장 밑에 있던 시절이었다. 그 다음엔 그 새가 페러그린이라고 믿고 보냈던 시간들이 스쳐갔다. 우리는 별의별 일을 다 겪었고 수많은 사건을 목격했다. 골란 박사가 바다에 던진 페러그린의 새장. 바다에 빠진 새장이 진짜 페러그린이었고 구조된 새장은 페러그린의 오빠였다. 최근에 페러그린이 했던 잔인한 행동들도 이제야 납득이 되었다. 전혀 페러그린답지 않았다. 나에겐 여전히 수백만 개의 질문이 있었다.

"그럼 도대체 왜 새로 변신하고 있었던 거지? 단지 우릴 감시하기 위해서?"

"너희들끼리 유치하게 티격태격하는 걸 보는 것도 아주 흥미진진했지만, 너희들의 도움을 받아서 내가 미처 끝내지 못한 일을 마무리할 수 있기를 바랐어. 시골 마을에서 우리 동료들을 죽일 땐 정말 인상적이더군. 꽤 쓸 만한 애들이란 걸 증명한 셈이지. 사실 그 뒤에는 내 부하들이 언제든 너희를 체포할 수 있었지만, 난 너희들을 잠시 혼란 속에 내버려두는 게 좋다고 판단했어. 너희의 능력을 빌어 우리 손아귀에서 벗어났던 임브린 하나를 찾을 수 있을지도 모른다고 생각했거든." 그 말과 함께 그가 렌에게 돌아서며 환하게 웃었다. "안녕하신가, 발렌시아가 렌. 다시 만나게 되어 반갑군." 렌 원장이 신음소리를 내며 손으로 부채질을 했다.

"이 바보, 멍청이, 천치들아!" 광대가 소리쳤다. "이놈을 곧장 우리에게 데려오다니!"

"보너스도 있었지." 카울이 말했다. "동물농장에도 들렀었잖아! 거길 떠나고 나서 내 부하들이 곧장 그리로 갔어. 에뮤래프와 두 다리로 서는 복서 개(불도그와 그레이트데인을 교배시켜 만든 독일 원산의 개 품종-옮긴이) 박제를 내 벽난로 위에 걸어놓으면 아주 **기가 막힐 거야.**"

"이 괴물!" 렌이 소리치며 뒷걸음질해 테이블에 기댔지만, 다리가 몸을 지탱하지 못했다.

"세상에!" 브로닌이 소리쳤다. "피오나하고 클레어!"

"곧 만나게 될 거야. 우리가 잘 데리고 있으니까." 카울이 말했다.

그제야 모든 게 섬뜩할 정도로 앞뒤가 맞았다. 카울은 자신이 페러그린으로 변장하면 렌의 동물농장에 쉽게 잠입할 수 있으리란 걸 알았고, 그녀가 동물농장에 없는 것을 확인한 뒤에 우릴 런던으로 오도록 유도했다. 우리는 처음부터 다양한 방식으로 조종당했다. 우리가 섬을 떠나기로, 그리고 나도 함께 가기로 결정한 그 순간부터. 숲 속에서 보낸 첫날밤에 페러그린이 브로닌에게 펼쳐 보인 페이지조차도. 그는 우리가 렌의 루프를 찾기를 원했고 우리 스스로 비밀을 알아냈다고 생각하기를 원했다.

우리 중에 두려움에 휩싸이지 않은 아이들은 분노로 들끓었다. 몇몇은 카울을 죽여야 한다고 소리 지르며 날카로운 도구를 찾느라 바빴지만, 그나마 침착한 아이들은 그들을 저지하려 애썼다. 그동안 카울은 침착하게 서서 소동이 잦아들기를 기다렸다.

"내가 한마디 해도 될까?" 카울이 나섰다. "날 죽이는 건 별로 권장하고 싶지 않아. 물론 **죽일 수도** 있겠지. 아무도 너흴 막을 순 없어. 하지만 내 부하들이 도착했을 때 내가 살아 있는 편이 너희들한텐 훨씬 유리할걸." 그는 있지도 않은 손목시계를 보는 시늉을 했다. "이제 도착했겠군." 그가 말했다. "아마 왔을 거야. 지금쯤 건물을 포위하고 모든 출구를 봉쇄했겠지. 지붕까지. 한 가지 덧붙인다면 우린 모두 쉰여섯 명이고 턱 밑까지 확실히 무장했어. 아니, 사실 턱 위까지 무장했지. 소총이 어린 아이 크기의 인간 몸에 어떤 짓을 할 수 있는지 혹시 아니?" 그는 올리브를 똑바로 쳐다보며 말했다. "고양이 밥으로 만들어놓는단다, 아가."

"뻥치지 마!" 에녹이 소리쳤다. "밖엔 아무도 없어!"

"내가 분명히 말하는데, 있어. 그 황량한 섬을 떠난 이후 우린 줄곧 너희를 감시했어. 발렌시아가 모습을 드러내는 순간 내가 신호를 보냈는데, 그게 벌써 열두 시간 전이야. 전투태세를 갖추기엔 충분한 시간이지."

"내가 직접 가서 확인해봐야겠어." 렌이 말하고는 임브린 회의실로 향했다. 회의실은 밖에서부터 온통 얼음으로 막혀 있었지만 조그만 망원경 몇 개가 얼음을 뚫고 밖으로 조준되어 있어 거리를 내다볼 수 있었다.

우리는 렌이 오기를 기다렸고 그동안 광대와 뱀 소녀는 카울을 고문하는 가장 좋은 방법을 의논했다.

"발톱을 먼저 뽑자고." 광대가 말했다. "그러고 나서 달군 포크로 눈을 찌르는 거야."

"내가 살던 곳에서는 반역 죄인한테 꿀을 발라서 보트에 묶은 다음 썩은 연못에 띄워. 파리들한테 산 채로 뜯어먹히게."

카울은 목을 양쪽으로 움직여보고 팔다리를 뻗었다. "실례." 그가 말했다. "새 상태로 오래 있었더니 근육이 뭉쳤네."

"우리가 지금 장난하는 줄 알아?" 광대가 물었다.

"너희들은 아마추어야." 카울이 말했다. "나한테 죽순 몇 개만 구해줘도 그것보단 더 악랄하게 고문할 수 있겠다. 생각만 해도 즐거운 일이지만, 우선은 이 얼음을 좀 녹여주실까? 그렇게 되면 한결 일이 편해질 것 같은데. 다 너희를 위해서 하는 말이야. 진심으로 너희의 안전을 걱정해서."

"그래?" 엠마가 말했다. "우리의 안전을 걱정한다면서 이상한 아이들의 영혼을 훔쳤어?"

"아, 그거. 세 명의 선구자들! 그들의 희생은 꼭 필요한 일이었어. 종족의 발전을 위해서. 우리는 이상한 종족의 발전을 위해 노력했어. 보다시피."

"웃기시네. 넌 권력에 굶주린 사디스트일 뿐이야." 엠마가 말했다.

"너희들이 온실 속에서 자랐고 제대로 교육받지 못했다는 거 알고 있어." 카울이 말했다. "하지만 너희 임브린들이 우리의 역사에 대해 얘기해주지 않던가? 우리 이상한 종족들은 한때 지구를 누비는 신이었다고. 거인들, 왕들, 이 세계의 진정한 지배자들이었지. 하지만 세월이 흐르면서 우리는 쇠퇴의 길을 걸었어. 평범한 인간들 틈에 섞여 살았고 우리의 이상한 피는 희석되어 거의 사라져버렸지. 지금 우리 꼴을 한번 봐. 얼마나 지위가 추락했는지. 우리는 시간의 변방에 숨어 살고 있어. 우리가 지배하던 바로 그 사람들이 무서워서. 그리고 이 나서기 좋아하는 참견쟁이 여자들의 작당 때문에 영원히 어린아이 상태로 머물러야 한다고! 우리의 힘이 어느 정도였는지 너희가 알기나 해? 너희 혈관에 흐르는 **거인**의 피를 못 느끼겠어?" 그는 이성을 잃고 얼굴이 벌겋게 달아오르기 시작했다. "우린 이상한 세계를 파괴하려는 게 아니야. **구하려는** 거라고!"

"그래?" 광대가 묻고는 카울의 얼굴에 침을 뱉었다. "만약 그렇다면, 그 방법 한 번 괴상하군."

카울이 손등으로 침을 닦아냈다. "너희들한테 말해봐야 소용없을 줄 알았어. 임브린들이 근 백 년 가까이 거짓말과 선동으로 너희를 속였으니까. 너희들의 영혼을 빼앗아 새 출발을 하는 게 나아."

렌이 돌아왔다. "사실이야. 쉰 명 정도의 군인들이 와 있어. 전부 다 무장했고."

"세상에 맙소사!" 브로닌이 신음했다. "이제 우리 **어떻게** 해요?"

"포기해." 카울이 말했다. "그리고 잠자코 따라와."

"몇 명인지는 중요치 않아. 내 얼음은 절대 뚫지 못할 테니까." 알테아가 말했다.

얼음! 나는 거의 잊고 있었다. 우리는 얼음의 요새 안에 있었다!

"맞아!" 카울이 명랑하게 말했다. "저 애 말이 맞아. 저들은 못 들어와. 그러니까 우리한텐 아주 **빠르고** 간편한 방법이 있지. 지금 당장 얼음을 녹이는 거야. 아니면 길고 고집스럽고 느리고 따분하고 슬픈 방식이 있어. 포위 작전이라는 건데, 몇 주에서 몇 달 동안 내 부하들이 밖을 지키는 거야. 그동안 우리는 여기서 조용히 굶주리겠지. 상황이 절박해지고 굶주림이 극에 달하면 결국 너희도 포기하게 될 거야. 아니면 서로 한 명씩 잡아먹거나. 어느 쪽이건, 내 부하들이 그렇게 오래 기다리다가 들어오게 되면, 물론 결국 그렇게 되겠지만, 너희를 죽을 때까지 고문할 거야. 만약 우리가 느리고 따분하고 슬 픈 길을 **가야만** 한다면, 어린 아이들을 위해서 누가 나한테 바지 좀 가져다주지?"

"알테아, 어서 빌어먹을 바지 하나 가져와." 렌이 말했다. "하지만 무슨 일이 있어도 얼음은 **절대** 녹이지 마."

"알겠어요." 알테아가 대답하고 밖으로 나갔다.

"자," 렌이 카울에게로 돌아서서 말했다. "우린 이렇게 할 생각이 야. 네 부하들에게, 여기서 빠져나갈 수 있는 안전한 통로를 제공하 라고 말해. 그렇지 않으면 당장 널 죽여버릴 테니까. 피치 못할 상황 이 되면 널 죽일 수밖에. 네 냄새나는 시체를 한 점씩 떼어서 얼음 구멍 밖으로 하나씩 던져주마. 물론 네 부하들이 별로 좋아하진 않 겠지만, 다음 대책을 강구하기까지 시간이 필요해."

카울이 어깨를 으쓱하고는 대답했다. "뭐, 좋아."

"좋다고?" 렌이 말했다.

"겁을 좀 줄까 생각해봤는데," 그가 말했다. "당신 말이 맞아. 난 죽고 싶진 않아. 그러니까 얼음 구멍 중 한 곳으로 날 안내해. 당신 이 시킨 대로 내 부하들한테 소리를 지를 수 있게."

알테아가 바지를 들고 와 카울에게 던지자 그가 바지를 입었다. 렌은 브로닌, 광대, 그리고 접히는 남자에게 부서진 얼음을 쥐어주 며 카울을 감시하라고 했다. 모두 그의 등에 뾰족한 얼음을 겨눈 뒤 우리는 복도로 나갔다. 그런데 임브린의 회의실로 이어진 좁고 어두운 사무실을 지나가는 동안 일이 꼬여버렸다. 누군가 매트리스에 발이 걸려 넘어졌고 어둠 속에서 티격태격하는 소리가 들렸다. 엠마가 손에 불을 붙이는 순간, 카울이 알테아의 머리카락을 잡고 끌어당겼다. 알테아가 발길질을 하고 몸부림을 쳤지만 카울은 날카로운 얼음을 알테아의 목에 대고 소리를 질렀다. "당장 물러서지 않으면 이 아이 목을 그어버리겠다!"

우리는 거리를 두고 카울을 따라갔다. 카울은 몸부림을 치며 발길질하는 알테아를 회의실로 끌고 가서 타원 테이블 위로 끌어올린 다음, 그녀의 목을 조르면서 고드름을 알테아의 눈에서 불과 2센티미터 거리에 두고 소리쳤다. **"명령이다!"**

그러나 그가 더 이상 행동을 취하기도 전에, 알테아가 그가 들고 있던 얼음을 세게 때렸다. 얼음이 떨어져 《시간의 지도》에 꽂혔다. 그가 놀라 입을 동그랗게 벌리고 있을 때 알테아가 그의 급소를 주먹으로 쳤고, 그의 입이 만든 O자는 충격으로 일그러졌다.

"지금이야!" 엠마가 소리쳤고 엠마와 나, 그리고 브로닌이 그들에게 달려갔다. 그러나 우리가 몇 개의 문을 통과하며 달려가는 사이 알테아와 카울의 싸움은 새로운 국면으로 접어들었다. 카울이 알테아를 놓고 테이블 위로 쓰러지면서 얼음 조각을 잡으려 손을 뻗었다. 알테아는 카울과 함께 쓰러졌지만 그를 놓아주지는 않았고, 양손으로 카울의 허리를 끌어안았다. 카울의 하반신이 얼어붙으며 허리 아래로 마비되었고, 알테아의 손은 그의 다리에 붙었다. 카울의 손가락 하나와 손이 책에 꽂힌 얼음 조각에 닿았다. 그는 고통으로 신음하면서도 《시간의 지도》에 박혀 있던 얼음 조각을 뽑았고, 몸을 비틀어 얼음을 알테아의 등에 겨누었다. 그는 알테아에게 당장 멈추지 않으면 등을 찔러버리겠다고 소리를 질렀다.

우리는 몇 발자국 거리에 있었지만 브로닌이 엠마와 나를 붙잡았다.

카울이 소리를 질렀다. "당장 멈춰!" 그의 얼굴이 고통으로 일그러졌고, 얼음은 카울의 가슴을 지나 어깨까지 올라갔다. 몇 초 내로 그의 팔과 손도 얼어붙을 것이다.

알테아는 멈추지 않았다.

카울은 마침내 얼음 조각을 알테아의 등에 꽂았다. 그 충격에 알테아의 몸이 굳었고, 그녀가 신음했다. 렌이 알테아의 이름을 부르며 달려갔지만, 카울의 몸을 감싸고 있던 얼음 옷은 그동안 빠른 속도로 녹아 렌이 다가갔을 때에는 거의 다 녹은 상태였다. 주위의 얼음도 녹기 시작했다. 알테아의 생명이 빠져나가는 속도만큼 빠르게. 알테아의 몸에서 피가 빠져나갈 때, 다락방의 얼음이 녹은 물이 천장에서 비처럼 쏟아지기 시작했다. 알테아는 렌의 품안에서 축 늘어졌다.

브로닌이 테이블 위로 뛰어올라가 한 손으로 카울의 목을 잡았고, 그가 들고 있던 무기는 브로닌의 다른 손아귀에서 부서졌다. 그러나 발밑의 얼음이 녹아내리고 있었고, 창문을 뒤덮었던 얼음도 사라져가고 있었다. 밖을 내다보니 아래층 창문에서 얼음물이 거리로 쏟아졌다. 회색 군복을 입은 군인들이 얼음물 파도에 휩쓸리지 않으려고 가로수 기둥과 소화전 같은 것들을 붙잡고 매달려 있었다.

아래층에서 계단을 올라오는 군홧발 소리가 들렸고, 잠시 후 그들이 총을 들고 고함을 지르면서 들이닥쳤다. 어떤 사람은 야간 투시경을 착용하고 있었고 모두가 소형 기관총, 레이저 장착 권총,

전투용 나이프 같은 무기를 들고 있었다. 세 명이 달려들어 브로닌을 카울에게서 떼어놓았고 카울은 반쯤 짓뭉개진 목으로 가까스로 숨을 내쉬며 소리쳤다. "당장 끌고 가! 살살 다룰 필요 없어!"

렌이 우리에게 시키는 대로 하라고 소리 질렀다. "시키는 대로 해, 얘들아! 너흴 해칠 거야!" 그러나 렌은 알테아의 시신을 내려놓지 않았다. 놈들은 알테아를 통해 우리에게 본때를 보였다. 그들은 알테아를 떼어내고 렌을 발로 차서 바닥에 쓰러뜨린 다음 천장에 대고 기관총을 쏘아 우리에게 겁을 주었다. 엠마가 손으로 불을 만들려는 순간 내가 엠마의 팔을 잡고 애원했다. "제발 가만히 있어. 그러다가 죽어!" 그 순간 총의 개머리판이 내 가슴팍으로 날아들었고, 나는 바닥으로 쓰러졌다. 군인 중 한 명이 내 양손을 뒤로 묶었다.

그들이 우리 머릿수를 세었고 카울은 우리 이름을 말하며 밀라드까지 정확히 세라고 지시했다. 우리와 사흘을 함께 보낸 그는 이제 우리의 모든 것을 꿰고 있었다.

누군가 나를 일으켰고 우리는 복도로 끌려 나갔다. 내 옆에서 비틀거리며 걷는 엠마의 머리카락에 피가 묻어 있었다. 나는 엠마에게 속삭였다. "제발 시키는 대로 해." 대답을 하진 않았지만 엠마가 내 말을 들었다는 걸 알 수 있었다. 엠마의 얼굴에는 분노와 두려움, 충격이 드리워져 있었다. 그리고 내가 스스로 날려버린 모든 것들에 대한 연민도 있었다.

계단에 이르자 바닥과 밑으로 난 계단은 온통 폭포처럼 흐르는 흰 강물이 되어 있었다. 나갈 길은 위층뿐이었다. 우리는 계단 위로 올라가 문을 지나고 지붕 위의 강렬한 햇살 속으로 들어섰다. 모두가 젖고 얼어붙은 채 겁에 질려 침묵하고 있었다.

엠마만 제외하고. "어디로 데려가는 거예요?" 엠마가 물었다.

카울이 다가와 그녀에게 미소를 지었고 다른 병사 하나가 엠마의 손을 뒤로 묶었다.

"아주 특별한 곳." 카울이 말했다. "너희들의 이상한 영혼이 한 방울도 낭비되지 않는 곳."

엠마가 움찔했다. 그는 웃으며 돌아서서 팔을 뒤로 뻗으며 하품을 했다. 그의 어깨뼈 밑에 이상한 뼈가 돌출되어 있었다. 마치 퇴화한 날개뼈 같았다. 이 남자가 임브린과 조금이라도 관계가 있음을 증명하는 유일한 외적 단서였다.

다른 건물의 옥상에서 사람들 소리가 들려왔다. 군인들이 더 있었다. 그들은 지붕과 지붕을 연결하는 접이식 다리를 놓고 있었다.

"죽은 애는 어쩌지?" 군인 중 한 명이 물었다.

"아까워 죽겠네." 카울이 입맛을 다시며 말했다. "그 애 영혼을 먹고 싶었는데. 사실 영혼 자체는 별 맛이 없지만." 그가 우리를 바라보며 말했다. "약간 물컹거린다고나 할까. 하지만 레물라드 소스를 곁들여 흰 살코기에 얹어 먹으면 꽤 먹을 만해."

그가 웃었다. 아주 큰 소리로, 한참 동안.

널찍한 접이식 다리로 아이들이 한 명씩 건너는 동안 나는 익숙한 통증을 느꼈다. 미약하지만 점점 강해지는, 느리지만 점점 빨라지는 통증. 녹아내린 할로우가 서서히 되살아나고 있었다.

총을 겨눈 열 명의 군인에 둘러싸여 우리는 루프 밖으로 나왔

다. 축제광장의 천막들, 극장, 입을 쩍 벌리는 카니발 관객들, 가게와 상인들을 스쳐 지나고, 누더기를 걸친 아이들과 쥐들이 우글거리는 골목을 거쳐, 변장실로 들어가 우리가 남겨놓은 옷 무더기를 지나 다시 지하로 내려갔다.

군인들은 우리를 앞으로 밀었고, 우리가 한 마디도 안 했는데도 조용히 하라고, 고개 숙이라고, 줄을 똑바로 서지 않으면 권총으로 얻어맞을 줄 알라고 소리를 질렀다.

카울은 더 이상 우리와 함께 있지 않았다. 그는 '소탕'을 위해 더 많은 수의 군인들과 남았다. 루프에 숨어 있거나 낙오된 사람들을 색출하기 위해서인 것 같았다. 마지막으로 보았을 때, 그는 현대적인 군화를 신고 군복을 입은 다음 우리에게 꼴도 보기 싫다면서 '반대편'에서 보자고 했다. 그게 무슨 말인지는 모르겠지만.

시간의 관문을 지나 다시 이전의 시간으로 돌아왔지만 그곳은 내가 기억하는 터널이 아니었다. 트랙과 침목이 전부 다 금속이었고, 터널의 불빛도 빨간 백열등이 아니라 역겨울 만큼 초록빛인 깜빡이는 형광등이었다. 우리는 터널 밖으로 나와 승강장으로 올라갔고 나는 그제야 이유를 알 것 같았다. 우리는 19세기에 있지 않았다. 20세기도 아니었다. 은신처를 찾은 피난민들도 보이지 않았다. 기차역은 거의 텅 비었다. 우리가 내려왔던 원통형의 계단도 보이지 않았고 대신 에스컬레이터가 있었다. 승강장 위쪽에 전광판이 달려 있었다. **다음 열차 도착까지 남은 시간 2분.** 벽에는 지난여름 내가 보았던 영화의 포스터가 걸려 있었다. 할아버지가 돌아가시기 직전.

우리는 1940년대를 떠나왔다. 나는 다시 현재로 돌아왔다.

몇몇 아이들은 놀라움과 두려움이 깃든 표정으로 주위를 둘러보았다. 몇 분 내로 늙어버릴까봐 두렵다는 듯이. 그러나 아이들 대부분은 생각지도 않은 현재로 오게 되었다고 해서 갑자기 포로 신세가 되었다는 충격이 가시지는 않았다. 아이들은 머리가 회색이 되고 검버섯이 생기는 것보다 영혼을 강탈당하는 것을 두려워했다.

군인들이 우리를 승강장 한복판으로 몰고 가더니 기차를 기다리라고 했다. 딱딱한 구둣발 소리가 다가왔다. 용기를 내어 고개를 들어 봤더니 경찰 한 명이 다가오고 있었다. 그 뒤를 따라 에스컬레이터에서 경찰 세 명이 더 내리고 있었다.

"아저씨!" 에녹이 소리쳤다. "경찰 아저씨! 여기예요!"

군인이 에녹의 배를 걷어찼고, 에녹은 그 바람에 고꾸라졌다.

"무슨 일 있니?" 가장 가까이에 있던 경찰이 물었다.

"이 사람들이 우릴 포로로 잡았어요! 이 사람들 사실 군인 아니에요. 이 사람들은……." 브로닌이 소리쳤다.

또 한 차례 주먹이 날아왔지만 브로닌은 끄떡없었다. 정작 그녀를 멈춘 것은 바로 경찰 자신이었다. 그는 반사경 선글라스를 벗고 허연 눈동자를 드러냈고, 브로닌은 움찔했다.

"내가 충고 한 마디 하자면," 경찰이 말했다. "아무도 너희를 도와주러 오지 않아. 우린 사방에 깔려 있어. 그 사실을 받아들이면 한결 편해질 거다."

평범한 사람들이 기차역을 메우기 시작했다. 군인들은 무기를 숨긴 채 우리를 한쪽 구석으로 몰아세웠다.

승객을 태운 기차가 역에 도착했다. 전동문이 열리고 승객들이 쏟아져 나왔다. 군인들은 우리를 가장 가까운 칸에 밀어 넣으려 했다. 경찰이 먼저 열차에 탄 뒤 안에 있던 사람들을 내쫓았다. "다른 칸으로 가! 어서!" 그들이 소리쳤다. 승객들은 투덜거리면서도 시키는 대로 했다. 그러나 우리 뒤쪽 승강장에는 기차에 타려는 사람들이 많았다. 우리를 밀어 넣던 군인 몇 명이 그들을 저지하기 위해 빠져나갔다. 그 정도면 충분했다. 경찰이 닫히려는 문을 강제로 열어서 경보기가 울렸다. 군인들이 우리를 안으로 세게 밀어서 에녹이 비틀거렸고, 그 바람에 다른 아이들도 연거푸 넘어졌다. 접히는 남자는 팔목이 너무 가늘어 수갑을 뺄 수 있었고 그 틈을 타 달아났다.

한 발, 그리고 또 한 발의 총성이 울려 퍼졌다. 접히는 남자가 비틀거리다 바닥에 쓰러졌다. 사람들이 겁에 질려 우왕좌왕하면서 총을 피하려 서로 밀쳤고 승강장은 이제 아수라장이 되었다.

군인들은 우리를 밀치고 발로 찼다. 엠마가 내 곁에서 반항하면서 그녀를 밀던 군인에게 다가갔다. 수갑이 오렌지빛으로 벌겋게 달아올라 있었다. 엠마는 뒤로 다가가 군인을 잡았고, 그는 비명을 지르며 바닥에 고꾸라졌다. 그의 군복에 손바닥 모양의 구멍이 났다. 군인이 나를 밀치면서 총 개머리판으로 엠마의 목을 내리치려는 순간, 나는 본능적으로 그를 어깨로 들이받았다.

그가 비틀거렸다.

엠마는 수갑을 녹였고, 녹은 수갑은 빨갛고 뜨거운 쇳덩어리가 되어 떨어졌다. 나를 공격하던 군인이 내게 총을 겨누고 분노의 고함을 질렀지만 그가 총을 쏘기 전에 엠마가 뒤에서 양손을 그의 얼굴에 댔다. 엠마의 손이 얼마나 뜨거웠는지 군인의 뺨이 버터처럼 녹아내렸다. 그는 총을 떨어뜨리고 비명을 지르며 쓰러졌다.

이 모든 일이 너무도 빨리, 불과 몇 초 사이에 일어났다.

두 명의 군인이 우리 쪽으로 다가왔다. 다른 아이들은 이제 모두 기차에 탔다. 브로닌과 장님 형제들만 빼고. 장님 형제들은 수갑을 차지 않고 서로 팔짱을 끼고 있었다. 우리가 총에 맞아 죽을 판이 되자, 브로닌이 내가 상상조차 하지 못했던 일을 했다. 그녀는 두 소년 중 큰 아이의 뺨을 세게 갈긴 뒤 작은 아이를 그의 팔에서 거칠게 떼어놓았다.

둘이 떨어지게 된 순간 아이들이 비명을 지르기 시작했다. 너무나 강력한 비명이라 그 자체만으로도 돌풍이 일어났다. 그들의 비명이 엄청난 에너지를 지닌 토네이도처럼 역 안에 울려 퍼지면서 엠마와 나를 뒤로 날려 보냈고 군인들의 안경들을 깨뜨렸다. 이미 내 귀가 감지할 수 있는 주파수를 넘어서서 내게 들리는 것이라고는 그저 높은 삐 소리뿐이었다.

기차의 모든 창문이 깨지고 전광판이 칼처럼 날카로운 조각들로 부서졌다. 천장에 달린 형광등이 꺼지자 우리는 잠시 동안 완전한 암흑 속에 내던져졌다. 잠시 후 비상 조명의 빨간 불빛이 들어왔다.

나는 등을 바닥에 대고 누워 있었다. 바람이 날 쓰러뜨렸고 귀가 윙윙거렸다. 누군가 내 옷깃을 잡고 열차 반대 방향으로 이끌었다. 팔과 다리를 어떻게 움직여야 하는지 기억이 나지 않았다. 귀울림 속에서 다급한 목소리가 들렸다. "저쪽으로! 어서!"

차갑고 축축한 무언가가 내 목 뒤에 닿는가 싶더니 누군가 나를 공중전화 부스 쪽으로 끌었다. 엠마도 반쯤 의식을 잃은 상태로 부스 한구석에 웅크리고 있었다.

"다리를 들어." 익숙한 목소리가 들려왔다. 조그맣고 복슬복슬하게 눌린 코에 턱이 발달한 입을 가진 짐승이 내 쪽으로 걸어왔다.

말하는 개. 애디슨.

나는 부스 안으로 다리를 집어넣었다. 몸을 움직일 정도로는 회복되었지만 말을 할 정도는 아니었다.

지옥 같은 벌건 조명 속에서 내가 마지막으로 본 것은 열차 안으로 밀려 들어가는 렌과 닫히는 문, 그리고 깨진 열차의 유리문 안에서 총 앞에 주눅이 든 채 허연 눈동자의 남자들에게 둘러싸여 있는 내 친구들의 모습이었다.

열차는 요란하게 어둠 속으로 멀어지다가 이내 사라져버렸다.

내 얼굴을 핥는 혀에 깜짝 놀라 잠에서 깨어났다.

개.

공중전화 문은 닫혀 있었고 우리 셋은 좁은 바닥에 웅크리고 있었다.

"정신을 잃었네." 개가 말했다.

"모두 가버렸어." 내가 말했다.

"맞아. 하지만 여기 있으면 안 돼. 널 잡으러 다시 올 거야. 어서 피해야 해."

"못 일어나겠어."

개는 코에 베인 상처가 있었고 한쪽 귀의 살점이 떨어져 나갔다. 여기까지 어떻게 왔는지는 몰라도 그 역시 지옥을 거쳐온 게 분명했다.

허벅지가 간지러웠지만 돌아보기엔 너무 지쳐 있었다. 머리는 바윗덩어리처럼 무거웠다.

"다시 잠들면 안 돼." 개가 말하고는 엠마에게 가서 엠마의 얼굴을 핥았다.

다시 간지러운 느낌. 이번에는 몸을 움직여 손을 뻗어보았다.

휴대전화였다. 내 휴대전화가 진동하고 있었다. 믿을 수가 없었다. 나는 주머니에서 휴대전화를 꺼냈다. 배터리가 거의 남아 있지 않았고 신호도 거의 없었다. 화면에는 **아빠(부재중 전화 177통)**라고 적혀 있었다.

넋이 나간 상태가 아니었다면 전화를 받지 않았을 것이다. 언제 총 든 남자가 나타나 나를 처단할지 몰랐다. 아빠와 대화를 나눌 만한 상황이 아니었다. 그러나 나는 제정신이 아니었고, 전화가 울리는 순간 조건반사적 충동으로 전화를 받고 말았다.

나는 통화 버튼을 눌렀다. "여보세요?"

반대편에서 울음을 삼킨 목소리가 들렸다. "제이콥, 너니?"

"네. 저예요."

내 목소리가 아마 끔찍했을 것이다. 말소리보다는 가냘픈 숨소리에 가까웠을 테니까.

"세상에! 맙소사!" 아빠가 말했다. 아빠는 내가 받으리란 기대를 하지 않았을 테고, 아마도 내가 죽었을 거라 생각하고 포기하고 있었겠지만 멈출 수 없는 반사적 슬픔의 본능으로 전화를 하고 있었을 것이다. "아빠는 도무지…… 너 어디…… 도대체 무슨 일이…… 너 지금 어디 있니?"

"저 괜찮아요. 살아 있어요. 지금 런던에 있어요."

아빠는 휴대전화를 귀에서 떼고 누군가에게 소리를 질렀다. "제이콥이야! 런던에 있대!" 그리고 다시 내게 물었다. "아빠 네가 **죽은 줄 알았다.**"

"알아요. 그럴 만도 하시죠. 그렇게 떠나서 죄송해요. 너무 놀라지 않으셨으면 좋겠어요."

"**놀라 까무러칠** 뻔했다, 제이콥." 아빠가 한숨을 쉬었다. 마음이 놓이면서도 한편으로 믿을 수 없고 화가 나는 감정이 길고 떨리는 한숨에 전부 다 실려 있었다.

"네 엄마하고 나도 지금 런던에 있어. 경찰이 섬에서 널 찾지 못해서······ 어쨌든 그건 중요하지 않아. 어디 있는지만 말해다오. 우리가 당장 데리러갈 테니까!"

엠마가 뒤척이기 시작했다. 엠마는 눈을 뜨고 멍하니 나를 쳐다보았다. 마치 자신만의 세계에 깊이 빠져 있으면서, 수천 킬로미터 거리의 뇌와 육체를 지나 나를 쳐다보는 것 같았다. 애디슨이 말했다. "좋아, 아주 좋아. 이젠 정신 잃으면 안 돼." 개가 엠마의 손을 핥았다.

나는 수화기에 대고 말했다. "지금은 갈 수가 없어요. 이 일에 아빠를 끌어들일*drag* 수가 없어요."

"젠장, 내 그럴 줄 알았다. 역시 약물중독*drug*이었어. 그렇지? 얘야, 누구하고 얽혔건 우리가 도울 수 있어. 경찰을 끌어들일 필요는 없어. 우린 네가 돌아오기만 바란다."

그 순간 내 머릿속에서 모든 게 어두워졌다. 다시 정신을 차렸을 때 나는 극심한 복부 통증 때문에 전화를 떨어뜨렸다.

애디슨이 고개를 번쩍 들고 나를 쳐다보았다. "왜 그래?"

그 순간 나는 공중전화 부스 유리 밖의 길고 시커먼 혀를 보았다. 곧바로 또 다른 혀가 보였고, 그리고 또 다른 혀가 보였다.

할로우. 해동된 할로우. 놈이 우릴 쫓아왔다.

개는 놈을 볼 수 없었지만 내 표정만으로도 짐작하기는 충분했다. "놈이 왔군. 그렇지?"

나는 입 모양으로 **맞아**라고 말했고 애디슨은 구석으로 몸을 피했다.

"제이콥?" 아빠의 목소리가 약하게 들려왔다. "제이콥, 아직 거기 있니?"

혀들이 부스를 칭칭 감으며 우릴 포위했다. 어떻게 해야 하나. 뭔가 **하긴** 해야 하는데. 나는 다리를 움직이고 양손으로 벽을 짚으며 일어서려 애썼다.

그 순간 나는 놈과 대면했다. 칼날이 달린 벌린 입에서 혀들이 나왔다. 놈의 눈은 검었고, 그보다 더 검은 눈물이 흘렀다. 놈은 그 눈으로 나를 쳐다보고 있었다. 유리에서 불과 몇 센티미터 떨어진 곳에서. 할로우가 낮게 으르렁거렸고 내 배 속은 젤리가 되는 것 같았다. 차라리 놈이 날 죽여서 이 고통과 두려움을 끝내줬으면.

개가 엠마의 얼굴을 향해 짖었다. "일어나! 우린 네가 필요해! 불을 일으켜!"

그러나 엠마는 말을 하지도, 일어나지도 못했고 지하역에는 우리를 제외하고는 우비를 입은 채 할로우가 뿜어내는 악취에 코를 막고 물러서는 여자 둘밖에 없었다.

그때 전화 부스가 우리가 안에 든 채 양옆으로 흔들렸다. 부스를 바닥에 고정시켜놓은 볼트가 빠져나가고 부러지는 소리가 들렸다. 할로우는 천천히 부스를 바닥에서 들어올렸다. 10센티미터, 30

센티미터, 그다음엔 60센티미터. 그러고 나서 바닥에 세게 내려놓았고, 그 바람에 산산조각이 난 유리가 우리 머리 위로 비처럼 쏟아졌다.

이제 우리와 할로우 사이엔 아무것도 없었다. 유리는 단 1센티미터도 남아 있지 않았다. 놈의 혀가 부스 안으로 꿈틀거리며 들어와 내 팔과 허리와 목을 휘감고 점점 더 세게 조이기 시작했고, 나는 더 이상 숨을 쉴 수가 없었다.

그때 나는 내가 죽었음을 알았다. 내가 죽었기 때문에, 더 이상 할 일이 없었기 때문에, 나는 더 이상 싸우지 않았다. 나는 온몸의 근육에 힘을 뺀 뒤 눈을 감았고, 내 배 속에서 마치 불꽃놀이처럼 퍼져가는 통증에 몸을 맡겼다.

그때 이상한 일이 일어났다. 더 이상 통증이 느껴지지 않았다. 통증은 다른 것으로 바뀌었다. 내가 통증 속으로 들어갔고, 통증이 나를 감쌌고, 출렁거리는 통증의 수면 밑에서 나는 조용하고 다정한 무언가를 발견했다.

속삭임.

나는 다시 눈을 떴다. 할로우가 얼어붙은 채 나를 쳐다보고 있었다. 나도 놈을 쏘아보았다. 두려움 없이. 산소 부족으로 시야가 흐려지긴 했지만 나는 통증을 느끼지 않았다.

목을 조이던 할로우의 혀가 풀어졌다. 몇 분 만에 처음으로 숨을 내쉬었다. 깊고도 평화로운 숨. 그리고 내 몸속에서 발견한 속삭임이 배에서 목으로 올라온 뒤 입술을 지나 언어 같지 않은, 그러나 내가 가슴 깊이 의미를 알고 있는 소리가 되어 나왔다.

물러서. 당장.

할로우가 혀들을 거두었다. 모든 혀들이 불룩한 입속으로 들어갔고 입이 닫혔다. 할로우가 머리를 살짝 숙였다. 거의 복종에 가까운 동작이었다.

그리고 자리에 앉았다.

엠마와 애디슨이 갑작스러운 평화에 놀라며 나를 쳐다보았다. "방금 무슨 일이 일어난 거야?" 개가 물었다.

"이제 두려워할 것 없어." 내가 말했다.

"갔어?"

"아니. 우릴 해치지 않을 거야."

그걸 어떻게 아느냐고 개는 내게 묻지 않았다. 그저 고개만 끄덕일 뿐이었다. 내 목소리에 확신을 얻고서.

나는 공중전화 부스의 문을 열고 엠마를 일으켰다. "걸을 수 있겠어?" 내가 물었다. 나는 한 팔로 엠마의 허리를 감고 엠마를 내 몸에 기대게 한 뒤 함께 한 발자국을 내디뎠다. "널 떠나지 않을 거야." 내가 말했다. "네가 뭐라고 하든."

엠마가 내 귀에 대고 속삭였다. "사랑해, 제이콥."

"나도 사랑해." 나도 속삭였다.

나는 몸을 숙여 전화를 집어 들었다. "아빠?"

"도대체 그 소음은 뭐냐? 너 지금 누구하고 같이 있니?"

"저 여기 있어요. 전 괜찮아요."

"아니. 넌 괜찮지 않아. 거기 그대로 있어."

"아빠, 전 가야 해요. 죄송해요."

"잠깐, 전화 끊지 마라. 넌 지금 제정신이 아니야." 아빠가 말했다.

"아뇨. 전 할아버지를 닮았어요. 할아버지가 갖고 계셨던 걸 갖고 있어요."

반대편에서 잠시 침묵이 흘렀다. 그리고 아빠가 다시 말을 이었다. "제발 돌아와다오."

나는 숨을 들이켰다. 할 말이 너무도 많았고 그 말을 할 시간은 없었다. 그러나 이 말이면 충분할 것이다. "저도 집에 갈 수 있으면 좋겠어요. 언젠가는요. 하지만 그 전에 할 일이 있어요. 제가 아빠 엄마를 사랑한다는 걸 알아주셨으면 좋겠어요. 두 분을 가슴 아프게 하려고 이러는 게 아니란 것도요."

"우리도 널 사랑한다, 제이콥. 약물이 문제라면, 아니 뭐가 문제든 우린 상관 안 한다. 우리가 다시 널 정상으로 되돌려놓을 수 있어. 아빠가 말한 것처럼 넌 지금 제정신이 아니야."

"아뇨, 아빠. 전 이상한 아이일 뿐이에요."

나는 전화를 끊었다. 그리고 내가 알고 있는 줄도 몰랐던 언어로 할로우에게 일어서라고 명령했다.

할로우가 일어섰다. 한 마리 양처럼 고분고분하게.

　　세상의 모든 대리석에는 조각 작품이 숨어 있다고 로댕이 말했
던가. 영국의 작가 랜섬 릭스는 세상의 모든 사진들 속에 이야기가
깃들어 있다고 믿었다. 조작이 불가능했던 시절의 희귀한 사진들을
바탕으로 쓴 데뷔작 『페러그린과 이상한 아이들의 집』에 이어 그가
이상한 아이들 시리즈의 두 번째 작품 『할로우 시티』를 내놓았다. 그
는 상상의 조각칼로 오래된 사진에 깃들어 있던 이야기를 또 한 번
세상 밖으로 끌어내는 데 성공했다.

　　사진들 속에서 그가 끌어낸 이야기는 대리석에 숨어 있던 조각
처럼, 마치 예전부터 그 자리에 있었던 이야기처럼 자연스럽고 아름
답다. 그의 데뷔작 『페러그린과 이상한 아이들의 집』을 번역할 때만
해도 나의 감탄과 찬사는 사진들을 소재로 환상적 이야기를 지어낸
천재 작가를 향한 것이었다. 그러나 그의 두 번째 작품을 번역하면
서 나는 맨손으로 불을 일으키고, 입에서 벌 떼가 나오고, 한 줌 흙

에서 나무와 꽃을 길러내는 이상한 아이들에게 완전히 매료되었다. 이 세상 어딘가에 반드시 있을 것만 같은 아이들이고, 꼭 지켜주고 싶은 아이들이다.

최근 소위 판타지로 분류되는 소설들은 역자가 개인적으로 그다지 선호하지 않는 우울하고 염세적인 작품들이 대세를 이루고 있는 데 반해, 랜섬 릭스의 이야기는 낯설지만 친근하고, 황당하지만 따스하다. 전작에 비해 아이들의 개성이 더욱 뚜렷해졌고 이야기 전개에도 속도감이 더해졌다.

한심한 부잣집 아들이었던 제이콥은 자신이 존경해 마지않던 할아버지의 발자취를 쫓다가 스스로에게 내재되어 있던 투사의 모습을 발견하고, 엠마는 옛 연인의 손자 제이콥을 또다시 사랑하게 되면서 오래도록 아물지 않았던 실연의 아픔을 치유한다. 여전히 냉소적인 에녹과 겁 많은 호러스, 맏언니처럼 우직한 브로닌도 우리 곁에 있는 누군가인 듯 친근하다.

할로우와 와이트의 공격으로 어미 새이자 아이들의 보호자였던 페러그린 원장이 부상을 입고 시간을 다스리는 능력을 잃게 되자 아이들은 난생처음 스스로의 보호자이자 어미 새의 보호자로 나서야 하는 상황에 처한다. 부모 곁을 떠난 어린 아이들에게 닥칠 수 있는 가장 끔찍한 공포를 이겨내며 더욱 단단하게 여물어가는 아이들의 모습을 보면서 엄마인 나는 어쩔 수 없이 엄마미소를 짓는다.

한낮의 스쳐가는 공상이 틀을 갖춘 이야기가 되어 독자들을 만나고 또 매혹시키기란 결코 쉽지 않다.『할로우 시티』를 번역하면서 작가에게 이야기가 다가오는 방식은 결코 예측할 수 없으며 참으로 다양하다는 것을 새삼 느낀다.

이 책을 통해 처음으로 엄마가 번역한 책의 독자가 되고 페러그린 시리즈의 열렬한 팬이 되어 후속작을 기다렸던 중학생 딸에게 마침내 반가운 소식을 전하게 되었다.

책장이 쉽게 넘어가는 계절, 사람을 홀리는 이야기꾼 랜섬 릭스의 두 번째 이야기 『할로우 시티』를 만나보시길.

할로우 시티

초판 1쇄 펴낸날 2014년 10월 22일
초판 15쇄 펴낸날 2024년 10월 1일

지은이 랜섬 릭스
옮긴이 이 진
펴낸이 김영정

펴낸곳 폴라북스
등록번호 제22-3044호
주소 06532 서울시 서초구 신반포로 321(잠원동, 미래엔)
전화 02-2017-0280
팩스 02-516-5433
홈페이지 www.hdmh.co.kr

ISBN 978-89-93094-91-6 03840